冰与火之歌 9

卷三 冰雨的风暴 [下]

A SONG OF ICE AND FIRE
III: A STORM OF SWORDS

[美]乔治·R.R.马丁 著

屈畅 胡绍晏 译

重庆出版集团 重庆出版社

Copyright ©1999 by George R.R. Martin
The Song of Ice and Fire (Book 3)
A Storm of Swords
By George R.R. Martin
Simplified Chinese Translation Copyright © 2018 by Chongqing Publishing House Co., Ltd.
This edition arranged with The Lotts Agency Ltd.through Andrew Nurnberg Associates International Limited.
All rights reserved.

本书中文简体字版通过美国 Lotts Agency 公司及安德鲁·纳伯格联合国际有限公司独家授权出版
版权所有，侵权必究
版贸核渝字（2016）第 152 号

图书在版编目（CIP）数据

冰与火之歌.9：卷三，冰雨的风暴.下／（美）乔治·R.R. 马丁著；屈畅，胡绍晏译.—重庆：重庆出版社，2018.1
ISBN 978-7-229-12862-3

Ⅰ.①冰… Ⅱ.①乔… ②屈… ③胡… Ⅲ.①长篇小说－美国－现代
Ⅳ.① I712.45
中国版本图书馆 CIP 数据核字(2017) 第 280253 号

冰与火之歌 9
【卷三】冰雨的风暴（下）

BING YU HUO ZHI GE 9
[JUAN SAN] BINGYU DE FENGBAO （XIA）

[美] 乔治·R.R. 马丁 著 屈 畅 胡绍晏 译

责任编辑：邹 禾 唐弋淄
装帧设计：谢颖设计工作室
封面图案设计：罗 烜
插图：曹 珂
责任校对：李小君

重庆出版集团 出版
重庆出版社

重庆市南岸区南滨路 162 号 1 幢 邮政编码：400061 http://www.cqph.com
重庆出版社艺术设计有限公司 制版
重庆市鹏程印务有限公司 印刷
重庆出版集团图书发行有限责任公司 发行
E-mail:fxchu@cqph.com 邮购电话：023-61520646
全国新华书店经销

开本：890mm×1230mm 1/32 印张：12.75 字数：302 千
2012 年 6 月第 1 版第 1 次印刷 2018 年 1 月第 2 版 2018 年 1 月第 1 次印刷
ISBN：978-7-229-12862-3
定价：49.80 元

如有印装问题，请向本集团图书发行有限公司调换：023-61520678

版权所有　侵权必究

提利昂

他在黑暗中独自穿衣,一边倾听熟睡的妻子轻柔的呼吸。她在做梦呢,他心想,珊莎在梦中呢喃——好像是个名字,听不清楚——随后翻过身去。作为丈夫和妻子,他们同床而眠,但关系仅止于此。她甚至连流泪也不让他看见。

当他亲口把她哥哥的死讯告诉她时,以为她会痛苦或者愤怒,但都没有,珊莎的表情一如既往地平静,不禁让他以为对方根本没听懂。只是事后,在沉重的橡木门隔开夫妻之后,方才传来她的啜泣。提利昂好想冲进去,给她安慰。不,他提醒自己,此时此刻她最不想见的就是兰尼斯特家的人。他所能做的,只是隐瞒红色婚礼的肮脏细节,不要让珊莎知道哥哥被砍头和侮辱,不要让她知道母亲的尸体被赤裸着扔进绿叉河,以野蛮地讽刺徒利家族的丧葬风俗。孩子,你的噩梦业已够多。

不,他知道自己做的不够,可又能怎么办呢?他将斗篷包裹在她肩膀,发誓一辈子的守护,而这,和佛雷家族将狼头缝在罗柏·史塔克的尸体上,并为之戴起王冠一样,都只是个残酷的笑话。珊莎对此一清二楚。她看他的眼神,她在床上僵硬的身躯……夫妻团聚时,他一刻也不敢忘记自己是谁,不敢忘记自己的长相。她也没忘。妻子依旧夜夜去神木林祈祷,提利昂不知她是否祷告他的死亡。她失去了家园,失去了依靠,在这个世上,每一位所爱过或信任过的人,统统进了坟墓。凛冬将至,史塔克家族自食其言。对兰尼斯特家族而言,如今真是炎炎盛夏,为何我却凄凉无比呢?

他穿好靴子,用狮头胸针系好斗篷,走出烛光摇曳的长廊。

得以避开梅葛楼是婚姻为他带来的唯一好处。由于有了妻室仆从，父亲大人决定为他找个好居所，便把盖尔斯伯爵粗暴地赶出了厨堡顶层。这层楼的确宽敞，不仅有间大卧室和相搭配的书房，还有妻子专用的洗澡间和更衣室，以及供波德和珊莎的侍女们居住的小房间，就连波隆也住进楼梯旁有窗户的客房——嗯，那其实是箭孔，但好歹能透过光亮。城堡的大厨房就在院子对面，但提利昂觉得忍受一点气味和噪音远胜过和姐姐同住梅葛楼。离瑟曦越远，他就越开心。

经过房间时，他听见贝蕾娜的鼾声——雪伊经常为此抱怨，然而付出这点代价总还值得。此女由瓦里斯推荐，从前是蓝礼大人在君临的管家，颇经世事，深谙装聋作哑之道。

提利昂燃起一支蜡烛，走下仆人们用的楼梯。地板很坚实，只听见自己的脚步。他不断往下，下到地面，走入地底，来到一个有石拱顶的昏暗地窖。盘根错节的通道联系着红堡各处，厨堡自不例外。提利昂踱过一条长长的黑暗走道，推开尽头的门。

巨龙头骨和雪伊正等着他。"还以为大人把我忘了呢。"她的衣服挂在一颗和她同样高的黑牙齿上，女人自己一丝不挂坐在龙嘴里。这是贝勒里恩，还是瓦格哈尔？它们的头颅都同样庞大。

只消看着她，他便硬起来："快出来吧。"

"不要，"雪伊露出邪恶的笑容，"来嘛，大人，把我从龙嘴里营救出来。"当他蹒跚走近，她靠过身子，吹灭蜡烛。

"雪伊……"他伸手去够，她则巧妙地避开。

"来抓我哦，"她的声音从黑暗中传来，"大人小时候一定玩过处女与怪兽的游戏嘛。"

"你说我是怪兽？"

"我说我是处女啦，"脚步轻响，她闪到他身后，"来嘛，来抓我。"

他抓了很久,最后才勉强成功,因此怀疑根本是她故意失手的。当她钻进他怀中,他已气喘吁吁、面红耳赤,不由自主地绊上龙骨。但她在黑暗中将小乳房贴紧他的脸颊,坚硬的小乳头轻扫过他的嘴唇和鼻子上的伤疤,所有的疲惫和犹豫顿时一扫而空。提利昂将雪伊压在地板上。"我的巨人,"他边插她,她边呢喃,"我的巨人来救我了。"

事后,他俩难分难解地倒在龙嘴里,他靠在她身体上,享受着女人清新的发香。"我们走吧,"最后提利昂勉强开口,"天快亮了,珊莎就要起床。"

"您该喂她喝安眠酒,"雪伊建议,"坦妲伯爵夫人就这么对付洛丽丝。临睡前灌她满满一大杯,咱俩就算在她床上干,她也不清楚。"她嘻嘻笑道。"大人啊,哪天我们来试试嘛,好不好?"她搂住他肩膀,替他按摩,"呀,您脖子硬得跟石头似的,什么事情不痛快啦?"

虽然伸手不见五指,提利昂仍用它们来计算。"多咧,我老婆、老姐、外甥、老爸、提利尔家。"他伸出另一只手,"瓦里斯、派席尔、小指头、多恩的红毒蛇。"只剩最后一根指头。"每天早上洗脸时看见的那张脸。"

她吻了他破损的鼻子:"这是张勇敢的脸庞,和蔼而欢快的脸庞,真希望我现在就能看见它。"

全世界的甜蜜天真都蕴涵在她曼妙的声调。天真?傻瓜,她是个妓女,对男人,她只懂得两腿间的那话儿。傻瓜,大傻瓜!"我宁愿看见你,"提利昂坐起来,"来吧,今天的事情多着呢,对你我都不容易。噢,不该把蜡烛吹掉的,乌漆墨黑,怎么找衣服呢?"

雪伊娇笑:"我们就裸着出去呗。"

是吗?要给人看见,你非教我父亲吊死不可。将雪伊收为珊莎的侍女拉近了他们之间的距离，但提利昂戒心不减，因为瓦里斯警告过他，"我曾为雪伊伪造了一通背景，却只可骗过洛丽丝和坦妲伯爵夫人，骗不过令姐。若她起疑……"

"想必你能替我圆谎。"

"对此，我无能为力。我只好告诉瑟曦这女孩是你在绿叉河战役之前找的营妓，并违抗父亲的严令带来君临。我不能对太后撒谎。"

"你经常对她撒谎！要我把真相告诉她吗？"

太监叹口气："哎哟哟，大人，这话可太让我伤心了。您知道，我一直对您忠心耿耿，但也必须为太后服务。如果没了利用价值，她怎会留我一条命呢？我没有凶狠的佣兵，没有英勇的哥哥，只有几只小小鸟。靠着它们的情报，才能日日苟延生命哪。"

"抱歉，我可不会为你哭泣。"

"是嘛？请您原谅，我也不会为雪伊的下场而哭泣。说实话，我不明白像您这么一个聪明人为何就让一个女人弄得头脑不清？"

"你当然不明白，你是个太监。"

"是吗？在脑子和两腿间的那团软肉之间，只能选择其一？"瓦里斯咯咯笑道，"那么，或许我该为自己庆幸。"

八爪蜘蛛说得对。提利昂在放置龙骨的黑暗房间里摸索衣服，怵然心惊。所冒的风险不仅让他极度紧张，而且内心充满负罪感。去他的，异鬼才有负罪感，他边套外衣边想，我负罪什么？我老婆根本不要我，尤其不要我身上最想要她的那一部分。或许该老老实实将雪伊的事告诉她，我又不是头一位养情妇的贵族。珊莎自己那重荣誉的父亲不也生出个私生子么？只要明确答应永远不碰她，想必珊莎会听任他和雪伊欢娱云雨。

不，这不行。他的夫人虽发过婚誓，终究不能信任。她两腿间是清白的，但对背叛之道却并不陌生——正是她将父亲的计划泄露给瑟曦。就算把过往统统抛开，这个年龄的女孩本身也无法守秘。

唯一安全的办法是送雪伊离开。要不送她去莎塔雅那儿？提利昂不情愿地想。在莎塔雅的妓院，雪伊可以穿戴喜爱的丝绸和宝石，招待英俊温柔的贵宾，这样的生活，比起当初遇见她时的境遇，不是大为改观了么？

或许，假如她厌倦了勾栏营生，我为她找个丈夫。波隆行吗？佣兵素来对他死心塌地，而今成了骑士，对她是个极好的对象。塔拉德爵士呢？提利昂曾目睹他充满欲望地盯着雪伊。有何不妥？雇佣骑士又高又壮，长得有几分潇洒，活脱脱一个年轻的英雄。当然，现下塔拉德还以为雪伊只是贵妇人的漂亮侍女。假如结婚以后，发现她原来……

"大人，您在哪儿？嘻嘻，您被巨龙吃了么？"

"不，我在这儿，"他扶住龙骨，"我刚找到一只鞋，好像是你的。"

"大人的声音听起来好严肃哦。我惹您不开心了么？"

"哪里，"他放缓语调，"你一直是我的开心果。"这才是我们真正的危险。每次想送她离开，决心都在她的笑意面前维持不长。透过黑暗，提利昂隐约看见雪伊将羊毛袜套上苗条的长腿。能看见？原来光线已渗进地窖墙壁高处那排长窄窗，坦格利安家族的巨龙头骨在周围浮现，犹如灰雾中的黑影。"天亮了。"这是新的一天，新的一年，新的世纪。在绿叉河和黑水河的恶战中，我活了下来，他妈的也能活过乔佛里的婚礼。

雪伊从龙牙上取下裙子，当头套进。"我先上去，贝蕾娜需要帮忙一起准备洗澡水。"她弯下腰来，给了他最后一吻，正好吻在双眉之间，"我的兰尼斯特巨人，我爱你。"

我也爱你，亲爱的。她从前只是个妓女，但我理当让她有个美好的下半生，比留在我身边更好。我要让塔拉德爵士娶你。他是个正派人，生得高大……

珊莎

好一个甜蜜的梦，她无力地想，自己又回到临冬城，和淑女一起在神木林中奔跑。林间有她的父亲和兄弟们，每个人都平平安安，生动鲜活。若美梦可以成真……

她掀开毯子。我必须勇敢起来。折磨总有一天会到尽头。如果淑女还在，我就不会害怕了。可是，淑女……罗柏、布兰、瑞肯、艾莉亚、父亲、母亲，就连茉丹修女……他们都死了，只剩我一个人，我一个人孤零零地活在世上。

夫君不在身边，但她早已习惯。提利昂睡得很浅，通常天亮前就起床，坐到书房里，蜷在烛光下，忘我地阅读老旧的卷轴或皮革书籍。有时候，烤早餐面包的香味会将她引去厨房，还有的时候，她跑上屋顶花园，或在叛徒走道上散步。

珊莎推开窄窗，突来的寒意不禁让她手上起了鸡皮疙瘩。东边天际乌云密布，只有几许阳光射入。晨雾朦胧，好似有两座大城堡在空中浮动。流云化作墙壁、堡垒和碉楼，缕缕轻丝是城上的旗帜，与泯灭的群星相连。太阳越升越高，城堡由黑转灰，最后化为千万道玫瑰色、金色或绯红色的彩带，延绵不绝，最后被清风吹散。雾中的城堡渐不复见，只剩地面真实的红堡。

门开了，两位侍女提热水进来为她洗浴。她俩是新人，提利昂说先前的仆人都为瑟曦的间谍——正好印证她的怀疑——因此统统换掉。"来，过来看呀，"她招呼她们，"空中有座城堡呢。"

她们凑过来。"金色的城堡，"雪伊有短黑发和大眼睛，平时尽职尽责，但常无礼地打量珊莎，"是啊，整个儿像金子做的，闪

闪发光。"

"那是……金色的城堡?"贝蕾娜眯起眼睛,"瞧,塔楼都倒掉了,嗯,依我看呀,这是一座废墟。"

珊莎没心情说什么残塔废墟,于是关上窗户,隔断寒气。"时间不早了,得准备参加太后的早餐会。我的夫君大人在看书吗?"

"没有,夫人,"贝蕾娜道,"我没见着他。"

"他该是去见父亲了,"雪伊猜测,"首相大人很倚重老爷。"

贝蕾娜哼了一声:"珊莎夫人,快洗吧,水都凉了。"

雪伊替她脱掉衣服,扶她进入大木盆。她紧张极了,很想要杯酒。盛大的婚礼将于正午时分在红堡对面的贝勒大圣堂举行,黄昏时移驾王座厅召开宴会:一千名客人,七十七道大餐,以及歌手、戏子和杂耍艺人们的表演。但首先,清晨在太后的舞厅进行早餐会,与会者包括兰尼斯特全族(除了行动不得的蓝赛尔)和提利尔家的男性——他们家的女性负责陪伴玛格丽小姐——以及双方麾下上百位领主和骑士。他们把我算作兰尼斯特家的人,珊莎苦涩地想。

贝蕾娜一边叫雪伊去取水,一边为珊莎擦背:"您在发抖呢,夫人。"

"哦,水有些凉。"她撒谎。

提利昂带着波德瑞克·派恩出现时,她刚刚洗完。"你今天真是太可爱了,珊莎,"丈夫转向侍从,"波德,帮我拿杯酒。"

"早餐会上有酒喝,夫君大人。"珊莎道。

"可我们家也有,你不想让我干巴巴地去见老姐吧,夫人?今天可是个大日子,不仅代表新的世纪,也是伊耿登陆七大王国的三百周年纪念。"侏儒从波德瑞克手中夺过酒杯,一饮而尽。"敬伊耿·坦格利安!好个幸运儿!两个妹妹,两个老婆,三头巨龙,最最幸福的男人！"他用手背将嘴擦干。

小恶魔的衣服凌乱不整，就像是和衣过了夜："大人，您要不要换身衣服？那件新外套很漂亮。"

"对，外套很漂亮，"提利昂放下杯子，"来吧，波德，我们去换衣服，好让做丈夫的看起来不那么奇怪，不让我的好夫人蒙羞。"

良久，小恶魔折回来。他总算有些模样了，装扮之后，甚至显得高了一点。波德瑞克·派恩也换上一身华丽的紫白金三色服装，若非鼻子旁边那个红色大疹子，看起来倒是个像模像样的侍从。*这孩子很害羞*，起初珊莎心存防备，因为对方是派恩家族的人，而正是伊林·派恩爵士砍了父亲的头；但不久之后她便明白，这孩子就像她怕伊林爵士一样怕她。无论什么时候问话，他一律羞红了脸。

"紫、白、金，这是派恩家族的颜色么，波德瑞克？"她友好地问。

"不……我的意思是，是的，"侍从脸红了，"颜色……我们家族的纹章是紫、白方格，夫人，上面绣有金币，在格子中间，紫、白方格里都有。"他打量着她的脚。

"这些金币是有故事的，"提利昂道，"毫无疑问，哪天波德一定会讲给你的脚趾知道。好啦，该出发了，夫人，你行吗？"

珊莎实在不想去，实在想拒绝。*我如何推脱？肚子不舒服？月经来潮？*此刻的她只想爬回床上，拉下窗帘，独自待在黑暗中。*我必须勇敢起来，就像罗柏*，她一边告诉自己，一边僵硬地握住丈夫的手。

在太后的舞厅里，他们享用黑莓与坚果烤的蜂蜜蛋糕，腌猪腿，培根，面包屑炸海星肉，秋梨，以及一道按多恩风味加大量胡椒粉烹制的洋葱奶酪配鸡蛋。"享受七十七道大餐之前，来顿开胃早饭真美妙。"提利昂评论。席间还提供大壶的牛奶、蜜酒和低度

金色甜葡萄酒。乐师在厅内游荡，吹笛子，拉竖琴。唐托斯爵士骑着扫帚马跑来跑去，月童则用肥胖的脸颊模仿放屁的声音，并为客人们唱低俗歌谣。

珊莎发现丈夫基本不吃，只把酒喝了一杯又一杯。她自己要了多恩鸡蛋，可惜胡椒粉的味道太重，此外咬了一点水果、鱼和蛋糕。每当乔佛里的眼睛转过来，她的肚子就开始翻滚，好像有只蝙蝠在里面飞。

食物清空后，太后庄重地为乔佛里系上新郎斗篷，待会儿国王便要将它系到玛格丽的肩膀上。"这件斗篷，劳勃娶我为妻时用过，我母亲乔安娜夫人嫁给我父亲大人时也用过。"难怪，珊莎觉得它看起来有些破旧。

接下来是赠礼时间。依照河湾地的传统，人们在新郎新娘婚礼之前的清晨向双方分赠礼物——当然，婚礼次日还将送礼，但那是给夫妻一起的。

贾拉巴·梭尔献上一把镀金巨弓，搭配的长箭支装有绿色和绯红色的羽毛；坦妲伯爵夫人献上一对柔软马靴；凯冯爵士献上一个极为华丽的红皮革马鞍；多恩领亲王奥柏伦献上一个蝎子形状的红金胸针。此外，亚当·马尔布兰爵士的礼物是银马刺，马图斯·罗宛伯爵的礼物是长枪比武时用的红丝帐篷，派克斯特·雷德温伯爵则捎来一个漂亮的木舰模型，足足两百条桨，他声称这艘船目前正在青亭岛加紧赶造，"若蒙陛下恩准，我将把它命名为'乔佛里国王的勇气号'。"

小乔开心地应允："我要用它作旗舰，直捣龙石岛，杀死叛徒叔叔史坦尼斯。"

看来国王今天打算扮演英雄的角色。珊莎知道，小乔只要用心，满可以表现得很得体，但随着年龄增长，他却越来越任性。当提利昂代表他们夫妻献上礼物时，乔佛里的礼貌忽然消失了。这是一本古旧的大部头，名曰《四王志》，很明显国王对它毫无兴趣。"这是什么，舅舅？"

这是一本书。珊莎猜测乔佛里是从来不肯用那对肥厚嘴唇读书的。

"这是大学士喀斯所著的历史，叙述了少龙主戴伦、受神祝福的贝勒、庸王伊耿和贤王戴伦四位国王的事迹。"她的侏儒丈夫回答。

"这是每个国王都该读的书，陛下。"凯冯爵士说。

"我父亲从来不读书。"乔佛里将典籍扫到一旁，"如果你少花点时间阅读，小恶魔舅舅，或许珊莎夫人的肚子早就大啰。"他哈哈大笑……廷臣们也跟着笑。"不必伤感，珊莎，等我让玛格丽怀了孩子，便会时时来你卧房，教我的侏儒舅舅如何履行责任。"

珊莎直羞红到脖子，她紧张地瞥瞥提利昂，害怕丈夫如婚宴那天一样陡然发作。但这次，侏儒继续喝酒，什么也没说。

下面轮到梅斯·提利尔公爵，他的礼物是一只足有三尺高的金杯，杯身铸成七面，面面都有无数宝石，还有两个装饰繁复的杯耳。"七面代表臣服于陛下的七大王国。"岳父解释。他还向大家展示七面上所刻的王国七大家族的纹章：红宝石狮子、翡翠玫瑰、玛瑙雄鹿、银制鳟鱼、蓝玉猎鹰、蛋白石太阳和珍珠冰原狼。

"好杯！"乔佛里赞道，"唯一的缺陷是该把冰原狼挖掉，换只乌贼上去。"

珊莎装作什么也没听见。

"那么，玛格丽和我将在婚宴上共饮此杯，岳父大人。"国王将金杯高举，让全场都看见。

"该死的玩意，居然和我一样高，"提利昂低声咒道，"哼，只消喝上半杯，这小子就得不省人事。"

太棒了，珊莎心想，最好是醉倒的同时摔断脖子。

泰温公爵最后上场，他的礼物是一柄长剑。剑鞘由镀金樱桃木制成，由上过油的红皮革包裹，装饰着纯金狮子头。狮子有红宝石的眼睛。当乔佛里拔剑而出，高举过头时，整个舞厅都屏住了呼吸。剑刃上有红黑两色波纹，在晨光中微微发亮。

"真是不世出的神兵。"马图斯·罗宛叹道。

"值得为它写一首歌，陛下。"雷德温伯爵宣布。

"*无愧为王者之剑。*"凯冯·兰尼斯特爵士说。

乔佛里国王脸上的神情就像要当即杀一个人来祭刀。他好兴奋，不停地挥舞，欢笑："好剑！好剑得有个好名字，众卿！我该叫它什么呢？"

珊莎记得狮牙，那把被艾莉亚扔进三叉戟河中的剑，还有噬心，那把他在战斗前强迫她吻的剑。不知道下一回他会不会叫玛格丽去吻这把剑。

客人们七嘴八舌地提出各种名字。小乔一一拒绝，直到最后听到满意的。"寡妇之号！"他喊道，"好！就叫这个！我要用它制造出无数的寡妇！"他再度挥剑，"我要拿它和史坦尼斯叔叔决斗，把他的魔法剑劈成两半。"小乔试图来记下斩，吓得巴隆·史文爵士踉跄后退。看见巴隆爵士的表情，人们哄堂大笑。

"小心点，陛下，"亚当·马尔布兰爵士提醒国王，"瓦雷利亚钢很锋利。"

"噢，试试看，瓦雷利亚兵器我熟得很呢，"乔佛里双手握剑，朝提利昂送的古籍狠狠砍去。厚重的皮革封面应声而断。"好！果然锋利！你瞧，我是识货的。"男孩又砍了六七下，方把那本厚书劈为两半，弄得自己气喘吁吁。奥斯蒙·凯特布莱克爵士喝彩道，"陛下，真让人心胆俱裂！"珊莎发现丈夫业已到了暴跳的边沿。

"爵士先生，你既知神兵厉害，以后便万万不可忤逆我意。"

乔佛里得意扬扬地用剑尖挑起《四王志》，抛了出去，随后优雅地将寡妇之号收入剑鞘。

"陛下，"加兰·提利尔爵士开口，"或许您不知道，在维斯特洛的土地上，喀斯师傅这本书只有由他亲自誊写的四份抄本。"

"现今只剩三份啦，"乔佛里解下旧佩剑，换上新的，"你，小恶魔舅舅，你和珊莎夫人还欠我一份礼物。这东西完全是垃圾，只配试剑。"

提利昂用大小不一的眼睛死瞪着外甥："陛下，一把匕首如何？瓦雷利亚钢匕首配瓦雷利亚钢宝剑……龙骨柄的匕首，您怎么说？"

小乔警惕地扫了他一眼。"你……好，匕首配宝剑，很好，"他点点头，"不过，不……不过最好用镶红宝石的黄金刀柄。龙骨太普通。"

"遵命，陛下。"提利昂又灌下一杯酒。他半点也不在意珊莎，仿佛陷入了沉思，早餐会结束后，方才突然执起她的手。

穿过庭院时，多恩领的奥柏伦亲王挽着黑发情妇跟上来。珊莎好奇地打量那女子，对方只是个私生女，没结过婚，却替亲王生下两个女儿，而且即便在太后面前也毫无惧色。雪伊告诉她，这都是因为艾拉莉亚信奉某位里斯女爱神的缘故。"当初亲王殿下爱上她时，她不过是个妓女，"侍女倾诉，"而今快成公主了。"珊莎从前没机会见识多恩姑娘，现在靠拢了观察，发觉对方并不太美，只是身上有种说不出的吸引人的特质。

"我很荣幸在学城读过《四王志》的抄本，"奥柏伦亲王对提利昂说，"喀斯很有学问，也很得体，他省略了韦赛里斯王的记载。"

提利昂锐利地回望对方一眼："得体？依我看，是对韦赛里斯有偏见吧。这书本该成为《五王志》才对。"

亲王笑道："韦赛里斯就统治了那么几天，省略也是自然的。"

"不对，他在位超过半年，史家故意忽略罢了。"提利昂说。

奥柏伦耸耸肩："半年或是几天，有什么区别？反正他是个毒死亲戚以攫取王位的家伙，在位期间也平庸无获。"

"贝勒是自己绝食而死的，"提利昂道，"韦赛里斯对他和对他之前的少龙主都一样忠诚。此人或许只当了半年国王，却做过十五年的首相，王国有他打理，戴伦方能专心打仗，而贝勒专司祈祷。"他叹口气，"就算贝勒之死真是他下的手，又有什么好指责的呢？总得有人终止贝勒的愚行以拯救国家啊。"

珊莎很震惊："可……可受神祝福的贝勒是个伟大的国王，他徒步穿越骨路，与多恩领达成和平协议，并从蛇坑中救回龙骑士伊蒙王子。因为他的圣洁，毒蛇都不愿害他。"

奥柏伦亲王哈哈大笑："如果你是条蛇，夫人，会拿贝勒这种冷血动物开胃么？我宁可去咬有滋味的……"

"亲王殿下说笑呢，珊莎夫人，"艾拉莉亚·沙德插嘴，"修士和歌手们宣扬毒蛇没有噬咬贝勒，这不符合事实。实际上，他身带四五十处咬伤，理应毙命于斯。"

"结果却没有，否则韦赛里斯将称王十多年，"提利昂说，"而七大王国也会更为喜乐。有人认为贝勒后来正因蛇毒发作，才干下许多蠢事。"

"想必如此，"奥柏伦亲王悠然道，"可我在红堡没看见什么毒蛇，乔佛里陛下的行为该怎么解释呢？"

"我不知道。"提利昂僵硬地点头，"谢谢您，亲王殿下，我们的轿子在等着呢。"说罢侏儒扶珊莎上轿，自己也笨拙地爬进来。"夫人，请把帘子关上。"

"这样好吗，大人？"珊莎不想封闭起来，"今天的太阳很不错。"

"如果教君临城的'善男信女'们发现这是我的轿子,马上就有脏东西扔过来。为我俩好,夫人,关上帘子吧。"

她乖乖照办。随后夫妻俩静坐了一会儿,空气越来越窒闷炎热。"您的书……我很抱歉,大人。"她逼自己开口。

"那不是我的书,已经送给了乔佛里。他如果读一读,本可学到点东西。"丈夫烦乱地说,"我早该想到,早该想到……很多……"

"没关系,大人,我想匕首更适合他。"

侏儒扮个鬼脸,伤疤皱成一团。"这小子要匕首,是吗?"提利昂不等她回答,"记得他在临冬城和你大哥罗柏吵过架,告诉我,他跟布兰之间也有争端么?"

"布兰?"她很困惑,"在他坠楼之前?"她努力回想,一切实在离得太久。"布兰是个可爱的孩子,人人都喜欢,我记得……他和托曼用木剑比试,仅仅比试而已。"

听罢此言,提利昂又陷入阴郁的沉默中。珊莎隐约听见外面传来铁链声,闸门正在升起。不久之后,有人一声令下,轿子摇晃着开始挪动。她看不到外面的景象,只好瞪着交叠的双手,不安地察觉到丈夫正用大小不一的眼睛打量自己。他为何这么看我?

"你爱你的兄弟,就像我爱詹姆。"

这又是兰尼斯特的诡计,好让我说出不忠的言语?"我的兄弟都是叛徒,罪有应得,而爱叛徒的人自己也是叛徒。"

她的小丈夫嗤之以鼻。"罗柏起兵对抗国王,只有他,按法理来说,够得上叛徒,你其他几个兄弟只怕小到连叛徒是什么意思都不明白,"他揉揉鼻子,"珊莎,你知不知布兰在临冬城出的事?"

"我离开之前,他摔了下来……布兰一直很会爬,不知为什

么那次却摔了下来——正如我们一直担心的那样。后……后来席恩·葛雷乔伊杀了他。"

"席恩·葛雷乔伊，"提利昂叹口气，"你母亲大人曾指控我……算了，不想讲那些肮脏的细节。反正她是认错了人，我从未伤害过你弟弟布兰，也不会伤害你。"

他想要我说什么？"谢谢您，大人。"他想要我说句什么，可我不知道答案。他像个饥饿的孩子，我却没食物给他。为何就不能放我安静一会儿呢？

提利昂揉着破烂的鼻子，一次又一次，这是个坏习惯，只能让他看起来更丑陋。"你从未问过我罗柏，或是你母亲，究竟怎么死的。"

"我……我宁可不问。会做噩梦的。"

"很好，我永远也不会说。"

"您……您真是太好心了。"

"噢，是啊，"提利昂道，"我的确有副好心肠，总把噩梦留给自己。"

A SONG OF ICE AND FIRE

提利昂

父亲给予总主教的新冠冕由金丝和水晶铸成,足有被暴民砸碎那顶两倍之高,稍作运动便映散出七彩虹光。提利昂很好奇瘦小的总主教如何能支撑它的重量。对方正在主持乔佛里与玛格丽的婚誓仪式,国王和他的未婚妻站在天父和圣母高大的镀金雕像前,宛如一对璧人。

新娘穿象牙色丝衣和密尔蕾丝裙,裙上无数颗小珍珠组成各种花朵,显得十分可爱。身为蓝礼的遗孀,她本该采用拜拉席恩家族的金与黑,却选择了提利尔家族的色彩,以示纯洁。新娘斗篷由绿天鹅绒制成,绣有一百朵金玫瑰。提利昂不知她究竟还是不是处女。反正乔佛里也不懂。

国王看起来也同样堂皇,身穿暗玫瑰色外衣,披挂纹饰着雄鹿与狮子的深绯红色天鹅绒斗篷,王冠潇洒地戴在卷发上,两种金色融为一体。*是我替你保住了这顶烂东西*。提利昂不停地变换着双脚重心,感觉神智游移。*喝太多了*。应该在离开红堡前上个厕所,与雪伊的一夜欢娱更让他精力不济。关键的是,此刻他有跳上去扼死这该死外甥的冲动。

瓦雷利亚兵器我熟得很呢,这小子如此夸口。修士们不是常说天父会公正地裁判每个人么?*好啊,如果他能像踩死一只甲虫一样碾碎乔佛里,我就把余生奉献给圣堂*。

我早该想到,詹姆决不会派人去替他杀人,狡猾的瑟曦则不可能留下匕首的线索,只有小乔,只有这傲慢、邪恶、愚蠢的混蛋……

还记得临冬城的那个寒冷清晨,他走下藏书塔的陡峭螺旋梯,发现乔佛里王子和猎狗在讨论杀狼的事。叫狗去杀狗,他这么说。但乔佛里再蠢也不会笨到支使桑铎·克里冈去害艾德·史塔克的儿子,因为猎狗会把事情原原本本地报告瑟曦。所以,这小子想必转到那群自王家车队启程起就紧随不舍的自由骑手、商人和小贩中寻找肮脏的杀手。不知是哪个弱智下人愿以生命来换取王子的青睐和一点钱币。提利昂思考由谁定计待劳勃离开临冬城后方才动手。大概是乔佛里本人,他会把这当作最巧妙的谋划。

依稀记得王太子自己的匕首带有宝石圆头,刀刃嵌金线。至少他没有蠢到使这把刀,而是用了父亲收藏的武器。劳勃·拜拉席恩极其慷慨,儿子想要的玩意儿,自然无所不予……但提利昂认为乔佛里是私下取的。去临冬城那回,不仅跟了一大票骑士和随从,还有大轮宫及长长的辎重队,肯定有专人负责照看国王的兵器,以备不时之需。

乔佛里挑的这把刀锋利且实用。它没有黄金装饰、没有宝石刀柄、没有银丝镶嵌、外观平凡无奇。它从未被劳勃国王使用过,处于被遗忘的角落,然而本身又是致命的瓦雷利亚钢……轻而易举便可划开皮肤、血肉和咽喉。你瞧,我是识货的。讽刺啊,小子,你却真正不识货!否则怎会选小指头的刀呢?

但为什么要杀?难道他就是天性残忍?在这点上外甥可谓登峰造极。提利昂极力克制,才没把喝的酒吐出来,或尿了裤子。他不安地蠕动。我该在早餐会上闭嘴才是,现下这小子知道我了解实情,噢,这张大嘴巴迟早会有一天给我招来杀身之祸。

国王夫妇发下七重婚誓、接受七层祝福,交换七次承诺,然后圣歌唱响,当无人上前质疑挑战,换斗篷的时刻便到了。提利昂将重心自一只短腿换到另一只,试图从父亲和凯冯叔叔中间看出去。若诸神有眼,该让小乔当众出丑。他不敢去望珊莎,不敢让夫人发觉自己眼中的苦涩。你当时应该跪下来，真该死，弯下那对僵硬的史塔克膝盖，妈的，为我保全一点起码的自尊有这么难？

梅斯·提利尔温柔地替女儿移去新娘斗篷，乔佛里则从弟弟托曼手中接过新郎斗篷，并将其极尽夸张地抖开。国王虽只年方十三，却已和十六岁的新娘一般高度，他无需站在弄臣背上为对方系斗篷。与之相对，小乔用红金天鹅绒料包裹住玛格丽，倾身向前，在她咽喉处系紧，表示从今往后，代替岳父永远地守护玛格丽。哼，谁来保护她不受他的伤害呢？提利昂瞥向站在御林铁卫队伍中的百花骑士。你时时刻刻磨剑准备吧，洛拉斯爵士。

"经由这一吻，献出我的爱！"乔佛里清脆地宣称，玛格丽应声回复后，国王将她拉近，长久地深吻。冠冕再度发散出七彩虹光，总主教庄严地宣布拜拉席恩和兰尼斯特家族的乔佛里与提利尔家族的玛格丽将是同一躯体，同一心灵，同一魂魄。

见鬼，总算结束了。我他妈终于可以回城堡上厕所去。

全身穿白鳞甲、披雪白披风的洛拉斯爵士和马林爵士当先开道，带领队伍离开圣堂。国王夫妇紧跟在后，托曼王子提着篮子为他们撒玫瑰花瓣。接下来是瑟曦太后和提利尔公爵；挽紧泰温公爵的提利尔夫人；荆棘女王一手扶凯冯·兰尼斯特爵士、一手抓拐杖，蹒跚着走在第五，两名孪生护卫贴身保护；第六对是加兰·提利尔爵士夫妇，然后轮到提利昂。

"夫人。"他朝珊莎伸出胳膊。她尽责地挽住，但步上走道时，他能感觉到她的僵硬。此外，她连一眼也没低头看他。

还没到门口，提利昂便听见外面如潮般的欢呼。群众深深爱戴玛格丽，以至于愿意再给乔佛里机会。毕竟，她曾属于蓝礼，属于英俊的三王兄，属于那位甚至从坟墓中赶来拯救他们的英雄。况且她带来了富庶的高庭，食物和补给近期源源不断地自玫瑰大道涌入都城。蠢货们选择性地遗忘当初正是梅斯·提利尔封锁南境，引起

了这场该死的饥荒。

夫妇俩结伴步入清冷的秋日中。"还以为我们永远逃不掉了呢。"提利昂一语双关地表示。

珊莎别无选择,这才头一次望向丈夫。"我……是,夫君大人,你说得对。"她神色落寞,"好一场壮观仪式啊。"

我们的却并非如此。"仪式冗长,仅此而已,我只想赶回城堡好好撒泡尿,"提利昂揉揉烂鼻子,"早知就寻个差事离开都城了,小指头真聪明。"

乔佛里与玛格丽站在面对宽广大理石广场的阶梯上,周围由白骑士们环绕,亚当爵士统领金袍军隔开人潮,而贝勒王的雕像慈祥地照看着大家。提利昂别无选择,只能带领珊莎依次上前恭贺。他吻了玛格丽的手指,祝愿对方幸福久远。谢天谢地,队排得那么长,留给每人的时间都十分短暂。

坐轿搁在艳阳下,内里已被烤得十分闷热。入轿后,提利昂撑起手肘,而珊莎继续瞪着交叠的双手。她的美貌比之提利尔的明珠毫不逊色。头发是秋天的赤褐,眼睛为徒利的深蓝,悲伤让她憔悴寂寞,却也使她更为楚楚可爱。此时此刻,他只想上前拥抱,解开那礼貌的盔甲。这就是他开口的原因?抑或不过是为了舒缓肿胀的膀胱?

"等道路畅通安全了,我们去凯岩城旅游吧。"远离乔佛里和我老姐。他越是思量乔佛里今早对待《四王志》的手段,心里就越是不安。噢,没错,这里面蕴涵着明确无误的信号。"我很荣幸带你参观黄金长廊和雄狮之口,参观詹姆与我从小在其中游戏的英雄之殿。当海潮到来,地底传来雷霆……"

珊莎缓缓抬头,他看到她眼中的映象:鼓胀的额头、伤残的鼻子、怪异的粉红伤疤和大小不一的眼睛。她的目光散乱、空洞而冰凉:"夫君大人想去哪里,我就去哪里。"

"我想逗你开心呢，夫人。"

"夫君大人开心，我就开心。"

他嘴巴抿紧。你这可怜的小恶魔，竟以为雄狮之口会给她欢笑？够了！除了用钱，你不可能让任何一个女人欢笑！"算了，这是蠢主意，兰尼斯特才喜欢石头。"

"是的，大人，如您所愿。"

百姓们高呼着乔佛里国王的名字。三年之后，这残忍的孩子就将长大成人，临朝听政……届时，任何有我一半洞察力的侏儒都会远远逃离君临。我该上哪儿去？旧镇？自由贸易城邦？他有些渴望去拜访布拉佛斯的泰坦巨人。也许巨人像能让珊莎开心？于是他再度开口，温柔地提起布拉佛斯，结果同样撞上那堵由干巴巴的礼貌筑成的墙，冷酷而不动摇，犹如在北方踏上的绝境长城。他累了，倦了，再也不想说了。

夫妇俩沉默地坐轿子，走完最后的旅程。提利昂满心只想对方说点什么，什么都好，哪怕一个词、一个字，但她到最后仍一言不发。在城堡庭院停轿后，他召来马夫扶她下轿。"一小时后，就得前去参加婚宴，夫人，我马上回来。"他迈着僵硬的步子离开，院子对面，乔佛里将玛格丽横抱下鞍，女孩发出喘不过气来的娇笑。总有一天，这孩子将和詹姆一般高大强壮，他心想，而我永远是他脚下的侏儒。或许他想让我变得更矮……

提利昂寻到厕所，将早晨的酒一股脑儿拉了出来，随之发出欣慰的叹息。这种时候，撒尿比干女人还爽。要是自己的疑虑和内疚也能这么轻易释放就好了。

波德瑞克·派恩等在卧室外："我把您的外套放上了，不是在这里，在您床上，卧室的床上。"

"没错，卧房，搁床的地方。"珊莎一定在里面更换宴会服装。还有雪伊，"去倒酒，波德。"

　　他坐到窗边座椅上喝酒，打量着下面厨房的混乱。阳光还未照到城墙顶端，但烤面包和烤肉的香味业已四散飘逸。宾客们很快便会涌入王座厅，毫无疑问，这将是一个充满歌声与辉煌的夜晚，代表高庭与凯岩城的结合，展示出大联盟的富裕和力量，威慑全国诸侯归服乔佛里的王化。

　　目睹史坦尼斯·拜拉席恩和罗柏·史塔克的下场，谁还敢反抗乔佛里的统治？河间地仍有战事，但四处的火星正渐渐熄灭。格雷果·克里冈爵士渡过三叉戟河，占领红宝石滩，并不费吹灰之力地夺回赫伦堡。海疆城向黑瓦德·佛雷投降，蓝道·塔利伯爵的军队则控制了三叉戟河以南的女泉城、暮谷城和国王大道。在西方，达冯·兰尼斯特爵士与金牙城的佛勒·普莱斯特爵士会合后，正朝奔流城挺进，而莱曼·佛雷爵士率两千步兵自孪河城南下予以增援。派克斯特·雷德温伯爵保证他的舰队不日即将从青亭岛起航，通过环绕多恩的漫长旅途，穿越石阶列岛，直扑龙石岛。这支舰队的数量十比一地超过史坦尼斯的里斯海盗船。实际上，这场被学士们称为"五王之战"的斗争已经提前结束。有人甚至听见梅斯·提利尔向泰温公爵抱怨没把胜利的机会和荣耀留给他。

　　"大人，"不知不觉间，波德已来到身边，"换衣服吗？我把您的外套放上了，在您床上，为宴会准备的。"

　　"宴会，"提利昂酸溜溜地反问，"什么宴会啊？"

　　"婚礼宴会，"自然，波德没听出他挖苦的语调，"乔佛里国王和玛格丽小姐的婚礼宴会。我的意思是，玛格丽王后。"

　　提利昂暗下决心，今晚不醉不归："来吧，波德瑞克小子，把我打扮得有个参加宴会的模样。"

　　走进卧室，只见雪伊正替夫人梳理头发。喜悦与悲哀，此两人站在一起正是绝妙的反差，欢笑和泪水。珊莎穿松鼠皮滚边的银色绸缎裙服，带有淡紫色毛须的拖长衣袖几乎触到地板，雪伊为她罩上一面镶嵌深紫色宝石的精致银发网。此情此景，令做丈夫的不禁陶醉，提利昂从未得见如此可爱的她，但那长长的绸缎衣袖又蕴涵了无尽的哀伤。"珊莎夫人，"他开口，"你将是今晚最美丽的女性。"

"大人过誉。"

"夫人，"雪伊用充满渴望的语调恳求，"可以在席间为您服务吗？我还从未见过馅饼里飞出鸽子的景观呢。"

珊莎犹豫地望着侍女："但是太后亲自挑选了所有仆人呀。"

"而且大厅里太挤，"提利昂奋力压抑不快，"算了吧，到时候城堡内四处都有乐师表演，外院也会摆上桌子，堆满食物和饮料。"他打量着他的新外套，深红天鹅绒服装在肩膀处加垫，而蓬松的袖子开了口，露出下面的黑缎内衬。果然漂亮，可惜没有漂亮人儿来穿。"来，波德，帮我把它穿上去。"

他边穿边喝了一杯酒，随后挽着夫人离开厨堡，加入到那向王座厅汇集的丝绸、缎子和天鹅绒河流中。许多宾客业已进厅寻找座位，其他人则聚集在大门前，享受难得的秋日温暖。提利昂带领珊莎在院子里周旋，以尽必要的礼数。

她的确是个乖巧知礼的好女孩，看着珊莎称赞盖尔斯伯爵的咳嗽好转，恭维埃箩·提利尔的裙服，询问贾拉巴·梭尔有关盛夏群岛的婚俗，提利昂不禁心想。表弟蓝赛尔爵士在凯冯叔叔扶持下也来参加宴会，这是自黑水河之战后他头一遭下病床。他看起来好像鬼魂。蓝赛尔的头发灰白脆弱，人瘦得像根棍子，若非他父亲帮忙，随时都可能倒下。但当珊莎夸奖他的英勇，诚挚地祝福他身体健康时，父子俩顿时容光焕发。她本该成为乔佛里的好王后和好妻子，假如他有爱她的能力的话。提利昂怀疑外甥根本没有爱任何人的能力。

"你看起来格外优雅迷人，孩子，"奥莲娜·提利尔夫人蹒跚

走近,那身金丝裙服显得比这老婆娘本人还重,"美中不足的是,风稍稍乱了头发。"矮个老妇替珊莎理理散开的发丝,将它们放回原位,再整好发网。"我为你逝去的亲人们感到遗憾,"她继续漫不经心地拨弄,"不错,你哥哥是个大叛徒,可我们要沦落到在婚宴上杀人的地步,实在没得治了。噢,这下好多了。"奥莲娜夫人微微一笑,"很高兴知会你,孩子,后天我便要动身返回高庭。如果照实说,我受够了这臭烘烘的城市。男人们离家打仗期间,你愿意陪我做小小的拜访吗?我会非常想念玛格丽与她可爱的同伴们,若有你陪伴,可真是太欣慰了。"

"谢谢您的好意,夫人,"珊莎道,"但我必须陪着我的夫君大人。"

奥莲娜朝提利昂露出一口充满皱纹的无牙笑容:"噢?请原谅无知的老婆子吧,大人,我并非要拐走您可爱的妻子。您莫不统帅兰尼斯特大军前去对抗邪恶的敌人么?"

"我的大军是金龙与银鹿。财政大臣必须留在宫廷,居中调度,好让士兵们安心打仗。"

"那当然,那当然,金龙与银鹿,还有侏儒的铜板。我听过这些侏儒的铜板,毫无疑问,收敛它们是件烦琐工作。"

"我制订计划方针,不管收敛之事,夫人。"

"噢,是吗?我还以为您事必躬亲呢。总而言之,王室不能在侏儒的铜板上遭人欺骗,您说对吧?"

"那自是天理不容,"提利昂开始觉得罗斯·提利尔公爵是有意跳下悬崖的了,"请原谅,奥莲娜夫人,我们夫妇该就位了。"

"我也该进去了。天哪,七十七道大餐,不是有点过于铺张,大人?我最多只能尝尝三四道,噢,您我这种小个子真是不走运哪,您说对吧?"她又摸摸珊莎的头发,"好啦,快去吧,孩子,开心一点。我的护卫呢?我的护卫上哪儿去啦?左手!右手!快扶我上高台。"

黄昏还有一小时才降临,王座厅内却已灯火通明,每个壁台的火炬统统点燃。已到的客人站在长桌后,正在进门的领主和贵妇们经传令官依次通报名讳与头衔后,再由身穿王家服装的侍酒护送穿越宽阔的中央走道。旁听席上全是乐师,有鼓手、笛手和提琴手,还有的操着号角、竖琴和皮风笛。

提利昂挽紧珊莎的胳膊,沉重地蹒跚而前。他可以感觉到人们的目光,饶有兴致地打量他鼻子上那道让他更丑的新伤疤。*让他们去看*,他一边跳上座椅,心里一边想,*让他们去瞅,去议论,直到说够为止,我才不会为他们而遮遮掩掩*。荆棘女王拖着脚,以细小的步子跟在后面,他不知是自己和珊莎的搭配,还是夹在两名七尺孪生护卫中间的枯瘦老妇看起来更可笑。

乔佛里与玛格丽坐在相匹配的纯白战马上骑进大厅。侍酒们跑在前面,撒下无数玫瑰花瓣。国王和王后也为宴会更换了着装。小乔穿黑与深红的条纹马裤,金线上衣有黑绸袖子和玛瑙纽扣;玛格丽则脱下再婚时的端庄裙服,换上淡绿锦绣服装,紧身胸衣露出肩膀和小乳房的上半部。她柔软的棕发披散在洁白的肩膀,直垂到腰,额头则戴了一顶纤细的黄金王冠。王后的笑容羞涩而又甜蜜。*她是个可爱的孩子*,提利昂心想,*我外甥不配得到她*。

御林铁卫护送国王夫妇步上高台,坐在铁王座阴影底的荣誉位置,前面垂下一排长丝旗,有拜拉席恩的金、兰尼斯特的绯红和提利尔的绿。瑟曦拥抱玛格丽,亲吻未来儿媳的脸颊。接着泰温公爵、凯冯爵士和蓝赛尔爵士也上前施礼。乔佛里则接受了岳父和两位新哥哥——洛拉斯和加兰——的亲吻。*我结婚时可不是这样的*,提利昂心想。当国王和王后就座后,总主教带领大家作祈祷。*我还算有眼光,至少这人的声音不像前任那么令人昏昏欲睡*,提利昂安慰自己。

他和珊莎坐在国王右手边，挨着加兰·提利尔爵士和他妻子莱昂妮夫人，与乔佛里之间隔了六七个位子。身为兰尼斯特家族的核心成员和前任代首相，照理这算是一种侮辱，但提利昂还嫌不够，满心希望离得越远越好。

"满上酒杯！"祷词念完后，乔佛里迫不及待地宣布。他的侍酒连忙上前将整整一壶青亭岛暗红葡萄酒倒入提利尔公爵清晨赠送的金杯中，国王双手捧起，"敬我的妻子，王后陛下！"

"玛格丽万岁！"全大厅高呼回应，"玛格丽万岁！玛格丽万岁！敬王后陛下！"一千个杯子同时碰响，宣告婚宴正式开始。提利昂·兰尼斯特和旁人一样干了第一杯，落座时叫人重新满上。

第一道大餐是蘑菇和黄油蜗牛炖的浓汤，盛在镀金碗里。由于几乎没动早餐，而酒精业已渗入肢体，所以提利昂大吃特吃，很快扫个精光。完了一道，还有七十六道。城内天天都有孩子饿死，平民为了一根萝卜互相厮杀，我们却在这里享受吃不完的七十七道菜。假如放老百姓进厅来看看，他们就不会再喜欢提利尔了。

珊莎尝了一口汤，便将碗推开。"味道不好么，夫人？"提利昂询问。

"还有好多菜呢，大人，我胃口小，不能先吃撑了。"她紧张地抚摸发网，然后望向乔佛里国王和提利尔王后所在的席位。

*莫非她还想取玛格丽而代之？*提利昂不禁皱皱眉头，*三岁小孩都不该这么想。*他心烦意乱地别开头，眼中只看到形形色色的女人，漂亮温柔美丽的女人，属于别的男子。玛格丽笑容甜蜜，与乔佛里共用七面大金杯；她美貌的母亲艾勒莉夫人，梳着长长的银色发辫，威严地陪在梅斯·提利尔身边；王后的三位表妹像欢快的小鸟；玛瑞魏斯伯爵的黑发密尔老婆那大大的黑眼睛里放射出无限激情；而多恩人群（瑟曦将他们专门安排在一桌荣誉位置，只比高台矮一席，却是全厅里离提利尔家最远的地方）中的艾拉莉亚·沙德

正为红毒蛇的话而纵声娇笑。

有位坐在国王左手第三张桌子末尾的女人吸引了他的注意……她似乎是某个佛索威家人的老婆,怀孕之后挺着大肚子,但并未影响那份与生俱来的精致和对食物与欢笑的享受。提利昂看着她丈夫从自己盘里喂她吃东西,他们共用一个酒杯,在不经意间频繁接吻。每次亲吻,做丈夫的手都会温柔地放在妻子肚子上,以为安抚和保护。

不知靠过去吻珊莎她会怎么反应。多半是躲开吧。或者鼓起勇气忍受,就当是她的责任。她是我的妻子,然而除了责任却别无所有。就算我说今晚要开她的苞,她也会尽职尽责地答应下来,连眼泪也不多流一滴。

他叹口气,叫来更多葡萄酒。酒杯灌满之后,第二道大餐也上来了——夹猪肉、松仁与鸡蛋的糕饼。珊莎也只小咬了一口,传令官们则宣七位歌手的第一位出场。灰胡子的"琴手"哈米西首先道:"诸神和世人为证,即将表演的这首歌是从未在七大王国奏响的天籁之音。"他称其为《蓝礼大人的进军》。

歌手的指头拂过竖琴琴弦,王座厅内充溢甜美的音律。"在那骸骨的王座上,死神打量着被谋杀的王兄……"哈米西开始唱,歌词讲述了蓝礼后悔攫取侄儿的王冠,所以拒绝死神的召唤,重回阳间,对抗自己的二哥,以保卫王国。

就为这档子荒唐剧,"银舌"西蒙被做成了褐汤,提利昂饶有兴味地想。唱到最后,当歌手说起勇敢的蓝礼大人阴魂不散,千里走单骑前往高庭,去看他的真爱最后一眼时,玛格丽王后已感动得泪眼汪汪。"蓝礼·拜拉席恩这辈子从未为任何事后悔过,"小恶魔告诉珊莎,"但若我是裁判,会把镀金银弦竖琴判给哈米西。"

"琴手"还为大家表演了一些熟悉的歌曲。毫无疑问,《金玫瑰》是赞美提利尔家,《卡斯特梅的雨季》是奉承他父亲,《少

女、圣母与老妪》是取悦总主教，而《我心爱的妻子》则点燃了少男少女胸中的罗曼蒂克之火。提利昂半心半意地倾听，一边吃了甜玉米屑混合切碎的枣子、苹果和橙子烤的燕麦面包，以及野猪肋骨肉。

接下来，菜上得越来越快，表演也愈加繁多，他则不停索要麦酒与葡萄酒。哈米西走后，一只矮个老熊在笛子和鼓声的指挥下笨拙地翩翩起舞，同时宾客们享用碎杏仁包裹着煮的鳟鱼。月童踩着高跷，在席间追逐提利尔大人滑稽的胖弄臣黄油饼，领主夫人们品尝烤苍鹭和洋葱奶酪派。一个潘托斯杂技团或翻着筋斗、或倒立着走出来，一会儿单脚踩在盘子上保持平衡，一会儿又共同组成大金字塔。伴随这次表演的是用味道强烈的东方香料煮的螃蟹，杏仁奶中加胡萝卜、葡萄干和洋葱炖的大块羊排，还有新烤的鱼饼，热得烫手。

紧接着传令官们召唤下一位歌手，泰洛西人科里罗·昆延提斯，他有朱红的胡子，口音正如西蒙所说那般可笑。科里罗首先表演《血龙狂舞》——这首歌通常由男女对唱。提利昂边听，边吃了两份蜂蜜鹌鹑，灌下若干葡萄酒。科里罗接下来唱的那首民谣，关于两位恋人在末日浩劫降临的瓦雷利亚生离死别的故事本来十分生动，可惜用的是高等瓦雷利亚语，在场贵族多半听不懂，好在《酒馆女郎贝莎》以淫词荡曲赢回了人心。未拔羽毛的孔雀端了上来，它是整个儿烘烤的，肚里填满枣子。科里罗召来一名鼓手，在泰温公爵面前深深鞠躬后，唱起《卡斯特梅的雨季》。

天哪，假如非得听七个版本的"雨季"，我还真想去跳蚤窝，向那锅褐汤道歉了。提利昂转向夫人："你喜欢哪个？"

珊莎眨眨眼，"大人？"

"歌手，你喜欢哪个歌手？"

"我……我很抱歉，根本没听呢。"

27

她也没吃东西。"珊莎，你不舒服吗？"他不假思索地问，话一出口才觉得愚蠢。她的亲人全被杀死，而本人被迫嫁给我来参加这样一出闹剧，我还问她舒不舒服。

"我没事，大人。"她扭过头去，假装观赏月童以枣子投掷唐托斯爵士。

四位火术士大师召唤出四只烈火猛兽，彼此以火爪互相攻击，仆人则端上一碗碗清淡食物，包括牛肉汤和沸酒加蜂蜜、白杏仁炖的大块鸡肉。接着若干风笛手、宠物狗和吞剑艺人入厅分散表演。搭配的菜肴则是黄油豌豆，捣碎的坚果和以藏红花加桃子煮的天鹅肉。（"不要天鹅肉"，提利昂嘀咕，想起在决战之前与姐姐共进的晚餐。）某位杂耍艺人同时轮转三把长剑和三把斧头，血肠串在烤叉上滋滋响着放到桌上。提利昂认为上餐的顺序很讲究得体，虽然他并不爱吃这道菜。

传令官们又吹响喇叭。"为镀金竖琴的竞赛，"其中一人高声宣布，"库伊家族的葛勒昂上场了。"

葛勒昂是个胸围宽阔的大胖子，黑胡须，秃了顶，洪亮的声音教厅内每个角落都能听见。他带来六名乐师。"尊敬的大人们，美丽的女士们，今晚，我只给你们带来一首歌，"他朗声道，"《黑水河之歌》，唱的是王国得救的故事。"鼓手们打出缓慢而阴郁的节律。

"暗之君主在高塔上沉思，"葛勒昂开始唱，"他的城堡如永夜般漆黑。"

"漆黑的头发，漆黑的灵魂，"乐师们齐声咏颂，一支长笛加入演奏。

"他以嫉妒和杀戮为餐，酒杯中盛满恨意，"葛勒昂唱道，"'我的哥哥统治过七大王国'，他告诉泼辣的妻子，'我要用利剑结果他的子嗣，将一切占为己有'。"

"一位勇敢的王子,头发是黄金的色彩。"乐师们再度咏颂,木竖琴与提琴也加入进来。

"若我再当上首相,头一件事就是吊死所有歌手!"提利昂不由自主地大声喝道。

身边的莱昂妮夫人轻声浅笑,而加兰爵士靠过来:"请宽心,大人,公道自在人心,歌颂与否,事迹都不会被抹杀。"

"暗之君主招集军团,他们如群鸦听候他的呼唤,渴望鲜血,登上战船……"

"……来砍可怜的提利昂的鼻子。"他替对方唱完。

莱昂妮夫人咯咯笑道:"或许该由您表演才对,大人,您填的词半点不逊于这葛勒昂呢。"

"不是这么回事,夫人,"加兰爵士解释,"我们的兰尼斯特大人生来是该干出番大事业,而不是填什么小词的人。若非他的铁索和野火,敌人早过了河;而若非他派出原住民,杀掉史坦尼斯大人绝大部分的斥候,我军也不可能收到奇袭的效果。"

听罢此言,提利昂竟油然生出荒谬的感激,也稍稍不那么关心葛勒昂无休无止地颂扬小国王的勇敢和他母亲黄金太后的坚定了。

"她根本不是那样子的。"珊莎突然脱口而出。

"永远不要相信歌谣里说的任何故事,夫人。"提利昂叫仆人再把酒杯斟满。

夜色已笼罩在高窗外,葛勒昂唱得愈发起劲。他说他的歌共有七十七段,在提利昂耳中听来简直有一千段之多。**这混蛋打算给每位宾客各唱一段吗?** 最后几十段词他是喝酒喝过去的,一边克制住想用蘑菇塞耳朵的冲动。当歌手鞠躬离开时,许多宾客已喝得大醉,开始寻起乐子来。盛夏群岛的舞者身穿明亮的羽衣袍子和烟须状丝绸雀跃着来到大厅,派席尔国师却已伏案呼呼大睡。上熟透的蓝乳酪填麋鹿这道菜时,罗宛伯爵麾下某骑士刺了一位多恩人,金袍子赶紧上前将两人拖走，前者扔进黑牢，后者带去找巴拉拔学士诊治。

提利昂漫不经心地叉起一块加了肉桂、丁香、糖和杏仁奶做调料的腌猪肉，只见乔佛里国王突然摇摇晃晃地起身。"该我的王家骑士上场啰！"他双手一拍，嗓音里带着深深的酒意。

外甥喝得比我还醉，提利昂目睹金袍卫士打开长厅尽头的大门，心里想。从他坐的地方，只能看见那对并肩而入的骑士所举斑纹长枪的顶端，随着两人踏过中央走道，走向国王，欢闹的波浪在宾客中间扩散开来。此二人骑的马特别矮吗？他猜测……直到对方进入眼帘。

所谓的"王家骑士"原来是两名侏儒，其中一人骑在一只长腿大嘴的灰狗上，另一人骑一只斑点大母猪。随着动物行动，侏儒骑士身上的彩绘木盔甲噼砰乱响。两人皆雄赳赳气昂昂地挺起长枪，提着比他们本身还大的盾牌，不时摇晃叫嚣，显得格外滑稽。一名骑士全身金色，盾牌上绘有黑色雄鹿；另一名骑士灰白相间，装饰冰原狼纹章。马铠也是类似装扮。提利昂望向高台上一张张嬉笑的脸庞：乔佛里已乐得脸色红彤彤、喘不过气来；托曼在椅子上跳上跳下，叫个不停；瑟曦优雅地吃吃发笑；即便泰温公爵也显得颇感兴趣。高台上就座众人中，唯有珊莎·史塔克毫无表情。他本该为此而爱她的，但事实上，史塔克女孩之前就已神游太虚，连侏儒骑士走到身边也浑然不觉。

不怪这两名侏儒，提利昂得出结论，等表演完毕，我会问候他们几句，打赏一大包银币，然后找出设计这小小玩笑的家伙。兰尼斯特有债必还。

侏儒们在高台下停步，向国王致意时，狼骑士忙乱中掉了盾牌。他弯腰去捡，而鹿骑士同时握不住长枪，结果武器"砰"地一下砸到狼骑士背上，把他打下猪来。接着两人便乱了套，东西在地

板上纠缠一团。等他们重新站起来，又一同跑去骑狗，随之而来的是另一阵叫嚷争夺和推挤。最后，两名侏儒终于重新上鞍，却互相交换了坐骑，拿错了盾牌，还坐反了方向。

又作了一番可笑的整理后，两人终于骑到大厅走道相对的两面，准备比武。领主和贵妇们有的哄笑，有的傻乐。侏儒们"啪嗒啪嗒"地跑过来，猛然相撞，狼骑士的长枪正中鹿骑士的头盔，将对方的脑袋挑飞出去。头颅溅洒鲜血，在空中旋转，最后落到盖尔斯伯爵膝上。无头的侏儒在席间奔跑，双手拼命挥舞。狗儿狂吠，女人尖叫，月童极为惊险地踩着高跷避开现场，结果盖尔斯伯爵却从打烂的头盔里掏出一个粉碎的西瓜。当看到鹿骑士的头从盔甲里伸出来时，一阵笑闹的风暴席卷大厅。侏儒们等大家笑声渐息，才又彼此绕圈，辱骂各种情色脏话，准备第二轮比武。这时，灰狗突然抛下骑士，骑到母猪身上。大母猪可怜地尖叫抗议，婚宴宾客们乐得合不拢嘴，尤其看到鹿骑士趁机压住狼骑士，解开木制马裤，用那话儿努力干对方下体，大家的肚子都快笑爆炸了。

"我投降，我投降，"被压在下面的侏儒尖叫，"好爵士，把您的'宝剑'放下吧！"

"我会的，我会的，只要你别蠕动'剑鞘'！"骑在上面的侏儒回答，欢乐于此刻达到顶点。

乔佛里笑得两个鼻孔里喷出酒来，他喘着粗气，站起身子，差点撞翻那七面巨杯。"冠军，"他叫道，"我们有了一位冠军！"听见国王发话，大厅沉默下来。侏儒们也规规矩矩地站好，无疑在等待着夸奖赏赐。"可是，这并非真正的冠军，"小乔续道，"真正的冠军得击败所有挑战者！"国王爬上桌子。"还有哪位要向我们的小冠军挑战呢？"带着愉快的笑容，他转向提利昂，"舅舅！为了王国的荣誉，你可以出战吗？我说，骑上那只猪吧！"

笑声如海浪般打来。提利昂不记得如何起立，如何爬上椅子，反正他发现自己已站到桌子上，面前是一片摇曳的模糊笑脸。他用扭曲的面容扮出也许是七大王国有史以来最为丑陋、最为讽刺的微笑。"陛下，"他喊回去，"我骑猪……你骑狗！"

小乔困惑地皱紧眉头："我？我又不是侏儒，干吗上场啊？"

你简直一如既往的迟钝，正好踏入陷阱："干吗？因为你是全场我唯一确信能打败的人！"

他不知哪样更甜美：是刹那间大厅内惊骇的静默，是随后猛然爆发的狂笑，还是外甥脸上无法压抑的暴跳如雷。小恶魔满意地跳下桌子，而奥斯蒙爵士和马林爵士扶国王下来。他注意到瑟曦怒视着他，便给了对方一记飞吻。

乐师重新演奏，厅内气氛得以舒缓。两名侏儒领着猪狗离开，宾客们开始享用野猪肉。提利昂正叫人斟酒，忽被加兰爵士猛力扯住衣袖。"大人，小心，"骑士警告，"国王来了。"

提利昂坐在椅子上转身，只见乔佛里已经走拢，红了面颊，跌跌跄跄，手捧巨大的金杯，酒液溢过边沿。"陛下。"才说这一句，国王便将酒杯整个从他头上倒下去。红色的水流冲刷他的脸庞，浸透他的头发，刺痛他的眼睛，灼热他的伤疤，流过下巴，打湿了他的新天鹅绒外套。"感觉如何啊，小恶魔？"乔佛里嘲笑道。

提利昂的眼睛几乎要喷出火来，他用衣袖擦脸，不停眨巴眼，试图让视线恢复清晰。"这样做很不适当，陛下。"他听见加兰爵士静静地表示。

"话不是这样说，加兰爵士，"提利昂不想出更大的丑，不能在这里，当着全国诸侯的面，"并非每位国王都愿意亲自来敬他卑微的仆人一杯酒。很遗憾，酒洒掉了。"

"才没有洒掉！"乔佛里根本没领会提利昂为他提供的台阶，"我也不是来敬你酒的！"

玛格丽王后突然出现在小乔身边。"我可爱的君王，"提利尔女孩恳求，"来，回座位吧，又一位歌手要开始表演。"

"对，伊森人阿里克，"奥莲娜·提利尔夫人拄着拐杖走近，和她孙女一样对浑身湿透的侏儒无动于衷，"希望他再唱一遍《卡斯特梅的雨季》，吃了个把钟头，我都快忘记词了。"

"亚当爵士还要为我们祝酒呢，"玛格丽说，"来嘛，陛下。"

"我没有酒，"乔佛里宣布，"没有酒如何能接受祝酒？小恶魔舅舅，你可以为我服务，既然无法上场比武，就当我的侍酒吧。"

"我很荣幸。"

"这不是什么荣誉！"乔佛里厉声尖叫，"把杯子给我捡起来。"他默然照办，手朝杯耳伸去，不料国王一脚踢翻了金杯。"捡起来！你这矮冬瓜还笨得出奇吗！？"他爬入桌子底下找到东西。"很好，现在给我倒酒，"提利昂从一名仆女手中抓过酒壶，将杯子注满三分之二。"不行，跪下去，侏儒。"于是提利昂双脚跪下，捧起沉重的金杯，心里怀疑国王是否要再让他洗次澡。幸好乔佛里这回将杯子一手接过，深饮之后，放到桌上，"你可以起来了，舅舅。"

腿脚业已僵硬抽筋，几乎令他再度瘫在地上。提利昂赶紧抓住椅子稳定平衡，加兰爵士伸手来扶。乔佛里笑了，瑟曦笑了，大家都笑了。他看不见他们的脸，但记住了所有声音。

"陛下，"泰温公爵以不受影响的精准语气发话，"馅饼上来了，您得亲自切割。"

"馅饼？"国王一把挽住王后，"来，夫人，该切馅饼了。"

大馅饼由六名喜气洋洋的厨师抬着，缓缓进入长厅，大家都站起来，叫嚷喝彩，互碰酒杯。它的直径足有两码之长，颜色金褐，表皮松脆，里面传来鸟类尖叫、扑腾和打闹的声音。

提利昂坐回椅子，只等鸽子朝他拉屎，今天就算功德圆满。酒汁不仅浸透了新外套，还浸进内衣，皮肤湿漉漉的，很不舒服。他想去换装，但在闹新房之前，任何人都不得离开，现下还有二三十道菜呢。

乔佛里与玛格丽在高台下等候大馅饼。国王拔出佩剑，王后伸手制止："寡妇之号不是用来切饼子的。"

"没错，"小乔提高音量，"伊林爵士，把你的剑拿来！"

从厅后的阴影里，伊林·派恩爵士突然出现。宴会上的幽灵，看着国王的刽子手大步上前，形容憔悴，神情冷酷，提利昂不禁心想。失去舌头之前的伊林爵士他并不了解，因为那时人还太小。想必当年是另一番模样，而今沉默与那双深邃的眼睛、铁灰色的锁甲和背上的双手巨剑一样，成为了他的招牌。

伊林爵士在国王夫妇面前鞠躬，伸手过肩，将一柄六尺长、刻满符文、装饰华丽的银色巨剑抽出来，随后单膝跪地，将巨剑剑柄朝前献给乔佛里，剑柄以大块龙晶雕成微笑骷髅，红宝石眼睛闪烁着红色火光。

珊莎不安地扭动："那是什么剑？"

提利昂的眼睛依旧被葡萄酒刺痛，他努力眨巴，以求看清楚。伊林爵士的佩剑与寒冰一样长而宽阔，但色彩并非瓦雷利亚钢的沉暗如烟，而是发出银色光泽。珊莎抓住丈夫的胳膊："他把我父亲的剑怎样了？"

我该把寒冰还给罗柏·史塔克，提利昂心想，他瞥向父亲，但泰温公爵的注意力全放在国王身上。

乔佛里和玛格丽协力举起那柄巨剑，猛然挥下，划出一道银弧。馅饼皮破开的同时，一百只白鸽迫不及待地冲出来，向各个方向乱飞，最后拍翅站到窗户和房梁上，空中都是飞散的羽毛。大厅

内欢声雷动，旁听席上的提琴和风笛奏出轻快的乐章。小乔抱起新娘，快乐地转圈。

一名仆人将一片鸽子馅饼放到提利昂面前，并撒上一勺柠檬乳酪。馅饼是用真正的鸽子做的，但他讨厌它们就跟讨厌它们那些四处拉屎的同类一样。珊莎也没开动。"你脸色苍白得厉害，"提利昂道，"呼吸点新鲜空气吧，里面太闷了。而我也该换身衣服。"他站起来，握住妻子的手，"来吧。"

可乔佛里又回来了："舅舅，想上哪儿去啊？你是我的侍酒，不准走！"

"我得换身衣服，陛下，可以先告退吗？"

"不行，我喜欢你现在这个样子。给我倒酒。"

国王的金杯还在桌上，提利昂爬上座椅，将它捧起。小乔伸手抓过，深饮一口，他的喉咙不住吞咽，紫色的酒液流过下巴。"陛下，"玛格丽求道，"我们该回去了，布克威尔大人要来祝酒呢。"

"我舅舅没吃馅饼，"国王一手握住杯子，一手捣鼓饼子，"这不吉利。"责骂之余，他胡乱抓起一把塞进嘴里。"瞧，很好吃。"他吞下热腾腾的香料鸽子馅饼，嘴里呛出些许脆皮，随后又抓了一把，"干，有点干，得冲下去。"小乔又饮一口酒，然后开始咳嗽，"我要你，咳，骑那只，咳咳，猪，舅舅，我要你……"他的话语被咳嗽声打断。

玛格丽关切地望着丈夫："陛下？"

"是，咳，馅饼，没关——咳——系。"小乔再喝一口酒，但当又一阵咳嗽猛然降临时，所有汁液都喷将出来。他的脸色越涨越红，"我，咳，无法，咳咳咳咳……"金杯自手中滑落，暗红的葡萄酒流淌在高台上。

"他噎住了！"玛格丽王后惊呼。

她的祖母迅速靠拢。"快帮帮这可怜的孩子！"荆棘女王以比身材高十倍的嗓门尖叫,"你们这帮白痴!只会张口结舌傻站着看吗!快帮帮你们的国王!"

加兰爵士推开提利昂,来为乔佛里捶背。奥斯蒙·凯特布莱克爵士割开国王的衣领。这孩子从咽喉深处发出细得吓人、充满恐惧的嘶声,就像一个人想用一根芦苇饮尽一条长江,随后竟连这也消失了,只剩恐怖的沉寂。"把他翻过来!"梅斯·提利尔手足无措地大吼,"把他翻过来,提起脚跟抖!"另一个嗓门吼的则是,"水,给他喝水!"总主教高声祈祷,派席尔国师嚷要命人扶自己回去取药。乔佛里伸手抓向喉咙,指甲在皮肤上挖出道道血痕,然而下面的肌肉硬得像岩石。托曼王子哭哭啼啼。

他快死了,提利昂领悟过来。尽管周遭充满各种混乱喧嚣与狂暴,自己却奇特地镇静。这会儿有好几个人在给小乔捶背,但国王的脸色越来越黑。狗儿吠叫,孩童号啕,大人们彼此呼喊桩桩毫无意义的建议。一半的宾客站了起来,有的推挤过来想看清楚,有的则忙着溜出门去。

马林爵士掰开国王的嘴巴,将一支勺子伸进咽喉深处探察。就在这时,国王的眼睛对上提利昂的目光。他有詹姆的眼睛。但詹姆从不会如此惧怕。毕竟他才十三岁呢。乔佛里的喉头挤出一下干燥、粗嘎的声音,似乎是要说话。他眼白突出,神色恐怖,提起一只手……指向舅舅,指向……他是要请求我的原谅吗?或者认为我能拯救他?"不不不不,"瑟曦嘶声哭号,"天父啊,救救他吧,谁来救救他啊,他是我儿子,我儿子……"

提利昂不由自主地思及罗柏·史塔克。事后看来,我的婚礼还算幸运。他想看珊莎的反应,但厅内一片混乱,不见夫人踪影。最后,他的目光落到那只被遗忘在地板的金杯上,便把它捡了起来,底部还有少许深紫色酒液。提利昂考虑了一会儿,将它倒光了。

玛格丽·提利尔倒在祖母怀中啜泣,"勇敢些,勇敢些……"

老妇人呢喃道。大半乐师业已逃离，只有一个笛手留在旁听席里奏出一曲挽歌。王座厅底部的大门边，爆发了混战，宾客们互相践踏争夺，亚当爵士的金袍军连忙上前维持秩序。客人们不顾一切地冲向黑夜，有的哭泣，有的踉跄，有的呕吐，惨白的脸上写满恐惧。**明智的选择是赶紧离开**，提利昂迟钝地想。

当他听到瑟曦的惨叫时，明白一切都结束了。

我也该离开的。相反，他蹒跚着走过去，走向他的姐姐。

太后瘫倒在一摊酒水里，怀抱着儿子冰冷的身躯。她的裙服破烂脏污，她的脸颊白如垩石。一只瘦黑狗爬到她身边，舔嗅小乔的尸体。"这孩子去了，瑟曦，"泰温公爵把戴手套的手放在女儿肩上，手下卫士则将狗赶开，"松手，让他走吧。"作母亲的浑然不觉，两名御林铁卫协力才把她手指掰开，于是七国之君乔佛里·拜拉席恩一世的尸体就这样柔软地、毫无声息地滑倒在王座厅的地板上。

总主教跪在死去的君主身边，"天上的圣父啊，求你公正地裁判我们的好国王乔佛里吧，"他拖长声音吟咏，开始作临终祷告。玛格丽·提利尔哭出声来，她母亲艾勒莉夫人则安慰道："他噎住了，亲爱的，他被馅饼噎住了，不是你的错。他噎住了，我们都瞧见的。"

"他没有噎住，"瑟曦的音调比伊林爵士的宝剑更锋利，"我儿子是被毒死的。"她扫视无助地环绕在周围的白骑士，"御林铁卫们，履行职责。"

"夫人？"洛拉斯·提利尔爵士狐疑地询问。

"立刻逮捕我弟弟，"她下令，"是他干的，这侏儒和他的小妻子。他俩害了我儿子，害了你们的国王。**抓住他们！抓住他们！**"

珊莎

城市彼端，钟声响起。

珊莎犹在梦中。"乔佛里死了。"她告诉大树，不知它们能不能将自己唤醒。

其实，离开王座厅时，他还没死，只是跪倒在地，抓向喉咙，抠挖皮肤，挣扎呼吸。那番景象如此骇人，她不由得啜泣着转身逃掉。坦妲伯爵夫人也逃了。"您有一颗温柔的心，夫人，"途中她告诉珊莎，"不是每个女人都会为一位离弃自己，并把自己丢给侏儒的男人哭泣。"

温柔的心，我有一颗温柔的心？ 她只想歇斯底里地大笑一场，却又硬生生地咽回去。钟声响起，缓慢而充满哀悼，咚，咚，咚。劳勃国王去世时，他们也这样敲。乔佛里死了，死了，死了，死了，死了，他真的死了？我为什么要哭，我为什么不跳舞？欢乐的眼泪在哪里？

她在前天藏衣服的地方找到东西。没侍女帮忙，花了很久，才把裙带解开。虽然告诉自己不用害怕，但指头还是奇怪地不听使唤。"陛下年纪轻轻，英俊潇洒，却在自己的婚宴上一命呜呼，诸神实在太残忍了。"坦妲伯爵夫人如此评论。

*诸神是公正的，*珊莎心想。罗柏也死在自己的婚宴上。她并非为乔佛里而哭，而是为哥哥，*还有玛格丽*。可怜的玛格丽，结了两次婚，当了两次寡妇。珊莎把胳膊穿出袖子，拉起裙服，整个脱掉，接着将其裹成一团，塞进橡树树洞里，并把里面备好的衣服取出。*穿暖和些*，唐托斯爵士嘱咐，*选深色衣服*。她没有黑衣服，因

此挑了件棕羊毛厚连衣裙,美中不足的是,前胸缀有无数水珍珠。没关系,斗篷会把它们遮住。斗篷乃是深绿色,带有一顶极大的兜帽。她把裙子当头套下,裹紧斗篷,暂时没遮脸。树洞内还藏了鞋子,简单耐用的款式,方头平底。勇敢起来,诸神已然回应我的祈祷,她心想,然而身子却越来越麻木,仿如梦游。指头好似成了陶瓷、成了象牙、成了钢铁,僵硬笨拙,怎么也弄不好头发。她好想雪伊能在身边,帮忙取下发网。

最后她终于成功,浓密的褐红秀发随之垂下肩膀,披散到背上。手中发网闪烁着淡淡的光芒,银丝十分悦目,宝石却是黑色。亚夏的黑紫晶。仔细查看,珊莎发觉丢了一颗,丝线交接处有颗结晶不知所踪。

她突然恐惧起来,心脏怦怦狂跳,几乎无法呼吸。我怕什么?不过丢了颗宝石,一颗来自亚夏的黑紫晶,有什么打紧?肯定原本就嵌得不牢,没错。它就那样掉下去,落到王座厅地板上,或是院子里,或是……

唐托斯爵士说发网上有魔法,足以带她回家。为此,他要她在乔佛里的婚宴上一定将其佩戴……银丝勒进指节,她茫然地摸索着结晶消失的空洞,想停止,却停不下来,好比舌头爱舔牙齿中的空洞……究竟有什么魔法?国王已死,那个从前是她白马王子的残酷君主已然下了地狱。可……可如果唐托斯在发网的事上撒谎,那其余承诺也都是假话吗?如果他不来怎么办?如果河里没船,逃不了怎么办?我该怎么做?

她听见树叶轻响,忙将发网挤进斗篷的口袋深处。"谁?"她喊,"是谁?"神木林中阴郁黑暗,远方传来哀悼乔佛里的钟声。

"是我。"他从树下摇摇晃晃地走出来,抓着她的手臂,方才稳住身子,"亲爱的琼琪,我来了,您的佛罗理安来了,别害怕。"

珊莎挣开他的手："你要我戴上发网,那张银……上面有什么东西?"

"那是紫晶,亚夏的黑紫晶,我的好小姐。"

"不对,才不是!你……你……你撒谎。"

"的确是黑紫晶啊,"他发誓,"带有魔法的宝石。"

"它是杀人工具!"

"轻点声,小姐,轻点声。什么杀人工具?别胡思乱想,陛下是被鸽子馅饼噎死的,"唐托斯得意地笑道,"噢,多美味可口的饼子。您戴的只是银丝和宝石,就是这样,银丝、宝石和魔法。"

钟鸣不绝,寒风呼啸,好似"他"在垂死挣扎时发出的那细得吓人的嘶声。"你毒死了他。你毒死了他。你从我发网上摘下一颗宝石……"

"嘘,您会害死我俩的。我真的什么也没做。来吧,快走,他们正到处搜查。您可知道?您丈夫已为这事被捕了。"

"提利昂?"她非常惊讶。

"您哪有别的丈夫呢?没错,就是小恶魔,国王的侏儒舅舅,太后认定是他作恶,"他抓住她的手,扯了扯,"来,我们得赶紧离开,一会儿就没事了,别害怕。"

珊莎没有反抗。我不想听女人哭哭啼啼,小乔经常这样说,现下只有他母亲为他流泪了。在老奶妈的故事中,古灵精怪会制造能满足凡人愿望的魔法物品。我真的希望他死吗?她思量,随即想起自己已经够大,不该再相信什么古灵精怪。"提利昂毒死了他?"她的侏儒丈夫痛恨他外甥,这点她一清二楚。可他真的下得了手?他知道我发网上的黑紫晶?不管怎么说,是他给小乔倒的酒,莫非就在那时把宝石放进杯中?如果是他做的,那我一定脱不了干系。她焦虑起来。怎么办?我和他是夫妻……而小乔不仅杀了她父亲,还以她哥哥的死来嘲弄她。一个躯体,一个心灵,一个魂魄。

"请保持安静,亲爱的,"唐托斯说,"出了神木林,一切就得格外小心。把兜帽拉起来吧。"珊莎点点头,照办了。

他喝得酩酊大醉,不时需要珊莎扶持,方能继续前进。全城的钟响起来,处处都在回应。她低头,行在阴影里,跟紧唐托斯。走下一道蜿蜒楼梯时,这位前骑士竟跪地呕吐。*我可怜的佛罗理安*,她一边看他用长袖擦嘴,一边想。*选深色衣服*,他嘱咐她,可自己却在褐色兜帽斗篷里穿着老外套:下部为红粉相间水平条纹,上部是黑底上的三只金冠——霍拉德家族的纹章。"你干吗还穿自家衣服?小乔不是禁止你再作骑士装扮吗?他……噢……"乔佛里的话如今已没有效力了。

"我想再当上骑士,就这一次也好。"唐托斯摇晃着站起来,抓住她的手,"跟我来,别说话,别多问。"

他们继续走完楼梯,随后穿越一个凹陷的小庭院。唐托斯爵士推开一道厚门,点燃蜡烛,领她走进荒废的回廊。墙边矗立着一副副空洞的铠甲,黝黑蒙尘,从头盔直到背部镶着龙鳞。他们快步通过,蜡烛的光芒映照在鳞片上,扭曲着它们。*仿佛千万个龙骑士死而复生*,她心想。

走下阶梯,来到一扇橡木和铁条制成的厚重门扉前。"请您坚强起来,我的琼琪,我们快要成功了。"唐托斯举起铁闩,推开大门,一阵冷风扑面而来,她穿过十二尺厚的墙壁,发觉自己来到了城堡外面,眼前就是悬崖。河流位于身下极远处,天空在头顶无垠展开,两者皆为黑暗。

"往下爬,"唐托斯爵士说,"到得底部,会有人撑舟把我们送到大船上。"

"我会摔下去的!"*布兰那么会爬,不也摔了吗?*

"不会的。这里有梯子,秘密的梯子,刻在岩壁中。这里,您摸一摸,小姐。"他跪下来,让她靠在悬崖边,领着她的手指去够岩壁上挖的凹洞,"和铁环一样可靠。"

即便如此,也实在太高了:"我下不去!"

"只有这一条路。"

"真的?"

"真的。来吧,好小姐,对您这般坚强的女孩而言,这是挺容易的事。抓紧,别往下看,很快就能达到目标,"他的视线模糊了,"瞧,害怕的是您可怜的佛罗理安,他又老、又胖、又醉酒,连马也坐不稳,还记得吗?我们就是在那时相识——我喝醉了,摔下马来,乔佛里要我可怜的脑袋,而您挺身而出,拯救了我。您是我的救星啊,亲爱的琼琪。"

他哭了。"所以你要报答我。"

"求求您跟我来吧。如果您不走,我俩都没命了。"

一定是他,她心想,一定是他杀了乔佛里。可她不得不走,不管为了谁。"你走前面,爵士。"如果他再度撑不住倒下,她可不想被砸在头上,连带一起摔下悬崖。

"遵命,小姐。"他给了她湿湿的一吻,摇摆双腿笨拙地跨过悬崖,试探了半天,直到够着第一个凹洞,"我走前面,您跟着来,行吗?您得发誓。"

"我会跟来。"她保证。

随后唐托斯爵士便消失了,但她仍能听到急促的喘息,也能听见远方的钟声。她数着钟摆,数到第十,方才小心翼翼地走到边沿,伸出脚趾探索,找着支撑点。城墙在面前笼罩耸立,一时间,她只想逃跑,逃回到厨堡内的温暖卧房。**勇敢**,她告诉自己,**勇敢起来,就像故事中的仕女。**

珊莎不敢往下瞧,只把岩壁死死盯住,踩好一步再踏一步。石头冰冷粗糙,她时时觉得手指往下滑,凹洞也根本不够大。钟声持续。没爬到一半,人已发起抖来,感觉随时可能摔下去。**再一步,**

她告诉自己,再一步。她勉强前进,因为如果停下,一定会僵在原地,直到天亮都不肯移动,活活冻死在寒风里。再一步,再一步。

到达底部时,她不禁吃了一惊,随即绊倒在地,心脏狂跳。她蜷起身子,抬头望着来路,只觉头晕目眩,指甲抠进泥中。我做到了,我竟然做到了!我没有摔下来!我下来了,我可以回家了。

唐托斯爵士扶她起立,"这边走,安静,安静,千万安静。"他领她走进悬崖底深邃的阴影里,向下游行了大约五十码,只见前方有条小舟,半掩藏在一只烧焦沉没的巨舰背后,一个男人正在舟中等待。唐托斯喘起粗气,蹒跚着去会他,"奥斯威尔?"

"别说话!"对方回答,"快上船。"这人拿撑篙当坐垫,生得高大瘦长,却是个老者,有长长白发和大鹰钩鼻,眼神被头巾遮掩。"进来,动作快,"他喃喃道,"我们快迟到了。"

两人均安全上船后,戴头巾的老人将撑篙滑入水中,用尽全身力气,将船向河口摆去。丧钟依然为死去的国王持续鸣奏,黑色的河水围绕小舟。

随着撑篙坚定、缓慢而有节律地拍打,他们愈行愈远,经过沉没的舰艇、破损的桅杆、烧焦的船壳和分裂的风帆。撑篙的叶片包了布,小舟几乎没发出任何声响。薄雾在河面升起,小恶魔的绞盘塔隐约出现在前方,好在拦江铁索已然放下,他们顺利通过了那成千上万活人被烧死的地方。河岸已不复见,雾气越来越浓,钟声缓缓褪散,最后连灯火亮光全部消失,一叶扁舟深入黑水湾。全世界只剩下漆黑无边的水,漂浮不定的雾和两位沉默不语的伙伴,"还有多远?"她问。

"别说话。"船夫虽然年迈,身体却有力量,声音也极凶悍。他的面容让珊莎觉得奇怪地熟悉,但说不上为什么。

"不远了,"唐托斯爵士双手执起她的手,轻轻揉搓,"您的朋友在那边等您。"

"别说话！"船夫咆哮，"声音会制造波纹，小丑爵士。"

珊莎有些发窘，不由得咬紧嘴唇，陷入沉默中。划，划，划。

当东方的天空映出第一道曙光，蒙蒙发亮时，珊莎终于在黑暗中发现一个幽灵般的形体：似乎是艘商船，帆已收起，只靠一列木桨保持低速运动。靠近之后，她看见船首像乃是头戴金冠、吹奏海贝巨号角的男性人鱼。雾中一声号令，商船便朝小舟驶来。

大船驶拢后，沿栏放下一道绳梯，船夫扔开撑篙，扶珊莎登上去："去吧，上，孩子，有我在后面。"珊莎感谢他的帮助，对方却只咕哝了一声。爬绳梯总比爬悬崖容易，在她之后，这位叫奥斯威尔的船夫也登上大船，唐托斯爵士却没跟来。

两名船员把她扶上甲板，珊莎有些发抖。"她着了凉，"某人评论，并把自己的斗篷解下，披到她肩膀，"来，好点了么，小姐？你好好歇息，一切都没事，你安全了。"

她记得这个声音。可他在艾林谷啊，她心想。罗索·布伦爵士手执火把站在旁边。

"培提尔大人，"小舟上的唐托斯喊，"我得赶紧回去，以免遭到怀疑。"

培提尔·贝里席单手凭栏："你要我付清报酬，说好一万金龙，没记错吧？"

"对，一万金龙，"唐托斯用手背擦擦嘴巴，"这是您答应的数目，大人。"

"罗索爵士，给他。"

罗索·布伦将火把一挥，三个男人突然出现在船舷，举起十字弓，依次发射。第一箭射中唐托斯的胸膛，正好穿过外套最左边那顶王冠。其他两箭分别刺入喉咙与肚腹。如此突然，无论前骑士还是珊莎都来不及呼喊。之后，罗索·布伦将火把扔到尸体上，小舟迅猛燃烧，大船快速离开。

"你杀了他！"珊莎抓紧栏杆，扭头狂呕。莫非她逃离兰尼斯特的魔掌，又进入另一个陷阱中？

"小姐，"小指头轻声说，"这种人不值得你伤心。他是一个酒鬼，一个废人。"

"可他救了我！"

"不对，他为一万金龙出卖了你。想想看，人们一定会把你的失踪和乔佛里之死联系起来，金袍子将到处搜捕，太监立下赏格，而这唐托斯……你刚才也听见他的话了，他要的是钱，谁知喝醉以后会不会再出卖你一次？一袋金龙买得一时安全，一支好箭可保一世平安，"他有些悲天悯人地笑笑，"其实他所做的一切不过是照我吩咐，而我只有这个办法来救你。当我知晓你在乔佛里的比武会上救下他后，就认定他是最佳人选。"

珊莎觉得恶心："他说他是我的佛罗理安。"

"还记得当初你评论父亲的裁决后，我对你说过的话吗？"

当时的情景历历在目。"你说：'人生不比歌谣。有朝一日，你可能会大失所望。'"霎时，她眼中盈满泪水，是为唐托斯·霍拉德爵士，为小乔，为提利昂，还是为自己，根本分不清。"莫非一切都是假的，从头到尾，每个人、每件事都是谎话？"

"世上大部分人是如此，除了你我之间，"他微微一笑，"'如果你想回家，今晚请到神木林。'"

"那张羊皮纸……你……？"

"只有神木林里才能成功，红堡其他地方都逃不过太监手下小小鸟的监视……我管他们叫小老鼠。神木林里没有墙壁，只有树木，没有顶盖，唯有天空。树根、泥土和岩石代替了地板，老鼠无处躲藏。老鼠需要潜行，否则就会人人喊打。"培提尔公爵挽起她的手，"让我带你回房吧。我知道，你走了很长的路，身子疲累，需要休息。"

小舟已成远方的一点花火轻烟，消失在破晓的无垠汪洋中。她无法回头，只能向前走。"我很累。"她承认。

他带她走下甲板，一边道："给我讲讲婚宴的事。亏得太后陛下精心筹划，歌手、杂耍艺人、跳舞的熊……你的小丈夫喜欢我准备的马戏侏儒吗？"

"你准备的？"

"可不？那是我千里迢迢从布拉佛斯找来的，婚礼之前，一直藏在妓院。花的钱就不用说了，藏人更费心机，最关键的是乔佛里……这样说吧，别的君主渴了，端给杯子就会喝，而小乔呢，不伸手进去甩甩，他还意识不到里面有水。当我把这份小惊喜带给他时，陛下道：'我干嘛让丑陋的侏儒在我的婚宴上表演？我最讨厌侏儒！'我只好搂住他肩膀，凑在他耳边低语：'然而你舅舅更不喜欢……'"

甲板在脚下颠簸，珊莎觉得整个世界都在摇摆。"他们认为是提利昂毒死了乔佛里。唐托斯爵士说他被捕了。"

小指头微笑："是啊，你很快就要做寡妇了，珊莎。"

这个说法让她肚里打鼓，她确实不想再和提利昂同床，可是……然而……

为她安排的房间又矮又小，好歹窄木板上铺了张羽床，上面堆满厚毛皮，显得有几分舒适。"瞧，虽嫌促狭，却还暖和，"小指头指指窗边的雪松木箱，"里面有新衣服。裙子、内衣、长袜、斗篷，应有尽有。都是羊毛和亚麻制，配不上你这样的美人儿，但至少能保证干净温暖，上岸后，我再给你找些好打扮。"

一切尽在他计划之中。"大人，我……我不明白……乔佛里不仅把赫伦堡赐给您，还让您总督三叉戟河流域……为什么……"

"为什么我却要他死？"小指头耸耸肩，"别傻了，小姐，我没有动机。你瞧，我远在千里之外，什么也做不了。记住，永远都

要让你的敌人迷惑,永远都要让他们猜不透你的打算、看不清你的为人,这样你真正的目的就不会暴露。很多时候,最好的办法就是做一些没有明显好处的事,甚至是一些表面上看来有损于自己利益的事。珊莎,当你日后加入到游戏中来时,请记得这第一课。"

"游……游戏?"

"只有一种永恒的游戏:权力的游戏。"他替她挽上一髻垂下的头发,"你已经长大了,我可以告诉你,我和你母亲之间不仅是朋友而已。从前,凯特是我的寄托和唯一,我日思夜想,梦中都是我们将要诞生的孩子……可惜她是奔流城的女儿,霍斯特·徒利的女儿。家族、责任、荣誉,珊莎,家族、责任、荣誉的意思就是我永远不可能牵她的手。但她给过我最甜美的东西,一个女人一生中只能给予一次的东西,如今我怎么忍心放着她女儿不管呢?假如我们生活在一个美丽的新世界,你该是我的女儿,而非艾德·史塔克所生。我忠诚可爱的女儿……亲爱的,请你将乔佛里、唐托斯、提利昂,所有人,统统抛出脑海。你安全了,他们再也不会来打搅你。你有我的保护,我们一起回家。"

詹姆

国王死了,人们告诉他,丝毫不知乔佛里既是他的君主更是他的儿子。

"小恶魔用匕首割了国王的喉咙,"队伍在路边小旅馆过夜时,一名水果贩子大声传扬,"然后以大金杯喝陛下的血。"小贩根本没认出眼前这位胡子拉碴、缺一只手、盾牌上有个大蝙蝠的骑士是谁,店里没人认出来,所以詹姆听见了很多原本不可能听见的话。

"给毒死的!"店主反驳,"当时那孩子的脸黑得跟洋李子一样。"

"愿天父公正地裁判陛下。"一名修士呢喃。

"侏儒的老婆是从犯,"一位穿罗宛家制服的弓箭手信誓旦旦,"完事以后,她撒一把硫黄,就着烟雾消失不见。有人还看见一只嘴里淌血的冰原狼幽灵在红堡内徘徊呢。"

詹姆静坐倾听,只觉言语左耳进右耳出,一角杯麦酒遗忘在左手中。乔佛里,我的血脉,我的初生儿,我的孩子。他试图回忆男孩的面容,但无论怎么想,脑海里出现的还是瑟曦。她一定万分悲痛,头发散乱,眼睛红肿,嘴唇颤抖说不出话。等见到我,她会拼命忍耐,却又止不住泪流满面。除了和他独处时,姐姐很少哭,她不要别人以为她软弱,只肯把伤痕呈现在孪生弟弟面前。这回,她定然向我寻求慰藉和复仇。

第二天,在詹姆的要求下,队伍改为急行军。儿子死了,姐姐需要我。

当都城黑暗的瞭望塔出现在前方时，暮色已渐浓。詹姆·兰尼斯特策马骑到铁腿沃顿身边，前面是高举和平旗帜的纳吉。

"怎么回事？好臭！"北方人抱怨。

死亡的臭气啊，詹姆心想，但他说的却是："烟尘、汗水和屎尿——欢迎来到君临。在这儿，鼻子灵的人，连叛徒也嗅得出来。对了，你从没闻过城市的气味么？"

"有，我去过白港，那是全天下最臭的地方。"

"白港与君临相比，就如我弟弟提利昂和格雷果·克里冈爵士站在一起。"

纳吉领他们走上一道小丘，七条长尾的和平旗帜高高举起，迎风飘扬，顶端锃亮的七芒星反射阳光。我很快就能见到瑟曦、提利昂和父亲了。*弟弟真的杀了我儿子？*詹姆不相信。

实际上，他平静得出奇。当孩子逝去时，作父母的理应哀伤得发狂的，詹姆知道，*我该扯烂头发，诅咒诸神，口出毒誓，立志复仇。可为何竟如此无动于衷？莫非因为他从生到死都以为自己是劳勃·拜拉席恩的种？*

没错，詹姆看着他降生，但主要关心的不是他，是瑟曦……而这一辈子，他没有哪怕一次机会抱抱孩子。"那怎么成？"当他提出要求时，姐姐如此警告，"你和小乔长得这么像，已经够危险了。"听罢此言，詹姆只好默不作声地放弃，从此以后，这个孩子，这个尖叫着的粉红小东西，占去了瑟曦的时间、她的爱和她的胸乳。他也一度成为劳勃的宠儿。

*如今他死了。*詹姆在脑海中勾勒出一幅小乔静静躺卧、面容因剧毒而青紫的画面，却感觉不到丝毫悸动。或许自己真如别人所言，是一个怪物：如果天父给他机会，让他在儿子和右手之间挑选，他知道自己会毫不犹豫地选择右手。说到底，他还有一个儿子，还有种子足以生出许许多多儿子。瑟曦若想要，我就再给她一

个……这次我要抱着他,异鬼也不能将父子分开。劳勃在坟墓里腐烂发臭,詹姆则受够了人间的谎言。

他陡然掉转马头,到队伍末端去找布蕾妮。*天知道我干嘛多事!*她是我这辈子最倒霉、最郁闷、最糟糕的伙伴。妞儿不仅骑在最后,而且离开队伍几码之远,走在旁边,好像在声明她不是他们中的一员。路上,人们为她拼凑起一身男人的衣服:外套、披风、马裤和兜帽斗篷,甚至找到一件老旧的铁胸甲。穿上男人的服装,她看起来顺眼多了,但全天下没打扮能让她变得潇洒,*也没打扮能让她愉快*。刚出赫伦堡,她那猪脑袋又开始顽固起来。"请你归还我的武器和盔甲。"她坚持。"噢,没错,得想办法让你重新穿上铁皮,"詹姆回答,"尤其是头盔。等你闭上嘴巴、合上面甲,大家皆大欢喜。"

布蕾妮果然照办,只是那阴郁的沉默和科本无休止的奉迎一样,彻底破坏了他的好心情。*没想到,我竟会怀念克里奥·佛雷当伙伴的日子,诸神慈悲!*他开始后悔没把她留给黑熊了。

"君临到了,"詹姆对她宣布,"我们的旅程结束了,亲爱的小姐,您守住了您的誓言,送我回到君临……虽然少了五根指头和一只手。"

布蕾妮眼神黯淡。"这只是我誓言的一半,我向凯特琳夫人保证带回她两个女儿,无论如何,至少带回珊莎。但现在……"

*她从未见过罗柏·史塔克,但哀悼他的程度比我哀悼小乔还要深。*或许她哀悼的是凯特琳夫人吧。他们是在野猪林截获"消息"的,从一个气喘吁吁的肥胖骑士本特姆·毕斯柏里口中得来——他的纹章是黑黄条纹上的三个蜂窝。他告诉他们,昨天派柏大人的队伍刚打这儿经过,高举和平旗帜,朝君临飞奔,"少狼主已死,派柏无心恋战,况且他儿子还在李河城被扣为人质。"布蕾妮惊得合不拢嘴,活像一头反刍中噎住的母牛,所以有关红色婚礼的细节只

好由詹姆来问。

"七大家族麾下各有虎视眈眈的竞争者，随时在寻找取而代之的机会。"独处的时候，他对妞儿解释，"我父亲有塔贝克家和雷耶斯家，提利尔有佛罗伦家，霍斯特·徒利有瓦德·佛雷。只有主家力量强大，才能迫使他们安守本分，一旦被嗅着虚弱的气息……你知道么？在英雄纪元，波顿家的人还剥史塔克的皮，拿它们当斗篷呢。"她看上去可怜兮兮，詹姆不禁想给予安慰。

从那天起，布蕾妮就是这副半死不活的样子，当面叫她"妞儿"也不能激起任何反应。**她的力量已经散去**。这个落石袭击罗宾·莱格，钝剑对决高大黑熊，咬下瓦格·赫特的耳朵，把詹姆·兰尼斯特打得喘不过气来的女人……如今彻底垮了。"我将好言规劝父亲，尽快把你送回塔斯，"他告诉她，"若想留下，我也会在宫里给你谋个职位。"

"做太后的女伴？"她麻木地问。

他记得她穿那身粉红绸缎裙服的样子，老姐若是见了，真不知会如何讶异呢。"不，或许在都城守备队……"

"我决不为背誓者和杀人犯服务！"

你就不能停止做这些无聊声明吗？他想嘲笑反击，但把话咽了回去。"随你便吧，布蕾妮。"他单手掉转马头，离开了她。

诸神门大开，门外道路两旁排满二十多辆马车，装载着一桶桶果酒，一箱箱苹果和一捆捆干草，还有许多詹姆这辈子从未见过的大南瓜。每驾车边都有护卫：胸前绣小贵族纹章的士卒，穿锁甲和煮沸皮甲的佣兵，甚至有握着烈火淬硬的土矛的乡农之子，满脸稚嫩憨厚。詹姆边骑边朝他们微笑，走到门边，发现金袍卫士对进城商贩皆收取不菲的费用。"这是为何？"铁腿好奇地问。

"根据首相大人和财政大臣的指示，凡货物进城一律严加苛税。"

詹姆望着马车、手推车和载重马组成的长长队列:"既然如此,还挤得车水马龙?"

"仗刚打完,钱好挣哪,"最近的马车上,一名磨坊主欢快地说,"现在城内由兰尼斯特当家,安全得很呢。他们的头儿是岩石城的泰温老大人,据说拉出的屎都是银子。"

"金子,"詹姆干巴巴地纠正,"我发誓,小指头这家伙能从花草里榨出钱财来。"

"现任财政大臣是小恶魔。"城门队长说,"至少,在他因谋杀国王而被捕之前是。"他狐疑地盯着北方人,"你们这帮家伙是谁?"

"我们是波顿伯爵的下属,奉命前来君临公干,拜见首相阁下。"

队长看着纳吉手中的和平旗帜。"嗯,前来屈膝臣服的吧。你们已经落后啦,进去,直接去城堡,别惹麻烦。"他挥手示意通过,接着继续处理马车。

君临的市民会为乔佛里国王哀悼么?至少詹姆看不出来。他只在种子街见到一位衣衫褴褛的乞丐帮兄弟替小乔的灵魂大声祈福,但路人视若无睹,仿佛当成了噪音。人人各归其位:穿黑锁甲巡逻的金袍卫士,卖果酱饼、面包和热派的小弟,胸衣半开、从窗户里探出头来揽客的妓女,一身屎尿臭气的贫民。五个男人将一匹死马从小巷里拖出来,一名杂耍艺人在为一群喝得醉醺醺的提利尔士兵和小孩们表演轮转匕首。

同两百个北方人、一位无颈链的学士和一名丑陋的奇女子结伴走在熟悉的街道上,詹姆发现竟无人多看他一眼,真不知该烦恼还是庆幸。"他们认不得我了。"穿过鞋匠广场时,他忍不住对铁腿说。

"这不奇怪,你面容已变,手也没了,"北方人道,"况且他

们有了新的弑君者。"

红堡大门敞开，门外有十来个提枪的金袍子警卫。铁腿靠近时，他们将武器放低，但詹姆认出负责指挥的白骑士："马林爵士。"

马林·特兰爵士无精打采的眼睛一闪，接着睁得大大的："詹姆爵士？"

"哟，不错，终于有人认得我了。让他们站开。"

很久没有人如此干净利落地遵从他的指示，詹姆几乎忘了这感觉有多美妙。

外庭中也有两名御林铁卫，皆为新进。哼，瑟曦任命我为铁卫队长，却又擅自往里面塞人。"看来，我多了两个新弟兄。"他边下马边打招呼。

"这是我们的荣幸，爵士先生。"穿白鳞甲和白丝衣的百花骑士如此俊俏精致，詹姆觉得自己犹如俗物，不堪入目。

他转向马林·特兰："爵士，你有所失职，不曾向我们的新弟兄教诲最基本的职责。"

"什么职责？"马林·特兰防卫性地说。

"保护国王的生命。自我离城以来，死了几个国王？两个？"

这时，巴隆爵士看到他的断肢："您的手……"

詹姆逼自己微笑："如今我用左手打，更有挑战性。我父亲大人在哪儿呢？"

"在书房和提利尔大人、奥柏伦亲王谈话。"

梅斯·提利尔与红毒蛇共进晚餐？奇了，真奇了。"太后陛下也在？"

"不，大人，"巴隆爵士答道，"陛下她在圣堂，为乔佛里国王——"

"你！"

最后一个北方人也下马后,洛拉斯·提利尔发现了布蕾妮。

"洛拉斯爵士。"她抓着缰绳,愚蠢固执地昂头。

洛拉斯·提利尔几个大步跨到她面前。"为什么?"他吼道,"告诉我为什么!他待你如此宽厚,还给你彩虹护卫的荣耀,为什么你要杀了他?"

"我没有做。我崇敬他,会为他而死。"

"噢,你会的。"洛拉斯爵士拔出长剑。

"不是我杀的。"

"埃蒙·库伊爵士临死之前,发誓是你。"

"当时他在营帐外,没看见——"

"当时除了你和史塔克夫人,营帐里没有别人。别告诉我那老女人竟能砍开陛下的护喉钢甲!"

"那里有道影子,我知道这听起来很疯狂,可……我正帮蓝礼穿戴铠甲,接着蜡烛熄灭,到处都是血。是史坦尼斯干的,凯特琳夫人向我保证,是他的……他的影子。我以我的荣誉发誓,与此事毫无关……"

"你有狗屁荣誉!拔剑吧,我不杀空手之人。"

詹姆挡在两人之间:"放下武器,爵士。"

洛拉斯爵士不依不饶地绕开他:"布蕾妮,你当了杀手还不够,还要当胆小鬼?我早该知道,你就是这样双手染满陛下的鲜血,然后逃之夭夭!拔剑哪,女人!"

"你最好希望她不要,"詹姆又挡过来,"否则咱们待会儿多半得给你收尸。妞儿没格雷果·克里冈丑,却比他壮。"

"此事与你无关!"洛拉斯爵士将他一把推开。

詹姆用左手抓住这小子,将他拉了回来。"我是御林铁卫的队长,你个不懂礼数的小兔崽子!只要你穿着白袍一天,就得听我的话。他妈的,把剑收回去,否则休怪我将它扔到连蓝礼都找不着的

地方!"

小子犹豫片刻,巴隆·史文爵士忙插话进来:"照队长说的做,洛拉斯。"周围的金袍子已纷纷取出武器,恐怖堡的人也不甘示弱。漂亮,詹姆心想,我刚回宫,便挑起一场大混战。

洛拉斯·提利尔爵士将长剑"砰"的一声,收回鞘中。

"这玩意儿没那么沉吧,嗯?"

"我要求逮捕她,"洛拉斯爵士坚持,"布蕾妮小姐,我指控你谋害蓝礼·拜拉席恩公爵。"

"不管荣誉是珍宝还是狗屁,"詹姆说,"反正这妞儿有荣誉心,而且比我从你身上看到的要多得多。我相信她的话。让我告诉你,妞儿不是个聪明人,就连我的马说谎都比她强。既然你坚持指控,那好……巴隆爵士,请护送布蕾妮小姐到塔楼房间待讯,并安排守卫妥善保护。还有,安顿好铁腿和他的人马,以待我父亲择日召见。"

"遵命,大人。"

当巴隆·史文爵士和十来个金袍子带她离开时,布蕾妮大大的蓝眼睛里充满了委屈。傻瓜,你该来亲吻我的,他心想,干嘛我他妈做什么事都被人误解?是伊里斯,我一辈子都活在他的阴影里。詹姆不再打量妞儿,转身头也不回地穿过庭院。

王家圣堂的门由另一位白甲骑士把守,此人个子很高,留一把黑胡子,宽阔肩膀,大鹰钩鼻。他看见詹姆,眯眼笑道:"你想上哪儿去?"

"进圣堂,"詹姆抬起断肢朝大门一指,"就在你后面。我要见太后。"

"太后陛下正在服丧。你以为你什么人,想见陛下?"

妈的,我是她情人,她儿子的父亲,他几乎冲口而出:"七层地狱,你是谁?"

"我是御林铁卫的骑士,放尊重点,残废,否则我把你另一只手也切下来,今后你只能趴着喝粥!"

"我是太后的弟弟,爵士。"

白骑士哈哈大笑:"哟,您逃出来啦?在牢里还长高了哪,大人?"

"我是她的长弟,白痴,御林铁卫的队长。赶紧给我站开,否则就有得瞧了。"

听罢此言,白痴骑士好好打量了他一番。"您,您是……詹姆爵士,"他挺直身子,"非常抱歉,大人,恕我有眼无珠。我乃奥斯蒙·凯特布莱克爵士,很荣幸与您见面。"

荣幸?见鬼去吧,马屁精。"我想和姐姐单独谈谈,爵士先生,不准放任何人进入圣堂,做不到的话,你提头来见。"

"是,爵士,遵命,爵士。"奥斯蒙爵士忙不迭地开门。

瑟曦跪在圣母祭坛前,乔佛里的棺材则放在陌客的雕像下——是它负责指引死者到另一个世界。空气中有浓烈的薰香味,一百根蜡烛在燃烧,送出一百道祝福。愿小乔能享受这一百道祝福……

姐姐回头一瞥。"谁?"她问,接着惊呼,"詹姆?"她猛地站起来,眼含热泪。"真的是你吗?"她没有跑过来,她从来不会跑过来,他心想,她只会等,等我跑过去。她给予,但必须由我先要求。"你该早些回来的,"当他搂住她时,她低语道,"你为什么不早些回来?为什么不保护他?我的儿子……"

我们的儿子。"我尽了最大努力。"他挣脱她的拥抱,退开一步,"姐姐,外面在打仗。"

"你好瘦,你的头发,金色的头发……"

"头发可以长回来,"詹姆举起断肢,她迟早得知道,"这个就不行了。"

她眼睛瞪得老大:"史塔克竟敢……"

"不，这是瓦格·赫特所为。"

她根本不知道这名字："谁？"

"赫伦堡的山羊，至少暂时如此。"

瑟曦别开头，望向小乔的棺材，人们用镀金的铠甲来装扮死去的国王，他看起来宛如年轻的詹姆。头盔的面甲合上，在蜡烛映照下，散发出淡淡的金光，展现出死者英勇光辉的形象。烛光也点燃了瑟曦丧服上的暗红宝石，她的头发垂下肩膀，未经梳理，蓬乱不堪。"是他杀的，詹姆，正如他威胁我的那样：'总有一天，当你自以为平安快活时，喜乐会在嘴里化成灰烬。'我一直都记得他的毒誓。"

"提利昂真这样说过？"詹姆不敢相信。弑亲比弑君更可恶，如今弟弟竟两样占全了，而且是在诸神看顾、世人齐集的婚宴席上。他明知这孩子是我的。诸神在上，我爱提利昂，我从来对他很好，呃，除了那一次……但弟弟并不知道真相。难道他知道了？"他杀小乔目的何在？"

"为一个妓女。"她抓住他的左手，用双手紧紧抓住，"他甚至拿这个威胁过我。小乔知道凶手是谁，他临死时，拼命指向他，指向咱们该死的、畸形的、可恶的兄弟。"她吻了詹姆的指头，"你会为他报仇，对吧？你会为咱们的儿子报仇。"

詹姆将手抽离，"不管怎么说，他都是我亲弟弟。"他把断肢举到她面前，好让她看清楚，"而且，我这样子怎么杀人？"

"你还有一只手，对吧？我又不要你跟猎狗决斗，提利昂只是个关在牢里的侏儒。况且没有守卫敢拦你。"

姐姐的念头让他大感不安。"不行，我必须知道实情，不能光凭一面之词。"

"你会知道实情，"瑟曦保证，"即将进行一场审判，到时候就水落石出了，你会比我更想杀他。"她抚摸他的脸，"没有你，詹姆，我好失落。我好怕史塔克会把你的人头送回来。噢，那样我会受不了的。"她吻他，很轻，只是嘴唇轻轻扫了一下，但他能感觉到对方浑身颤抖，于是伸手紧紧抱住了她，"没有你，我也不完整。"

他的回吻毫无轻柔，唯有饥渴。她则将嘴张开，容纳他的舌头。"不要，"当他向她颈部以下吻去时，她虚弱地抗议，"不能在这里，修士们……"

"去他妈的修士，都给异鬼抓走吧。"他继续吻，沉静地吻，绵长地吻，直到她发出呻吟。接下来他扫开蜡烛，将她举到圣母祭坛上，掀起裙服和里面的丝衣。她用拳头轻轻捶打他的胸膛，呢喃着风险、危机、父亲、修士、亵渎神诸如此类的话题，但他根本不在意。他解开马裤，也爬上祭坛，分开她白皙的大腿，将左手滑进其中，伸到短裤里面，一把撕开。她正在月经，但这无所谓。

"快，"她轻声说，"快呀，快呀，快来，快干，快干我，噢，詹姆詹姆詹姆。"她用自己的手指引他。"对，"当他插进去抽搐时，她说，"弟弟，好弟弟，对，就这样，对，我要你，你回家了，你回家了，你回家了。"她吻了他的耳朵，摸摸他粗短的头发，詹姆则在肉欲中迷失了知觉。他能感觉她的心跳，正如能感觉自己的心跳，两者业已合为一体，鲜血与精液融合，牢不可分。

但完事之后，太后却立刻道："拉我起来，如果被发现……"

他心不甘情不愿地起身，将她扶下祭坛。白色大理石台上血迹斑斑，詹姆用衣袖擦拭干净，然后弯腰捡起被他扫开的蜡烛。很幸运，它们落地时都熄灭了，否则即使圣堂刚才烧起来，我们也不会在意。

"这是件蠢事，"瑟曦边整理裙服边说，"父亲就在城中……詹姆，我们必须小心。"

"我受够了小心。坦格利安都是兄妹通婚，凭什么我们就不

行？嫁给我吧，瑟曦，勇敢地站出来，说你爱的就是我。我会为你举办一场盛大的结婚典礼，接着诞生新的儿子，以代替乔佛里。"

她退开一步："这不好笑。"

"你觉得我在开玩笑？"

"你把所有的理智都忘在奔流城了么？"她的声音逐渐高亢，"你很清楚，托曼的王位继承权始自劳勃。"

"他将来会继承凯岩城，还不够么？去他的，就让父亲当国王好了，我要的只有你。"他想摸她的脸，但老习惯难改，伸出的是右手。

她躲开他的断肢。"别……别说这种话，你把我吓傻了，詹姆，别做傻事。你知道吗？这些话只要传出去一星半点，我们就完了。他们到底对你做了什么？"

"他们砍了我的手。"

"不，不只如此，你变了。"她又退开一步，"明日再谈吧，我把珊莎·史塔克的侍女们关在塔楼房间，现在得去审讯……你去见父亲。"

"我翻越千山万水，损失掉自己最珍贵的东西，只为见你一面。请你不要就这么让我离开。"

"你去见父亲吧。"她重复，一边别过了头。

詹姆系好马裤，照她说的做了。他虽疲惫，却不敢倒头就睡，因为这会儿回城的消息肯定已传到父亲大人耳中。

首相塔守卫是兰尼斯特家族的亲兵，一眼就将他认出来。"诸神慈悲，终于让您回来了，爵士先生。"一名士兵边开门边感叹。

"诸神与此毫无瓜葛，是凯特琳·史塔克放的我，嗯，还有恐怖堡的波顿大人。"

他爬上楼梯，不待敲门便走进书房，发现父亲独坐在壁炉边。谢天谢地，他可不想让梅斯·提利尔或红毒蛇看见他的断肢，两人一起,那就更糟了。

"詹姆,"泰温公爵说,那语调好像彼此早餐时才刚碰过面,"根据波顿大人的信件,我还期待你能早些回来,以便参加婚礼呢。"

"途中耽搁了一下。"詹姆轻轻关上门,"听说姐姐过度铺张浪费,是不是?七十七道大餐和一场弑君戏,真是前所未闻。您何时得知我获得自由的?"

"你逃跑之后没几天,太监就得到了消息,于是我即刻派人前往河间地搜索。格雷果·克里冈、山姆威尔·斯派瑟、普棱兄弟等人统统出动。瓦里斯还向河间地一些势力通报了情况,要求对方予以协助,但没大肆声张,我们都同意越少人知情,你就越安全。"

"瓦里斯提起过这个么?"他走到壁炉边,让父亲看个清楚。

泰温公爵陡地起身,咬牙切齿。"谁干的?凯特琳夫人——"

"不,凯特琳夫人只用剑指着我喉咙,逼我答应送还她的两个女儿。这是你的山羊干的好事,瓦格·赫特,赫伦堡领主!"

泰温一脸憎恶地别过头。"不再是了,格雷果爵士已夺回城堡,他则被手下佣兵们抛弃。从前河安伯爵夫人的仆人们主动为我军打开一道边门,克里冈进去后,发现山羊独坐在百炉厅,因伤口感染导致的高烧和疼痛而发了狂。听说他耳朵被咬掉了。"

詹姆拍案叫绝。*多甜美的复仇!耳朵!*他等不及要把这消息告诉布蕾妮,即便妞儿不会为此大笑也罢。"他死了吗?"

"快了。克里冈依次砍下他的双手双脚,似乎想慢慢观赏科霍尔人唾沫横飞的样子。"

詹姆收住笑容:"勇士团的其他成员呢?"

"几个留在赫伦堡顽抗的人被杀死或处决,余众四散流窜,大概想逃往港口,或在森林里躲藏起来。"他终于回望向詹姆的断肢,嘴唇因愤怒而抿紧,"我要他们的脑袋,一个都逃不掉。对

了,你左手还能用剑么?"

我左手连衣服都穿不了。詹姆伸出胳膊,回答父亲的疑问:"还不是四根指头,一个拇指,没什么两样。为何不能用剑呢?"

"很好,"父亲坐下来,"非常好,我给你准备了一件礼物,原本为了纪念你的平安归来。呃,先前瓦里斯这样说……"

"不会刚巧是只新手吧?算了,这个问题待会儿再谈。"詹姆在父亲对面落座,"乔佛里怎么死的?"

"是毒药。症状和食物噎住雷同,但我命学士打开他的喉咙,却找不到任何堵塞物。"

"瑟曦认为是提利昂干的。"

"你弟弟亲手将毒酒献给国王,厅内千名宾客可以为证。"

"是吗?他可真蠢啊。"

"我已拘留了提利昂的侍从和他妻子的侍女们,着手进行详细调查。亚当爵士的金袍卫士负责搜查那史塔克女孩,瓦里斯也为此公布了赏格。总而言之,国王的律法必须得到伸张。"

国王的律法。"您打算处决自己的儿子?"

"他受到弑亲和弑君两项重罪的指控。如果是无辜的,那他无须害怕,但我们首先得听取两方面的证据。"

证据。在这座谎言之城,詹姆明白会有什么样的证据:"蓝礼之死不也很奇特吗?时机恰好符合史坦尼斯的利益。"

"蓝礼公爵是被贴身护卫害死的,据报是位来自塔斯岛的女人。"

"多亏了这位塔斯岛的女人,我今天才能坐在这里和您谈话。为安抚洛拉斯爵士,我把她暂时关了起来,但要我认定是她杀了蓝礼,倒不如让我相信蓝礼的鬼魂能够现世。依我看,史坦尼斯——"

"够了,世上没有巫术,杀害乔佛里的也只是毒药。"泰温公爵再度望向詹姆的断肢,"不能用剑,你就无须保持御林铁卫的身——"

"我当然要保持,"他打断父亲,"而且一定得保持。我看过《白典》,知道不少先例,无论残废与否,御林铁卫只要宣誓,必须效命终身。"

"当瑟曦以年老为名,虢夺巴利斯坦爵士的职务时,传统已被打破。现下,我们只需慷慨赠予总主教一份礼物,想必他会很乐意解除你的义务。诚然,你姐姐驱逐赛尔弥是件大蠢事,但从另一方面讲,也为我们打开了大门——"

"——因此得有人挺身而出把它关好,"詹姆站起来,"父亲,我受够了别人的闲言碎语,可不想再增添一笔烦恼。再说,我并非自己要当御林铁卫的队长,但活儿既然落到头上,就有责任——"

"你当然有责任,"泰温公爵也站起来,"对兰尼斯特家族的责任。你从前是凯岩城的继承人,以后也应当是。我决定把托曼交给你管教,让他作你的侍从和养子,只有在凯岩城,他才能学会如何当一个真正的兰尼斯特。我不要他母亲惯坏他,相反,我会为瑟曦找个丈夫。奥柏伦·马泰尔应该不错,但我得先说服提利尔大人此事不会损害高庭的利益。你也该结婚了,提利尔家坚持要把玛格丽转嫁托曼,我打算用你来代替——"

"不!"詹姆天旋地转,几乎站不住。不,不不不。他受够了,受够了贵族们的谎言,受够了父亲和姐姐,受够了这整个肮脏的交易,"不行,不行,不行,不行,不行!我要说几次'不行'您才会听?奥柏伦·马泰尔?这是个恶名昭彰的家伙,剑上涂毒反而只算他的小过恶,您知道吗?他的杂种比劳勃还多,他……他跟男孩睡觉!此外,您竟以为我会娶乔佛里的遗孀……"

"提利尔大人保证她还是处女。"

"她活到八十岁还是处女都与我无关!我不要她,也不要你的凯岩城!"

"你是我儿子——"

"我是御林铁卫的骑士!御林铁卫的队长!这才是我活着的意义!"

炉火照在泰温公爵结实的金胡须上,反射金光,衬托脸庞。父亲脖子上一根青筋暴突,但他没有说话,没有说话。

紧张与沉默延续,直至最后詹姆感到几分歉意。"父亲……"他道。

"你不是我儿子。"泰温公爵转头,"你说你是御林铁卫的队长,那才是你活着的意义。很好,爵士先生,我就不耽误你履行公务了。"

戴佛斯

他们的嗓音跟柴堆的火星一起盘旋升腾,涌向紫色的夜空,"……带领我们走出黑暗,哦,真主啊,请用火焰填充我们的心房,好让我们奉承您明光照耀。"

夜火于逐渐凝聚的黑暗之中燃烧,如一头鲜亮巨怪,变换闪烁的橙光为它在院子里投射出二十尺长的影子。龙石岛城墙上,那怪物与异兽的军团遥相呼应、蠢蠢欲动。

戴佛斯从长廊的拱窗望下来,看见梅莉珊卓高举双臂,仿佛要拥抱摇曳的火苗。"……拉赫洛,"她的声调清晰嘹亮,"你是我们眼中的光,你是我们心中的火,你是我们腹中的热。你的光是白昼温暖我们的太阳,你的光是黑夜守护我们的群星。"

"光之王,守护我等。长夜黑暗,处处险恶。"赛丽丝王后领着大家应和,尖细的脸上满是热忱。史坦尼斯国王站在她身边,咬紧牙关,赤金王冠上的尖刺随头部移动而反射光芒。他虽跟他们在一起,却不是他们中的一员,戴佛斯心想。希琳公主站在父母中间,脸颊和颈部的灰斑在火光中几近于黑。

"光之王,守护我等。"王后颂唱。国王未跟余人一起应和。他凝视着火焰,戴佛斯不知他在其中看到了什么。所谓"即将到来的大战"的景象?或是更贴近现实生活的事情?

"我们感谢您,拉赫洛,您带来生命,"梅莉珊卓颂唱,"我们感谢您,拉赫洛,您带来白昼。"

"感谢您派来温暖我们的太阳,"赛丽丝王后和其他人轻声回应,"感谢您派来守护我们的群星。感谢您赐予我们壁炉与火

炬，以抵挡无情的黑暗。"戴佛斯感觉应和的声音比前天晚上要弱一些，橙光映照出的激动脸庞也变少了。明天会更少吗……还是增多？

亚赛尔·佛罗伦爵士的声调像高音喇叭，他宽厚的胸膛和外弯的双腿在人群中十分醒目，火光如同巨大的橙色舌头舔舐他的脸。戴佛斯不知道事后亚赛尔爵士会如何对付他，今晚他们打算干的事可以让其成为国王之手，圆遂梦想。

梅莉珊卓高喊："感谢您赐给我们史坦尼斯，正直的国王陛下。感谢您赐予他如纯净烈焰般的心志，感谢您赐予他正义的英雄之红剑，感谢您赐予他对忠实子民的无尽热爱。请您引导他，请您守护他，拉赫洛，请您赐予他讨伐敌人的力量。"

"赐予他力量，"赛丽丝王后、亚赛尔爵士、戴冯和其他人回应，"赐予他勇气，赐予他智慧。"

小时候，修士们教导他向铁匠祈祷力量，向战士祈祷勇气，向老妪祈祷智慧。现今他向圣母祈祷，求她让他可爱的儿子戴冯免遭红袍女的魔神毒害。

"戴佛斯大人？该行动了，"安德鲁爵士轻碰他手肘，"伯爵大人？"

这一头衔在他耳中至今仍显怪异，但戴佛斯转身离开窗口。"对，是时候了。"史坦尼斯、梅莉珊卓及后党人士还要再祈祷一个小时，甚至更久。红袍祭司每天日落时分都燃起火堆，为即将结束的一日感谢拉赫洛，并请求他第二天重新带回太阳，驱逐凝聚的黑暗。走私者必须了解海潮，懂得捕捉风向。说到底，那是唯一适合他的身份：走私者戴佛斯。伤残的手伸向喉咙的幸运符，却什么也没找到。他甩开胳膊，加快步伐。

伙伴们紧随在后，跟上他的脚程。夜歌城的私生子有张被麻疹破坏的脸庞，也带着邋遢的骑士风度；杰拉德·高尔爵士一头金发，身形宽阔，直率粗鲁；安德鲁·伊斯蒙爵士比旁人高一头，铁铲形的胡子，浓密的棕眉毛。他们性情各异，却都是好人，戴佛斯心想，但若今晚之事有所差池，全都难逃一死。

"圣火是有生命的，"当初戴佛斯要红袍女教他如何透过火焰瞥见未来，她解释道，"它变化雀跃，从不静止……就像一本不停翻动的书，想看也看不清。首先需要多年刻苦训练，才能目睹火焰中的形影，而后又需更多年，才能分辨哪些影子属于将来，哪些影子属于现在，哪些影子属于过去。无论如何，过程相当艰难，应该说很难。你们是不明白的，你们日落国度的人从来就不明白。"戴佛斯不依不饶地追问，亚赛尔爵士如何能很快领悟其中诀窍，对此，她只神秘地微笑："任何一只凝视火焰的猫都会看到嬉戏的红老鼠。"

这些话，以及相关的一切，他都没对手下王党人士隐瞒。"红袍女或能预知我们的意图。"他警告大家。

"先宰了她便是，""渔妇"林斯建议，"我知道一个伏击的好地方，数人仗剑同时出动……"

"你会毁了大家，"戴佛斯说，"克礼森学士想除掉她，而她立刻知道了，我猜是从火焰里看见的。依我之见，她对于指向自身的威胁感应灵敏，但肯定无法知晓所有事情。若我们打一开始便彻底忽略她，或许可以躲过注意。"

"偷偷摸摸、躲来躲去有何荣誉可言。"符山城的崔斯顿爵士提出反对，他一直为桑格拉斯家效劳，冈瑟伯爵却被送上梅莉珊卓的火堆。

"被烧死就有荣誉了吗？"戴佛斯反问，"你也看到桑格拉斯大人的下场，急着想步他的后尘？我现下不需要荣誉，只需要走私者，你们怎么说？"

他们同意。诸神保佑，他们都同意。

当戴佛斯推门而入时,派洛斯学士正教艾德瑞克·风暴做算术。安德鲁爵士紧跟在后,余人留守楼梯和入口。学士停顿下来:"差不多了,艾德瑞克。"

男孩对来客的闯入迷惑不解。"戴佛斯大人,安德鲁爵士。我们正在做算术。"

安德鲁爵士微笑:"我在你这个年纪时最讨厌算术,老表。"

"我不介意算术,但最喜欢历史。历史书里都是故事。"

"艾德瑞克,"派洛斯学士说,"快去把斗篷拿来。你得跟戴佛斯大人一起走。"

"我?"艾德瑞克站起来,"上哪儿去?"他把嘴巴倔强地抿起,"我才不向光之王祈祷。我信仰战士,跟父亲一样。"

"我们知道,"戴佛斯说,"来吧,孩子,时间不容耽搁。"

艾德瑞克披上一件带兜帽未经染色的羊毛厚斗篷。派洛斯学士帮他系紧,并拉起兜帽遮住他的脸。"你一起来吗,学士?"男孩问。

"不。"派洛斯摸摸脖子上许多金属条串成的颈链,"我的岗位在这里,在龙石岛。快跟戴佛斯大人走吧,照他说的去做。记住,他是国王之手,关于国王之手,我教过你什么?"

"首相代表国王发号施令。"

年轻的学士微微一笑:"正是如此。快走吧。"

戴佛斯曾经不大信任派洛斯,也许是怨恨他取代了老克礼森的位置,现下却十分敬佩对方的勇气。*他很可能为此送命。*

学士房间外面,杰拉德·高尔爵士等在楼梯边。艾德瑞克·风暴好奇地看看他,下楼时,终于开口问:"我们究竟上哪儿去,戴佛斯大人?"

"去海上。一艘船在等您。"

男孩突然停下:"一艘船?"

"萨拉多·桑恩的船。萨拉是我的好朋友。"

"我会陪在你身边，孩子，"安德鲁爵士向他保证，"没什么好怕的。"

"我才不怕，"艾德瑞克恼怒地声明，"只不过……希琳会来吗？"

"不，"戴佛斯说，"公主得留在这儿，跟父母一起。"

"那我得先去见她，"艾德瑞克解释，"向她道别。否则她会伤心的。"

若你被烧死，她会更伤心的。"没时间了，"戴佛斯道，"我会把您的意思转达给公主陛下。等您到达目的地后，还可以写信给她。"

男孩皱起眉头，"你肯定我必须走吗？叔叔为何要我离开龙石岛？我惹恼他了吗？我敢说自己绝不是故意的。"他又露出那种固执的表情，"我要见叔叔。我要见史坦尼斯国王。"

安德鲁爵士和杰拉德爵士交换了一个眼神。"没时间了，孩子。"安德鲁爵士催促。

"我要见他！"艾德瑞克更为响亮地坚持。

"他不想见你。"戴佛斯必须说点什么，好让孩子继续前行，"我是他的首相，他的代表。难道非得要我禀报国王，你不肯服从命令吗？你知道那会让他多生气吗？你根本没见过他生气的样子！"他摘下手套，将四根被削去一截的手指露出来，"可我见过。"

这当然是谎言：史坦尼斯·拜拉席恩削掉洋葱骑士的手指尖时，丝毫不带感情，只有铁一般的公正。但那时艾德瑞克·风暴还没出生，不可能清楚。威胁取得了期望的效果，"他不该这么做。"男孩默然道，容许戴佛斯牵他走下楼梯。

夜歌城的私生子在地窖门口加入队伍。他们迅速前进，穿越阴暗的庭院，走下石龙尾构成的若干楼梯。"渔妇"林斯和欧麦·布莱伯利等在边门，脚边有两名捆起来的卫兵。"舟呢？"戴佛斯询问。

"在那儿，"林斯道，"四个桨手。大船则泊于陆岬之旁，名叫'疯狂普兰多号'。"

戴佛斯咯咯窃笑。*以疯子命名的船，是的，很合适。*萨拉富有海盗的黑色幽默。

他单膝跪在艾德瑞克·风暴面前。"我们得分开了，"他说，"有一艘小舟正等着您，载您上外海的大船，然后扬帆起航。您是劳勃之子，不论发生什么，我相信您的勇气。"

"我会的。只不过……"男孩犹豫道。

"把它当做一次冒险，大人，"戴佛斯试图令语气显得兴奋愉快，"这是您人生伟大冒险的开始。愿战士守护您。"

"愿天父公正地裁判你，戴佛斯大人。"男孩与他的亲戚安德鲁爵士结伴出了边门，余人跟在后面，只有夜歌城的私生子留下。*愿天父公正地裁判我，*戴佛斯可怜兮兮地想，他现在担心的是国王的裁判。

"这两个怎么办？"罗兰德爵士一边插上门闩，一边指着地上的卫兵问。

"拖去地窖，"戴佛斯道，"等艾德瑞克安全上路后，再给他们松绑。"

私生子略一点头。多说无益，这不过是最简单的部分。戴佛斯戴好手套，暗暗希望自己没失去幸运符，有那袋指骨挂在脖子上，感觉更踏实、更安定。他用削短的手指梳理细棕发，不禁疑惑自己该不该先理发，面对国王的时候，外表必须像模像样。

龙石岛从未如此黑暗恐怖。他缓缓走路，脚步声在黑色的墙壁和石龙之间回荡。但愿石头中的魔龙永远不要醒来。石鼓塔高耸在前,走近后,门口的守卫连忙分开交叉的长矛。不是为洋葱骑士,而是为国王之手。至少戴佛斯进门时还是首相,不知出来时会是什么。假如我真能出来的话……

楼梯似乎比以前更长更陡,或许只是因为他累了。圣母啊,我不是做这种事的料。他爬得太高也太快,在高高的山峰上,空气稀薄,难以呼吸。小时候,他梦想成为大富翁,但那是很久以前的事,长大以后,只想要几亩良田,一栋养老的屋宅,并为儿子们安排好前程。"瞎眼杂种"曾告诉他,聪明的走私者不会把手伸得太长,不会让自己受到太多关注。几亩良地,一座木堡,爵士称号,我早该满足了。若能活过今晚,他决意带戴冯航回风怒角,回到温柔的玛瑞亚身边。我们一起悼念死去的儿子们,并把活着的抚养长大,再不理会国王与权力。

戴佛斯进入图桌厅时,内里阴郁空洞,国王仍在夜火边,跟梅莉珊卓和后党人士一起。他跪在壁炉边生火,以将寒气逐出圆形房间,把阴影赶回角落之中。完成之后,他绕着屋子,依次走到每扇窗前,拉起厚重的天鹅绒窗帘,打开木窗户。风吹进来,充满海水的咸味,撩动他朴素的绿棕色披风。

走到北方,他斜倚在窗台上,呼吸夜晚冰冷的空气,希望瞥到"疯狂普兰多号"升起的风帆,但目力所及,尽是黑暗与空旷。他已离开了吗?他只能祈祷。半个月亮在高高的稀疏云层中穿进穿出,戴佛斯看到熟悉的群星。"战舰座"航往西方,"老妪之灯座"乃四颗明星围住一片金色光晕,乌云遮住"冰龙座"的大部分,除了那颗标志正北的明亮蓝星。这些是属于走私者的星星,是他的老朋友,戴佛斯希望这意味着好运。

但当视线从天空转向城堡的墙头,他就没那么确定了。夜火照耀下,岩石龙的翅膀投下巨大的黑影。他试图告诉自己,它们不过是雕塑,冷冷死寂,没有生命。然而这里曾属于他们,属于魔龙

和龙王，属于坦格利安家族。坦格利安家族有古老的瓦雷利亚血统……

寒风呼啸着刮过房间，壁炉里火焰盘旋跳跃，木柴噼啪作响。戴佛斯离开窗口，影子却走在人前，如一把又长又细的剑，落于绘彩桌案上。他在桌前站了许久，等待，等待。他们终于上楼了，靴子踏着石阶梯，人未到，声先至。"……没有三个。"国王正在说。

"一定会有三个，"梅莉珊卓的回答传进来，"我向您发誓，陛下，我看到他的死，听到他母亲的哀号。"

"你是在夜火里看到的。"史坦尼斯和梅莉珊卓一起进门，"火焰中充满陷阱。什么是现在，什么是将来，什么是可能。你无法确定……"

"陛下。"戴佛斯踱步上前，"梅莉珊卓女士所见是实。你侄子乔佛里已经死了。"

即使国王对于他候在绘彩桌案跟前感到吃惊，也没表露出来。"戴佛斯大人，"他说，"他不是我侄子。尽管多年来我一直以为如此。"

"他是在自己婚宴上被食物噎死的，"戴佛斯说，"也可能遭别人下了毒。"

"他正是第三个。"梅莉珊卓说。

"我会数数，女人。"史坦尼斯沿桌踱步，经过旧镇与青亭岛，走向盾牌列岛和曼德河口，"看来，在这个时代，婚礼竟变得比战争更危险了。谁下的毒？有消息吗？"

"据说是他舅舅，小恶魔。"

史坦尼斯咬紧牙关："他是个危险的家伙，我在黑水河上得到了教训。消息由谁通报？"

"里斯人仍在君临城内做生意。萨拉多·桑恩没理由对我撒谎。"

"我想也是。"国王的手指划过桌面,"乔佛里……记得城堡厨房里有只猫……厨子们常拿些残羹剩饭和鱼头喂它,其中一位告诉那孩子,它就要生小猫了,以为他会想要一只。结果乔佛里用匕首将那可怜的动物开膛破肚,看看是不是真的。找到小猫之后,他把它们拿给父亲看,却被劳勃狠揍一顿,几乎给打死。"国王摘下王冠,放到桌上,"不管是侏儒还是水蛭干的,反正于国于民是桩好事。他们一定会派人来迎接我了。"

"他们不会,"梅莉珊卓道,"乔佛里还有个弟弟。"

"托曼。"国王不情不愿地说出名字。

"他们会给托曼加冕,以他之名继续统治。"

史坦尼斯捏起一只拳头:"托曼的性情比乔佛里温顺,但同样出自乱伦。他是又一只成长中的怪物,又一条寄生于王国上的水蛭。时间所剩无几,维斯特洛需要一个真正的男人站出来,孩子不成的。"

梅莉珊卓曳步移近:"那就快快拯救他们吧,陛下,让我唤醒岩石中的魔龙。我已经达成了三个国王的目标,把那男孩给我。"

"艾德瑞克·风暴。"戴佛斯道。

史坦尼斯带着令人战栗的怒气转过来。"我知道他的名字。饶了我吧,别再说了。我跟你一样,不喜欢这样,但我必须向国家负责。我的职责……"他转回梅莉珊卓那边,"你发誓,没有其他方法?以你的性命起誓,撒谎的话,我保证让你生不如死。"

"您是那个命中注定要抵御远古异神的人选,应和着五千年前的预言。红色彗星宣告了您的到来,您就是亚梭尔·亚亥转世重生,预言中的王子,如果您失败,整个世界将一起消亡。"梅莉珊卓向他走来,张开红色的嘴唇,喉头的大红宝石阵阵悸动,"给我那男孩,"她低声说,"我将把您的王国交还于您。"

"办不到,"戴佛斯说,"艾德瑞克·风暴不在了。"

"不在了?"史坦尼斯转身,"什么意思,不在了?"

"此刻他搭乘一条里斯战舰,安全地扬帆出海。"戴佛斯凝视着梅莉珊卓苍白的心形脸蛋,看见沮丧与困惑交迭闪过。**她没有看到!**

国王的双目如深蓝的淤青,嵌在凹陷的眼窝里,"私生子在未经我准许的情况下,被带离了龙石岛?一艘里斯战舰,是吗?那里斯海盗以为可用这孩子诈骗我的钱财——"

"是您的首相干的,陛下。"梅莉珊卓心照不宣地回望戴佛斯一眼,"你快把他带回来,大人,赶快。"

"那男孩已不在我掌握中,"戴佛斯说,"也不在你掌握中,女士。"

她的红眼睛令他局促不安:"我该把你留在黑暗之中,爵士,你知道自己干了什么吗?"

"我履行了自己的职责。"

"这是背叛。"史坦尼斯走到窗边,凝视着外面的夜晚。他在找那艘船?"我把你从贱民中提拔上来,戴佛斯,"国王语中的疲倦更甚于愤怒,"难道忠诚有这么难?"

"我的四个儿子在黑水河为您而死,我自己也差点阵亡。今生今世,我对您的忠诚始终不渝。"即将的说辞,戴佛斯·席渥斯已经过一番深思熟虑,他知道自己的性命有赖于此。"陛下,您让我发誓给予您诚实的谏言,保护您的权利和您的国家,惩罚您的敌人,照顾您的子民。艾德瑞克·风暴难道不是您的臣民吗?不是我发誓要保护的人吗?我信守誓言,怎能称为背叛呢?"

史坦尼斯再度咬紧牙齿:"我从没有要求过这顶王冠,黄金戴在头上又冷又沉,但只要我还当国王一天,就有责任……假如我必须牺牲一个孩子,把他献给火焰,以拯救千百万人民,免遭黑暗的侵袭……牺牲……从来不是件容易事,戴佛斯,否则就不成其为牺牲了。你来解释,女士。"

梅莉珊卓道:"亚梭尔·亚亥用来给'光明使者'淬火的,乃是他爱妻的心血。一个拥有千头肥牛的富人,把其中一头献给神灵,不算什么,但献出自己唯一一头牛的……"

"她说的是牛,"戴佛斯告诉国王,"我说的是人,你女儿的朋友,你兄长的儿子。"

"他是国王的儿子,血管里有王者之血的力量。"梅莉珊卓喉头的大红宝石像红色的星星一样闪耀,"你以为自己救了这个孩子,是吗,洋葱骑士?大错特错!不管躲到天涯海角,当长夜降临时,艾德瑞克·风暴仍将和其他人一起死去。到时候,黑暗与严寒将笼罩整个世界,连你自己的儿子们也统统逃不掉。知道吗?你干预了自己所不能理解的伟业!"

"我不能理解的事情很多,"戴佛斯承认,"也从未不懂装懂。我了解大洋与河流,了解海岸的走向,了解礁石与浅滩,了解哪里有隐秘海湾,以便让小船悄悄登陆。我也了解国王必须保护子民,否则便算不上国王。"

史坦尼斯的脸沉下来:"你敢当面嘲笑我?我得从一个走私洋葱的人那里学习国王的职责吗?"

戴佛斯跪下:"倘若我有所冒犯,只管砍头,无论生死,我都是您的忠臣。但我还有几句话,为了我带给您的洋葱,为了您削下的手指,请听我说完。"

史坦尼斯拔出光明使者,它的光亮填满房间。"想说什么就说,但别拖延时间。"国王脖子上的肌肉像绳索一般突起。

戴佛斯从斗篷里摸出那张皱巴巴的羊皮纸。它又薄又脆,却是他此刻唯一的护盾。"国王之手应该能读会写,所以我求派洛斯学士指教。"他将纸抚平于膝,在魔剑的光亮之下念诵。

琼恩

他梦见自己回到临冬城的墓窖，在石制国王的宝座之间跛行。国王们用灰色的花岗石眼睛凝望他，灰色的花岗石手指紧握着膝盖上平躺的生锈长剑的剑柄。你不是史塔克家的人，他听到国王们透过厚重的花岗岩低吼，这里没有你的位置，快快离开。他走进更深沉的黑暗中。"父亲？"他喊，"布兰？瑞肯？"无人回应。一阵冷风从后颈掠过。"叔叔，"他喊，"班扬叔叔？父亲？求求你，父亲，帮帮我。"墓窖之上传来鼓声。人们在大厅里欢宴，但我不受欢迎。我不是史塔克家的人，这里没有我的位置。拐杖滑落，他跪倒在地。墓窖变得更加黑暗。角落里有光亮浮现。"耶哥蕊特？"他低语，"求求你，原谅我。"不过那只是一只冰原狼，灰蒙以至于白，血迹斑斑，黑暗中闪动的金黄大眼睛里流露悲伤……

黑暗的房间，身下的硬床。他在自己的床上清醒过来，这是熊老的卧室下方属于侍从的房间。按理他应该做个好梦，但尽管盖上层层毛皮，仍然觉得冷。北行途中，白灵睡在身边，寒夜中散发暖意；在荒野里，则有耶哥蕊特的陪伴。他们都不在了。他亲手火葬了耶哥蕊特，记得那是她的愿望，白灵呢……你在哪儿？你也死了吗，就是那梦中墓窖里染血的狼？但梦中的狼乃是灰色，并非雪白。灰色，布兰的狼。瑟恩人在后冠镇附近猎杀了他？如果真是这样，布兰可说失去了生命中最珍贵的东西。

当号角响起时，琼恩正努力挣脱纷乱的思绪。

冬之号角，他心想，仍然沉浸在噩梦带来的混沌中。曼斯没找到乔曼的号角，所以这绝不可能。第二声号角接踵而至，跟第一声一样绵长高亢。必须立即起床登上长城,他意识到,但做起来好难……

琼恩推开毛皮坐起来,腿上的疼痛已近麻木,应该可以站立。为抵御寒冷,他合衣而眠,所以现在只需穿鞋、罩上皮甲和盔甲及斗篷。号角再次响起,两声绵长呼唤,他把长爪挂在背上,拄着拐杖蹒跚地走下楼梯。

外面一团漆黑,阴暗的天幕下充斥刺骨的寒意。黑衣弟兄们正从堡垒和塔楼中蜂拥而出,一边系剑带一边走向长城。琼恩寻找派普和葛兰,但徒劳无功。也许正是他们中的一位吹响了号角。曼斯,他认定,曼斯终于来了。很好,我们将与他大战一场,然后就可以安心休息。不论生死,都可以安心休息了。

原有的楼梯已化为长城下一片焦木碎冰的辽广瓦砾场,人们只能靠绞盘牵引铁笼登上长城。不过笼子一次只能装十人,琼恩到达时刚好升上去了,必须等它再回来。其他人和他一起等:纱丁、穆利、省靴、木桶,还有长兔牙的金发大个子哈里士,人称"马儿",因为他曾是鼹鼠镇的马倌,他也是镇上少数几个留在黑城堡的人之一。余人纷纷逃回田地和小屋,逃回到那些位于地下的妓院听天由命。只有马儿梦想穿上黑衣,真是个兔牙大笨蛋。妓女泽也在,上次战斗中她的十字弓用得很出色。诺伊还留下三个孤儿,他们的父亲为保卫阶梯而牺牲。三个都很小——一个九岁,一个八岁,还有一个五岁——没人愿意关照。

等待期间,克莱达斯送来温酒,三指哈布则分发大块黑面包。琼恩拿上一块啃起来。

"这是曼斯·雷德吗?"纱丁紧张地问。

"希望如此。"黑暗中有比野人更可怕的存在。琼恩忆起身处先民拳峰的雪地时野人王所说的话:当死人出没,环墙、木桩和宝剑都变得毫无意义。人是无法跟死者作战的,琼恩·雪诺,没有谁

比我更清楚。光想想，就让琼恩感觉寒风都变得更加刺骨。还好笼子就在此刻叮当响着下到地面，于长长的铁索尾端摇摆，大家静静挤进去关上门。

穆利将传唤铃的绳索拉了三下。很快铁笼便开始上升，起初颠簸不已，不久渐趋平稳。无人说话。到得顶上，铁笼平移，人们一个接一个地跳出来，马儿伸手帮了琼恩一把。冷风如重拳来袭，令他不由自主地牙齿打颤。

长城之巅，弟兄们用比人还高的杆子撑起一列钢盆，里面生起熊熊大火。风似利剑，戳搅焰苗，可怖的橙光不断摇曳。束束箭支、弩支、长矛及弩炮箭准备就绪。岩石堆了十尺之高，装沥青和灯油的大木桶在旁边排好。除人手之外，波文·马尔锡每一样都给黑城堡留下了充足供应。风抽打着城垛上那些手执长矛的稻草哨兵的黑斗篷。"希望别是他们中的一位吹响了号角。"琼恩跛行在唐纳·诺伊身边评论。

"你听到了吗？"诺伊问。

风声，马嘶，还有别的。"一只长毛象，"琼恩说，"那是一只长毛象。"

武器师傅扁平的大鼻旁呼气结霜。长城以北为无垠黑暗，势若汪洋，但琼恩能辨认出远方森林里点点闪烁移动的红星。这是曼斯，就跟太阳升起一样明显。异鬼不会点火。

"我们看不见，该怎么打？"马儿问。

唐纳·诺伊走向波文·马尔锡修复的那两台巨大投石机。"**让它带给我们光明！**"他咆哮。

沥青桶被迅速塞入投石机，接着用火把点燃。风动火势，气焰狂暴。"放！"诺伊大吼。随着平衡臂下落，投掷臂"砰"的一声砸在横木上，燃烧的沥青桶便在暗夜中翻滚飞出，散发着奇异的摇曳光芒，照亮途经的地面。琼恩在微光中瞥见长毛象们沉重的脚步,一闪而过。有十来头,也许更多。木桶砸在地面爆裂。敌方阵营传出低沉的喇叭,还有一个巨人用古语咆哮,他的声音如来自远古的轰雷,让琼恩脊梁震颤。

"继续!"诺伊呼叫,投石机再次装填,接着又是两只燃烧沥青桶噼啪穿过黑暗落入敌军之中。这次一桶沥青击中一棵死树,并将其点燃。不止十来头,琼恩发现,足有一百头。

他缓缓走近城墙边缘。小心,他提醒自己,这里实在太高。哨兵红埃林再度吹起号角:喔喔喔喔喔呜呜呜呜呜呜呜呜呜呜呜呜呜呜呜呜呜呜呜呜呜呜呜呜呜呜,喔喔喔喔喔呜呜呜呜呜呜呜呜呜呜呜呜呜呜呜呜呜呜呜呜。这次野人们回应了,不是用一只号角回应,而是十来只同时奏响,夹杂许多笛声和鼓声。我们终于来了,对方宣告,我们要摧毁你们的城墙,抢掠你们的土地,占有你们的女人。风声呼号,投石机吱吱作响,发出砰然的重击,送木桶飞入夜空。在巨人和长毛象身后,琼恩看到野人们手执斧头和弓箭涌向长城。二十?二百?二万?黑暗中一切都无从分辨。这是盲人之间的战斗,唯一的区别是曼斯比我们多出上千倍的人可供牺牲。

"城门!"派普惊呼,"他们的目标是城门!"

从理论上说,长城过于庞大,几乎无法攻克:它高得让一切云梯和攻城塔都无能为力,厚到使任何攻城锤望之兴叹。没有投石机能掷出破坏墙面的巨石,而若试图火攻,融雪很快就会熄灭火焰。诚然,你可以爬过去,像掠袭者在灰卫堡附近干的那样,但前提是行动者必须强壮、稳健、手脚灵便,即便这样,也可能落得贾尔的下场,摔下来被一棵树刺穿。对大队人马而言,必须攻打城门,别无他法。

然而,所谓城门只是冰墙中弯曲狭窄的隧道,可谓七大王国最小的门,内里只能下马单列行进。通道内有三道拦路铁栏,每道

都上锁并捆绑铁链,头顶还有杀人洞加以保卫。最外层的门是九寸厚的镶钉老橡木板,同样难以击破。不过曼斯有长毛象,他提醒自己,还有巨人。

"下面冷着咧,"诺伊说,"给他们洗洗热水澡,小子们?"一打灯油罐子正排列在城墙边,派普跑上前用火把将它们通通点燃,接着呆子欧文将其一个接一个地推倒。罐子喷吐着旋转的淡白火舌,凌空坠落,当最后一个也摔下去之后,葛兰踢开沥青桶的木楔,让沥青沿墙辘辘地流淌。下方的声音变成惨叫与尖嘶,对他们而言,却是甜美的乐曲。

然而鼓声仍如波浪一般传来,投石机抖动、出击,皮风笛的声音回荡在夜空,仿佛烈鸟的歌唱。塞勒达修士同样在唱圣歌,但声音因喝多了酒而显得粗浊颤抖:

<blockquote>
温柔的圣母,慈悲的源泉,
保佑您的儿子穿越鏖战,
止住流矢,抵挡刀剑,
让他们看见美好的……
</blockquote>

唐纳·诺伊焦躁地围着他转:"谁敢放下刀剑,我就一脚把他踢下长城去……别停啊!修士。弓箭手!该死,弓箭手在哪儿?"

"这儿。"纱丁说。

"还有这儿,"穆利答道,"不过我找不到目标……黑得跟猪肚子里一样。敌人到底在哪里?"

诺伊指向北方,"不停放箭,也许可以碰巧射到一些,至少能骚扰对方。"他望着围绕在身边的这些被火光照亮的脸庞,"我需要两名弓手和两名矛手来一起守隧道,以防他们击碎城门闯进来。"十多个人走上前,武器师傅挑出四个,"琼恩,在我回来之前,长城是你的了。"

半晌间,琼恩以为自己听错了。诺伊竟让他指挥长城上的防御?"大人?"

"大人?我只是一名铁匠。"

"我说过,长城是你的了。"

这里有比我年长的人,琼恩想辩解,比我优秀的人。我还像夏天的青草一样软弱,况且身上有伤,还被指控开小差。嘴里干得发苦,"是。"他勉强答应。

之后,琼恩·雪诺觉得自己如在梦中。他的弓箭手们站在稻草哨兵中间,用半僵硬的手臂驱动长弓和十字弓,向看不见的敌人倾泻无数飞矢。不时有支野人的箭射上来回应。他派人使用较小的弹石器,把巨人拳头般大小、参差不齐的石子散射入空。黑暗吞噬了它们,就如人们咽下一把干果。长毛象阴沉地叫唤,陌生的声调复述陌生的语言。塞勒达修士祈祷黎明到来的声音吵闹中充满酒意,琼恩几乎想一脚把他踢下去。底下,一只长毛象垂死呻吟,另一只着了火,在森林里横冲直撞,践踏人和树。寒风愈加刺骨,哈布乘笼子上来,捎带杯杯洋葱肉汤,欧文和克莱达斯负责把它们端到弓箭手们身边,好让他们在放箭间隙时喝上一口。泽也操起十字弓参战。一小时接一小时的装填和发射让右边那座投石机的某个零件松了,前面的平衡臂猛然断裂,同时扳倒后方的投掷臂,让它摔在地上砸成了碎片。左边的投石机继续发射,不过野人们很快学会了如何避开它的杀伤范围。

我们需要二十座投石机,而不止是两座,并且它们应当装在撬板和绞盘上以便移动。这是无用的妄想。不如再增加一千名战士,外加三条龙。

唐纳·诺伊没有回来,下去保卫那条黑冷隧道的几个人都没有回来。长城是我的了,每当筋疲力尽时,琼恩便这样自我提醒。他

自己也拿起一把长弓，只觉手指麻木僵硬，几乎冻结。高烧又回来了，腿脚不由自主地发抖，疼痛如白热的匕首，贯穿全身。再放一箭，就可以安心休息了，他告诉自己，不下五十次地告诉自己，*再放一箭*。可每当他射完箭，那三名鼹鼠村孤儿中的一位就会立即跑来递上新的。*再放一箭，就可以安心休息了*。很快黎明就会到来。

但当黎明最终降临时，却没有人反应过来。世界仍为黑暗，慢慢褪成为灰，某种形态隐隐约约地在阴暗的天边浮现。琼恩弯腰凝视东方天际大块大块的厚重云团。还在做梦吗？他看到云团下的光亮，搭上另一支箭。

这时升起的太阳破云冲出，光芒如柄柄白色长枪照射在战地。看到这片位于长城和森林之间半里长的沙场时，琼恩不由自主地屏住了呼吸。只半个夜晚，这里就成了一片充满焦黑草梗、散落沥青、粉碎石子和无数尸体的废土。烧焦长毛象的尸体引来大群乌鸦，还有战死的巨人，但在他们后面……

左边有人发出呻吟，接着塞勒达修士喃喃道：「圣母慈悲，噢，噢，噢，噢，圣母慈悲……」

在那片森林底下，集结了全世界的野人：骑兵与巨人，狼灵和易形者，山上的蛮族，咸海的水手，大冰川的食人部落，脸染成各种颜色的穴居人，冰封海岸的狗拉战车，脚板如煮沸皮革的硬足民……所有这些形色怪异的野人都被曼斯聚集起来攻打长城。*这不是你们的土地*，琼恩想对他们叫喊，*这里没有你们的位置，快离开*。他似乎听到"巨人克星"托蒙德的嘲笑。"你什么都不懂，琼恩·雪诺。"耶哥蕊特也在说。他下意识地弯曲用剑的手，五指开开合合，尽管身在高处完全用不上剑。

躯体已冻得僵硬，内里发着高烧，手中的长弓突然沉重万分。和马格拿的战斗无关紧要，他明白了，而昨晚的战斗甚至连无关紧要都说不上，仅仅是一场侦查，一把企图在黑暗中攻敌不备的匕首。真正的战斗现在才刚刚开始。

"我不知道他们有这么多。"纱丁说。

琼恩是知道的,他见过这帮野人,但不是眼下的状态,不是排成战斗队列。行军途中,野人的队伍散开若干里格,像许多庞大臃肿的昆虫,从未聚在一起,而现在……

"他们来了。"有人嘶哑地喊道。

队列正中是长毛象,上百只长毛象,手握棍棒、大槌或巨石斧的巨人骑在它们背上。更多巨人跑在旁边,推一棵装上木轮的大树干,树干前端磨砺成尖。撞锤,他阴沉地想。如果下面的城门还健在的话,用那东西轻轻几碰就会让它粉碎。在巨人们两侧,浪涛般汹涌而来的是身穿煮沸皮甲、手执用火淬硬的长枪的骑兵,大群弓箭手,以及成千上万挥舞长矛、投石索、棍棒和皮革盾牌的步兵。来自冰封海岸的骨制战车"哗哗"响着在两翼推进,彪悍的大白狗牵引它们越过岩石与树根。这便是北野洪荒的愤怒啊,听着皮风笛的尖啸、听着野狗们的咆哮、听着长毛象粗重的鼻音、听着自由民吹口哨和叫喊声、听着巨人们用古语发出怒吼,琼恩不由得感慨。敌人的战鼓在冰墙中引起回音,仿佛内部有闷雷翻滚。

他可以感受四周人们的绝望。"他们一定有十万人。"纱丁号叫。

"我们该怎么办?怎样阻止他们?"

"长城将阻止他们。"琼恩听见自己说。他转向大家,提高声调,"长城将阻止他们,长城会保护自己。"空洞的言辞,但他必须尽可能地重复,越多越好,因为这是弟兄们渴望听到的话。"曼斯想用人数来吓唬我们。他认为我们都是笨蛋吗?"他扯开嗓门叫喊,忘掉了自己的腿,每个人都静静倾听,"战车、骑兵、外加步行的蠢货……对长城上的我们而言有什么可怕呢?你们见过能爬墙的长毛象吗?"他笑了,派普、欧文和其他六七人也跟着笑了。

"他们什么都不是，比这些稻草哨兵还不如。他们够不到我们，伤不了我们，吓不倒我们！对不对？"

"对！"葛兰高喊。

"他们在绝境长城底下，而我们踩在他们上面，"琼恩道，"守住城门，他们便不能通过。他们将永不能通过长城！！"人们不约而同地高声呐喊，吼出同样的词句，回应琼恩，一边挥舞手中的利刃和长弓，脸颊因激动而变得通红。琼恩发现木桶胳膊上挂着号角。"兄弟，"他告诉木桶，"吹响战争的信号。"

木桶咧嘴一笑，将号角举到唇边，吹出代表野人来袭的两声绵长号角。其他号角也纷纷跟进，直到长城本身都发起抖来，强烈而低沉的回响淹没了所有声音。

"弓箭手，"余音消逝后，琼恩下令，"瞄准推撞锤的巨人，该死，每个人都瞄准好，听我口令发射，绝不准先动。巨人和他们的撞锤！下场浓密的箭雨，但首先等待对方进入射程。谁浪费一支箭，就给我爬下城墙去捡，听明白了吗？"

"明白，"呆子欧文高喊，"我明白，雪诺大人！"

琼恩哈哈大笑，笑得像酒鬼、像疯子，但部下跟他一起笑。现在，两翼的战车和急驰的骑兵开始突出于中央，野人们还没冲过这半里路的三分之一，阵线已乱。"给投石机装上铁蒺藜，"琼恩说，"欧文，木桶，把弹石器旋到中央角度。弩炮装填火矛，得令即发。"他指指鼹鼠村的几个小孩，"你，你，还有你，拿好火把等着。"

野人的弓箭手边进边射，模式单调，总是先向前猛冲，停下，发射，随后再猛冲十码。飞箭的数量如此惊人，以至于天空完全被其笼罩，但可悲的是全部无害的坠落。彻头彻尾的浪费，琼恩心想，他们的确欠缺经验与纪律。自由民那些较小的、以兽角和木头做的弓本远逊于守夜人军团的高大紫衫木长弓，况且还射的是头顶七百尺的目标。"让他们射，"琼恩说，"等着。保持镇静。"人们的斗篷在身后拍打。"风正迎面吹，会影响射程。等着。"近了，更近了。皮风笛啸叫，鼓声如雷霆，野人们的箭在空中"嗖嗖"划过，随即下坠。

"拉弓。"琼恩举起自己的弓，将箭拉到耳边。纱丁照办，还有葛兰、呆子欧文、省靴、黑杰克布尔威、艾隆与艾蒙克。泽也把十字弓放到肩上。琼恩注视着撞锤慢慢逼近，长毛象和巨人们笨拙地跑在旁边。从这儿看下去，他们如此渺小，几乎可用一只手捏碎。我有这样大的手就好了。他们穿越杀戮战场，轰隆碾过死去的长毛象，惊起成百乌鸦。近了，更近了，直到……

"放！！"

黑色的羽箭发出嘶声，如插翅膀的毒蛇，飞了下去。琼恩未待查看战果，便迅速搭上第二支。"搭箭！拉弓！放！"他又尽快搭上第三支，"搭箭！拉弓！放！"一次紧接着另一次。他朝投石机叫喊，然后听到吱吱的响声和砰然的重击，百余铁蒺藜散射破空。"弹石器，"他喊，"弩炮，弓箭手，自由射击！"这时野人们的箭击中了长城，钉在他们脚下一百尺的地方。又一位巨人蹒跚着逃跑。搭箭，拉弓，放。一头长毛象转头撞向身边的同伴，把巨人从背上摔下来。搭箭，拉弓，放。他看见撞锤倒下，推它的巨人非死即伤。"用火箭，"他呼喝，"烧掉撞锤！"受伤长毛象的尖叫及巨人的怒吼中混杂有鼓声和笛声，交织成可怕的乐章，不过他的弓箭手们不受干扰、毫不停歇地瞄准发射，似乎都成了死去的迪克·佛拉德那样的聋子。是的，这些人也许曾为世间渣滓，而今却都是守夜人的汉子，够了。这就是为什么他们永不能通过长城。

一只长毛象陷入狂暴，撞翻无数野人，踩死若干弓箭手。琼恩拉开长弓，照准这只野兽毛茸茸的背部补了一箭，以驱动它奔逃。东西两面，野人的侧翼毫无阻碍地到达长城，但战车只能于城下无

益地打转，骑兵们同样在奇丽的冰壁面前漫无目的地来回。"城门！"有人在喊，似乎是省靴，"长毛象冲向城门！"

"火，"琼恩咆哮，"葛兰，派普！"

葛兰摔开长弓，用尽全身力气将一桶油从堆放的地方搬下来滚到城墙边，派普把密封的塞子锤开，塞入一大段布条，并用火把点燃。之后，他俩协力将桶推下去。桶下坠了约一百尺，撞上长城，随即爆裂，在空中撒满碎木和燃油。葛兰滚来第二桶，木桶也滚来一桶，派普将其分别点着。"打中了！"纱丁高喊，他的头伸出如此之远，琼恩几乎肯定他会摔下去，"打中了，打中了，打中了！"下方传来烈焰的怒号。一个全身浴火的巨人蹒跚着闯入视野，绊倒在地疯狂打滚。

这时，长毛象们猛地一下开始集体奔逃，它们从烟雾和火光中冲出，带着惊恐撞向身后的同胞，使得它们也加入崩溃的行列，而巨人和野人们争抢走避。不到半个心跳时间，阵线中央已彻底瓦解，两翼的骑兵眼看被抛下，也跟着逃跑，尽管自身还没流一滴血。战车也隆隆地返回，除了散播恐怖和制造噪音，它们一事无成。一旦队列冲乱，对方便不堪驱使，望着四散逃亡的野人，琼恩心想。战场上的鼓声已然全部沉寂。你喜欢这音乐吗，曼斯？你喜欢多恩人妻子的滋味吗？"有谁受伤？"他喝问。

"有个该死的家伙射中了我的脚，"省靴拔出箭支，在头上挥舞，"不过瞄的是木的那只！"

粗鲁的欢呼在周围响起。泽抓住欧文，抱着他转圈，然后当大家的面给了他一个湿润的长吻。她也试图亲吻琼恩，但他抓住她肩膀，温柔而坚定地推开。"不。"他说。我已经亲吻得太多。此刻他只觉疲乏得无法站立，大腿从膝盖到胯下的部分痛得昏天黑地，于是摸到拐杖，"派普，扶我登上笼子。葛兰，长城是你的了。"

"我的？"葛兰说。"他的？"派普道。很难分辨他们中谁更吃惊。"可是,"葛兰结结巴巴地说,"可——可是野人再攻来我该怎么办?"

"阻止他们。"琼恩告诉他。

乘笼子下降时,派普脱掉头盔,擦拭额间。"结霜的臭汗,能有比结霜的臭汗更脏的东西?"他微笑,"诸神在上,居然这么饿,我敢发誓自己可以吞下一整头牛!你认为哈布会把葛兰煮给我们吃吗?"

当他看到琼恩的脸色时,笑容凝固了:"怎么?你的腿?"

"是的,我的腿。"琼恩应和。简单的回答都让他觉得吃力。

"没伤到吧?我们干得漂亮。"

"带我去城门。"琼恩严厉地说。*我需要温暖的炉火,热腾的饭菜,舒适的床铺以及止痛的东西*,他心想。但首先必须去隧道,查看唐纳·诺伊他们的状况。

与瑟恩人的战斗之后,人们花了整整一天来清理堆积在内门附近的碎冰和木梁。麻子佩特、木桶等工匠们激烈争论,是否该把残骸留下来,作为防御屏障。这意味着放弃隧道的防守,所以被诺伊坚决拒绝。他认定只要把人埋伏在杀人洞里,然后由弓手和矛手把守拦路铁栏,一小撮坚定的黑衣弟兄便足以抵挡上百倍的野人,让他们的尸体塞满隧道。他不打算让曼斯·雷德轻易通过冰壁,所以用上各种铲子、锄子和绳子,人们最后挪开破碎的阶梯,把内门挖了出来。

琼恩站在冰凉的铁栏前,等待派普去向伊蒙学士索要备用钥匙。

令他惊讶的是,伊蒙学士跟着派普一起回来,还有打灯笼的克莱达斯。"检查完毕后,马上跟我走,"派普开门时,老人告诉琼恩,"我必须给你换绷带,敷新药。你也需要更多安眠酒止疼。"

琼恩无力地点头。门终于打开,派普当先进入,接着是克莱

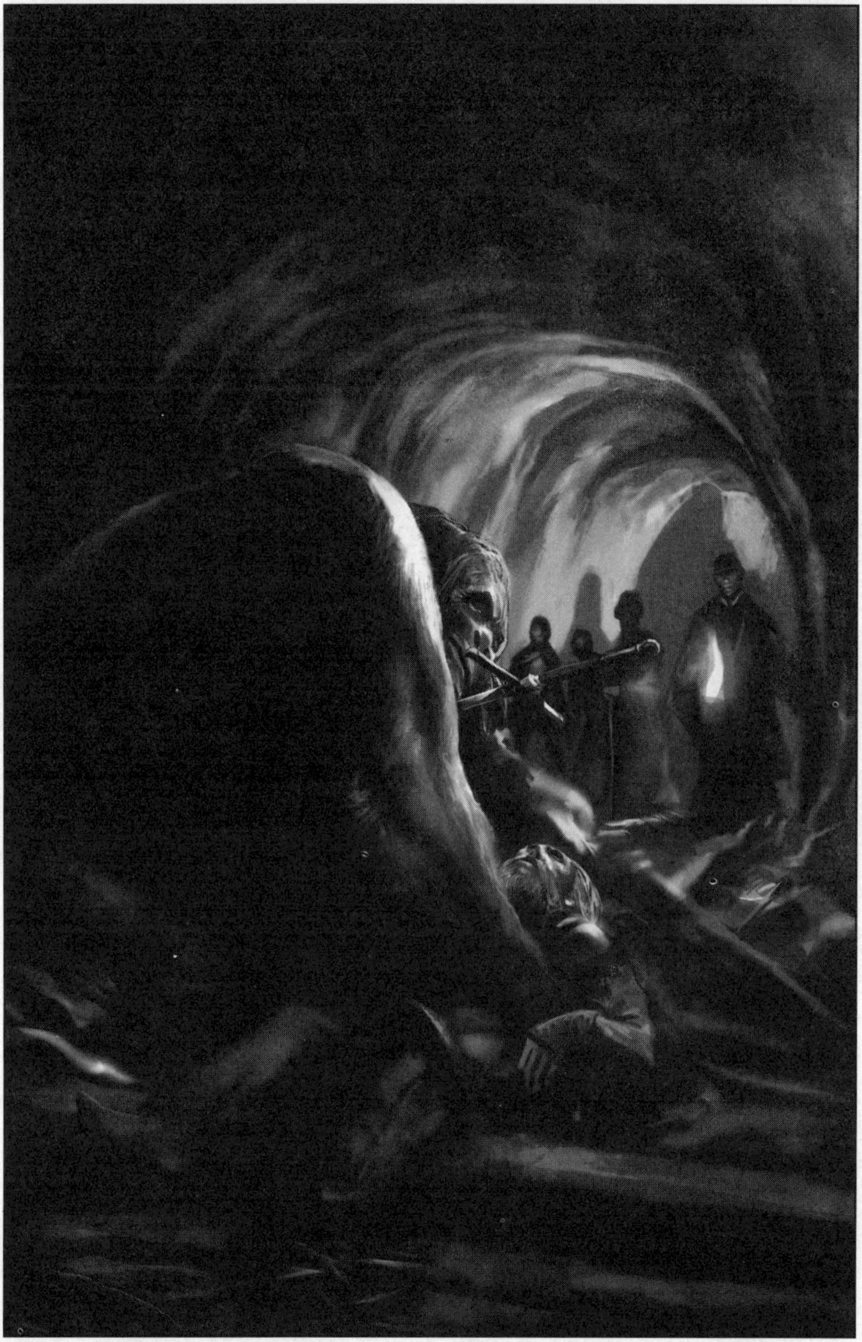

达斯和他的灯笼,琼恩只能勉力跟上伊蒙学士。冰壁从四面八方压来,寒意直入骨髓,整个巨大的长城就在头顶,他们好像在冰龙的食道里漫游。隧道一弯接一弯。派普打开第二道铁栏,继续前进,再转弯,前方有光,透过冰层射来的苍白微光。糟了,琼恩立刻反应过来,*糟透了*。

派普说:"地上有血。"

隧道最后二十尺是弟兄们战斗和阵亡的地方。最外层的老橡木门早被砍穿击破,连铰链也扭了下来,有个巨人爬进碎屑里。灯笼发出的阴郁红光照亮了毛骨悚然的战场。派普扭向一旁开始呕吐,琼恩则嫉妒起失明的伊蒙学士。

诺伊和他的人在里面等待,就着一道和派普刚才打开的一模一样的沉重铁栏。两名十字弓手在巨人冲来时射出一打箭矢,两名矛手则透过栏栅戳刺。即使这样,仍未能阻止对方,他扭下麻子佩特的头颅,抓住铁栏,以惊人的伟力将其完全扳开。破碎铁链的环节洒得到处都是。*一个巨人。所有这些都是一个巨人完成的。*

"全部牺牲?"伊蒙学士轻声问。

"是的。唐纳是最后一个。"诺伊的剑足有一半深深没入巨人的咽喉。平日里,琼恩常惊叹于武器师傅的高壮,但如今被巨人魁伟的胳膊抱住的他就像个小孩,"巨人压碎了他的脊梁,我不知他们中谁先死。"他拿来灯笼,移上前去仔细观察。"玛格。"*我是最后的巨人。*他终于能感受到那种悲哀,但没有时间用来伤感,"这是'强壮的玛格',巨人的国王。"

现在的他渴望阳光。隧道黑暗阴冷,血与死亡的臭气让人窒息。琼恩把灯笼还给克莱达斯,踩过尸体,穿越扭开的铁栏,向被击碎的大门走去,去看看门后的世界。

一个死去的长毛象的巨大身躯把路挡住大半,他试图挤过去时斗篷被巨兽的獠牙勾住、扯烂。外面还躺着三个死巨人,覆盖在石头、烂泥和凝固沥青下的尸体已有一半被烧焦。火焰融化长城的痕迹清晰可见,巨大的冰片因高热而蜕落,砸碎在焦土之上。抬头,抬头,可以看见火焰出发的地方。你在那儿无限高大,似乎伸手即可轻轻捏碎现在的你。

琼恩回到其他人身边,"必须尽可能地修复外门,并堵塞这段隧道,用上碎石、冰块,什么都行,反正要把第一和第二道铁栏之间封住。文顿爵士得负起指挥事务来,他是城里最后的骑士,赶快行动吧,我想在我们得到喘息之前,巨人就会回来。我们要告诉他……"

"把想法告诉他,"伊蒙学士异常轻柔地说,"他会微笑,点头,然后忘得一干二净。三十年前文顿·史陶爵士是总司令一职的有力候选人,或许可以干得很好。直到十年前他仍可以胜任。但从此之后就不行了。你同唐纳一样深知这点,琼恩。"

这是事实。"那你来指挥,"琼恩告诉学士,"你把一生都奉献给了长城,人们会追随你。我们着手修门吧。"

"我是戴颈链发了誓的学士,职责就是服务,琼恩。我们学士付出谏言,而非命令。"

"总得有人——"

"你。你必须带领大家。"

"不……"

"必须,琼恩。时间不会太长,只到守卫部队回来为止。记得吗?唐纳选择了你,'断掌'科林也选择了你,莫尔蒙总司令则让你作他的事务官。你是临冬城的孩子,班扬·史塔克的侄儿,除此之外没有别人。长城是你的了,琼恩·雪诺。"

艾莉亚

每天早晨醒来的时候,她都可以感觉到内里的空洞。这不是饥饿,尽管她吃得很少。这是个空荡的地方,一种虚无,原来兄弟姐妹父母们所在之处化为乌有。她的头也很疼,虽然比之前好些,但仍相当强烈。艾莉亚对此已经习惯,肿块终会消解,心中的空洞却依旧如故。这空洞永远不会好起来,睡觉时,她告诉自己。

有的早晨,艾莉亚根本不想醒来。她宁愿蜷在斗篷下,闭紧眼睛,再度入睡。若猎狗不来管她,她会没日没夜地睡。

然后做梦。做梦时最棒。她几乎每晚梦到狼。一大群狼,由她领头,而且她最为高大、强壮、机敏、迅捷。她跑得比马快,打得比狮子强,每当咧牙露齿,人类便纷纷走避。她从不肚饿,毛皮替她保暖,无惧寒风凛冽。她有许多兄弟姐妹,成群结队,凶猛可怕,而且统统听命于她,永远不会离开。

如果说她的夜晚属于狼,白天则属于狗。桑铎·克里冈天天早上准时叫她起床,不管她喜不喜欢。他会用刺耳的声音咒骂她,或将她提起来摇晃。有回他把一盔冰水倒在她头上。她跳了起来,一边颤抖着洒水,一边想踢他,结果他只哈哈大笑。"擦干净,然后去喂该死的马。"他吩咐,而她乖乖照办。

他们现在有了两匹马,陌客和一匹栗色矮母马,艾莉亚给它取名"胆小鬼",因为桑铎说它很可能跟他们一样,是从李河城逃出来的。屠杀发生后的第二天早上,他们在田野里遇见游荡着的它,背上没有骑手。作为坐骑,它很不赖,但艾莉亚无法喜爱胆小鬼。陌客就会反抗。但她还是尽力照料它,这总比跟猎狗同骑要强。况且胆小鬼虽然懦弱，但年轻力壮，艾莉亚觉得，如果情势危急，它会跑得比陌客快。

猎狗不再像以前那样看紧她，有时似乎并不在意她是走是留，晚上也不再把她捆进马褥子。我要趁睡熟时杀死他，她告诉自己，却从未付诸行动，我要骑着胆小鬼逃跑，他抓不住我，她心想，但也未付诸行动。该去哪儿？没有临冬城了，舅公在奔流城，可他们彼此不认识。橡果厅的斯莫伍德夫人或许会收留她，或许不会，况且艾莉亚甚至不肯定自己能找到橡果厅。有时她觉得该回沙玛的客栈——若洪水没将它冲走的话——跟热派做伴，搞不好贝里伯爵还能重新找到她。安盖会教她如何用弓，然后就可以同詹德利一起当土匪，像歌谣里的"白鹿"温妲那样。

但这都是笨念头，跟珊莎的梦想一样。热派和詹德利有机会就离开了她，而贝里伯爵的土匪与猎狗只想拿她换赎金。没人想跟她在一起。他们不与我同一族群，就连热派和詹德利也不是。我想那些真是太笨了，像个笨蛋小女孩，根本不是狼。

因此她留下来同猎狗结伴。他们每天骑马赶路，从不在同一地方睡两次，并尽量避开市镇、村庄和城堡。有次她问桑铎·克里冈，他们要上哪儿去。"去远方，"他说，"知道这点就行。我不想浪费口舌，也不想听你乱喊乱叫。妈的，真该让你跑进那座该死的城堡。"

"是啊。"她赞同，同时想起了母亲。

"如果我让你去，你早就死翘翘了。妈的，你该感谢我，并为我唱支甜美的小曲儿，像你姐姐那样。"

"你也拿斧子砸她了？"

"我是拿斧背砸你的，愚蠢的小母狼。如果用斧刃，你的脑浆这会儿还在绿叉河里漂呢。闭上该死的鸟嘴，我要把你交给静默修女会，她们会把多话的女孩舌头割掉。"

他这么说不公平。除了那一次,艾莉亚根本不说话。日子一天一天地过去,他俩什么也不说。她太过空洞,无话可说,猎狗则太愤怒。她可以感觉到他体内的怒火,从他脸上的表情、从他扭曲紧绷的嘴唇、从他瞧她的眼神,都看得出来。每当他拿斧劈柴,便会进入一种令人战栗的愤怒状态,他会疯狂地劈砍树干、落木或者断枝——柴火根本不用劈那么细。在那之后,他往往精疲力竭,躺倒下去立刻睡着,连火都没生。艾莉亚憎恶这种情形,也憎恶他。那样的夜晚,她会长长久久地瞪着斧头。**它看来十分沉重,但我打赌自己能挥动。**而且不会用斧背砸他。

在流浪途中,他们也会瞥到其他人:田里的农夫,放牧的猪倌,挤牛奶的姑娘,沿满是车辙的道路传递消息的侍从。她也从来不想跟他们搭话,仿佛对方生活在一片遥远的土地上,讲的是奇特陌生的语言;他们跟她毫无关系,反之亦然。

再说,被人看到也不安全。时不时会有一队骑手经过蜿蜒的田间道路,高举佛雷家族的双塔旗帜。"他们在猎杀漏网的北方人,"对方经过时猎狗道,"听见马蹄声,赶紧低头,这里没有朋友。"

有一天,在某个由倒下的橡树根构成的泥穴里,他们面对面遇上另一位李河城事变的幸存者。他的纹章是一个披白丝带跳舞的粉红少女,自称替马柯·派柏爵士效劳,当弓箭手,虽然弓已经丢了。他左肩与手臂交界处扭曲肿胀,据说是钉头锤砸的,锤子打碎了肩膀,并使得锁甲深嵌入血肉之中。"北方佬干的,"他哭泣道,"胸口有小血人的北方佬。他看到我的徽纹,还开玩笑说,红色的男人和粉色的少女,应该凑成一对。我为他的波顿伯爵祝酒,他为马柯爵士祝酒,我们共同为艾德慕公爵、萝丝琳夫人及北境之王祝酒,然后他就要杀我。"说这番话时,他眼里满是炽热的光,艾莉亚看得出,那是真实情感的流露。他肩膀肿得出奇,整个左半身沾满脓血。一股恶臭的味道，闻起来就像尸体。那人恳求给他酒。

"有酒的话，我早喝了，"猎狗告诉他，"我可以给你水，还有慈悲。"

弓箭手瞧他良久："你是乔佛里的狗。"

"现在我是自己的狗。要不要水？"

"要，"那人咽了口口水，"还要慈悲，谢谢。"

他们刚在不远处经过一个小池塘。桑铎把头盔交给艾莉亚，让她跋涉回去装水。烂泥溅上靴子，她把猎狗的头盔当桶子，水从眼孔漏出，但底部仍储了许多。

见她回来，弓箭手竭力抬脸，好让她把水倒进嘴巴。她倒得有多快，他就咽得有多快，咽不下去的流下脸颊，渗进棕色的血块，直到胡须里满是淡粉色水滴。水倒完后，他抓住头盔舔钢铁。"好爽，"他说，"酒就更好了。我想喝酒。"

"我也想。"猎狗几乎是温柔地将匕首插进那人胸膛，用身体的重量将刀尖送入外衣、锁甲和下面的衬里。然后他把武器拔出，一边在死人身上擦拭，一边看着艾莉亚，"那是心脏所在的位置，小妹妹。那是杀人的方法。"

杀人的一种方法。"我们要不要埋他？"

"埋他？"桑铎问，"他不在乎，我们也没铲子。留给狼和野狗吧，留给你我的兄弟。"他专注地看了她一眼，"我们只管'征集'。"

弓箭手口袋里有两枚银鹿和近三十个铜板。他匕首柄上有颗漂亮的粉红宝石，猎狗将其掂了掂，然后扔给艾莉亚。她接住刀柄，插入皮带，感觉稍好了些。它虽不比"缝衣针"，终究是铁器，可以防身。死人还有一袋箭，但没弓的箭不管用。他的靴子对艾莉亚来说太大，对猎狗又太小，只好留下。她还拿了他的圆盔，尽管它

盖到了她鼻子底,她得稍稍翘起来才能走路。"他一定有马,否则逃不掉,"克里冈边说边四处张望,"但我敢说,妈的早跑远了。没人知道他在这儿待了多久。"

等他们抵达明月山脉脚下,雨差不多停了。看到太阳、月亮和星星,艾莉亚觉得他们在往东去。"我们去哪儿?"她再次问。

这次猎狗回答了她:"你在鹰巢城有个姨妈,诸神保佑,也许她会为你这瘦东西付赎金。上得山路,就沿它一路去血门。"

莱莎姨妈。艾莉亚觉得没什么指望。她要母亲,不要母亲的妹妹。她不认识莱莎姨妈,就跟不认识黑鱼舅公一样。我们当初应该进城堡的。母亲又不是真的死了,还有罗柏。佛雷家不一定要杀他们。也许佛雷侯爵只是把他们抓起来。也许他们正被绑在地牢里,或者被带往君临,好让乔佛里砍掉他们的脑袋。我们并不清楚。"我们应该回去,"她突然决定,"我们应该回李河城去找我母亲。她不会死的,我们去救她。"

"我还以为满脑子歌谣梦幻的是你姐姐!"猎狗咆哮,"没错,佛雷也许会留你母亲一命,以收取赎金。但七层地狱,凭我一人之力根本无法把她弄出来,妈的。"

"你又不是一个人,我也会来。"

他发出一声响,似乎是笑声:"这会把那老头吓得尿裤子的。"

"你怕死!"她轻蔑地说。

克里冈哈哈大笑:"我不怕死,只怕火。现在,安静点儿,否则我把你舌头割下,为静默姐妹们省点麻烦。我们去谷地。"

艾莉亚觉得他并不会真的割她舌头,只是说说而已,就像"粉红眼"曾说要拿鞭子狠狠抽她一样。但她不打算试探,毕竟桑铎·克里冈和"粉红眼"不同。"粉红眼"不能把人劈成两半,或用斧子砍杀,连用斧背砸人都不会。

当晚入眠时她想着母亲，不知道该不该趁猎狗睡着时杀他，好自己去救母亲。她闭上眼睛，母亲的脸就在前面。如此接近，几乎可以嗅到……

……她真的嗅到她了。气味非常微弱，被其他味道所掩盖——包括苔藓、泥土和水流，腐烂的芦苇和人所发出的臭气。她缓缓穿过松软的地面，来到河边，舔几口水，抬头闻嗅。天空铁灰，云层密布，绿色的河水中满是漂浮物。尸体充塞于浅滩，被流水击打挪动，有的直接被冲上了岸。她的兄弟姐妹群集在周围，撕扯丰厚的血肉。乌鸦也在这儿，一边朝狼群尖叫，一边拍翅膀，空中满是羽毛。它们的血更热，其中一只正要起飞时，被她的姐妹咬住了翅膀。她也想抓鸟，想要尝热血的味道，想要听骨头在齿间碎裂，想要用温暖的血肉填饱肚子，不要冷的。她很饿，周围到处是肉，但她知道自己不能吃。

气味更强烈了。她竖起耳朵，听狼群低吼，乌鸦怒叫，羽翼拍打，河水奔流。远方某处，传来马匹的声响和人类的呼叫，但那并不重要。气味才重要。她再度嗅闻空气。就在那儿，她看见了，苍白的物体顺流漂下，碰上东西转了个方向。芦苇在它面前弯腰。

她穿过浅滩，溅起水花，发出嘈杂声响，扎入深处。腿脚搅动河水，水流强劲，但她更壮。她跟从鼻子的指引向前游去，水中的气味浓烈潮湿，但牵引她的不是这味道，而是一丝刺鼻的冰冷红血，一股郁郁作呕的死亡气息。她追逐它，就像平时在林间追逐红鹿。末了，她用牙齿逮到一条苍白的手臂，不断摇晃，想让它动起来，嘴里却只有血与死亡。她以疲倦的身躯，费尽全力将尸体拖回岸边，拽上泥泞的堤坝，一个小兄弟悄悄游荡过来，舌头耷拉在嘴角。她不得不龇牙咆哮，将他赶走，否则他便要进食了。此时她抖落毛皮上的水，那白色的物体脸朝下躺在泥地，死肉苍白生褶，冰冷的血从喉咙里渗出。起来，她心想，起来，跟我们一起进食，一

起奔跑。

马匹的声响迫使她回头。他们从下风处来,所以她没闻出,而对方几乎快要到了。骑马的人类,黑色、黄色与粉色的翅膀翻滚飞舞,手中还有闪闪发亮的长爪子。一些年轻兄弟咧牙露齿,准备守护食物,她啮咬他们,将他们统统赶开。这是野外的法则:鹿、兔子和乌鸦在狼群面前奔逃,狼群则逃离人类。她把冰冷苍白的战利品弃置于泥沼之中,留在拖上来的地方,毫无愧色地逃跑了……

次日早晨,猎狗无需咒骂艾莉亚,或把她摇醒。这是自孪河城以来,她第一次比他起得早,甚至主动梳洗马匹。他们沉默地吃着早餐,最后桑铎道:"关于你母亲……"

"没关系,"艾莉亚阴郁地说,"她死了。我梦见了她。"

猎狗看她好久,然后点点头。这事没有再提。他们策马向群山前进。

山势渐高,路遇一个孤立的小村庄,周围环绕着灰绿色的哨兵树和高大靛青的士卒松,克里冈决定冒险进入。"我们需要食物,"他说,"也需要休整。他们不大可能知道孪河城发生的事,运气好的话,甚至会不认得我。"

村民们正在家园周围建造一道木栅栏,看到猎狗宽阔的肩膀,便提出以食物、住宿及少量金钱,让他干活。"有红酒,我就干。"他朝他们吼。最后,他满足于麦酒,每晚喝到睡着。

他想把艾莉亚卖给艾林夫人的念头却于此间夭折。"从我们这儿再往上走会有冰霜,山路要开始下雪,几乎无法通行,"村长道,"即使你没被冻死饿死,也会教影子山猫或穴居熊逮住,更可怕的是原住民。灼人部自独眼提魅打仗回来之后变得无所畏惧,而半年之前,冈恩之子冈梭尔刚带领石鸦部袭击了离此不到八里远的一个村子,抢走所有女人,抢走每一粒粮食,男人也被杀死大半。他们现在有铁器,精良的长剑和锁甲,整个山路都被控制——石鸦部、奶蛇部、雾子部，所有的高山氏族，纷纷猖獗。也许你能解决一些，但最终他们会杀了你，并把你女儿抢走。"

我不是他女儿，艾莉亚如果没那么累，一定会喊出来。如今她不是谁的女儿。她什么也不是。不是艾莉亚，不是黄鼠狼，不是娜娜，不是阿利，不是乳鸽，甚至不是癞痢头。她只是个白天跟着狗儿跑，夜晚梦到狼群的笨女孩。

这是个宁静的村庄。他们占有两张虱子不多的稻草床，食物普通但管饱，清新的空气里则有松树的味道。然而艾莉亚很快认定，自己讨厌这地方。村民们都是胆小鬼，甚至没一个敢看猎狗的脸，至少不会看很久。有些妇女想给她穿裙子，想让她做针线活，但她们不是斯莫伍德夫人，她全不干。有个女孩喜欢跟着她，她是村长的女儿，与艾莉亚年纪相仿，但不过是个孩子，擦破膝盖就会哭，而且走到哪里都拿着一个笨乎乎的布娃娃。娃娃被做成有点像士兵的模样，因此女孩称它为"兵爵士"，并夸耀它如何保护自己安全。"走开，"艾莉亚告诉过她几十次，"别来烦我。"但她不肯听，于是最后艾莉亚夺过她的布娃娃，把它撕裂，用一根手指将肚子里的碎布掏出来。"现在它真的像个兵了！"她说，然后将布娃娃扔进小河里。从此以后，女孩不再纠缠，艾莉亚则每天梳洗胆小鬼和陌客，或在树间行走。有时她会找根棍子，练习"针线活"，练着练着就会想起李河城的事，于是便对树猛劈，直到棍子断裂。

"也许我们该在这儿待一阵子。"两周后，猎狗告诉她。他麦酒喝得太多，但头脑还清醒，不像胡说。"鹰巢城是去不了的，佛雷家会继续在三河流域搜捕幸存者。似乎这儿需要会用剑的人，以防原住民过来打劫。我们可以住下来，找个办法给你姨妈送信。"艾莉亚听到这话，脸耷拉下来。她不想留下，但也没地方可去。第二天早上，当猎狗出去砍树运木头时，她爬回床上睡觉。

但那高高的木栅栏完工之后，再没活可干，村长明确表示，

他们不能留下。"到冬天，我们喂饱自己都困难，"他解释，"而你……你这样的人会带来流血。"

桑铎的嘴抽搐了一下："原来你知道我是谁。"

"没错。事实上，这儿确实无人造访，但我们会上市场，去赶集。我们听说过乔佛里国王的狗儿。"

"等那些石鸦什么的到来时，你会很高兴自己养了一条狗。"

"也许吧。"那人犹豫了一下，然后鼓起勇气，"但他们说你在黑水河失去了战斗的欲望。他们说——"

"我知道他们说什么。"猎狗的嗓音像两把锯子互相摩擦，"付工钱，我这就走。"

离开时，猎狗得到满满一袋铜板，一袋酸麦酒，以及一把"新"剑。老实说那把剑很旧，但对他而言是新的，他用在李河城夺来的长柄斧——在艾莉亚头上敲出一个包的斧子——跟某村民交换得到。不出一天，麦酒就喝光了，但克里冈每晚磨剑，一边为每个豁口和锈斑而诅咒换剑给他的人。*如果他失去了战斗的欲望，为什么要在乎自己的剑是否锋利呢？* 这问题艾莉亚不敢问，但思考得很多，*他带她逃离李河城不是因为害怕吧？*

回到河间地，雨势已然渐小，洪水也开始退降。猎狗转而向南，折回三叉戟河。"我们去奔流城，"他一边烧烤杀死的野兔，一边告诉艾莉亚，"希望黑鱼会出钱买狼女。"

"他没见过我，甚至不知道我是否真的是我。"艾莉亚厌倦了去奔流城的念头。她仿佛往奔流城走了好多好多年，却从来没有到过。每次向奔流城出发，结果总是抵达某个更糟的地方，"他不会付钱的，只会绞死你。"

"随便，让他试试看。"他转了转烧烤着的食物。

听他说话，不像是失去了战斗的欲望。"我知道我们可以去哪里。"艾莉亚说。她还剩一个哥哥。*别人不要我，琼恩会要我的。*

他会叫我"我的小妹",然后弄乱我的头发。然而这段路很长,她觉得自己一个人无法走到。她连奔流城都到不了,"我们去绝境长城。"

桑铎的笑声一半像是咆哮:"小母狼想加入守夜人,是吗?"

"我哥哥在长城。"她固执地说。

他嘴角抽搐了一下。"长城离这儿有千里之遥。妈的,我们得冲过该死的佛雷家领地,然后才刚到达颈泽。那些个沼泽有蜥狮,天天拿狼当早点。即使真的抵达北境,也没缺胳膊少腿,半数城堡里还有铁乌贼,那帮该死的北方人也不是什么好货。"

"你怕他们?"她问,"你失去了战斗的欲望?"

片刻之间,她以为他会打她。但野兔已烤成棕黄,表皮松脆,油脂渗出来滴进炊火,发出噼噼啪啪的爆裂声。桑铎将它从棍子上取下,用大手撕开,扔了一半到艾莉亚怀里。"我的欲望没问题,"他一边说,一边扯下一条腿,"但我才他妈的不在乎你或者你哥哥。我也有个哥哥。"

提利昂

"提利昂，"凯冯·兰尼斯特爵士疲惫地说，"如果你确实和谋杀乔佛里一事无关，请拿出真凭实据，好在审判时洗刷自己的清白。"

提利昂从窗边回头："由谁来审？"

"此事当由王室亲自审理。既然国王已死，担子就落到首相头上。由于被告是自己儿子、被害人又是自己孙子，所以你父亲不得不邀请提利尔大人和奥柏伦亲王三堂会审。"

这丝毫不能打消提利昂的疑虑。尽管为时短暂，梅斯·提利尔毕竟曾是乔佛里的岳父，而那红毒蛇……狡诈难测。"我可以要求比武审判吗？"

"我建议你放弃这个打算。"

"为什么？"这招在谷地救过他的命，为何不能故技重演？"说实话，叔叔，我能否要求比武审判，由代理骑士为我洗刷清白？"

"当然可以，如果你坚持的话。但我必须提醒你，你姐姐有意指名格雷果·克里冈爵士担任她的代理骑士。"

这婊子非置我于死地而后快，她倒知道不选凯特布莱克。波隆对付那三兄弟不费吹灰之力，魔山就不一样了。"我考虑考虑。"我要赶紧和波隆商量。此次得出血本，这佣兵一向精打细算，随行就市，"瑟曦有证据吗？"

"她的证据每天都在膨胀。"

"是吗？那我也得去搜集证据才行。"

"你想要谁,告诉我,我安排亚当爵士派金袍卫士将他带到审判会场。"

"我要自己去。"

"你受弑君和弑亲的双重指控,怎可能来去自如?"凯冯爵士将手朝桌上一挥,"这里有纸、有笔、有墨水,把证人的名字写下来,我以身为兰尼斯特的荣誉向你保证,会尽一切努力将他找到。但开庭以前,你确实不能离开此地。"

提利昂不愿求告叔叔:"你能准许我的侍从为我奔走吗?就波德瑞克·派恩那个孩子?"

"当然,没问题,我这就把他找来。"

"谢谢你,快去吧,去吧,越快越好!"他踱到桌边,当开门声传来时,不禁下意识地回头道,"叔叔?"

凯冯爵士停步:"什么?"

"这事不是我干的。"

"希望如此,提利昂,希望如此。"

叔叔走后,提利昂·兰尼斯特坐到椅子上,拿起羽毛笔,取出一张空白羊皮纸。*谁会为我说话?* 他边蘸墨水边想。

许久后,波德瑞克·派恩进门时,桌上仍是白纸一张。"大人。"男孩道。

提利昂搁笔:"马上把波隆找来。告诉他,我备下了金子,超乎他想象的金子。不找到他,你不准回来。"

"是,大人。噢,不,我的意思是,不找到他,我不回来。"男孩跑步离开。

波德下午没回来,晚上也没回来。不知不觉中,提利昂在窗边座椅上睡着了,清晨方才浑身酸痛地醒来。一名仆人端来麦片粥和苹果,外加一角杯麦酒。他边吃边瞪着桌上那张空白羊皮纸。一小时后,仆人回来收走餐具。"你看见我的侍从了吗?"他开口问,

对方摇摇头。

他长叹一声，再次提笔。珊莎，他写下两个字。看着这两个字，提利昂·兰尼斯特咬紧牙关，百感交集。

他不相信乔佛里是进食噎死的，最可能作案的是珊莎。小乔当时就把杯子放在她面前，而她有的是理由报复国王。联系到妻子事前的心神不定和事后的所作所为，提利昂对此更为肯定。一个躯体，一个心灵，一个魂魄，他苦涩地想，她好忠于自己的誓言啊，啊哈？唉，侏儒，你又能苛求别人怎样呢？

最大的疑点在于……珊莎如何得到毒药的呢？他不相信一切都是小女孩自己的计划。如此说来，找到她又怎样？哪个法官会相信我弱小的老婆能独力杀害国王？连我自己也不信！到时候，瑟曦一定会坚持是我们两人合谋。

虽然如此，第二天他还是把这张羊皮纸交给叔叔。凯冯爵士皱眉道："你的证人就只有珊莎夫人？"

"其他人选我还在考虑中。"

"这样可不行，你得抓紧时间，赶紧想。大人们初步决定，三天后开始初审。"

"三天后？太快了吧！你把我紧紧地关在这里，我又怎能找到证人来证明我的清白呢？"

"你姐姐就能毫不费力地找到证人来证明你的罪恶。"凯冯爵士卷起羊皮纸，"实话告诉你，亚当爵士早就着手搜捕你老婆，瓦里斯开出赏格，无论是谁，能提出关于珊莎夫人行踪的线索，赏一百银币，发现本人，赏一百金龙。我们尽了所有努力，只要找到人，我会立刻把她送来。你们夫妻俩共用一个房间，互相安慰，我瞧也没什么不妥。"

"谢谢，你真好心。见过我的侍从吗？"

"我昨天才派他来找你。他没来？"

"他来过，"提利昂承认，"后来却不知所终。"

"我会再把他找来。"

但直到次日早上，波德瑞克·派恩才再度返回。他犹豫着踏进房间，脸上写满惧怕。波隆跟在后面，这名佣兵出身的骑士，穿一件镶银钉的夹克，披一身沉重的骑马斗篷，剑带上塞了一双上等皮手套。

只消看他一眼，提利昂就知大事不妙："你架子挺大。"

"若非这孩子苦苦哀求，我还根本不来咧。今天我定在史铎克渥斯堡用晚餐。"

"史铎克渥斯堡？"提利昂从床上跳下来，"诸神在上，你和那儿有什么关系？"

"那是我老婆的家，"波隆的笑容好似一只叼住羊腿的狼，"后天我就和洛丽丝成亲。"

"洛丽丝。"漂亮，真他妈漂亮。这下坦妲伯爵夫人为自己的弱智女儿找到了一个"骑士"丈夫，洛丽丝肚里的杂种有了父亲，而黑水的波隆爵士更在王国贵族中迈进了坚实的一步。瑟曦这着棋真他妈漂亮，"听我说，我那无耻的老姐卖给你的是一匹劣马，这女人分明是个痴呆。"

"我想要天才，就该娶你了。"

"她怀了别人的孩子！"

"等她生下来，我会把她肚子再搞大。"

"她不是史铎克渥斯堡的继承人，"提利昂摊牌，"她还有个姐姐法丽丝——此人结过婚，迟早会有孩子。"

"据我所知，她结婚十年都没生产，"波隆淡淡地道，"她丈夫不上她的床，专门在外面鬼混。"

"他和山羊鬼混也改不了继承顺位的现实！坦妲伯爵夫人死后，领地会传给法丽丝夫人。"

"法丽丝死在她母亲之前就不会了。"

瑟曦究竟清不清楚她送给坦妲伯爵夫人的是怎样一条毒蛇？就算知道，她会在乎吗？"既然如此，你为什么还来？"

佣兵耸耸肩，"因为你曾告诉我：要是哪天真有人引诱我出卖你，不管对方出价多少，你都付得起——而且是双倍。"

原来如此。"你要两个老婆？两座城堡？"

"一个老婆一个城堡就行。只是提醒你，要我去杀格雷果·克里冈，这城堡非得是个了不起的大家伙。"

放眼七大王国，望族显贵里有的是尚未成婚的闺女，但其中最老、最丑、最穷的成员，也不愿下嫁给波隆这样一位出身低贱的佣兵。像洛丽丝这般体胖愚蠢，被暴民操过几十次，莫名其妙怀上野种的女子，真是特例中的特例。坦妲伯爵夫人一直在为女儿的婚事发愁，君临暴动之前甚至还向提利昂献殷勤。眼下为了对付弟弟，瑟曦定然屈意撮合，外加波隆又是新晋的骑士，才让他勉强攀上这家小贵族的次女。要想更进一步，谈何容易。

"很遗憾，眼下我无法提供城堡或者贵妇，"提利昂承认，"但你可以得到我的金子和谢意，一如既往。"

"我已经有钱了，此外，我拿你的谢意来做什么呢？"

"兰尼斯特有债必还，总有一天我会报答你。"

"你老姐不也是个兰尼斯特？"

"我老婆是临冬城的继承人，只要能安然度过此次危机，总有一天，我将以她的名义统治北境。到时候，你要什么有什么。"

"只要，总有一天，到时候，"波隆重复，"再说，北地实在太他妈的冷，洛丽丝却是暖和柔软，看得见摸得着。两天之后，我就和她上床。"

"前景并非你想象中那么美妙。"

"是吗？"波隆露齿而笑，"算了吧，小恶魔，换成是你，要在与魔山打架和操洛丽丝之间作选择的话,只怕连眼都不眨,就会脱裤子啰。"

妈的,知我者,非他莫属。提利昂改变策略:"据我所知,格雷果爵士在红叉河和暮谷城都带过伤。伤势一定会影响他的行动。"

佣兵有些不耐烦:"这没用,他从不以速度见长,只是壮得惊人,臂力无穷。而且我告诉你,就一个那般体格的人而言,他的速度已经够可怕了,外加手长脚长,攻击范围广,对于疼痛,又似乎远没有常人那般避讳敏感。"

"你这么怕他?"提利昂使出激将法。

"不怕他才怪,你当我是白痴?"波隆哼了一声,"没错,也许我能赢——一直围着转圈,引诱其发力攻击,直到他连剑也举不动为止,最后再设法把他绊倒,当他躺下时身高就帮不了他的忙了。可这里面风险太大,一个失误,我就没命。你倒说说,我凭什么去冒险?的确,我挺喜欢你这丑陋的小无赖……可这次若帮了你,是赢是输我都没好果子吃。要么教魔山弄死,要么失去史铎克渥斯堡。我是个佣兵,不是个圣人。妈的,我和你老哥不同。"

"不错,"提利昂伤感地道,"你和他当然不同。"他挥挥手,"去吧,去吧,去史铎克渥斯堡找你的洛丽丝小姐吧。希望你的婚姻比我的美满。"

波隆在门边犹豫半晌:"接下来你怎么做,小恶魔?"

"亲自上阵,宰掉格雷果,让歌手们写首美妙的歌。"

"希望我以后能听到。"波隆笑了最后一次,踏出门外,抛弃了从前的主人。

波德慢吞吞地靠过来:"我很抱歉……"

"怎么?又不是你的错!这家伙本就是个傲慢无礼、心狠手辣的流氓,我欣赏他的也正是这点。"他倒好一杯麦酒,坐到窗边

坐椅上。天气阴雨绵绵，心情更为糟糕。他想派波德瑞克·派恩去找夏嘎，可御林深广辽阔，土匪们甚至能躲上个十年二十载，而波德这小子连去厨房弄份奶酪都难。提魅之子提魅回了明月山脉。另一方面，不管刚才怎么对波隆嘴硬，他可不打算亲自上阵对付格雷果·克里冈，那将比乔佛里的马戏侏儒更可笑。他不愿被众人嘲笑着死去。看来，比武审判的念头只能作罢。

次日，凯冯爵士又来看他，第三天也来过。叔叔温和地说明，珊莎始终没找到，弄臣唐托斯爵士也于同一夜失了踪。"你还有别的证人吗？"没有。我他妈怎么证明自己没下毒？一千名宾客目睹我满上小乔的杯子……

他彻夜未眠。

在黑暗中，他望着床的遮罩，熟人的面孔依次浮现。泰莎微笑着亲吻他；赤裸的珊莎在恐惧中发抖；乔佛里抓向喉咙，脖子上血色消尽，面容却迅速发黑。他看见瑟曦的眼睛，波隆豺狼般的笑容，雪伊邪恶的微笑——就连想起雪伊，也未让他兴奋。他开始自慰，以为这样便能暂时满足，结果仍旧无法入睡。

天亮了。审判的第一天。

这天早上来的不是凯冯爵士，而是亚当爵士和十来个金袍卫士。提利昂吃下煮鸡蛋、煎培根与炸面包，并换上最好的衣服。"亚当爵士，"他说，"我还以为父亲要派御林铁卫来护送我呢。你瞧，难道我不是王室成员吗？"

"您当然是，大人，但此次审判多数铁卫将作为控方证人出庭，泰温大人据此认为，让他们作您的护卫，似有不妥。"

"诸神在上，父亲总是考虑周到。那就请吧，带我上庭。"

他被带回王座厅，乔佛里遭毒杀的现场。亚当爵士当先推开青铜橡木巨门，领他走上连接王座的长地毯，全场目光集中在他一个人身上。数百贵族前来观看——准确地说，都是瑟曦找来对付我的

"证人"。一身丧服的玛格丽王后高高地坐在旁听席上,苍白而美丽。她才十六岁,却结了两次婚,当了两次寡妇。她母亲和祖母分坐两旁,前者比她高,后者比她矮,在她身后,挤满了侍女和提利尔家族的骑士们。

空空的铁王座下,为婚宴搭建的高台并没有拆,但是而今上面只剩了一张桌子。健壮的梅斯·提利尔和苗条的奥柏伦·马泰尔亲王分坐两边,前者绿衣外披金披风,后者穿滑顺的橙、黄、绯红三色条纹袍,泰温·兰尼斯特公爵居于两人之间。或许还有希望。多恩和高庭互相敌视。我要想方设法加以利用……

审判由总主教的祷告开始,他祈求天父主持正义。当他说完后,提利昂的父亲倾身向前:"提利昂,是你杀害了乔佛里国王吗?"

他一如既往地单刀直入:"不是。"

"噢,这下首相大人可放心了。"奥柏伦·马泰尔干巴巴地说。

"那么,是珊莎·史塔克干的吗?"提利尔公爵发问。

如果我是她,肯定会下手。但不管珊莎做没做,现下人在何处,她仍是他的妻子。他亲手将象征守护的新郎斗篷系于她肩膀——虽然是站在弄臣背上系的:"诸神要了乔佛里的命,他是被鸽子馅饼噎死的。"

提利尔公爵涨红了脸:"依你之见,莫非是厨师所为?"

"要么是他们,要么是鸽子,反正怪不到我头上。"周围传来紧张的窃笑声,提利昂明白自己犯了第一个错误。管住舌头!你这小傻瓜,否则非害死自己不可!

"控方请到不少证人,"泰温大人声明,"我们先听取他们的证词,随后由你请出辩方证人。请注意,未经法官允许,不得打断证人发言。"

提利昂只有点头的份。

亚当爵士说得没错——头一个证人便是御林铁卫的巴隆·史文爵士。"首相大人，"他在总主教面前发誓诚实之后，开始作证，"我有幸和您儿子一起在黑水河战役的船桥上奋战。请您相信，他身材虽然不高，但非常勇敢，令人叹服。"

厅内一阵骚动。瑟曦搞什么鬼？为何让钦佩我的人上前举证？……答案很快得以揭晓。巴隆爵士不情愿地提起君临暴动当天人们如何将提利昂从国王身边拉开："是的，他打了陛下，但是出于愤怒，一时血气上冲。您知道，当时暴民几乎把我们全杀了。"

"依照坦格利安家族订的规矩，对王族动手者，当处斩手之刑，"多恩的红毒蛇评论，"这侏儒是重新长出了一只小手来，还是你们铁卫怠慢职责？"

"提利昂大人也是王族成员，"巴隆爵士回答，"况且他当时贵为御前首相。"

"不对，"泰温大人纠正，"他是代首相，由我所指派。"

随后马林·特林爵士对巴隆爵士的发言欣然做了补充："他把陛下打倒在地，然后用脚踢。他说陛下毫发无伤地逃离暴民的叛乱乃是上天不公。"

提利昂开始明白姐姐的计划了。她先让一位被公认为诚实的人上庭作证，开一个令人信服的头，随后接连派出自己的走狗，最终把我描绘为残酷的梅葛、疯王伊耿和庸王伊耿的合体。

马林爵士接着讲述提利昂如何制止乔佛里惩罚珊莎·史塔克。"小恶魔要陛下记住伊耿·坦格利安的下场。当柏洛斯爵士挺身捍卫国王时，更遭到死亡威胁。"

柏洛斯·布劳恩爵士自己也上了场，讲得更为夸张。瑟曦虽想把他逐出御林铁卫，他仍旧唯太后马首是瞻。

提利昂实在无法忍耐："说啊！告诉法官乔佛里做了什么！你

敢不敢说？"

这名双下巴的肥胖男子瞪了他一眼："我没有说错，他当时威胁我，要派身边的蛮子来杀我。"

"提利昂，"泰温大人朗声道，"不得打断证人发言！给你一次警告。"

提利昂咬牙切齿地闭上嘴巴。

下面作证的是三位凯特布莱克。奥斯尼和奥斯佛利讲述了黑水河一战之前，提利昂和瑟曦晚宴时所作的威胁。

"他威胁太后陛下，"奥斯佛利爵士说，"他发誓对付她。"他哥哥奥斯尼续道："他说'总有一天，当你自以为平安快活时，喜乐会在嘴里化成灰烬'。"没人提到爱拉雅雅。

奥斯蒙·凯特布莱克爵士打扮得十分光鲜，穿鳞甲和白袍的他，活脱脱一副大英雄模样。他作证说乔佛里国王早就知道舅舅的阴谋。"大人们，就在国王陛下为我披上白袍的那一天，"他告诉法官，"这英勇的孩子把我拉到一旁，告诉我说'奥斯蒙好爵士，请你守护我，因为我舅舅迟早要图谋不轨，他打算代我为王呢'。"

"真是无耻之极！"骗子！"他上前两步，金袍卫士见状连忙拖住他。

泰温大人皱眉道："你要我们像对待土匪强盗一样将你手脚缚紧吗？"

提利昂稳定情绪。这是我犯的第二个错误。笨蛋、笨蛋、笨蛋、笨蛋侏儒，急躁起来你就毁了！"不用。大人们，恳请你们原谅，他的谎言激怒了我。"

"他的实话惹恼了你，"瑟曦说，"父亲，为大家的安全起见，我建议您将他捆起来。您也看到了，他究竟是个什么东西。"

"他是个侏儒，"奥柏伦亲王道，"若我连侏儒都怕，不如找桶红酒醉死。"

"是的，我们不用这么严厉，"泰温大人看看窗外，站起身来，"时候不早了，明日再审。"

当天晚上，孤零零地躺在塔楼囚室，握起酒杯，看着空白羊皮纸，提利昂再度想到妻子。并非珊莎，而是泰莎。*我的妓女夫人。她的爱是假，我的情是真，但从这份情爱中，我得到了欢乐。甜蜜的谎言，苦涩的真相。*他喝干杯中酒，思念雪伊。深夜，当凯冯爵士来访时，他要叔叔去找瓦里斯。

"你相信太监会为你说话？"

"和他谈了才知道。若你愿意帮我，就找他来吧，叔叔。"

"行。"

第二天审判，首先出庭作证的是巴拉拔学士和法兰肯学士。他们解剖了乔佛里国王的身体，在咽喉中没有发现鸽子馅饼或其他食物。"大人们，国王陛下是给毒死的。"巴拉拔证实，法兰肯沉重地点点头。

派席尔大学士接着上场，他沉重地倚靠着一根扭曲藤杖，边走边抖，长长的鸡脖子上只剩几点白须。他太过虚弱，因此法官们特别备下桌椅。派席尔把一堆小瓶罐放到桌上，津津有味地挨个介绍。

"这是灰蕈粉，"他颤声道，"用菌类制成。这三样分别是夜影之水、甜睡花和鬼舞草。这是瞎眼毒。这是寡妇之血，你们瞧，它因色泽而得名，毒性非凡，一旦被下药，大小便同时闭塞，不数日将因毒素无法挥发而亡。这是附子草，这是石蜥毒，这个，就是里斯之泪。对它们，我都了若指掌。小恶魔提利昂·兰尼斯特曾以莫须有的罪名将我囚禁，并从我的房间里把它们统统抄走。"

"派席尔！"提利昂不顾父亲的警告，厉声质问道，"这些东西中有哪一样是能让人窒息而死的？"

"没有。所以我得出结论，你用的是更为恶毒的药品。当我少年时代在学城求学时，导师曾向我介绍过一味剧毒——扼死者。"

"这味剧毒并未被调查人员发现，对不对？"

"的确，大人，"派席尔朝他眨眨眼，"但这改变不了事实。诸神在上，我肯定你是以它来对付国王的万金之躯。"

提利昂的怒火压倒了理智："乔佛里是个残暴的蠢蛋，但我没杀他！大人们，想要我的脑袋尽管来取！但我和自己亲外甥的死毫无瓜葛！"

"安静！"泰温大人说，"这是第三次，再出声，就把你嘴巴塞住绑起来。"

派席尔之后，证人的队伍无休无止、接踵上前。领主、夫人与骑士，贵族和下人，只要参加过婚宴，目睹乔佛里窒息而亡，面色黑得如多恩李子那一幕的人，纷纷提出证词。雷德温大人、赛提加大人和佛列蒙·布拉克斯爵士听见提利昂威胁国王；两名仆人、一个戏子、盖尔斯大人、霍柏·雷德温爵士和菲利普·福特爵士证明是他满上了婚宴金杯；玛瑞魏斯夫人发誓当国王与王后协力切馅饼时，侏儒趁机将某种物品放进杯中；老伊斯蒙大人、小派克顿、库伊家族的葛勒昂、侍从莫洛斯·史林特与杰索·史林特绘声绘色地描述了小恶魔在国王垂死时如何消灭证据，将残酒倒在地板上。

我何时制造出这许多敌人？ 玛瑞魏斯夫人与我素无交往，她是产生了幻觉还是被对方所收买？幸好，库伊家族的葛勒昂兴致没上来，否则又得听一首七十七段的新歌。

当天夜里，晚餐后叔叔再来找他，表情显得疏远而冷淡。*他也认定是我做的了。*"你有证人吗？"凯冯爵士直率地问。

"有几个，首先是我老婆。"

叔叔摇摇头："审判对你越来越不利了。"

"噢，是这样吗？我还比较乐观，"提利昂摸摸脸上伤疤，"瓦里斯怎么回事？"

"他不肯来，明天，他将作为控方证人出庭。"

妙极了。"原来如此，"他挪动身体，"有一点我很好奇，叔叔，你为人一向公正严明，这次凭什么认定是我做的？"

"你为什么要偷派席尔的毒药？有何打算？"凯冯爵士唐突地问，"况且玛瑞魏斯夫人看见——"

"——看见了个鬼！我什么都没做！但我该怎么证明？你们把我关在这里，我又能怎么办？"

"或许，你认罪的时候到了。"

透过红堡的厚石墙，提利昂听见外面坚定的雨声。"再说一遍，叔叔？你竟然规劝我认罪？"

"假如你肯在铁王座前坦承罪行，并表示悔悟，你父亲就可网开一面，准你穿上黑衣。"

提利昂嗤之以鼻："这是瑟曦对付艾德·史塔克的手段。我们都很清楚临冬城公爵的下场！"

"此事和你父亲无关。"

至少这是事实。"黑城堡专司收容暴徒、小偷和强奸犯，"提利昂道，"在我短短的造访期间，倒还没见过弑君者。你要我自承是个弑君弑亲的混球，然后由父亲大笔一挥，宣布赦免，接着裹几件毛衣把我扔去长城？"他粗鲁地大吼。

"这不是赦免的问题，"凯冯爵士严正声明，"我们家族已经够丢脸了。你的悔罪可以平息事端，所以你父亲才派我来提出建议。"

"替我好好谢谢他，叔叔，"提利昂说，"并告诉他，我没有悔罪的心情。"

"如果我是你，一定会转变心情。你姐姐非置你于死地不可，她还得到了提利尔大人的支持。"

"所以说，审判我的法官中有一位还没听我辩护，就定了我的罪？"不出所料，"你们到底还准不准我发言举证？"

"你根本没有证据！"叔叔尖刻地提醒他，"提利昂，假如你是罪犯，去长城无疑算放你一马；就算你无辜……我明白，北方正在打仗，但你待在那边，也比留在君临安全。老百姓们坚信是你作的恶，假如你蠢到在市井出没，顷刻间就会被撕成碎片。"

"你似乎很关心我。"

"你是我哥哥的儿子。"

"你应该提醒他这一点。"

"你以为假如你不是他和乔安娜的儿子，他会容忍你穿上黑衣吗？泰温一直对你很严厉，我都看在眼里，但他的性格也是给逼出来的。你的祖父待人宽厚温和，因此被封臣们轻蔑，甚至有人公开反对他。外地领主借了我们的钱，从来不想归还，在宫里，他们嘲笑咱家是无牙的狮子，就连他的情妇也从事偷窃。想想看，一个妓女般的女子，居然敢拿你祖母的珠宝！重振兰尼斯特家族的重担落到了泰温肩上，他二十岁那年，又负起统治全国的重担。二十年啊！二十年如一日，他尽心竭力，到头来却只换回疯王的嫉妒。没有荣誉，只有背后的冷箭和侮辱，但他依然为七大王国带来了和平、富裕和正义。没错，他才是真正做到了公正严明，你应该相信他。"

提利昂惊讶地眨眨眼。凯冯爵士是个单纯、坚定、感情内敛的人，从没用这般的狂热讲过话："你爱他。"

"他是我哥哥。"

"我……我会想想你的话。"

"好好想想吧，而且要快。"

他想了整夜，清晨时仍未下定决心。仆人端来麦片粥和蜂蜜，但他思及认罪，嘴里就只剩胆汁的味道。*直到我死的那一天，都会背着弑亲者的骂名，不，直到一千年一万年之后，我的名字都将被*

唾弃，我就是那歌谣中在婚宴上谋杀亲外甥的邪恶侏儒。想到这里，他满腔怒火，扬手将粥连碗带勺一起掷出去，重重地砸在墙上。亚当·马尔布兰爵士进门时有些好奇，但识趣地闭上了嘴。

"瓦里斯大人，"司仪宣布，"情报总管。"

八爪蜘蛛刻意打扮，脸上扑满了粉，闻起来有股玫瑰香水的味道，一边说一边搓手。他要把我送入深渊，提利昂听着太监悲天悯人的话语，心里想。瓦里斯提到小恶魔如何阴谋将猎狗和乔佛里分开，如何与波隆谈论立托曼为王的好处。假中带真赛过谎言。更绝的是，八爪蜘蛛样样事都有文件为凭，张张羊皮纸上写满了各种注释、细节、日期和谈话。由于文件太多，他讲了整整一天，效果谓为彰显。他证明提利昂确曾深夜闯入派席尔大学士的住所，拿走国师的种种药品和毒剂；他证明提利昂确曾在晚宴对瑟曦太后发出威胁——实际上，除了不能直接证明提利昂下毒，其他的情节都是一清二楚了。奥柏伦亲王忍不住问，既然他人不在场，又是如何了解这一切的呢？太监咯咯笑道："小小鸟儿说的呗。它们天生便是要四处刺探，把情报告诉我，好由我转达给诸位大人。"

小小鸟儿，提利昂阴郁地想，来君临的第一天，我就该宰了他。真该死，你这混球，居然那么信任他。

"你还有证人吗？"瓦里斯离开王座厅后，泰温大人询问女儿。

"差不多了，"瑟曦道，"但下次审判时，我请求带上最后一位证人，那将是决定性的证据。"

"可以。"泰温大人说。

噢，妙极了，提利昂狂乱地想，这场闹剧竟然还要继续，倒不如现在就砍头算了！

这天晚上，当他坐在窗边饮酒时，门外传来声响。凯冯爵士又来找我忏悔了，他心想，不料进门的却不是叔叔。

提利昂起身朝奥柏伦亲王夸张地一鞠躬:"法官可以拜访嫌犯吗?"

"亲王想去哪儿就去哪儿——我便是这么对守卫说的。"红毒蛇大喇喇地坐下。

"你这样做会冒犯我父亲。"

"泰温·兰尼斯特的心情在我的考量名单上排不到前列。你喝的可是多恩红酒?"

"青亭岛的。"

奥柏伦扮个鬼脸:"掺颜料的水。是你下的毒吗?"

"不是。是你下的吗?"

亲王哈哈大笑:"天下侏儒莫非都跟你一般伶牙俐齿?小心哦,没准哪天给人剁下来。"

"谢谢,这话我听过很多遍了。我时常想自己动手,免得它再给我惹麻烦。"

"深有同感。好吧,不管怎样,我也渴了,就尝点雷德温大人的果汁吧。"

"好。"提利昂为对方满上一杯。

亲王吮了一口,在嘴里漱漱,最后方才咽下去。"勉勉强强。明天我送你几瓶够劲的多恩葡萄酒,"他又喝下一口,"金发妞儿让我动心了。"

"你找到莎塔雅的地方了?"

"在莎塔雅那儿我睡黑皮肤的姑娘,叫什么爱拉雅雅,长得很美,只是背上有些伤痕。我刚才指的是你老姐。"

"她找你出轨吗?"提利昂毫不吃惊地问。

奥柏伦纵声长笑:"还没有,不过只要我出得起价,那是迟早的问题。太后甚至暗示过婚姻的事,没错,陛下她需要一个丈夫,有谁能比多恩领亲王更般配呢?艾拉莉亚认为我该接受,想起能和

我共享瑟曦她就湿了——真是个淫荡的婊子。再说,睡她无需支付'侏儒的铜板',你说对吧?你老姐的价码不高,她只要一个头,一个缺鼻子的畸形脑袋。"

"你怎么想?"提利昂静待对方回答。

奥柏伦一口喝干杯中酒,讲起了故事。"很久以前,少龙主降服阳戟城,平定多恩领之后,留下高庭公爵担任总督。提利尔大人从不曾安顿,总是一城搬到另一城,四处讨伐叛党,确保我们多恩人屈膝臣服。他会带着大军,突然占领某领主的居城,住上一月之后,又扑向别处,每次入城,都将我们的领主赶出住所,霸占其床铺。有一回,他来到一座城堡,领主的床顶有张沉沉的天鹅绒遮罩,枕边有个小带子,似乎是用来召唤侍女的。提利尔大人喜爱多恩姑娘,谁能怪他呢?于是他拉了带子,结果头顶的遮罩猛然裂开,掉下一百只红蝎。总督的死令战火复燃,半月之内,少龙主的征服便化为乌有。不屈不挠的多恩人站起来,重新获得了自由。"

"我听过这个传说,"提利昂说,"你究竟什么意思?"

"我的意思很明显。我宁愿在枕边挂个带子,头顶有无数红蝎,也赛过美丽的太后睡在身边。"

提利昂咧嘴而笑:"彼此彼此。"

"说到底,我应该感谢你老姐。若非她在婚宴上当即逮捕了你,说不定就轮到你来审判我了,"亲王的黑眼睛里闪烁着兴味,"你瞧,谁比多恩的红毒蛇更精于毒药之道呢?谁比我更不愿看到提利尔家与王族结合呢?如今乔佛里进了坟墓,**根据多恩律法,铁王座应传给他妹妹弥赛菈**——而她正好是我侄儿的未婚妻。这都是你的功劳。"

"多恩的律法在此并不适用,"提利昂最近沉溺于自己的麻烦,已然忘了考虑继承顺位的事,"我父亲肯定会为托曼加冕。"

"他当然会为托曼加冕——在君临加冕。但这阻止不了我哥哥在阳戟城为弥赛菈加冕。你父亲会为了孙子和孙女打仗吗？你姐姐会为了儿子对付女儿吗？"红毒蛇一耸肩，"或许我真该与瑟曦太后成亲，条件是她支持女儿的继承权。你认为她会答应吗？"

不大可能吧。 提利昂第一反应是这样，然而转念一想，瑟曦不是总归咎老天没让她当男人吗？假如多恩的律法得以适用，也就意味着她可以当凯岩城的继承人。瑟曦和詹姆是双胞胎，但她抢先降世，因此做了姐姐。维护弥赛菈的事业就等于维护自己的权利。"在托曼和弥赛菈之间，我不清楚老姐会选择谁，"他承认，"但她选谁都没关系，因为我父亲不会给她这个机会。"

"你父亲，"奥柏伦亲王缓缓地说，"不可能长命百岁。"

亲王的口气让提利昂颈毛直竖。他忽然想起了伊莉亚，想起了穿越黑水河南岸战场时奥柏伦说的话。**杀掉这混账以前，我要问出幕后主使：**"在红堡内，谈论大逆不道之事极不明智，亲王殿下，小小鸟儿在听呢。"

"让它们去听。我不过谈论人的生理规律，就是大逆不道吗？古瓦雷利亚语中有句名言'*Valar morghulis*'，意思是'凡人皆有一死'。瓦雷利亚的毁灭正好证明这一点。"多恩人踱到窗边，望进夜色中，"听说你没有证人。"

"我还指望法官大人们看着我这张天真无邪的脸，就宣判无罪呢。"

"你错了，侏儒。高庭的胖玫瑰确信是你犯了罪，决意要判处死刑。他提醒过我们几十次，他宝贝的玛格丽也用那只杯子喝过酒，不杀你难消心头之恨。"

"你呢？"提利昂问。

"表象和实情是两回事，罪状貌似确凿无疑，我反而相信你的无辜。但不管我怎么想，看样子你难逃此劫，在山的这一边，正义极难伸张。伊莉亚、伊耿和雷妮丝，他们都没有得到正义，你又怎

么逃得掉呢？或许杀害乔佛里的真凶也喂熊了，你说对不？噢，等等，熊这东西，是赫伦堡的特产吗？"

"原来你跟我玩游戏来了。"提利昂摸摸鼻子上的伤疤，此时他孑然一身，没什么可隐瞒，"赫伦堡中确实有一头黑熊，亚摩利·洛奇爵士教它给吃了。"

"我真为他遗憾，"红毒蛇道，"也为你遗憾。缺鼻子的人撒的谎都如此拙劣吗？"

"我没撒谎。亚摩利爵士亲手将雷妮丝公主从她父亲床下拖出来，用刀子捅死。嗯，不错，他还带了几个手下，但这帮小辈的姓名我可不清楚，"他倾身向前，"而把伊耿王子一头撞死在墙上，就着满手鲜血和脑浆操了你姐姐伊莉亚的，便是格雷果·克里冈爵士。"

"是吗？你们兰尼斯特终于肯说真话了？"奥柏伦冷笑，"那么，下令的就是你父亲喽？"

"不是。"他毫不犹豫地撒谎，连自己也奇怪为何如此不假思索。

多恩人扬起一道细细的黑眉毛："好个尽职尽责的乖儿子！可惜说出口的却是不堪一击的谎言！别装模作样了！我知道是泰温公爵将我姐姐的孩子用兰尼斯特的红斗篷裹好，献给了劳勃。"

"事情真相你该跟我父亲讨论去。他当时人在君临，我当时人在凯岩城，况且那时我两腿间的玩意儿还只能用来尿尿呢。"

"哼，没错，不过你现在却是身在君临，还惹上了大麻烦。你的清白或许跟你脸上的伤疤一样明显，但这救不了你，你父亲也不会救你，"多恩领亲王微微一笑，"除了我，你没别的救星。"

"你？"提利昂凝视着他，"你不过是三个法官之一，如何能扭转大局？"

"不是作为法官，而是作为你的代理骑士。"

詹姆

白色的房间里，一本白色的大书放在一张白色的桌子上。

这间会议室乃是圆形，刷白的石墙上挂着许多白羊毛织锦。这是白剑塔的底楼，整个建筑共分四层，十分促窄，靠在城墙边，恰好俯瞰海湾。楼底的地下室陈列着武器和铠甲，二楼与三楼则是御林铁卫其他六名兄弟起居的小房间。

他曾在二楼住了十八年，直到今天早上，才把东西搬到顶楼——御林铁卫队长专属的楼层。房间虽然大了，仍极朴素，好在高过外墙一截，可以时时观看外海的景色。*我会喜欢的*，他心想，*喜欢这景色，喜欢这一切*。

詹姆穿着和会议室色调一致的全身白甲，读着那本白书，等待他的白骑士兄弟们。一柄长剑悬于臀间。*却是在错误的一边*。他爱把剑挂在左边，好趁拔剑之机顺势出击。今天，他将剑挂到右边，企图必要时用左手复制同样的招式。可惜力度不够，实践起来，整个动作笨拙而不连贯。连衣服也不搭调，虽然特意换上御林铁卫的冬装，包括漂白羊毛马裤和上衣，外罩厚重的白披风，却总觉得不够威严，没有气势。

这几天来，詹姆参加了弟弟的审判，但只远远站在大厅底部，所以毫不奇怪地，提利昂没有看到他，更不知道他来过。其实，宫里一大半人都不太在意他。*连我自己的族亲都把我当成陌生人*。儿子死了，父亲正在气头上，而姐姐……姐姐自从他回来当天，与他在王家圣堂里、在乔佛里的棺材边做爱之后，就不肯见他。连将小乔安葬于贝勒大圣堂坟墓的仪式上，她也小心翼翼地和他保持距离。

他再度环顾圆形会议室。白羊毛织锦覆盖墙壁，壁炉上挂着一面白盾和两柄交叉的白剑。桌后有张黑色老橡木椅，铺的漂白牛皮垫，业已磨得厉害。这张椅子，骨瘦矍铄的巴利斯坦坐过，在他之前，有杰洛·海塔尔爵士、龙骑士伊蒙王子与莱安·雷德温爵士，有戴瑞家的戴莫、"高个"邓肯爵士和"白狮鹫"埃林·克林顿……和这些光辉形象相比，弑君者真是格格不入。

但他却坐在他们的椅子上。

桌子本身由古老的鱼梁木制成，灰白如骨，雕成三匹骏马支撑一面巨盾的形状。根据传统，铁卫队长坐在盾牌后面，六位兄弟则于三匹骏马两侧分居——当然，很少出现七人全部到场的情形。躺在他肘边的这本书极为庞大，两尺长，一尺半宽，厚度则有一千多页，黄金的铰链和丝线将上等白牛皮纸与漂白皮革封面装订在一起。它的正式名称是《白骑士之书》，一般简称为"白典"。

《白骑士之书》保存着御林铁卫的全部历史，每个加入铁卫的骑士都在书中留有一页，用来记载名姓与事迹。每页左上方绘有该页的主人加入御林铁卫前使用的纹章，而右下方无一例外都是御林铁卫的徽记：空旷而纯净的雪白盾牌。上面的纹章页页不同，下面的符号张张相似，中间是骑士们的生活记录。绘制纹章由贝勒大圣堂的修士负责，他们一年拜访三次，但书写文字是铁卫队长的职责。

*我的职责。我得尽快学会用左手写字。*白典已荒废了一年多，它没有记载普列斯顿·格林菲尔爵士和曼登·穆尔爵士的死，也没有记载桑铎·克里冈短暂而血腥的服役，还有新的页码得为巴隆·史文爵士、奥斯蒙·凯特布莱克爵士和百花骑士填加。*我要尽快召修士们前来绘制。*

前任队长乃"无畏的"巴利斯坦·赛尔弥爵士，他的页面上绘有赛尔弥家的纹章：棕褐底色上三束金黄小麦。詹姆饶有兴致，但并不吃惊地发现巴利斯坦爵士在逃亡前连自己的离职缘故都一一记录在案：

赛尔弥家族的巴利斯坦爵士。

丰收厅莱昂诺·赛尔弥伯爵之长子。幼年时代为曼佛德·史文爵士的侍从。十岁那年，穿着借来的盔甲，打扮成神秘骑士，匿名参加于黑港举办的比武会，在其中赢得"无畏的"外号，但最终为龙芙莱王子邓肯所败，并被挑开面甲。十六岁那年，匿名参加于君临举办的冬季大比武会，连续大败"矮个"邓肯王子和御林铁卫队长"高个"邓肯爵士之后，由国王伊耿·坦格利安五世亲手册封为骑士。随后，在"九铜板王之战"中，一对一决斗杀死末代黑火"凶暴的"马里斯。曾打败"长枪"罗梅勒和铜门城的私生子塞德克·风暴。二十三岁那年，由御林铁卫队长杰洛·海塔尔爵士引荐为御林铁卫。之后，在银桥城举办的比武会上，打败所有挑战者；在女泉城的比武会上，赢得团体比武的胜利；暮谷城反叛期间，在胸膛中箭的情形下，仍坚持护送国王伊里斯·坦格利安二世回到安全地带；为铁卫兄弟加尔温·戈特爵士报仇；从御林兄弟会手中营救出简妮·史文夫人和她的修女，击败西蒙·托因和微笑骑士，并杀了前者；在旧镇比武会上，打败神秘的黑盾骑士，挑开对方面甲，揭示其为高地的私生子；在史蒂芬公爵于风息堡举办的比武会上，成为独一无二的冠军，相继打败劳勃·拜拉席恩、奥柏伦·马泰尔亲王、雷顿·海塔尔伯爵、琼恩·克林顿伯爵、杰森·梅利斯特伯爵和王太子雷加·坦格利安；三叉戟河一战中，与铁卫兄弟们和龙石岛亲王雷加并肩奋战，身负多处箭伤、矛伤和剑伤。之后，被国王劳勃·拜拉席恩一世赦免，随即任命为御林铁卫队长。有幸担任荣誉护卫，护送兰尼斯特家族的瑟曦小姐前往君临与劳勃国王完婚。在巴隆·葛雷乔伊之乱中，率军攻打老威克岛。五十七岁那年，成为君临比武大会的冠军。六十一岁那年，被国王乔佛里·拜

拉席恩一世解职，理由是年老体衰。

巴利斯坦爵士身世的前面部分由杰洛·海塔尔爵士那强健、刚劲的字体所书写，从三叉戟河一战起，才换为赛尔弥纤细而优雅的笔锋。

与之相比，詹姆的记录很简单：

兰尼斯特家族的詹姆爵士。

凯岩城泰温·兰尼斯特公爵和乔安娜夫人所生之长子。少年时代担任萨姆纳·克雷赫伯爵的侍从，随其清剿御林兄弟会。十五岁那年，因作战英勇，被御林铁卫的亚瑟·戴恩爵士亲手册封为骑士。同年，被国王伊里斯·坦格利安二世选入御林铁卫。君临城陷时，在铁王座下杀害国王伊里斯·坦格利安二世，由此得到"弑君者"的外号。之后，被国王劳勃·拜拉席恩一世赦免。有幸担任荣誉护卫，护送其姐兰尼斯特家族的瑟曦小姐前往君临与劳勃国王完婚，并在为庆祝婚礼而举办的比武大会上，赢得冠军。

寥寥可数的几句，他的生命竟如此贫乏和空虚。至少，詹姆认为杰洛爵士应该少记录几句巴利斯坦的比武经历，而提到他随亚瑟·戴恩爵士一举平定御林兄弟会的事迹。其实，当"大肚子"本恩要撞碎萨姆纳伯爵的头颅时，正是他救了伯爵的命——虽然没能抓住凶手。他曾独斗微笑骑士，但了结对方的却是亚瑟爵士。啊，那是多么光荣的战斗，多么伟大的敌人。微笑骑士有些疯癫，处事虽残酷，却又带着骑士风度，关键是他全不知恐惧为何物。而当年的戴恩，黎明在手的戴恩……眼见土匪的剑破了无数豁口，便主动停手，要对方取把新的。"其实我想要你那把白剑，"继续开打时，强盗骑士不顾全身十几处伤口，依旧轻松地说。"很好，我给你,爵士先生。"拂晓神剑回答,随后一剑杀了他。

那个时候,世界多么单纯,詹姆心想,身边的人都如新铸的长剑,锋利而明亮。我的十五岁,毕竟是一场梦幻么?大家都进了坟墓:拂晓神剑、微笑骑士、白牛、勒文亲王、爱来点黑色幽默的奥斯威尔·河安爵士、古道热肠的琼恩·戴瑞爵士、西蒙·托因和他的御林兄弟会、甚至直率的老萨姆纳·克雷赫……他们都不在了。而我呢,那个曾经的少年……他,又在何时进了坟墓?穿上白袍时?割开伊里斯的喉咙时?那个少年,从小想当亚瑟·戴恩,但不知怎地,生命拐了个弯,最后成为了微笑骑士。

开门声传来,他立刻阖上白典,起立迎接兄弟。首先抵达的是奥斯蒙·凯特布莱克爵士,他冲詹姆咧嘴一笑,好似彼此是多年共事的战友。"詹姆爵士,"他道,"当日您若有今天这么精神,俺就不会错认啦。"

"是吗?"詹姆很怀疑。连日来,仆人为他沐浴、修面、梳洗头发。对镜查看,已找不到那个随布蕾妮穿越河间地的男子……但也找不到从前的自己。脸庞变得细瘦,眼角出现皱纹。我好像一夜间老了十几岁,"请坐,爵士。"

凯特布莱克遵命。其他兄弟也一个接一个地走进来。"爵士先生们,"当六人齐集后,詹姆开始仪式,"谁在守护国王?"

"我弟弟奥斯尼爵士和奥斯佛利爵士。"奥斯蒙爵士回答。

"我哥哥加兰爵士。"百花骑士说。

"他们能否保护陛下周全?"

"誓死捍卫,大人!"

"请坐。"仪式结束——御林铁卫开会期间,也必须确保国王安全。

柏洛斯爵士和马林爵士坐在他右手,中间隔着一个位子,为现在多恩的亚历斯·奥克赫特爵士所留。左手则有奥斯蒙爵士、巴隆

爵士和洛拉斯爵士。新旧两派，詹姆惴惴地想。历史上，御林铁卫曾数度分裂，其中最为著名的当数"血龙狂舞"时期那对孪生兄弟高贵而苦涩的决斗。现今我的队伍可也有危机？

十几年来，他看着无畏的巴利斯坦坐在首座，如今换他来坐，感觉颇为古怪。最古怪的莫过于我是个残废。但不管怎么说，位置已经属于了他，必须管好手下弟兄们。他们，共同组成托曼的七铁卫。

詹姆和马林·特兰、柏洛斯·布劳恩同事多年，此二人武艺尚可，但特兰狡猾而残忍，布劳恩则色厉内荏。新派中，巴隆·史文素以武艺高强闻名，百花骑士无疑是少年英雄的典范，只有第五个，奥斯蒙·凯特布莱克，他全然陌生。

他试图想象亚瑟·戴恩爵士看到这支队伍会作何反应。"御林铁卫竟沦落到这般地步了啊！"多半如此感叹，"都是我的错。"我只好回答："是我先走了后门，让无良之辈纷纷爬了进来。"

"先王已逝，"詹姆开始讲话，"他是我姐姐的儿子，年仅十三，却被人在婚宴进行中途谋杀在自己的厅堂。当时你们五人全部在场，你们五人宣誓守护他，然而陛下还是死了。"他顿了一顿，借机观察听众的反应。他们连清喉咙的工夫都省了，但我看得出，提利尔这孩子有些愤怒，巴隆·史文带着羞愧，其他三人则完全无动于衷。"这次谋杀，是我弟弟干的吗？"他单刀直入地问，"是提利昂毒死了我外甥？"

巴隆爵士不安地在座位上挪动。柏洛斯爵士捏紧拳头。奥斯蒙爵士懒洋洋地一耸肩。最后开口的是马林·特兰："乔佛里陛下死前曾喝了您弟弟斟的酒，估计他就在那时下了毒。"

"你确定毒药下在酒里面？"

"还会在哪儿？"柏洛斯·布劳恩爵士道，"事后，小恶魔连忙把杯子倒空，不就为掩盖证据么？"

"他知道杯中有毒。"马林爵士解释。

巴隆·史文爵士皱紧眉头："高台上人很多，远不止小恶魔一人。当时已是婚宴末尾，不断有人走来走去，交换座位、上厕所等等，仆人们更是进出忙碌……国王与王后切开馅饼时，所有人的目光都放在他们和那些该死的鸽子身上，无暇关注酒杯。"

"高台上究竟有哪些人？"詹姆问。

马林爵士答道："国王的亲族，王后的亲族，派席尔大学士，总主教……"

"哈，一定是这家伙下的毒，"奥斯蒙·凯特布莱克爵士咧嘴一笑，"老不死，自以为虔诚，我啊，从来就不喜欢他。"他继续自己的玩笑。

"不对，"百花骑士正色道，"依我看，珊莎·史塔克才是真凶。你们都忘了，那酒杯不止国王陛下用，我妹妹也在用，而整个大厅里，只怕唯有珊莎·史塔克希望将玛格丽和国王一起毒死。在酒杯中下毒，便能一箭双雕。瞧，若非自承犯罪，她干吗逃走呢？"

这孩子有点眼光。提利昂很可能是无辜的。现在的难题在于，他老婆竟如土遁一般，消失得无影无踪。或许此事我该亲自接管，首先弄清她打哪里逃走。就从查问瓦里斯开始吧。世上没有人对红堡地形的了解有瓦里斯那么深。

但眼下他还做不了那么多，眼下他有更重要的责任。你说你是御林铁卫的队长，父亲言道，我就不耽误你履行公务了。这五位兄弟，并非他亲手挑选，但他只有这五个人，必须将其一一收服。

"不管谁下的手，"他总结，"乔佛里终归已死，铁王座传给了托曼。我要他牢牢地坐江山，直到头发变白，牙齿疏松，绝不能再受毒药之流的危害。"詹姆转向柏洛斯·布劳恩爵士，此人近年来日益肥胖，且势头不减。"柏洛斯爵士，看来你颇喜美食。从今往后，托曼吃的每道菜、喝的每杯酒，都由你先行品尝。"

奥斯蒙·凯特布莱克爵士捧腹大笑，百花骑士也忍俊不禁，柏

洛斯爵士脸色转为深红："我不是品酒师！我是御林铁卫的骑士！"

"很遗憾，你说得对。"瑟曦擅自剥夺铁卫的白袍是不对，但父亲将他召回来则是可耻，"我姐姐将你如何把我外甥欣然出卖给提利昂的手下的事迹告诉了我。好，既然如此，那你就换种活法，胡萝卜和豌豆没那么可怕。往后，当兄弟们在院子里操练长剑盾牌时，你就在厨房内操练盘子汤勺。托曼喜欢苹果蛋糕，千万别让佣兵偷吃了它。"

"你！……你敢这样对我说话？"

"你应该誓死保护托曼的。"

"正如你誓死保护伊里斯，爵士？"柏洛斯爵士霍地起立，抓住剑柄，"我……我不接受这个指示。照我看，当品酒师的该是你才对，你……你不能用剑，还能做什么？"

詹姆笑道："同意，看来我和你一样，都不适合保护国王。那好吧，请拔剑，跟我做个了断，看看两只手能不能打过一只。我们中谁倒下，算是给御林铁卫扫清垃圾。"他也站起来："如果你不想打的话，就乖乖履行公务去。"

"呸！"柏洛斯爵士将一大泡绿痰吐到詹姆脚边，头也不回地走了，始终没敢拔剑。

此人果然胆怯，我过了第一关。柏洛斯爵士虽然年长、肥胖、武艺中庸，但击败现在的他仍旧绰绰有余。好在柏洛斯不知道实情，我也不会让其他人知道。他们害怕曾经的我，如今的我会令他们轻视。

詹姆坐下来，望向凯特布莱克。"奥斯蒙爵士，咱俩竟然素昧平生，对此我深感诧异。你知道，我曾踏遍七国上下，四处参加比武会和真正的战斗，任何有过一点表现的雇佣骑士、自由骑手和崭露头角的侍从，都有所耳闻。可为什么就记不得你呢，奥斯蒙爵士？"

"这问题我无法回答，大人，"奥斯蒙爵士夸张地笑笑，好像在跟詹姆分享老友间独有的乐子,"我是个堂堂正正的兵,不是只会比武的骑士。"

"那么,被我姐姐发掘之前,你在哪里做事?"

"四处云游,有时在这里,有时在那里,大人。"

"我刚才说过,我曾踏遍七国上下,北至临冬城,南达旧镇,西起兰尼斯港,东到君临。但我从没去过'这里',也没到过'那里'。"詹姆习惯性地举起断肢,指着奥斯蒙爵士的鹰钩鼻,"我再问你一次:你在哪里做事?"

"在石阶列岛。那些岛屿属于争议之地,战争不断。我加入了侠客团,有时为里斯人打仗,有时为泰洛西人打仗。"

反正是为钱打仗。"你怎么当上骑士的?"

"因为作战勇猛。"

"由谁册封?"

"劳勃……石东爵士。不过,他已经死了,大人。"

"毫无疑问。"或许真有劳勃·石东爵士这么个人,他心想,身为谷地的私生子,流落到石阶列岛当佣兵;又或许这不过是奥斯蒙爵士拿死去的国王和石头这名词胡诌的。给这种人披上白袍,瑟曦到底在想什么?

但至少,这凯特布莱克有些能耐,佣兵虽无荣誉心,防身之术却不可少,否则早在战斗中送了命。"很好,爵士先生,"詹姆说,"你可以走了。"

对方恢复了笑容,大摇大摆地离开。

"马林爵士,"詹姆微笑着望向阴郁的骑士,只见对方眼袋下垂,发如铁锈,"我听说乔佛里陛下命你惩罚珊莎·史塔克,"他单手将白典调了个头,"请看看书,并告诉我,我们的誓言中可有准许殴打妇女和儿童。"

"我只是遵命行事。您知道,我们发誓服从国王。"

"很好，你还记得誓言，今后把服从对象稍作调整。我姐姐是太后摄政王，我父亲是国王之手，我是御林铁卫队长。服从我们三人，别的不用管。"

马林爵士表情顽固："您竟要我们别服从国王？"

"国王只有八岁，当务之急是保护他，'保护'包括保护陛下不受自己的伤害。今后多用用你头盔里的玩意儿，倘若托曼要你备马，你照办，倘若托曼要你杀马，来找我。"

"是，遵命，大人。"

"你也可以走了。"他走后，詹姆转向巴隆·史文爵士，"巴隆爵士，我多次目睹你在比武场上的英姿，也亲自于团队比武中跟你结盟或敌对，外加最近大家都交口称赞你在黑水河一战中的武功。看来御林铁卫有你加入，真是莫大荣幸。"

"这是我的荣幸，大人。"巴隆爵士警惕地回答。

"对你，我只有一个问题。你忠心耿耿，大家都知道……可另一方面，瓦里斯告诉我，你哥哥相继追随过蓝礼和史坦尼斯，而你父亲大人疏于整军，一直坐待于家堡石盔城观望，不曾有勤王之举。"

"家父已经老了，大人，他年过四旬，且又多病，早不堪沙场驰骋。"

"你哥哥呢？"

"不瞒您说，大人，我哥哥唐纳尔在黑水河一战中负了伤，为埃伍德·哈特爵士所俘，之后他像众人一样付了赎金，并宣誓为乔佛里国王效命。"

"是吗，"詹姆道，"但我不得不提醒你，在短短一年中，你哥哥已经走马灯似地换了蓝礼、史坦尼斯、乔佛里、托曼……四个国王，幸好他错过国内另外两大叛逆，否则他就会变成七大王国历史上头一个服膺六位国王的骑士了！"

巴隆爵士极为不安："唐纳尔犯了错，但他业已洗心革面，死心塌地为托曼陛下效命，我向您担保。"

"我关心的不是这位'死心塌地的'爵士，而是你。"詹姆倾身靠前，"如果咱们英勇的唐纳尔某天又加入叛党，并带着军队冲进王座厅，你怎么做？身为御林铁卫，在国王和亲族之间，你该如何选择？"

"我……大人，这事太疯狂，不可能发生的。"

"这事在我身上就发生过。"

史文用白衣袖擦拭额头。

"你没有答案？"

"大人，"巴隆爵士挺直身子，"我以我的宝剑、我的荣誉和家父之名起誓……我不会重蹈您的覆辙。"

詹姆纵声长笑："很好，你走吧……记得建议唐纳尔爵士为自己的纹章加上风向标。"

这下，由他单独面对百花骑士。

洛拉斯·提利尔爵士纤细得像把长剑，体态虽柔弱，但肌肉健实。他穿雪白的亚麻布外衣和白羊毛马裤，腰缠一条金腰带，用一朵金玫瑰扣住精致的丝披风。他有柔软的棕色卷发，眼睛也是棕色，闪烁着傲气的光芒。他以为我在主持比武会，现在轮到他上场了。"年仅十七，就成为御林铁卫的一员，"詹姆道，"一定倍感骄傲。你知道吗？龙骑士伊蒙王子也是十七岁那年当上御林铁卫的。"

"我很清楚，大人。"

"那你可清楚我是十五岁时当上铁卫的？"

"也很清楚，大人。"对方笑道。

詹姆痛恨这种笑："当年的我比你强，洛拉斯爵士。我比你结实，比你强壮，比你敏捷。"

"而现在您比我老，"这孩子说，"大人。"

他逼自己微笑。太荒谬了。若提利昂在场，看到我和这未历世事的孩子争口舌之长，怕是会笑得背过气去。"不错，爵士，我比你年长，也更有智慧，你应该接受我的指导。"

"哦？正如您从前也接受柏洛斯爵士或马林爵士的指导？"

这一次太过分。"我接受白牛和'无畏的'巴利斯坦的指导，"詹姆反击，"我接受'拂晓神剑'亚瑟·戴恩的指导——告诉你，他可以一边用右手撒尿，一边以左手使剑，砍翻你们五个废物——我也接受多恩的勒文亲王、奥斯威尔·河安爵士和琼恩·戴瑞爵士的指导。他们个个都是顶呱呱的好人。"

"死人，一群死人。"

他就是从前的我，詹姆突然意识到，有着我那自以为是的勇气和不切实际的骑士精神。我在和自己对话。年轻人，你唯一的问题就是太年轻。

在武场上，拿不下对手就得变换节奏。"听说你在黑水河一役中表现杰出……还与蓝礼的鬼魂并肩作战。御林铁卫的兄弟在他们的队长面前没有秘密，告诉我，爵士，到底是谁穿上了蓝礼的盔甲？"

洛拉斯·提利尔起初打算拒绝回答，但最终守住了誓言。"是我哥哥，"他不高兴地说，"蓝礼比我高，胸膛也比我宽阔，他的盔甲我穿不上，但对加兰很合适。"

"乔装的计策是你，还是你哥哥提出的？"

"是小指头大人的建议，他说对史坦尼斯手下那些无知士兵而言，这是最管用的招数。"

"的确，"对许多领主和骑士也管用，"干得不错，歌手将传唱你们兄弟的事迹，这是理所应得的荣誉。对了，蓝礼的遗体是被你带走的么？"

"是，我亲手埋葬了他，那个地方我从前在风息堡当侍从时和他单独去过，没有别人知道，没有别人可以打搅他的安息。"他刚硬地望着詹姆，"我向您保证，会用自己的全部力量来守护托曼国王，献出生命也在所不惜。但蓝礼将永远在我心中占有一席之地，不管在言语还是行动上，我都决不会背叛他。因为他最有王者风范，他才是最好的国王。"

不对，他只是最会打扮的国王，詹姆心想，但没说出口。谈起蓝礼，年轻的洛拉斯爵士脸上的傲气一扫而空，他变得诚恳。这孩子虽然狂妄、冲动、乳臭未干，但并不虚伪。至少还没学会虚伪。"诚如你所言，蓝礼是个好人。我还有最后一件事，说完你就可以回去继续工作了。"

"大人，什么事？"

"塔斯的布蕾妮还被我关在塔楼房间。"

对方抿紧嘴唇："您该把她投进黑牢。"

"你认为这是她应得的惩罚？"

"她应得的惩罚是死。我警告过蓝礼，女人无权加入彩虹护卫，况且她全靠下流诡计才赢得团体比武的胜利。"

"是么？我倒认识一位诡计多端的骑士。某天，他骑着发情的母马，去迎战骑坏脾气公马的对手。说到底，布蕾妮究竟做了什么呢？"

洛拉斯爵士的脸"刷"地一下红了："她撞过来……算了，没关系，我承认是她赢。蓝礼陛下为此亲手替她披上彩虹披风，但她竟然杀了他，至少是听凭别人害了他。"

"这两者有天壤之别。"前者是我的背负，后者是柏洛斯·布劳恩的无耻。

"她发誓用生命来守护国王。埃蒙·库伊爵士、罗拨·罗伊斯爵士、帕门·克连恩爵士，他们也都发了誓。您倒说说，有她在帐内，其他三人在帐外，怎么可能有人进得去？毫无疑问，就是他们

的阴谋。"

"乔佛里的婚宴，你们五人还一起在场呢，"詹姆指出，"国王怎么死的？难不成你也参加了阴谋？"

洛拉斯爵士气鼓鼓地挺直身子："当时我们无能为力。"

"妞儿也这么对我说。她和你一样：都深深地为蓝礼哀悼——而我向你保证，我对伊里斯可没有一丝一毫的感情。布蕾妮丑是丑，又长了个顽固的猪脑袋，可她说不了谎，对使命盲目地忠诚。你瞧，她发誓把我带回君临，所以我才能坐在这里和你谈话，除了手少了一只……但这个事故我和她有同样的责任。依路上种种见闻判断，我肯定她会拼死保护蓝礼，然而看不到敌人该怎么打？"詹姆摇摇头，"把剑拔出来，洛拉斯爵士，*让我看看你怎么和影子打*。说实话，我还真的不会。"

洛拉斯爵士没有动作。"但她逃了，"他说，"她和凯特琳·史塔克一起逃之夭夭，将他扔在血泊之中。如果没有参与，干嘛心虚逃窜呢？"他瞪着桌子。"蓝礼要我担任前锋，否则为他穿戴盔甲的该是我，这个任务一直属于我。我们那天晚上一起……一起作祷告，随后我把他交给了她，并安排帕门爵士和埃蒙爵士把守帐门，罗拔·罗伊斯爵士在附近警卫。埃蒙爵士临死前发誓是布蕾妮……可……"

"嗯？"詹姆提示，他察觉到对方语中的怀疑。

"整个护喉钢甲都被切开，只一刀！便干净利落地切开了钢板。蓝礼的铠甲防护精良，用的是上等材料，她怎么做到的？后来我自己试过，无论如何都不行。她虽有一身非人的蛮力，但依我看，就算魔山也得拿战斧才能劈动。更何况……要杀他的话，为何又先替他穿上铠甲？"他烦恼地望向詹姆，"但如果不是她，如果……影子又是怎么回事？"

"你自己去当面问个清楚，"詹姆下了决心，"去吧，去塔楼房间，提出你的问题，听取她的回答。如果事后你仍相信是她杀害了蓝礼大人，我便将主持审判。总之，继续指控，还是放了她，决定权操于你手，我唯一的要求是你必须公平处理这件事，以你身为骑士的荣誉发誓。"

洛拉斯爵士站起来："我以我的荣誉发誓。"

"那么，咱们的谈话就到此为止。"

年轻人朝外走去，走到门边又转过身："蓝礼说她是个可笑的女人，竟然穿着男人的铠甲，妄想当骑士。"

"若他见过穿粉红绸缎和密尔蕾丝的她，相信会改变看法。"

"我问他，既然认为她如此可笑，为何还留她在身边。他告诉我，其他骑士追随他都有所企图，要么为土地、要么为荣誉、要么为钱财，只有布蕾妮，唯一的愿望是为他而死。当日，我看到他倒在血泊中，她则逃得不见踪影，另外三名护卫面面相觑……如果她是无辜的，那罗拔和埃蒙……"他说不下去了。

詹姆正在考虑这件事："换我也会这么做，爵士。"一个便宜的谎言，但足以安慰洛拉斯爵士。

五名铁卫全部离开后，队长独坐在纯白的会议室中，陷入沉思。百花骑士眼见蓝礼被杀，悲痛得发狂，甚至出手毙了两名誓言兄弟；我呢？我是不是也该杀了这五位辜负乔佛里的铁卫？他可是我亲儿子，是我不为人知的宝贝……莫非我就没勇气为自己的血脉和亲人复仇吗？至少，我该宰掉柏洛斯爵士，他是个全然的废物。

他望着断肢，扮个鬼脸。得想办法弥补才行。已故的拜瓦特·杰斯林爵士能装铁手，我就能装金手。瑟曦会喜欢的。我要用金手抚摸她的金发，并将她牢牢拥紧，不再分离。

真美妙。但手的事可以先等等，还有别的问题等着处理，还有笔债需要偿还。

珊莎

上前甲板的楼梯陡峭摇晃，幸亏罗索·布伦伸手相助。**罗索爵士**，她提醒自己——对方已因黑水河一役中的英勇表现升为骑士，然而骑士不该穿这身打补丁的褐色马裤、拖鞋和风雨浸蚀的皮背心。他是个方脸壮汉，塌鼻子，偏灰发，很少说话，但极强壮。在他手中，珊莎觉得自己轻若鸿毛。

"人鱼王号"的前面，展开一片荒凉多石的海岸，光秃秃的，没有树，寂寞而寒碜。即便如此，珊莎也感到几分欢喜，只因太久不曾见到陆地。航行初期还顺着海岸，后来来了一场大风暴，将他们刮进狭海中间，疯狂的颠簸让珊莎以为商船必沉无疑。老奥斯威尔告诉她，风暴一共夺走了两条性命，另有一人从桅杆上掉下来，摔断了脖子。

她很少上甲板，属于她的小舱房则又湿又冷，所以一路都不舒服……恐惧，发烧，晕船……吃不下，睡不着。无论何时，只要闭上眼睛，就会看见撕扯衣领、抓破咽喉、挣扎呼吸的乔佛里，馅饼皮粘在嘴角，酒液则浸染上衣。每有海风吹过木板缝隙，都好似乔佛里当初所发出的那细得吓人、充满恐惧的嘶声。有时她还梦见提利昂。"他什么也没做啊。"小指头来看望她时，她对他说。

"没错，乔佛里并非侏儒所杀，可这并不意味着他就是个正派人。你知道吗，他有过老婆？"

"他对我说过。"

"是吗？他有没有告诉你，当他厌倦了那个女人后，就把她送给了父亲帐下的卫兵？你若留在他身边，早晚也是这个下场。省省吧,小姐,小恶魔不值得你流一滴眼泪。"

咸咸的海风伸出长长的手指,挽起她的头发,令她打起颤来。即便海岸在望,摇晃的甲板仍教人惴惴不安。她好想洗个澡,换身衣服。我一定跟尸体般又憔悴又难闻。

培提尔大人走到旁边,一如既往的好心情,"早上好。带盐味的风有几分清新,对吧?我的好胃口就是这样子出来的。"他保护性地环住珊莎的肩膀,"你行吗?脸色好苍白。"

"没,一点小毛病,我……有些晕船。"

"喝点葡萄酒提神,应该会有助益。到得岸上,我立刻满上一杯给你。"语毕,培提尔指向阴沉的天幕底下一座古老无名的燧石塔楼,浪涛在它下方的岩石上拍打,"瞧,就是这儿,景色不错吧?不过呢,大船恐怕没法子靠过去,只能换乘小舟。"

"这儿?"她不想留在这儿。五指半岛阴暗偏僻,眼前这座小塔楼更是孤独荒芜,"我留在船上,好不好?到白港再上岸。"

"从这儿开始,'人鱼王号'将航向布拉佛斯——你我二人当然不去。"

"可……可是,大人,您说……您说要带我回家……"

"这就是我们的家——别嫌它寒碜,我祖孙三代都居于此。它没有名字,大人物的城堡应该有名字的,你说呢?临冬城、鹰巢城、奔流城……好在如今我有了赫伦堡,而之前?之前我乃羊屎伯爵和荒塔主人,哈哈,总觉得缺了点什么。"他用灰绿色眼睛无邪地打量她,"你似乎心神不宁,难不成以为我们会去临冬城?亲爱的,临冬城已经陷落、焚毁、化为废墟,所有你认识或者喜爱的人士都已不在人世。北境有的地方被铁民奴役,有的地方在窝里斗,就连长城也遭到攻打。珊莎,临冬城是你童年的家园,但你已不是孩子了。你长大成为女人,女人需要属于自己的家。"

"但不是这里,"她惊惶地回答,"这里……"

"……又窄又小又难看？事实上，情况比你想象的更糟糕。五指半岛乃石头的乐土，岩崖的故乡。好啦，请放心，我们只待半月，你姨妈已在路上了，"他浅浅一笑，"我和莱莎夫人不日即将成婚。"

"成婚？"珊莎只觉头晕目眩，"你和我姨妈？"

"赫伦堡公爵与鹰巢城夫人。"

*可你说我母亲是你的寄托和唯一。*当然，母亲业已死去，就算她真的给过培提尔大人爱情与贞操，如今也是无足轻重了。

"没话说啦，小姐？"培提尔道，"总该给我点祝福吧。一个生来只配继承石头、岩崖和羊屎的男孩能娶上霍斯特·徒利的女儿和琼恩·艾林的遗孀，不值得赞许么？"

"我……我祝你们举案齐眉，多福多寿，白头偕老，子孙满堂。"珊莎已有多年未和姨妈团聚。*还好，她是我亲戚，为着母亲的缘故，想必会照顾我。*她想起歌谣里美丽的艾林谷，宽慰自己暂避一时并非那么可怕。

小舟放下，撑船的是罗索和老奥斯威尔。珊莎裹紧斗篷，蜷成一团，拉起兜帽遮挡寒风，不知前方等待着的是何种命运。仆人们走出塔楼，前来迎接，包括一名消瘦的老妪，一名肥胖的中年妇人，两名白发苍苍的男子，还有位一只眼睛长肿块的两三岁女孩。他们认出培提尔大人，纷纷在岩石间跪下，"这就是我的一家人，"小指头介绍，"不过我不认得那孩子，大概又是卡拉的杂种。她每年都要生出个崽子来。"

两位老人走到及腿深的水中，将珊莎抱出小舟，以免弄湿裙子。奥斯威尔、罗索和小指头三人则自行上岸。领主给了老妪一吻，又朝中年妇人微笑："她爹是谁，卡拉？"

胖妇人哈哈大笑："说不准呢，大人，我可来者不拒。"

"好人儿，附近的小伙子真有福气。"

"大人，欢迎您回家。"其中一位老人道。照面相看，他至少有八十岁，但还穿一身镶钉皮甲，腰挂长剑，"此次准备居住多久呢？"

"越短越好，拜兰，你别担心，我不会添麻烦。这地方能住吗？"

"假如先知道您回来，我们定会铺上新草席，大人，"老妪道，"好在粪便不缺，生火没问题。"

"粪便，啊，家园的味道，"培提尔转向珊莎，"吉赛尔从前是我奶妈，如今替我管理城堡，伍佛德则是我领地的总管，而拜兰呢——拜兰，我离开前封你做侍卫队长了，对吧？"

"是的，大人。您说会带些精壮青年回来帮忙，却不守承诺，我只好领着我的狗到处巡逻。"

"你工作很负责任，对此我不得不表示感谢。刚才亲眼点过了，石头和羊屎半分不少，"他指指胖妇人，"卡拉照管着我的牧群。卡拉，现下我们有几只羊？"

对方考虑了一会儿："二十三只，大人。前不久有二十九只，可拜兰的狗吃了一只，我们又宰了几只，将肉腌制好过冬。"

"啊，冰冷的腌羊肉，纯正家乡口味！我明天的早餐，多半得就着海鸥蛋和海草汤吃它！"

"希望您满意，大人。"老妪吉赛尔说。

培提尔公爵扮了个鬼脸："来吧，瞧瞧我的厅堂是否还有记忆中的阴暗。"他当先领大家穿越海岸，踏过海草缠绕的滑溜岩石。荒塔底，几只羊漫无目的地游荡，不时咀嚼羊圈间和茅屋顶的那点薄草。珊莎走得很小心，因为到处都是屎。

塔楼内部窄得吓人。墙面上有一道蜿蜒敞开的螺旋梯，从地下室直通塔顶，每层楼只有一个房间。仆人们吃住都在底楼厨房，与一只巨大的斑纹獒犬和六七只牧羊犬同居。二楼是一个小厅，三楼

则为卧室。厅内没有窗户,好歹楼梯间隔中开了些箭孔。壁炉顶挂着一把破损的长剑和一张击扁的橡木盾牌,其上装饰几不可辨。

珊莎根本不认得这个纹章:嫩绿底色上一只有凶猛眼睛的灰石脑袋。"这是我祖父的盾牌,"培提尔跟她解释,"他的父亲则是布拉佛斯佣兵。他到谷地为科布瑞大人效力,受封骑士后,选了布拉佛斯泰坦巨人的头作为纹章。"

"看起来真威猛。"珊莎道。

"是啊,很威猛,可惜我这后人孱弱得要命,"培提尔说,"只好挑了仿声鸟。"

闲话期间,奥斯威尔又往返"人鱼王号"两次,卸下补给,其中包括多桶葡萄酒。培提尔依约为珊莎满上一杯:"来,小姐,喝了提神。"

脚踏地面,珊莎感觉好多了,但她还是乖乖地双手举杯,吮了一口。酒是好酒,青亭岛佳酿,带着橡木、水果和盛夏的味道,在口中绽放,好似艳阳下的花朵。她不禁暗暗祈祷自己别要迷醉,培提尔如此热心肠,可不能在他面前失态。

他边喝酒边审视她,明亮的灰绿眼睛里满是……兴致?到底是什么?珊莎不确定。"吉赛尔,"他召唤老妪,"送点吃的上来。口味别太重,小姐她不舒服。或许水果就行,奥斯威尔带了一些橙子和石榴。"

"是,大人。"

"我可以洗个热水澡吗?"珊莎问。

"我这就安排卡拉去取水,小姐。"

于是她又吮一口酒,努力思考该说点什么得体话儿。培提尔大人省了她的烦恼,吉赛尔等仆人离开后,他便开口道:"莱莎不日即至,且并非单独一人,在她抵达之前,我们必须澄清你的身份问题。"

"我……我不明白。"

"瓦里斯到处都有眼线。假如珊莎·史塔克出现在谷地,不出半月就会教他知道,这将造成许多不必要的……麻烦。安全起见,你不能再冠史塔克的姓,我们得告诉莱莎的随从你是我的庶出女儿。"

"庶出?"珊莎吓呆了,"您的意思是……让我当私生女?"

"是啊,总不能说你是我的亲生女吧,大家都知道我没结过婚。你叫什么名字?"

"我……我可以用母亲的名……"

"凯特琳?太明显……不过倒可用我母亲的名——阿莲。你意下如何?"

"阿莲是个好名字,"珊莎暗暗希望自己别要忘记才好,"可……可我就不能当您手下某位骑士的亲生女吗?他在战斗中英勇献身,因此……"

"我手下没有英勇骑士,阿莲。这个故事讲出去,别人就会跟乌鸦寻觅腐尸一样围拢探听。相反,查问私生子女却极不礼貌,"他抬起头,"告诉我,你叫什么名字?"

"阿莲……石东,是这样么?"见他点头,珊莎续道,"那我母亲是谁?"

"卡拉?"

"别,求求您。"她苦恼地哀告。

"我开玩笑呢,亲爱的。你母亲是布拉佛斯一位好人家的女儿,你外祖父则是商界巨贾。当年我在海鸥镇管理海关,与她有过一段姻缘,后来她于外地生你时因难产而死,新生儿便托付给了教会——楼上有数本祷告书,这几天用心背些格言,到时候逢人就来几句虔诚祝语,自然没人有兴趣多问了——当你有了月事以后,并不愿成为修女,因此给我写信。这是我第一次知道你的存在,"他

捻捻胡须，"记全了吗？"

"应该行吧。这好像玩游戏……扮家家？"

"没错，你喜欢玩游戏吗，阿莲？"

她还不习惯自己的新名字："游戏？那……那得看什么游……"

他来不及回答，吉赛尔就托着一个大盘子进来，放在他俩之间。盘里有许多苹果、梨子和石榴，几串干瘪的葡萄，一个大血橙，此外还有一轮面包和一坛黄油。培提尔用匕首将石榴剖成两半，示意珊莎拿一半："吃点压惊，小姐。"

"谢谢您，大人。"石榴子太小，她换成梨子，浅细精致地咬上一口。这梨已经熟透，果汁沿着下巴流淌。

培提尔大人用匕首挑出石榴子，"我明白，你很思念自己的亲爹，艾德大人人好，又勇敢、又诚实、又忠心……可在这场游戏里面，却是个无可救药的玩家。"他把挑着果实的匕首尖送到嘴边，"君临城内，只有两种人。要么当玩家，要么做棋子。"

"而我就是一个棋子？"她很害怕答案。

"没错，但你无须担忧，因为你还小。每个人都是从棋子开始做起的，男人女人都一样。有些人自以为是玩家，其实……"他咀嚼着果实，"最明显的例子是瑟曦。自以为聪明绝顶，机关算尽，其实走的每一步都不难预料。她的权力根基于她的美貌、家世和财富，实际上，除了第一点，后两者都是虚幻，而没有人能永葆青春。她渴望权力，当真正掌握了权力，却不知该如何运用。阿莲，每个人都有渴望，了解他们的渴望，就能了解对方，然后就可以操纵他。"

"所以你可以操纵唐托斯爵士去毒死乔佛里？"她认定这事是唐托斯干的。

小指头哈哈大笑："红骑士唐托斯爵士不过是会走路的酒袋而

已,我可不敢将重担托付给他,瞧他那德行,要么搞砸,要么出卖秘密。不,唐托斯只负责将你送出城堡……以及确保你在宴会上戴着银丝发网。"

黑紫晶。"如果……如果不是唐托斯,那又会是谁呢?您还有其他……棋子?"

"翻遍君临,你也找不到一个人胸前缝有仿声鸟纹章,可这并不意味着我培提尔在城中没有朋友,"他走到楼梯口,"上来,奥斯威尔,珊莎小姐要见你。"

老人片刻之后登上二楼,笑嘻嘻地鞠了个躬。珊莎茫然地打量他:"这是什么意思?"

"你不认得他?"培提尔问。

"不认得。"

"仔细看清楚。"

老人的面颊历经风霜,大鹰钩鼻,白头发,一双肌肉纠结的巨手。是有几分面熟,但她就是说不上来:"真的不认得。可以肯定,我上船以前没见过这位奥斯威尔大爷。"

奥斯威尔咧嘴一笑,露出满嘴弯曲牙齿:"此话不假,但我那三个儿子,小姐您可是认得的。"

三个儿子……还有他的笑……"凯特布莱克!"珊莎瞪圆了眼睛,"你是个凯特布莱克!"

"是的,小姐,您说得没错。"

"瞧瞧,小姐因为回忆而喜悦着呢。"培提尔大人挥手驱走下人,继续吃石榴,"你来说说,阿莲——什么东西更危险,是手舞大刀长矛的敌人,还是神不知鬼不觉隐藏在背后的匕首?"

"匕首。"

"聪明的孩子,"他微笑赞扬,石榴子里流出的鲜红汁水,淌下细嘴唇,"当初太后的卫队被小恶魔支开后,她忙着要蓝赛尔爵

士去为她招募人手。蓝赛尔找到凯特布莱克,你的小丈夫很开心,因为他早已通过波隆付钱给他们三位,"小指头咯咯发笑,"可是呢,他们三个之所以会被奥斯威尔派去君临,完全是因为我得知了波隆正四处收买佣兵的消息。你瞧,阿莲,这就是三把隐藏的匕首,完美之极。"

"所以是凯特布莱克中的一位往小乔杯里下的毒?"记得奥斯蒙爵士整晚都在国王身边。

"我可没这么说,"培提尔用匕首将血橙切为两半,并将一半递给珊莎,"这三个小伙子反复无常,怎能参与此等密谋?……尤其是奥斯蒙,加入了御林铁卫,白袍多少会改变一个人的心智,连他那样的无赖也难保不受影响。"他张开嘴巴,用手将血橙一挤,果汁便没有溅出来。"我喜欢果汁,但讨厌它们粘上手指,"他一边抱怨,一边揩手,"把手擦干净,珊莎,无论做什么,记得把手擦干净。"

珊莎优雅地用匙子挖果肉吃:"如果既不是凯特布莱克,也不是唐托斯爵士,您……您自己不在城中,又不是提利昂……"

"猜不出来啦,亲爱的?"

她摇摇头:"我……"

培提尔微笑:"我敢肯定,那天早些时候有人感叹你乱了头发,好心地为你整理发网。"

珊莎惊得以手掩嘴,"您是说……可她要带我去高庭,让我嫁给她……"

"……温和、虔诚、好心肠的孙子维拉斯·提利尔。幸亏你没和他结婚,否则定然无聊至死。不过这老太婆倒泼辣得紧,连我也不得不甘拜下风。她是个可怕的泼妇,外表虚弱不过是装装样子。当初我去高庭联络玛格丽的婚事,她一面安排自己的公爵儿子来吓唬我,一面私下旁敲侧击乔佛里的情况。当然啰,我在那边大吹法螺，把小乔捧上了天……然而我的部下却在提利尔公爵的下人中间散播一些令人困扰的谣言。这场游戏就这样开始了。"

"让洛拉斯爵士穿上白袍出自我的计谋。很明显，**我不会笨到直接建议**，我先要手下在席间肆意宣扬某些毛骨悚然的故事，比如暴民们如何杀害普列斯顿·格林菲尔爵士，如何强暴洛丽丝小姐等等，然后呢，高庭圈养的歌手那么多，给点银子，他们很乐意把莱安·雷德温、'镜盾'萨文和龙骑士伊蒙王子颂扬一番。时机恰当的话，竖琴比宝剑更管用。"

"于是乎梅斯·提利尔头脑发热，以为自己想出个高招儿，坚持要在婚约条款中加上洛拉斯爵士参加御林铁卫这一条。用光鲜英勇的骑士儿子来保护宝贝女儿，不是最合适之道么？再说，这还一并省却不少麻烦，洛拉斯只是三子，将来需要领地和新娘，而他这个人……呵呵，要找对象可不容易。"

"事态发展必定触动奥莲娜夫人，她比她儿子精明，一方面不容许小乔对自己宝贝孙女可能的伤害，另一方面更清楚洛拉斯爵士固然外表光鲜英勇，骨子里却是个不折不扣的詹姆·兰尼斯特。把他、乔佛里和玛格丽放在一起，迟早会出大事。老太婆看得很明白，虽然她儿子打定主意要玛格丽当上王后，因此需要一个国王……**但并非一定是乔佛里**。瞧好了，君临城内很快又得上演一出婚礼，主角则换成托曼和玛格丽。玛格丽保住了后冠和贞操，虽然两样都不一定合她的意，可她的愿望又有什么打紧？关键是西部大联盟得以延续……至少，暂时如此。"

玛格丽和托曼。珊莎不知该说什么才好。她喜欢过玛格丽·提利尔与她那瘦小尖酸的祖母，渴望过繁花遍地、莺声蕊舞的高庭，梦想过乘坐花船沿曼德河观光——而今却来到这片荒凉孤寂的海岸。至少我在这里很安全，她安慰自己，乔佛里死了，再不可能来伤害我。我成了私生女，阿莲·石东没有丈夫，没有继承权，也没有

人关注。姨妈就要到来,君临的长长噩梦将被抛诸身后,连带我可笑的婚姻。正如培提尔所说,我可以在这里打造一个属于我的家。

他们等了八天,其中五天下雨,珊莎只能无聊地坐在壁炉边,暗自焦虑。有只瞎眼老狗陪着她,它没了牙齿、病恹恹的,已无法跟随拜兰四处巡逻,只能成天睡大觉。不过当珊莎拍它时,它会哀叫几声,舔她的手掌,于是他们很快成了朋友。雨停之后,培提尔带她参观领地,不出半日就走了个遍。正如他先前所言,他的确只继承了一堆石头。海边某块岩石中央有个洞,潮水涌来,形成三十尺高的喷泉,便是最好的风景;另一块岩崖上凿了七芒星——培提尔说这是纪念昔日安达尔人登陆之处,他们渡海而来,将先民赶出谷地。

十几户人家住在内地,靠着个泥沼,搭了些石屋。"这就是我的子民。"培提尔介绍,不过他们中似乎只有长者才认得他。据说领内还有一个隐者居住的山洞,但里面已没人了。"他死了。小时候父亲带我去见过他一面,这人四十年没洗一次澡,你可以想象那种味道。他自称具有预言能力,看了我的手相后,说我将来会成为大人物,然后父亲给了他一袋酒。"培提尔嗤之以鼻,"这把戏我也做得来,半杯酒也不该给他。"

第九天下午,灰暗多风,拜兰领着狂吠不休的狗群回来,报告西南方向有大群骑士出现。"莱莎到了,"培提尔大人说,"来,阿莲,我们去迎接。"

于是他们穿好斗篷,在塔楼外等候。来者不到二十人,就鹰巢城夫人这般显赫的大贵族而言,规格算是很朴素了。队伍中有三位侍女,十来个全副武装的骑士,一位修士和一个留小胡子、有沙色长卷发的英俊歌手。

这就是我姨妈? 莱莎应该比母亲晚两年出生,可眼前的女人看上去却足足年长十岁。她蓬厚的红棕色头发流泻至腰,昂贵的天鹅

绒裙服和宝石胸衣下，身体显得臃肿松弛。她苍白的脸颊扑了粉，乳房硕大，四肢肥胖，不仅身高超过小指头，体重也肯定超过了他。莱莎急切地下马，不带一丝一毫的优雅。

培提尔跪在地上亲吻她的手指："我受御前会议差遣，不远万里前来赢取您的芳心。夫人，您愿意接受我为您的夫君和依靠吗？"

莱莎夫人热切地舔舔嘴唇，拉他起来，在他脸上印下深深一吻，"噢，那得看你的表现啰，"她咯咯笑道，"为赢取我的芳心，你准备了什么礼物？"

"王国的和平。"

"噢，去他的和平，你到底准备礼物没有？"

"我带来了我的女儿，"小指头招手示意珊莎上前，"夫人，请允许我向您介绍阿莲·石东小姐。"

看到她，莱莎夫人似乎不太高兴。珊莎深深地屈膝行礼，头压得很低。"私生女？"她听见姨妈说，"培提尔，你这大坏蛋，她的娘是谁？"

"那女人已经死了。我想把阿莲带到鹰巢城抚养。"

"那我该拿她怎么办？"

"这些我都考虑周全了，"培提尔大人道，"现在嘛……我只想知道我该拿您怎么办，夫人。"

听到这话，姨妈那张粉红圆脸上所有的不快顿时烟消云散，珊莎觉得莱莎几乎要哭了。"培提尔宝贝儿，你知不知道？我真的好想你，不，你不知道，你不可能知道。约恩·罗伊斯成天给我制造麻烦，鼓吹应该召集封臣，投入战争。其他人更是像乌鸦一样聚集在我身边，杭特、科布瑞还有奈斯特·罗伊斯那头笨牛……个个都想娶我为妻，收养我的孩子，但他们都不爱我。只有你，培提尔，只有你。我天天梦见你。"

"我也一样，夫人，"他伸手抱住她，亲吻她的脖子，"放心，过不多久我们就要结婚了。"

"不，我现在就要，"莱莎激动地说，"我把我的修士带来了，还有歌手和美酒，立即操办婚宴。"

"在这里？"他不太高兴，"我觉得还是缓一缓，到鹰巢城当着全谷地诸侯的面结合比较妥当。"

"去他的谷地诸侯，我只要你。等了这么久，不能再等下去了，"她紧紧回抱住他，"亲爱的，我们今晚就同床。我想为你再生个孩子，为劳勃再添个可爱的弟弟或者妹妹。"

"这也是我的梦想，亲爱的。但请你仔细想想，举办一次盛大的婚礼，当着全谷地诸侯的面，有很多好——"

"不行，"她顿足道，"我已经说了，现在就要你，今晚就要你。我跟你说，这么多年来我被迫遮遮掩掩、躲躲藏藏，*此刻只想尖叫呐喊*。噢，亲爱的培提尔，我想我的呻吟会让他们在鹰巢城上都听得到！"

"或许，我们可以先上床，后结婚？"

莱莎夫人像个小女孩似的咯咯娇笑："噢，培提尔·贝里席，*你真是个名副其实的大坏蛋*。不行，我说不行就不行，我是鹰巢城夫人，我命令你必须立刻与我成婚！"

培提尔耸耸肩："那好吧，谨遵夫人吩咐。在您面前，我从来都那么无力。"

于是他俩一小时之后就站在一块天蓝色篷布前发下婚誓。夕阳西沉，人们把搁板桌搬到小塔楼下，享用了一顿包括鹅肉、鹿肉、烤野猪和上等轻度蜜酒的婚宴。暮色深重，火炬燃起，莱莎的歌手唱起《牢不可破的誓言》《我的恋爱季节》和《两颗跳动如一的心》，年轻骑士们邀请珊莎下场跳舞。姨妈也跳，她裙裾飞扬，光芒四射，被培提尔揽在怀中。蜜酒与婚姻发挥出奇迹般的效用，让莱莎夫人再度显得年轻而充满活力,只要挽起丈夫的手,她脸上就洋溢着欢笑。她的眼里满是仰慕的神采,她眼里只有培提尔。

闹洞房的时间一到,她的骑士们便将她抱进塔楼,边开下流玩笑,边把她剥个精光。*提利昂没让我承受这些*,珊莎想起来。按常理,若是被深爱的男子和他忠心耿耿的伙伴们脱下衣服,并不可怕。可是,被乔佛里……光想想就浑身打颤。

姨妈只带来三个侍女,为凑热闹,珊莎也不得不去帮着脱培提尔大人的衣服,然后将其推向婚床。他泰然自若,优雅顺从,只是不断开着恶毒玩笑。当女人们把赤条条的领主拥上塔楼房间时,已经个个面红耳赤、衣冠不整、裙裾散乱。一路上,直到上床为止,小指头的眼睛都盯着珊莎,微笑。

莱莎夫人和培提尔大人同居在三楼,但这座塔如此之小,而姨妈果真没有食言……她的呻吟声好吓人。夜雨飘飞,宾客们群聚在二楼小厅,每个字、每个词都听得极为真切。"培提尔,"姨妈呻吟着,"噢,培提尔,培提尔,培提尔宝贝儿,噢噢噢。这里,培提尔,这里。这里是你的地盘。"莱莎夫人的歌手唱起一首淫词小调《夫人用晚餐》,但歌声和琴声加在一起都无法压过莱莎的尖叫。"给我一个孩子,培提尔,"她叫道,"再给我一个甜蜜的小可爱。噢,培提尔,我的心肝,我的心肝,*培提提提提提提提尔!*"她拖长的声调惹得狗们吠叫回应,两名侍女忍不住笑出声来。

珊莎独下楼梯,没入夜色之中。绵薄细雨,洒在宴会的残局上,空气清新而洁净。她不由得想起与提利昂的新婚之夜。*吹灭蜡烛,我就是你的百花骑士*,他这样说,*我可以当你的好丈夫*。但这不过是又一个兰尼斯特的谎言。狗是可以嗅出谎话的,猎狗曾提醒她,那喑哑粗嘎的声调犹在耳际,*你好好瞧瞧这地方,再闻个仔细,他们全都是骗子……而且每一个都比你高明*。她不知桑铎·克

里冈如今身在何处？知道乔佛里被害的消息吗？知道又会关心吗？他可是小乔多年的贴身护卫啊。

她在楼下伫立良久，回去时又湿又冷。黑暗的大厅内只剩一点炭火余烬，呻吟声已然停止。年轻歌手坐在角落里，悠然哼着小曲。一名姨妈的侍女正和一位坐了培提尔大人座位的骑士接吻，他们的手在彼此衣服下面忙个不休。其他人都喝醉了，有的甚至在厕所内呕吐。珊莎找到自己位于阶梯下的小凹室，发觉拜兰的盲狗也在，于是便偎到它身边。它醒过来，舔舔她的脸。"可怜的老猎狗。"她边说边摸它的毛。

"阿莲，"姨妈的歌手走过来，"可爱的阿莲。我叫马瑞里安，刚才见你从雨夜中返回，外面又冷又湿，只怕甚是难受，请让我给你一点温暖吧。"

老狗抬头咆哮，但歌手扬手就是一拳，打得它呜咽着逃开。

"马瑞里安？"珊莎迟疑地说，"你……你真体贴，但……但请原谅，我今天太累了。"

"噢，你真是太美了。你知道吗？整晚我都在脑海里为你编织歌曲。我为你的眼眸写了一首小调，为你的嘴唇描绘一张曲谱，为你的乳房作下一篇词话。可是，我不能把它们唱出来，因为与你的美丽相比，统统黯然失色，不值一提，"他坐上床，将手放到她大腿上，"噢，阿莲，还是让我的躯体来代替我的声带，为你放声高歌吧。"

她闻到他的喘息："你醉了。"

"不，我没醉，蜜酒让我兴奋，我就像着了魔的诗人，"他的手滑进她股间，"你也一样。"

"放手！你疯了吗？"

"发发慈悲吧，我的美人儿。唱了那么久的恋歌，我早已热情难耐，而你呢，我知道……私生女最有欲望。你今天为我而湿了吗?"

"我还是个黄花闺女。"她大声抗议。

"真的?噢,阿莲,阿莲,我可爱的处女情人,把你的贞操献给我吧。诸神眷顾我们,我会叫得比莱莎夫人更嘹亮。"

珊莎用力挣脱,满心恐惧:"你——你再不走开,我姨——我父亲就会吊死你。你可知道?他乃堂堂的赫伦堡公爵。"

"你说小指头?"他吃吃笑道,"小姐啊,莱莎夫人喜欢我,劳勃大人更是离不开我。倘若你父亲胆敢冒犯,我几句歌词便能毁了他。"他一只手放到她乳房,开始挤压。"来吧,把这身湿衣服脱掉。我知道,你舍不得它们被撕烂。来吧,可爱的小姐,听听自己的心——"

对面传来钢铁在皮革上滑动的细微声响,"唱歌的,"某人粗声道,"不想惹麻烦的话,快滚。"光线昏暗,但她看到金属的反光。

歌手也发现了。"自己找乐子去——"刀光一闪,他厉声惨号,"你动家伙!"

"再不滚,就要你的命。"

马瑞里安眨眼间不见踪影。她的救星没有离开,而是在黑暗中笼罩着她。"培提尔大人命我保护你。"原来是罗索·布伦。不是猎狗,怎么可能是猎狗?这里只有罗索……

当晚珊莎彻底失眠,像在"人鱼王号"上一般难受,辗转反侧。她梦见垂死的乔佛里,抓向喉咙,鲜血流下手指,但仔细一看,眼前竟是哥哥罗柏。她也梦见自己的新婚之夜,提利昂用饥渴的眼神注视着她脱衣服,梦中的提利昂生得十分高大,等爬上床来,她才发现他的一半脸颊已遭焚伤。"我要听你唱一首歌。"他粗声道,吓得珊莎立刻惊醒。老盲狗又回到身旁,"你要是淑女就好了。"她对它说。

清晨,吉赛尔爬上三楼,为领主和夫人送上一盘配有黄油、蜂蜜、水果和乳酪的早餐面包。她下楼时宣阿莲上去。珊莎昏沉沉地想了半天才意识到指的是自己。

莱莎夫人还在床上,但培提尔大人业已穿戴整齐。"你姨妈想和你谈谈,"他边穿鞋边对珊莎说,"我把你的真实身份告诉了她。"

诸神保佑,"非……非常感谢,大人。"

培提尔套上第二只鞋。"我受够了家乡的滋味,今天下午,我们就启程前往鹰巢城。"他吻别夫人,从她唇上舔了一点蜂蜜,出门走下楼梯。

珊莎站在床脚,姨妈边吃梨子边审视她。"看得出来,"莱莎吐掉果核,"你继承了凯特琳的容貌。"

"谢谢您。"

"我没有夸张,而是说实话,你和她简直是一个模子打出来的……得有些防范措施,起程之前,你要把头发染黑。"

把头发染黑?"遵命,莱莎姨妈。"

"万不可如此称呼,你的存在不能教君临城内众人知晓,这样我的小亲亲才不会受伤害。"她一点一点地咬蜂巢,"一直以来,我的首要目标是让谷地远离战火。我们这边土地丰饶,山脉险峻,鹰巢城更是难攻不破,即使如此,若是惹怒了泰温公爵也大大不妙。"莱莎吃完蜂巢,舔着手指上的蜜汁,"培提尔说,你嫁给了提利昂·兰尼斯特。*那可是个讨厌的小坏蛋。*"

"他们逼我嫁给他,我并非出自本心。"

"我不也一样?"姨妈道,"琼恩·艾林虽非侏儒,*却是个老头*。你看我现在的容颜,多半不以为然,可当年我结婚时,美得让你母亲无地自容。那个琼恩,他要的只是父亲的军队,好支持他所钟爱的孩子。我早该彻底回绝他,可看他那么老,能活几年?牙齿掉了一半，呼吸闻起来活像酸败的干酪……我最不能忍受的就是他的味道，培提尔的口气多么清新明朗……你知道吗？我的初吻便给了他。父亲说他出身太低，简直是个无耻之徒，可我知道他总有一天能够出人头地。在我的要求下，琼恩让他管理海鸥镇的海关，没过多久，税赋便翻了十番。夫君发现他的才干，就提拔他节节晋升，最后带到君临城中当上财政大臣。接下来的几年，对我来说真不容易，每天都能见到他，却必须始终和那个冷冰冰的老头待在一起。没错，琼恩懂得在床上履行责任，可连给我一个好孩子都做不到。他的种子又老又弱，我们之间有过三个男孩、三个女孩，结果除了我的小亲亲劳勃，一个也没活成。我的小宝贝们全死啦，可这老头还每每臭气熏天地爬上我的床铺。你瞧，我说得没错吧？我和你一样，"莱莎夫人吸吸鼻子，"你知道你那可怜的母亲已经死了吗？"

"提利昂对我说过，"珊莎道，"他说佛雷家族在孪河城中把母亲和罗柏一起谋害了。"

莱莎夫人眼中陡然间噙满泪花，"我跟你，都是同病相怜的苦命女子。你害怕吗，孩子？勇敢起来，我决不会抛弃凯特的女儿，我们是血脉相连的骨肉。"她示意珊莎靠近，"你可以吻我的脸颊，阿莲。"

她乖乖走过去，跪在床边。姨妈全身散发着甜腻的香水味，底下却是一股酸败的牛奶气息。她脸上粉扑得太多了。

吻完后，珊莎向后退开，不料被莱莎夫人一把拽住。"现在给我说实话，"她尖声道，"你怀孩子没有？说实话！你瞒不了我的。"

"没有。"她怎能这么问？珊莎有些惊讶。

"我看你有月事了，对吧？"

"是的，"反正月事无法在鹰巢城内隐瞒，"但提利昂他……

他没有……"红晕爬上双颊,"我还是处女。"

"侏儒没有性能力?"

"不,他只是……只是……"**好心肠**?她不敢这么说,不敢在这里说,不敢对这个仇恨他的姨妈说,"他……他跑去找妓女,夫人。他说他喜欢妓女。"

"妓女,我明白了,"莱莎松开她的手,"不错,这样的怪物,除非为了钱,哪个女人愿和他睡呢?在鹰巢城,我早该宰了他,可惜却被骗过。告诉你,这侏儒只会耍小聪明,他唆使佣兵杀了咱们的好爵士瓦狄斯·伊根。但一切都怪凯特琳,她本不该把他带进来,我告诉过她,可她临走前居然还连带把我叔叔也拐跑,真是不可原谅。黑鱼是我的血门骑士,缺了他,山区原住民越来越猖狂。好在现下有了培提尔,我会封他做峡谷守护者,"姨妈脸上头一次露出笑容,笑得很温馨,"他外表虽不出众,不高也不壮,但我告诉你,他比世界上所有人加起来还能干。你要乖乖听他的话,不可违拗。"

"是,姨……夫人。"

听她这么称呼,莱莎似乎很满意。"我记得乔佛里那家伙,经常给我的劳勃取些恶毒绰号,有回甚至还用木剑打人。在男人口中,毒药是最不名誉的东西,但在女人眼里,一切就不一样了。天上的圣母要我们保护自己的孩子,我们的荣誉只系于孩子的冷暖安危。等你怀孕生子后,自然会明白的。"

"怀孕生子?"珊莎不确定地说。

莱莎不耐烦地挥挥手:"再等两三年,你现下还太小,挑不起这个担子。不过女人嘛,在这个年龄总是成天想着结婚生产。"

"我……我结过婚了,夫人。"

"不错,但你很快会成为寡妇。你应该庆幸,小恶魔只喜欢妓女,我儿子可不会屈就侏儒留下的残货,不过既然他没碰过你……

你愿意嫁给你的表弟，劳勃公爵吗？"

这提议让珊莎倍感疲惫。到目前为止，她只知道劳勃·艾林是个病恹恹的小男孩。她想要的不是我，而是我的继承权。没有人会因爱我而娶我。好在经过这几年的磨炼，谎话她是越说越容易了，"我……我等不及要见他呢，夫人。可他还没长大，对吧？"

"他今年八岁，身子强健得很，是个好孩子，聪明伶俐，阳光开朗，将来定会成为大人物。阿莲，我夫君的临终遗言便是'种性强韧'，你知道，诸神赐予凡人在弥留之际瞥见未来的能力，因此他注定前程无量。等你的兰尼斯特丈夫一死，你就嫁给我儿子。当然，婚礼得秘密举行，可不能教外人知道鹰巢城公爵娶了一位私生女。乌鸦把小恶魔人头落地的消息从君临带来，第二天你就和劳勃结婚庆祝，这不挺美的吗？他身边该有个小伙伴。前次回鹰巢城，他与瓦狄斯·伊根的儿子，以及总管的那些孩子们玩，可那帮家伙都太粗鲁，我只能将其统统赶走。你会读书吗，阿莲？"

"好心的茉丹修女从小就教我读书。"

"劳勃眼睛不行，可他爱听别人读故事，"莱莎夫人保证，"尤其是那些动物的故事。你知道那首小鸡扮狐狸的曲谣吗？我每次都跟他唱，他最爱这首歌。他还喜欢玩青蛙跳、轮转宝剑和城堡游戏，但你记得，每次都要让他当赢家。他天生就是赢家，对不？堂堂的鹰巢城公爵，可不能忘了他的身份。我知道，你出身世家，临冬城的史塔克向来很骄傲，可如今临冬城成了废墟，你不过是个乞丐，所以别在我们面前摆谱。如果我是你，就会心存感激。对，感激，服从。你要做我儿子温顺听话的好妻子。"

琼恩

日日夜夜，斧声不止。

琼恩不记得上次睡着是什么时候。闭上眼睛，便梦到战斗；睁开眼睛，就是在战斗。即使在国王塔内，也能听见无休无止的"咚咚"声，那是铜斧、石斧和偷来的铁斧伐木的声音，而若在长城顶上的暖棚休息，声音更为吵闹。曼斯让大锤和骨头与燧石制作的长锯也加入工作。有一回，他疲惫不堪，迷迷糊糊正要入睡，突然鬼影森林里传来一声巨响，一棵大哨兵树轰然倒下，卷起漫天尘土和针叶。

欧文来叫他时，他已醒来，烦乱地躺在暖棚地板上，盖着一堆毛皮。"雪诺大人，"欧文边说，边摇他肩膀，"天亮了。"他拉了琼恩一把，扶他起来。其他人也纷纷醒转，在棚屋狭窄的空间里互相推攘，穿上靴子，扣好剑带。没人说话。他们都太疲倦，无力交谈。这些天来，甚至很少有人离开长城。铁笼上下太费时间。黑城堡被抛给了伊蒙师傅、文顿·史陶爵士及那些年纪太大或者身体太弱，无法参战的人。

"我梦见国王来了，"欧文快活地说，"伊蒙学士派了一只鸟去他那儿，劳勃国王便带着大军来了。我梦见他金色的战旗。"

琼恩逼自己微笑："那一定很令人愉快，欧文。"他刻意忽略腿上的阵阵灼痛，披好黑毛皮斗篷，抓起拐杖，走到长城边上，迎接新的一天。

一阵风将丝丝冷空气吹入他长长的棕发。北方半里远处，野人营地忙碌不堪，无数篝火升起根根烟柱，如手指般抓向苍白的天空。他们沿森林边缘搭起兽皮或毛皮帐篷，甚至用圆木和树枝建造了一个简陋长厅；东边是马群，西边是长毛象，到处都是人，有的在磨剑，有的给粗陋的长矛上尖头，有的则穿上兽皮、兽角和骨头制作的简易盔甲。琼恩知道，森林里的人更有外面的数十倍之多。灌木提供了屏障，把他们从仇恨的乌鸦眼前隐藏起来。

他们的弓箭手已推着掩体悄悄前进。"早餐箭来了。"派普天天早上都会这样愉快地宣布。他能这么说是件好事，琼恩心想，总得有人开开玩笑。三天前，一支"早餐箭"射中玫瑰林的红埃林的大腿。直到现在，如果你愿意冒险探出城头，还可以看到他的尸体躺在长城脚下。让大家对派普的笑话报以微笑总好过念念不忘死去的埃林，琼恩只能这么想。

掩体乃是装有轮子的倾斜木板，宽度足够遮蔽五名自由民。弓箭手们推它移近，然后跪在后面通过缝隙放箭。野人第一次使用该战术时，琼恩下令以火箭回击，烧掉了其中六个，之后，曼斯改用生兽皮覆盖木板，于是无论多少火箭都无济于事。百无聊赖中，黑衣弟兄们开始打赌哪个稻草人哨兵中箭最多。目前忧郁的艾迪以四箭保持领先，但奥赛尔·亚威克、筋斗琼和长湖的瓦特也不遑多让，各少一箭而已。最开始用不在长城上的守夜人来命名稻草人的也是派普。"这样的话，我们就好像有更多弟兄了。"他解释。

"更多肚子上插箭的弟兄。"葛兰抱怨，但这点子似乎确能振作士气，因此琼恩也容许那些名字继续存在，让打赌继续进行。

冰墙边有个装饰精美的密尔黄铜透镜，支在三脚架上，伊蒙学士失明前用它来观测星象。琼恩将长筒转向下方，侦察敌人。虽然距离遥远，曼斯·雷德的巨大雪熊皮白帐篷仍清晰可辨。通过密尔透镜，他可以看清野人们的脸。今天早上，曼斯本人不见踪影，但他的女人妲娜在外照料火堆，她妹妹瓦迅则于帐篷边给母山羊挤奶。妲娜肚子好大，还能走动简直是奇迹。她快要生了，琼恩心

想。他将透镜旋向东方,在帐篷和树丛间搜寻,找到建造中的龟盾。*这个也快要完工了*。野人们趁夜剥了一头死长毛象,此刻正将血淋淋的生皮覆到龟盾顶上,在羊皮和兽皮外多加一层防护。龟盾为圆顶,外加八个大轮子,兽皮下是牢固的木制框架。野人们刚开始钉框架时,纱丁以为对方在造船。*其实差不多*。龟盾活像颠倒过来的船身,只是前后开口,准确地说,是一座架在轮子上的长厅。

"它造好了,对不对?"葛兰问。

"快好了。"琼恩推开透镜,"很可能今天就过来。木桶灌满了吗?"

"每个都灌满了。夜里冻得硬邦邦的,派普检查过。"

葛兰这段时间变了许多,已不再是琼恩当初结交的那个高大笨拙、脸红脖子粗的男生。他长高了半尺,胸膛和肩膀也变得更为宽阔,而且自离开先民拳峰以来,既没剪头发,也没刮胡子,活生生一个毛发蓬松的庞然大物,就像野牛——正应了当初受训时艾里沙爵士为他取的绰号。但他很疲倦,对琼恩的问话只点点头:"我整晚都听见斧声,根本没法睡。"

"那现在去睡。"

"我不需要——"

"你需要。我要你好好休息,去吧,不会让你错过战斗的。"他又逼自己微笑,"只有你推得动那些该死的木桶。"

葛兰咕哝着走开,琼恩回到透镜前,搜寻野人营地。时不时会有一支箭掠过头顶,但他学会了不予理会。距离远,角度差,被射中的几率很小。仍然没见到曼斯·雷德的踪影,但巨人克星托蒙德和他的两个儿子在龟盾旁边,两小子艰难地对付长毛象皮,托蒙德则边啃山羊腿,边大声发号施令。野人的易形者"六形人"瓦拉米尔从森林里走出,身后跟着他的影子山猫。

绞盘咔嗒作响,接着传来铁笼门开的呻吟,他知道哈布送早餐来了，跟每天早晨一样。然而目睹曼斯的龟盾，琼恩早已失去了胃口。油已用光，最后一桶沥青也于两天之前推下长城，箭亦将耗尽，而且没有造箭匠加以补充。前天晚上，从西方飞来一只乌鸦，丹尼斯·梅利斯特爵士说波文·马尔锡追逐野人一路越过影子塔，深入阴暗的大峡谷中，终于在头骨桥截住"哭泣者"和他手下三百掠袭者，血战一场的结果是我方获得代价高昂的胜利，共一百多名黑衣弟兄牺牲，其中包括安德鲁·塔斯爵士和阿拉达·温奇爵士。老石榴自己身负重伤，被抬回影子塔，由穆林学士照料，很长时间都不能返回黑城堡。

琼恩看完信，忙派泽骑最快的马前往鼹鼠村，请求村民们协防长城。她一直没回来。他又派穆利前去，结果接到报告，整个村子都被抛弃，连妓院也不例外。泽多半跟大家一起沿国王大道逃了。*也许我们都该逃掉*，琼恩阴郁地寻思。

不管饿不饿，他强迫自己吃东西。无法睡觉已经够糟，不能再空腹上阵。况且，*这也许是我的最后一餐。我们所有人的最后一餐*。于是琼恩塞满一肚子面包、培根、洋葱和奶酪，这时，只听马儿高喊："它来了！"

无需问"它"是什么，也无需学士的密尔透镜来观察森林和帐篷间的骚动。"它看起来不像乌龟，"纱丁评论，"乌龟没有毛。"

"也没有轮子。"派普道。

"吹响号角，"琼恩命令，木桶随即吹出两声绵长号角，以唤醒葛兰和其他夜间放哨、现在轮休的守夜人。当野人攻来时，长城需要每一个守卫。*诸神在上，我们的人够少了*。琼恩看看身边的派普、木桶和纱丁，马儿与呆子欧文，结巴提姆、穆利、省靴及其他人，试图想象他们在那黑冷隧道里面对面跟一百名尖声呼叫的野人刀剑相交，而仅仅只有几根铁栏杆的保护。**不在大门被攻破前摧毁**

龟盾的话，一切就全完了。

"它好大。"马儿说。

派普咂咂嘴唇："它能炖好大一锅汤哦。"这个笑话并不成功，派普的声音也显得十分疲惫。他看起来半死不活，琼恩心想，*我们都一样*。塞外之王兵力无穷，天天都能投入生力军，而这几个黑衣弟兄却必须应付每次攻打，逐渐难以为继。

琼恩知道，位于木头和兽皮底下的人们正在拼命地推，用肩膀抵着，好让轮子转动，但一旦龟盾接触城门，他们就会将绳子换成斧子。至少曼斯今天没派出长毛象，对此，琼恩稍感欣慰。它们的伟力对长城而言毫无意义，巨大的体型反让它们成为暴露的目标。上只长毛象死去前挣扎了一天半，哀号声既恐怖又恶心。

龟盾缓缓爬过岩石、树桩和灌木。以前的进攻让自由民留下一百多具尸体，其中大多数仍躺在倒下的地方。战事平息的间隙，乌鸦会来陪伴他们，现今却纷纷尖叫着逃开。*它们跟我一样不喜欢那龟盾*。

纱丁、马儿和其他人都看着他，琼恩知道，他们在等待他的命令。但他如此疲惫，几乎无法思考。*长城是我的*，他提醒自己。"欧文，马儿，旋转弹石器。木桶，你和省靴负责弩炮。余人各就各位。用火箭。看能否烧掉它。"多半是徒劳，琼恩知道，不过好歹比干站着强。

龟盾移动笨拙缓慢，靶子很大，弓箭和十字弓很快将它射成了一只木刺猬……但潮湿的兽皮像保护掩体那样保护了它，火箭插上去就告熄灭。琼恩低声诅咒。"弩炮准备，"他命令，"弹石器准备。"

弩炮发射的箭深深刺入兽皮，但没能造成更多损害。石块从龟盾顶部弹开，只留下些许浅坑。重型投石机也许能将它砸塌，但其中一座已经坏掉，而野人们远远避开另一座的攻击范围。

"琼恩，它还在动。"呆子欧文说。

他能看见。龟盾一寸接一寸、一码接一码地爬近，轰隆隆、摇晃着滚过杀戮战场。一旦野人将它抵上长城，便能获得保护，好用斧子劈开匆匆修补的外门。堵塞隧道的碎石冰块将在之后的几小时内得以清空，届时唯一的障碍只剩几具冻尸和两道铁栏，外加琼恩不得不派下去送死的黑衣弟兄。

左边，弹石器发出闷响，将旋转的碎石抛入空中。它们如冰雹般落到龟盾上，又无害地弹开。野人弓箭手仍躲在掩体后面放箭。其中一支插入一个稻草人哨兵的脸，派普大叫："长湖的瓦特，四支！扯平了！"下一支箭擦着他耳朵呼啸而过。"呸！"他朝下面骂，"我又没参加！"

"毛皮不着火。"琼恩总结，既是对自己，也是对大家。他们唯一的希望是趁龟盾到达长城时将它砸垮。为此需要大石块。不管东西造得多结实，七百尺高处直落而下的大石块一定能将其破坏，"葛兰，欧文，木桶，是时候了。"

暖棚边上，十二个矮胖的橡木桶一字排开，里面装满碎石——黑衣弟兄平日用它们来铺长城上的通道，以便行走稳健。昨日，目睹自由民用羊皮覆盖龟盾之后，琼恩立刻吩咐葛兰灌水进桶，能灌多少灌多少。水与碎石混合，只消一夜，就会整个冻得结结实实。这是最接近大石块的东西。

"为何要冻起来？"葛兰曾问他，"何不直接滚下去？"

琼恩解释："若半路撞上冰墙，桶就会裂，碎石洒得满天都是。给这帮杂种下石头雨是不够的。"

此刻他和葛兰一起用肩膀顶一个桶，木桶和欧文使劲推另一个。大家合力前后摇晃，捣碎桶底的结冰。"好家伙，怕有一吨重。"葛兰说。

"把它推翻，滚着走，"琼恩吩咐，"小心点，如果脚给压

住,你就成第二个省靴了。"

木桶倾倒后,琼恩抓过火炬,在长城路面上方来回挥舞,好让冰融化一点,教滚动更容易——实际上容易过头了,差点控制不住。最后,四人齐心协力,总算把大桶子推到城墙边,矗立就位。

四只大橡木桶在城门上方就位之时,派普高喊:"龟盾到了!"琼恩撑住伤腿,探出身子观察。栅栏,马尔锡应该造栅栏护门。太多该做的事没有做。野人们正把巨人的死尸拖走,马儿和穆利朝他们扔石头,琼恩看到有一个人倒下,但石头太小,对龟盾本身毫无作用。他本来还庆幸自由民会为死去的长毛象犯愁的,现下却陡然发觉龟盾本身就有长厅那么宽阔,只需将它从尸体上推过去。眼见这番状况,大腿不由得一阵抽搐,幸亏马儿抓住他胳膊,将他拉回来。"你不该这样探出去。"男孩说。

"我们该造栅栏。"此刻琼恩听到斧子砸木头的声音,也许那不过是恐惧在耳边的回响。他望向葛兰,"动手。"

葛兰走到木桶后面,用肩膀顶住,闷哼一声,开始用力推。欧文和穆利过去帮忙。他们将木桶推出一尺、再一尺……然后它突然消失。

只听"嘭"的一声,木桶与城墙相撞,接着是更响的撞击声与木头碎裂声,一片呼喊与惨叫。纱丁大叫大嚷,呆子欧文转着圈子蹦跳欢呼,派普探出身体:"龟壳下面都是兔子!瞧他们跳得有多欢!"

"*别停下!再来!*"琼恩大吼,葛兰和木桶用肩膀撞向下一个桶,将它摇摇晃晃地推入空中。

桶子扔完后,曼斯的龟盾前部业已破碎变形、不堪辨认,野人们从另一头涌出,争先恐后地逃回营地。纱丁端起十字弓,射了几箭,以加快对方逃跑的速度。葛兰隔着胡子咧嘴欢喜,派普讲起新笑话。今天算是熬过去了。

明天……琼恩朝棚屋瞥了一眼。刚才摆放十二桶碎石的地方如今只剩下八桶。他意识到自己有多疲倦，意识到伤口有多疼痛。**我得睡会儿，哪怕几小时都好**。我得去伊蒙学士那儿要些安眠酒，非要不可。"我去国王塔休息休息，"他告诉他们，"若曼斯有什么新举动，记得叫醒我。派普，长城是你的了。"

"我的？"派普说。

"他的？"葛兰道。

他笑笑，扔下这两名面面相觑的伙伴，乘铁笼走了。

一杯安眠酒确实管用。他刚在自己那张狭床上躺直身子，立刻睡了过去。梦，奇怪而无定形，充满怪异的话音、呼告与叫喊，以及低沉嘹亮的号角，那单调浑厚的低音一直在空中徘徊。

醒来时，权作窗户的箭孔外面，一片黑沉，四个不认识的人站在面前。其中一个提灯。"琼恩·雪诺，"个子最高的人生硬无礼地说，"穿上靴子，跟我们走。"

迷迷糊糊中，他第一个想法是，睡着的时候长城失守了，曼斯·雷德派出更多巨人或另一座龟盾，突破了城门。但他揉揉眼睛，发现陌生人都穿着黑衣，**他们是守夜人**，琼恩意识到。"去哪儿？你们是谁？"

高个子打个手势，另外两人便将琼恩从床上架起来。提灯者在前引路，他们将他带出卧室，转上半层楼梯，来到熊老的书房。他看到伊蒙学士站在火堆旁，双手交叉搭在一根李木手杖上，赛勒达修士跟往常一样半醉半醒，而文顿·史陶爵士在窗边座椅上睡着了。其余黑衣人他都不认识。除了一个。

艾里沙·索恩爵士穿镶裘边的斗篷和亮锃锃的靴子，看上去无可挑剔，此刻他转身禀报："变色龙带到，大人。他是艾德·史塔克的私生子，来自临冬城。"

"我不是变色龙，索恩。"琼恩冷冷地说。

"我们会知道。"熊老的书桌后,一个肥胖宽阔的双下巴男人坐在皮椅上,琼恩不认识他。"对,我们会知道,"他重复,"你不否认自己是琼恩·雪诺,对吧?史塔克家的私生子?"

"雪诺'大人',他喜欢这样称呼自己。"艾里沙爵士又高又瘦,但结实强壮,此刻,他冷酷的眼睛里带着一丝愉悦。

"是你叫我雪诺大人。"琼恩说。艾里沙爵士担任黑城堡教头期间,喜欢给自己训练的男孩取绰号。后来熊老将索恩派去了海边的东海望。这些一定是东海望的人。鸟儿到了卡特·派克那里,他派人来帮助我们。"你带来多少弟兄?"他问桌子后面的人。

"由我问问题,"双下巴的人回应,"你被控背誓、怯懦、弃营逃亡,琼恩·雪诺。你是否承认自己抛弃了死在先民拳峰的弟兄们,投入自封为塞外之王的野人曼斯·雷德麾下?"

"抛弃……?"琼恩差点被这个词噎住。

伊蒙学士说话了:"大人,琼恩·雪诺刚回来时,我和唐纳·诺伊讨论过这些话题,并很满意他的解释。"

"好吧,但我不满意,师傅,"双下巴的人声称,"我要亲自听一听这些解释。对,我要亲自听一听!"

琼恩强咽怒火。"我没有抛弃谁。我跟'断掌'科林一起离开先民拳峰,去风声峡侦察。后来我按照指示加入野人,因为断掌担心曼斯找到了冬之号角……"

"冬之号角?"艾里沙爵士窃笑,"那他手下有多少古灵精怪,你数过了吗,雪诺大人?"

"没有,但我尽力数过他们有多少巨人。"

"爵士!"双下巴的人呵斥,"你得尊称艾里沙爵士为'爵士',尊称我为'大人'。我乃杰诺斯·史林特,前赫伦堡伯爵,现下为黑城堡的长官,直到波文·马尔锡带着守卫部队回来为止。你得对我们有礼貌,是的。我无法忍受像艾里沙爵士那样涂过圣油的好骑士竟被一个私生子和变色龙嘲弄。"他举起手,用肥胖的指头指着琼恩的脸,"你否认跟一个女野人上床?"

"不,"琼恩对于耶哥蕊特的哀悼太过新鲜,令他无法否认,"我不否认,大人。"

"我猜也是断掌命令你跟那不洗澡的婊子做爱的吧?"艾里沙爵士假惺惺地笑问。

"爵士,她不是婊子,爵士。断掌说不管要我做什么,都不准违抗,统统照办,但……但我不否认自己所做的超过了必需的限度,我……关心她。"

"这么说,你承认自己是个背誓者。"杰诺斯·史林特道。

琼恩知道,黑城堡里一半的人都时不时前去鼹鼠村的妓院"挖宝",但他不愿侮辱耶哥蕊特,把她跟鼹鼠村的妓女等同起来:"是的,我承认自己违背了不近女色的誓言。"

"是的,**大人**!"史林特怒吼时,下巴颤抖。他跟熊老一样宽阔,如果活到莫尔蒙的年纪,无疑也会秃顶。现下不到四十岁,半数头发已没了。

"是的,大人,"琼恩说,"按照断掌的命令,我跟野人一起行军,跟野人一起用餐,也跟耶哥蕊特睡一张毛皮。但我向您发誓,我从未变节——一有机会,就从马格拿那儿逃掉了;我也从未拿起武器跟我的弟兄或我守护的王国为敌。"

史林特伯爵用小眼睛打量他。"葛兰登爵士!"他喝令,"带上另一名囚犯。"

葛兰登爵士就是那带人将琼恩从床上拉起来的高个子。此刻他又带着四人出去,很快将一名瘦小俘虏押回来。此人面如菜色,垂头丧气,手脚戴镣,一条细眉毛横贯前额,尖秃头顶有几丛稀薄黑发,小胡子如嘴唇上方的一抹污渍。他脸颊肿胀,布满块块瘀青,大半前齿也被打落。

东海望的人粗暴地将俘虏推到地上。史林特大人低头皱眉道:"这是你说的那个人吗?"

俘虏眨眨黄色的眼睛:"是的。"琼恩这才认出是"叮当衫"。没了那身盔甲,他看起来像换了个人,他心想。"是的,"野人重复,"他就是杀死断掌的懦夫。在霜雪之牙,我们追踪乌鸦,将他们统统杀光,轮到这家伙时,他乞求饶命,还提出如果我们愿意收留,立即投靠加入。断掌发誓要宰了胆小鬼,但那头狼突袭科林,这家伙趁机割了他喉咙。"他露出参差碎裂的牙齿对琼恩笑笑,然后朝后者的靴子啐了口血水。

"怎样?"杰诺斯·史林特严厉地质问琼恩,"你否认吗?或者你宣称科林命令你杀他自己?"

"他告诉我……"说话变得困难起来,"他告诉我,不管要我做什么,都不准违抗,统统照办。"

史林特环顾客厅,看看其他东海望的弟兄:"这小子以为我从运芜菁的车上掉下来,磕坏了脑袋?"

"这回谎言救不了你,雪诺大人,"艾里沙·索恩爵士警告,"我们会让你说实话,野种。"

"我说的就是实话。我们的马不行了,而叮当衫紧追在后。科林叫我假装加入野人。'*不管要你做什么,都不准违抗*'——这是他的原话。他知道他们会让我杀他;他也知道自己无论如何都逃不过叮当衫的追捕。"

"你居然声称伟大的断掌科林害怕这个家伙?"史林特看着叮当衫,哼了一声。

"所有人都怕'骸骨之王'。"野人咕哝。葛兰登爵士踢了他一脚,他又缩回沉默之中。

"我没这么说。"琼恩辩解。

史林特一拳砸在桌子上:"我听明白了!看来艾里沙爵士对你

的评价相当中肯。你那杂种嘴巴里尽吐些谎话。噢,我无法容忍,无法容忍!你也许能骗过残废的铁匠,但骗不过杰诺斯·史林特!噢,骗不过。杰诺斯·史林特不会轻易受骗上当。你以为我脑袋里装的是白菜吗?"

"我不知道您脑袋里装的是什么,大人。"

"瞧,雪诺大人素来傲慢,"艾里沙爵士解释,"他谋杀了科林,跟他的同伙谋杀莫尔蒙大人一样。如果这些属于同一个阴谋,我也不会吃惊。班扬·史塔克很可能参与其中,此刻他或许正坐在曼斯·雷德的帐篷里计议呢。你了解这帮史塔克,大人。"

"是的,"杰诺斯·史林特道,"我太了解他们了。"

琼恩愤怒地脱下手套,给他们看烧伤的手:"我为保护莫尔蒙大人不受尸鬼伤害烧伤了手。而我叔叔是个正直的人,他绝不会违背誓言。"

"就跟你一样?"艾里沙爵士嘲笑。

赛勒达修士清清嗓子。"史林特大人,"他说,"这孩子拒绝在圣堂里规矩地起誓,反而跑到长城外面朝着一棵心树念誓词。他说那是他父亲的神灵,但我们都知道,那也是野人的神灵。"

"他们是北境的神灵,修士。"伊蒙学士谦恭有礼,但语调坚决,"大人们,唐纳·诺伊被杀后,正是这个年轻人,正是他琼恩·雪诺接手长城的防务,抵抗住北野洪荒的怒火。他证明了自己的勇敢、忠诚和机敏;如果没有他,只怕你们抵达时迎接你们的就是曼斯·雷德了。史林特大人,你完全错怪了他。琼恩·雪诺是莫尔蒙总司令本人的侍从与事务官,他被选中是因为总司令大人认为他很有希望,我也这么认为。"

"希望?"史林特道,"希望可能落空。他手上沾满断掌科林的鲜血。你说莫尔蒙信任他,那又怎样?你知道被信任的人背叛是什么滋味吗?噢,是的,我知道。我还知道狼的脾性。"他指向琼

恩的脸。"你父亲就是因反叛而被处死的。"

"我父亲是被谋杀的。"琼恩不在乎他们如何对待自己,但无法忍受关于父亲的谎言。

史林特的脸涨成紫色。"谋杀?你这傲慢无礼的小狼崽子。劳勃国王尸骨未寒,艾德公爵就对他儿子下手。"他站起身来,人比莫尔蒙矮,但胸膛更宽,手臂更粗,肚子差不多大,肩膀上用一支尖头涂红釉彩的小金枪扣住披风,"你父亲死于剑下,但他是名门贵胄,是国王之手。对你,一个绳套就够!艾里沙爵士,把叛徒关进冰牢!"

"大人英明。"艾里沙爵士抓住琼恩的手臂。

琼恩奋力挣脱,狂暴地掐向骑士的脖子,直至把他提离地面。若不是东海望的人上前拉开,他很可能将对方扼死。索恩跌跌撞撞地往后退,揉了揉琼恩在他脖子上留下的指印:"都瞧清楚了,弟兄们,这小子是个名副其实的野人。"

提利昂

黎明来临时，他发现自己一点胃口都没有。*到傍晚我就会被判罪了*。胃里好像盛满苦涩的胆汁，鼻子的伤疤奇痒，提利昂用匕首尖在伤痕上乱划。*忍受最后一次听证会，接着我就完了。但我能做什么？否认一切吗？指控珊莎和唐托斯爵士？认罪，期望在长城上度过余生？还是赌一把，祈祷红毒蛇打败格雷果·克里冈爵士？*

提利昂无精打采地刺中一根灰色多脂的香肠，期望这是他老姐。长城是他妈的冷，但至少用不着见到瑟曦。他并不幻想能当上游骑兵，但长城守军像需要壮汉一样需要聪明人，在黑城堡造访期间，莫尔蒙总司令亲口承认过。对，他们有个不太妙的誓言。这意味着他婚姻的结束以及对凯岩城的权利化为乌有，不过两者于他都无所谓。随后他想起长城附近的村庄里好像有一家妓院。

这不是他梦想的生活，但这就是生活。他所要做的就是相信父亲，用畸形的短腿站好，然后说："是的，我认罪，我忏悔。"想到这里，他便肠胃打结。*他无比希望自己已经完成了这一切，已经用尽全力忍受过去了。*

"大人？"波德瑞克·派恩禀报，"他们来了，大人。亚当爵士。金袍卫士。他们在外面等着。"

"波德，说实话……你认为是我干的吗？"

男孩犹豫了。他试图回答，却只挤出一阵虚弱的低语。

我完了。提利昂长叹一声："行了，不必说了，你是我的好侍从，比我应得的好。不管怎样，我感谢你忠诚的服务。"

亚当爵士和六个金袍卫士等在门外。似乎今天他也没话说。又

一个认为我是弑亲者的人。

提利昂试着找回所有的尊严,蹒跚下楼。通过庭院时,他感觉人们全都在注视他:城墙上的守卫,马厩边的马夫,还有仆人、洗衣妇和侍女。进入王座厅,骑士和贵族们纷纷为他让路,然后和身边的贵妇窃窃私语。

提利昂在法官面前站好位置,另一群金袍卫士把雪伊带了进来。

一只冰凉的手抠住了他的心。瓦里斯出卖了她,他心想,不,是我自己害了她,我该把她留在洛丽丝身边。他们当然会审问珊莎的侍女,换我也会这样做。提利昂搓搓曾是半个鼻子所在的那道光滑伤疤,一边猜测瑟曦的目的。雪伊并不能揭发我什么呀。

"他俩在一起密谋,"他所钟爱的女孩陈述,"少狼主死后,小恶魔和珊莎夫人就在一起密谋。珊莎想为哥哥报仇,而提利昂想得到王位。他的下一步是杀害姐姐,接着是自己的父亲大人,好取而代之,当上托曼国王的首相。再等一两年,在托曼陛下长大以前,他会把他也杀掉,并为自己戴上王冠。"

"你如何知道这么多?"奥柏伦亲王询问,"小恶魔为什么要向妻子的侍女泄露计划?"

"我偷听到一些,大人,"雪伊说,"夫人自己也常说漏嘴。但绝大部分是他亲口所言。大人,我不仅是珊莎夫人的侍女,我还是提利昂的情妇,从他来到君临那天起,我一直都是。国王大婚那天早上,他把我掀倒在放巨龙头骨的地方,就在那些怪物身旁和我做爱。当我叫喊时,他要我学会贤淑,不是每个女人都有机会成为国王的情妇。就是在那时,他把称王计划和盘托出,还说可怜的乔佛里将不能像他对我一样对待自己的新娘了。"她呜咽起来。"我不想当情妇,大人,我订过婚。他只是个侍从,却很勇敢,心眼好,生性温柔。但小恶魔在绿叉河发现了我,然后便把那位我想嫁的男孩派到前锋的第一列,在他战死后,野蛮人把我掳回大帐。我还记得大个子夏嘎,还有那眼睛烧烂的提魅。他警告我如果不从,就把我扔给他们,所以我无法反抗。后来他带我进城,时时占有我,还让我做了很多羞耻的事……"

奥柏伦亲王似乎很好奇:"那是些什么事呢?"

"说不出口的事,"眼泪在那张漂亮脸蛋上缓缓滑落,不消说,大厅里的男人都想把雪伊拥进怀里安慰,"用我的嘴和……其他部分,大人。我身上的每个部分。他肆意玩弄我,而且……他要我夸他有多高大。我的巨人,我得这样叫他,我的兰尼斯特巨人。"

奥斯蒙·凯特布莱克第一个发笑。柏洛斯和马林加入进来,接着是瑟曦、洛拉斯爵士和他无法计算的老爷夫人们。这阵突如其来的嬉闹像飓风一样四散传播,直到整个王座厅都开始震动。"这是真的,"雪伊坚持,"我的兰尼斯特巨人。"笑声提高了一倍。他们的嘴巴在欢乐中扭曲,他们的肚子打着颤,很多人笑得连鼻涕都从鼻孔里飞溅出来。

我拯救过你们所有人,提利昂心想,**我拯救过这罪恶的城市和你们每个人无聊的生命**。王座厅内数百权贵,除了父亲,每个人都在嘲笑他。至少父亲看起来不像在笑。即使红毒蛇也咯咯地乐个不休,而梅斯·提利尔似乎快吐了。泰温·兰尼斯特大人端坐在他俩中间,如岩石一样镇静,十指交叉,顶着下巴。

提利昂猛冲上前。"大人!!"他高喊。他必须高喊,法官才听得见。

父亲举起一只手。慢慢地,大厅静了下来。

"把这烂婊子赶出去,"提利昂道,"我招供。"

泰温公爵点点头,作个手势。金袍卫士们围住雪伊时,她似乎很害怕,出门前她的目光和提利昂交汇。那是羞愧,是恐惧?他

想知道瑟曦许诺了什么。金子？宝石？要多少有多少？看着她远去的背影，提利昂心想，不出一月老姐就会发配你去军营招待金袍子了。

提利昂抬头望向父亲那双有着冷傲的金黄眼瞳的大绿眼。"我认罪，"他说，"很可怕的罪。您想听吗？"

泰温公爵保持沉默。梅斯·提利尔点点头。奥柏伦亲王稍有失望："你承认自己毒害国王？"

"对此我无话可说，"提利昂道，"关于乔佛里的死，我是清白的。我犯的是更可怕的罪。"他朝父亲跨近一步。"我生了出来。我活在了世上。我的罪就是生为侏儒，我为此忏悔。而且不管我的好老爸原谅我多少次，我继续着自己的丑行。"

"荒谬！提利昂，"泰温公爵宣布，"交代问题就好。这不是一场对侏儒的审判。"

"错，大人，我的一生就是一场对侏儒的审判。"

"你没有为自己辩护的吗？"

"除此之外没有别的——我没干过，但现在希望是自己干的。"他把脸转向大厅，面对一片由刷白的脸组成的汪洋，"我希望自己备下足够的毒药来对付你们所有人，你们唯一让我感到遗憾的是，我还不能成为你们想象中的怪物。我是清白的，在这里却得不到正义。你们让我别无选择，只能求助于天上诸神。我要求比武审判。"

"你失去理智了吗？"父亲喝道。

"不，我终于找到了它。*我要求比武审判！*"

亲爱的老姐简直不能再开心了。"他有那个权利，大人们，"她提醒法官，"让天上诸神作出裁判。格雷果·克里冈爵士将成为乔佛里的代理骑士。他刚于前天晚上回城，好用剑为我服务。"

半晌间，泰温大人的脸如此阴沉，提利昂觉得公爵就像自己喝下了毒酒。他"砰"的一声将拳头砸在桌子上，恼怒得无法言语。最后是梅斯·提利尔询问提利昂："你有为你的清白而战的代理骑士吗？"

"他有的，大人。"奥柏伦亲王站起来，"侏儒十分信任我。"

骚动变得震耳欲聋。瞥见瑟曦眼里突现的迟疑后，提利昂觉得特别高兴；而为了让大厅再度安静，不得不让一百个金袍卫士一起用矛重击地板。直到这时泰温公爵才恢复镇静。"审判明日进行，"他对着王座厅宣布，"我跟这没有任何关系。"他给了侏儒儿子一个冷酷而愤怒的眼神，然后大踏步从铁王座后的国王门离开，他的兄弟凯冯紧跟在旁。

回到塔楼囚室，提利昂猛灌下一杯葡萄酒，派波德瑞克·派恩去要干酪、面包和橄榄，此刻他吃不下任何味重的东西。*你以为我会任人宰割吗，父亲？*他询问蜡烛在墙上留下的阴影，*在这方面，你遗传给我的实在是太多了。*他异样地平静，只因现在终于把生死之权从父亲手中夺了过来，交给天上诸神。*假定有他妈的天上诸神存在的话。事实上，我的性命操在多恩人手中。*不过不管将来发生什么，提利昂很满意自己将泰温公爵的计划撕成了碎片：如果奥柏伦亲王赢，高庭和多恩必定爆发冲突，梅斯·提利尔绝不能容忍那个将他儿子打成残废的男人帮助几乎毒死他女儿的侏儒逃脱应得的惩罚；如果魔山胜出，道朗·马泰尔会发现自己得到的是兄弟的尸体而非提利昂许诺的正义，接着多恩就会给弥赛菈戴上王冠。

*为了所有这些能造成的麻烦，死也几乎值了。你会看到最后吗，雪伊？你会一直看到最后，看着伊林爵士把我丑陋的头颅给砍下来吗？在你的兰尼斯特巨人死后，你会想念他吗？*他喝干酒，把杯子扔到一旁，大声唱道：

> 他奔驰在城里的街道，离开那高高的山冈。
> 马踏过鹅卵石阶小巷，带他到姑娘的身旁。
> 她是他珍藏的宝贝呀，她是他含羞的期望。
> 项链和城堡都是空呀，比不上姑娘的吻好。

当晚凯冯爵士没有来。他一定在同泰温公爵一起竭力安抚提利尔家。恐怕我再也见不到这位叔叔了。他又灌下一杯酒，惋惜自己没从银舌西蒙那儿学全这首歌。说实话，这不是首难听的歌，特别是对比起死后人们可能为他写的歌。"金手触摸冰冰凉呀，而姑娘小掌热乎乎……"他接着唱。也许可以自己补完歌词。如果活得了那么久的话。

那天晚上，令人惊讶地，提利昂·兰尼斯特睡得很熟很香。第一道阳光射入时，他精神饱满地起床，胃口之好，接连吃下炸面包、血肠、苹果蛋糕和两份用洋葱及多恩火胡椒粉煎的鸡蛋。接着他请求离开房间，去会会自己的代理骑士。亚当爵士同意了请求。

提利昂发现奥柏伦亲王正边喝红酒边穿盔甲，由四名年轻的多恩贵族服务。"早上好，大人，"亲王优哉游哉地说，"来杯葡萄酒吗？"

"战斗之前你都会喝酒吗？"

"我通常在战斗之前喝酒。"

"这会让你送命的。更糟的是，连累我也送命。"

奥柏伦亲王微微一笑："反正天上诸神会保佑清白的人。我相信你是清白的吧？"

"只在乔佛里被杀这件事上。"提利昂承认，"我相信你明白格雷果·克里冈是个——"

"——大块头？我早听说了。"

"他几乎有八尺高，三十石重，浑身肌肉。他的武器是把双手巨剑，但他只凭单手使用，一击就能把人劈成两半。他的铠甲是那样沉重，除他之外没人穿得上，甚至搬不动。"

奥柏伦亲王无动于衷。"我宰过比他更大的块头。关键技巧是让他们失去重心，倒下去就万事皆休。"多恩人讲得自信满满，使提利昂几乎放下心来，直到他转过身去说，"戴蒙，我的矛！"戴蒙爵士把矛扔给他，红毒蛇在空中接住。

"你想用长矛对付'魔山'？"这让提利昂再度不安起来。在战争中，整齐的长矛队可以阻挡骑兵，但在一对一决斗里面对经验丰富的剑客是完全不同的状况。

"我们多恩人喜欢用矛。况且这是唯一能抵消他庞大身躯的办法。过来看看，小恶魔大人。注意，绝不能碰它。"此矛长达八尺，矛柄由芩树制成，平滑、粗厚而沉重，最后两尺是钢铁：苗条的树叶状矛头最后缩成一个邪恶的尖端，看上去锐利得可以用来刮胡子。奥柏伦将矛柄抛掷把玩，只见尖头闪烁黑光。油？毒药？提利昂决定还是不知道的好。"希望你精于此道。"他有些怀疑地说。

"你没理由抱怨。就算克里冈爵士有你说的那样恐怖，可不管他铠甲多厚，关节处总有缝隙。手肘与膝盖，腋窝下面……我会随便找个地方给他搔痒痒，我向你保证。"他把矛放到一边，"人们都说兰尼斯特有债必还。今天的流血之后，你或许该同我一道返回阳戟城。看到凯岩城的法定继承人，我哥哥道朗定然喜出望外……特别是假如他带上可爱的妻子，临冬城夫人的话……"

毒蛇认为我把珊莎藏了起来，就像松鼠贮藏过冬的果子吗？ 如果他真那样想，提利昂倒觉得没必要戳穿。"一次多恩之旅看来不错，我开始这样认为了。"

"准备一次长期旅行，"奥柏伦亲王呷了口酒，"你和道朗应该有许多共同话题。比如音乐、贸易、历史、美酒、侏儒的铜板……继承和遗产的法律。无疑来自舅舅的劝告有助于让弥赛拉女

王挑起重担来。"

如果瓦里斯放出小小鸟儿的话,奥柏伦已给了它们足够的把柄。"我还要一杯酒。"提利昂说。弥赛菈女王?假如我真的藏住珊莎就好了。到时候,让她为弥赛菈起兵,北境会闻风而从吗?红毒蛇的话,明确暗示着造反。我真的会反对托曼,反对自己的父亲吗?瑟曦一定会吐血的。也许单为这个就够了。

"记得头一次见面时我说的故事吗,小恶魔?"奥柏伦亲王问,神恩城的私生子跪在地上为他系牢护胫甲,"其实,我和我姐姐不是为了看你的尾巴才去凯岩城的。我们有一个使命。这个使命让我们走过星坠城、青亭岛、旧镇、盾牌列岛、克雷赫城,最后来到凯岩城……我们真正目的是达成联姻。道朗和诺佛斯的梅拉莉欧夫人订了婚,所以那次留守阳戟城,而我姐姐和我都还没有对象。"

"一路上伊莉亚异常兴奋。她正值如花的年岁,但由于身体柔弱多病,出门次数不多,这回是大好机会。当时我最开心的莫过于嘲笑姐姐的求婚者。喏,有懒眼皮大人,果酱唇绅士,有个人还被我称作陆行的鲸鱼。稍微像样点的是年轻的贝勒·海塔尔。这小伙子不错,姐姐几乎爱上了他,直到他不幸地在聚会中放了个屁。我迅速地将他命名为"屁风"贝勒,在此之后,伊莉亚除了发笑再没正眼瞧过他。少年时代的我是个怪物,真该把毒舌切下来。"

是的,提利昂默认,贝勒·海塔尔不再是小伙子了,他身为雷顿大人的继承人,如今富有、英俊、声名赫赫,外号"欢笑"贝勒。如果伊莉亚嫁的是他而非雷加·坦格利安,如今她也许会在旧镇生活,她的孩子会长得比她本人还高。他不禁思忖多少生命为一阵屁风所熄灭。

"兰尼斯港是我们旅行的最后一站,"奥柏伦亲王续道,同时亚隆·科格尔爵士为他穿上加垫皮衣,并从后面系紧,"你认为我们的母亲何时认识的?"

"记得她俩小时候都进过宫。作为雷拉公主的女伴？"

"就是这样。我相信是我们的母亲联合制订了这个计划。一路展览的那些果酱唇绅士和雀斑少女都不过是饭前开胃菜，只为了吊起我们的胃口。正餐在凯岩城。"

"瑟曦与詹姆。"

"多聪明的侏儒。的确，伊莉亚和我大了点，你的姐姐和哥哥那时才八九岁。不过，五六岁的年龄差异不算什么。我们船上有个空舱，非常好的舱室，专为贵客预备，平日就用来招待某些人来往阳戟城。这回，也许是一个年轻的侍酒，或者是伊莉亚的女伴。你母亲大人的意思是把詹姆许给我姐姐，或把瑟曦许给我。甚至两人一起。"

"有可能，"提利昂指出，"但我父亲——"

"——统治着七国上下，在家里却被他夫人统治着，我母亲常这样说。"奥柏伦亲王举起手，好让达苟士·曼伍笛大人和神恩城的私生子从头上为他套下锁甲。"在旧镇，我们得知你母亲的死讯和她产下的怪物儿子，当即就该折回，我母亲却选择继续航行。我已经告诉过你我们在凯岩城受到的招待。"

"我没有告诉你的是我母亲最后实在等得忍无可忍，便向你父亲提出我们的协议。数年以后，她弥留之际，向我透露当初遭到泰温公爵何等粗暴的拒绝。他通知她，他女儿是为雷加王子准备的；而当她提出让詹姆娶伊莉亚，他提议以你来代替。"

"这提议被她认为是种侮辱。"

"的确如此。你自己看得出来吧？"

"啊，的确。"这是很久很久以前的事了，提利昂心想，是我们的父母和前人做的事。我们不过是他们的牵线木偶，直到某天我们自己的孩子连上我们做的线，在我们的牵引下跳舞。"很好，雷加王子最后娶了多恩的伊莉亚而非凯岩城的瑟曦·兰尼斯特，你母

亲似乎获得了最后的胜利。"

"她正是那样想的，"奥柏伦亲王赞同，"但你父亲却不是不记仇的人。在这点上，他给塔贝克伯爵夫妇及卡斯塔梅的雷耶斯家都上过课，而在君临，他教导了我姐姐。我的头盔，达苟士。"曼伍笛递给他一个高耸的金盔，额头有一铜盘，象征多恩的太阳。提利昂发现他把护面甲移去了。"伊莉亚和她的孩子们等待正义已经很久了，"奥柏伦亲王戴上柔软的红皮革手套，再度提起长矛，"今天，他们将得到它。"

外院被选做决斗场。提利昂蹦跳着才能跟上奥柏伦亲王的大步。毒蛇很兴奋，他心想，期望能喷出毒汁来。天气灰暗多风，太阳竭力想从云端中露头。提利昂不确定自己性命所依的人最终能否获胜。

成千人跑来观睹他的生死。他们在城墙走道上站成一排，还肩并肩地挤在堡垒和塔楼的阶梯上。马房门内，拱桥窗户中，阳台和屋顶上到处都有人。而广场本身更挤得满满的，迫使金袍卫士和御林铁卫弹压驱赶，以为决斗留出空间。为了能舒舒服服地看，很多人搬凳子来，有的则抬来木桶。这场决斗应该在龙穴里举办，提利昂酸溜溜地想，按人头每人收一个铜板，足以把乔佛里的丧葬连同婚礼的花费全部赚回来。很多围观者把小孩扛在肩上，看见提利昂出现，便指着他不停叫唤。

格雷果爵士身边的瑟曦看起来就像小孩。穿上铠甲的魔山则是个庞然巨物，绣有克里冈家三黑狗徽记的长长黄袍下，锁甲外罩全身重铠，暗灰色钢铁密布战斗留下的凹槽和划痕，这下面还有煮沸皮甲和棉衬垫，平顶巨盔紧扣咽喉，只给口鼻留下呼吸孔道，眼旁还有一道用来观察的窄孔，盔顶的装饰是一只石拳。

如果说伤势削弱了格雷果爵士，至少隔着庭院提利昂半点也看不出来。他就像是用一块巨石凿刻而生。那把足足六尺长的丑陋巨剑插在身前的地上，格雷果爵士用一对套着龙虾护手的巨掌紧握十字柄。眼见这番气势，即使奥柏伦亲王的情妇也为之动容。"你要和他打？"艾拉莉亚·沙德静静地问。

"我要宰了他。"她情人漠不关心地回答。

提利昂有自己的疑虑，心也因之提到了嗓子眼。看着奥柏伦亲王，他暗暗期望是波隆为自己出战……或者更好的，詹姆。红毒蛇轻装上阵，除护胫、臂铠、护喉、甲衣、战裙之外，只穿了柔软皮衣和平滑丝内衣。锁甲外罩一层闪闪发亮的铜鳞片，但两者加起来也不及克里冈那全身重铠四分之一的防护。移去护脸甲之后，亲王的头盔只剩一半，甚至连护鼻都没有。他圆形的钢盾打磨得十分耀眼，上面有用红金、黄金、白金和黄铜混合铸成的长枪贯日纹章。

一直围着转圈，引诱其发力攻击，直到他连剑也举不动为止，最后再展开反扑。红毒蛇的算盘似乎和波隆一样。但佣兵深晓其中的危险。我向七层地狱祈祷你明白自己在干什么，毒蛇。

两个决斗者之间，一座月台从首相塔伸出来，泰温公爵和他兄弟凯冯在此就座。国王托曼并未出席，这让提利昂感到一丝安慰。

泰温公爵简略地扫了侏儒儿子一眼，举起手臂。一打号手立即吹奏，好让人群安静。总主教戴着高大的水晶宝冠曳步上前，祈求天父为他们的清白作出决断，祈求战士赐予正义的一方以力量。是我！提利昂想喊出来，但喊出来只会惹起人们的笑，他受够了人们的笑。

奥斯蒙·凯特布莱克爵士把克里冈的盾递给他，那是一块巨大的黑铁包边的厚橡木板。魔山将左臂穿过皮带时，提利昂看见盾上克里冈家的猎狗徽章被盖住了。今天格雷果爵士以七芒星上场，代表安达尔人渡过狭海带到维斯特洛的七神——他们便是在七神旗帜下征服了先民、赶走先民的神灵。真虔诚，瑟曦，但我想这不会给诸神留下什么印象。

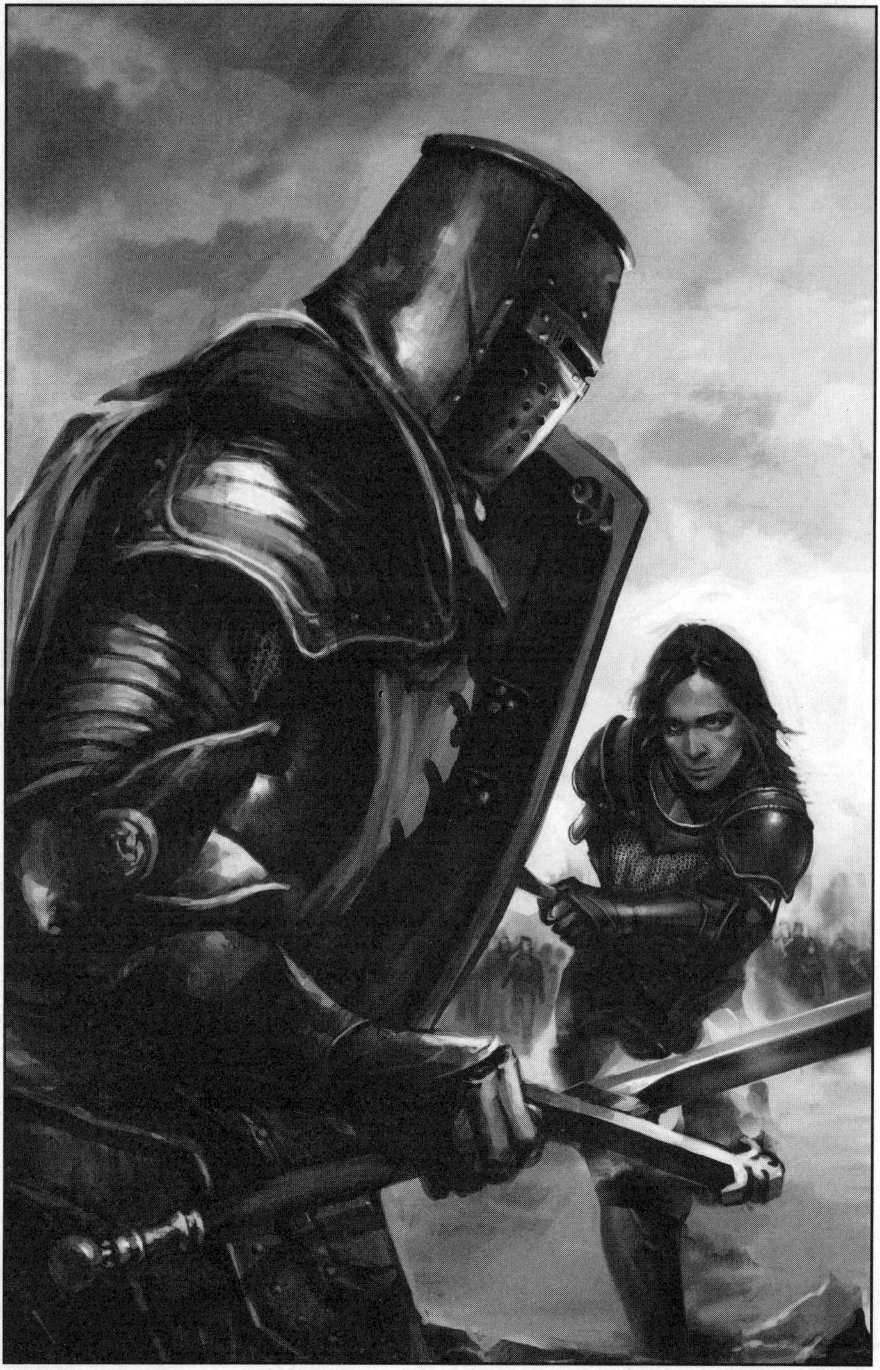

两人之间有五十码的距离。奥柏伦亲王大步上前，魔山迅速回应。他走的时候地面并没有抖，提利昂告诉自己，是我的心在跳。只剩十码时，红毒蛇停下来发话："他们告诉你我是谁了吗？"

格雷果爵士轻蔑地哼了一声："某个死人。"他继续上前，毫不动容。

多恩人滑向一旁。"我是奥柏伦·马泰尔，多恩领亲王。"魔山跟着转向，以便把对方保持在视野中，"伊莉亚公主是我的姐姐。"

"谁？"格雷果·克里冈问。

奥柏伦长矛突刺，但格雷果爵士用盾抵住矛头，推向一旁，接着猛地挥动巨剑砍向亲王。多恩人毫发无伤地避开。长矛再次突刺。克里冈砍向长矛，不过马泰尔迅速缩了回去，接着又是另一次突刺。这回矛尖在魔山胸膛上划过，发出刺耳的金属刮割声，它切开外套，在钢甲上留下一条长而明亮的划痕。"伊莉亚·马泰尔，多恩的公主，"红毒蛇嘶叫道，"你奸了她。你杀了她。你害了她孩子。"

克里冈爵士咕哝着。他步履沉重地冲锋，砍向多恩人的头颅。奥柏伦亲王轻易地避开了这一击："你奸了她。你杀了她。你害了她孩子。"

"你是来打架还是来废话的？"

"我是来听你忏悔的。"红毒蛇敏捷地刺中魔山的腹部。没有任何效果。克里冈的回砍也告落空。长矛在巨剑周围晃动，如毒蛇分岔的舌头伸进缩出，佯攻下盘而实取上身，分别刺中腹股沟、盾牌和眼眶。至少魔山是个大目标，提利昂心想。奥柏伦亲王几乎每一击都不落空，但每一击都不能穿透克里冈爵士的全身重铠。多恩人继续转圈，戳刺，急退，牵引着魔山的行动。由于头盔只有一道窄眼缝，严严束缚了观察能力，克里冈始终不能将他保持在视野中。凭借长矛与速度,奥柏伦很好地利用了这点。

就这样僵持了很长时间。他们在院子里来来往往,不断转圈。格雷果爵士的剑一次又一次地落空,而奥柏伦的矛刺中他手臂、大腿,甚至两次击中天灵盖。克里冈的大木盾同样多次中矛,到后来一只狗头已在星星下若隐若现,橡木也有几处撕裂。魔山时而咕哝,提利昂还听到他低沉地咒骂了一声,但大多数时间他沉闷地专注于战斗。

奥柏伦·马泰尔可没有沉默。"你奸了她!"他喊,同时虚晃一枪。"你杀了她,"他说,边避开克里冈巨剑的一次重击,"你害了她孩子!"他高叫,猛然将矛头刺向巨汉的咽喉,却只能擦过厚厚的铁护喉,带来刺耳声响。

"奥柏伦在耍他呢。"艾拉莉亚·沙德评论。

愚蠢的游戏,提利昂心想。"谁都不能耍弄该死的魔山。"

院子四周,观众朝两个战士蜂拥过去,一寸一寸地挤上前以便瞧得真切。御林铁卫们用巨大的白盾推搡,试图维持秩序,可惜看热闹的人太多,而白骑士只有六个。

"你奸了她。"奥柏伦亲王避开朝矛尖的一记挥斩,"你杀了她。"他把矛头对准克里冈的眼睛,突刺迫使巨汉后退。"你害了她孩子。"长矛闪向侧面划下,刮过魔山的胸甲。"你奸了她。你杀了她。你害了她孩子。"矛比格雷果爵士的剑长了两尺,足以使后者无法施展。奥柏伦突刺时,魔山屡屡砍向矛柄,想把矛头切下,不过这样的努力就跟砍苍蝇的翅膀一样无济于事。"你奸了她。你杀了她。你害了她孩子。"格雷果发动冲锋,奥柏伦跳开之后,转到他后面,"你奸了她。你杀了她。你害了她孩子。"

"安静。"格雷果爵士的动作似乎慢下来了,巨剑也没有比武刚开始时举得那样高,"闭上臭嘴。"

"你奸了她。"亲王边说,边闪向右边。

"够了！"格雷果爵士迈上两大步，砍向奥柏伦的头颅。多恩人再次后退。"你杀了她。"他说。

"闭嘴！！！！！"格雷果用尽全力，面对长矛冲锋，矛头猛然撞上他右胸，发出震耳欲聋的噪音后滑向一旁。魔山冲进了打击范围，他的巨剑随即划出一片模糊光影。人群尖叫起来。奥柏伦避开头一击，同时松手放开长矛，格雷果爵士冲到这儿，矛已然无用。第二击多恩人用盾接下，金属与金属碰撞，人们耳鸣不止，红毒蛇摇晃着后退。格雷果爵士紧追不舍，咆哮怒吼。他没有任何说辞，只像野兽一样号叫，提利昂心想。奥柏伦的后退变成溃逃，巨剑在离他胸部、手臂和头颅仅几寸的地方划过。

他身后是马厩。观众惊叫、推挤、慌乱奔走。有人撞上奥柏伦后背。格雷果爵士以全身蛮力向下猛砍，红毒蛇飞快着地翻滚，倒霉的马夫却没那速度。他伸手护脸，结果格雷果的剑砍进肩肘之间。"闭嘴！！！！"魔山的号叫压过马夫的惨呼。他抽剑而出，那小子的上半截头颅喷射着鲜血和脑浆飞越广场。数百观众突然失去了关心提利昂·兰尼斯特死活的兴趣，互相争夺，以最便利的方式逃离广场。

但多恩的红毒蛇重新站了起来，长矛在手。"伊莉亚！"他朝格雷果爵士喊，"你奸了她。你杀了她。你害了她孩子。说出她的名字。"

魔山转过身子。头盔、盾牌、长剑、外套……他从头到脚溅满血水。"你太多废话了，"他咕哝道，"你让我心烦意乱。"

"我要听你说出她的名字。她是多恩的伊莉亚。"

魔山嗤之以鼻，继续前进……这时，太阳头一次穿过低矮的云层露出来。

这是多恩的太阳，提利昂告诉自己，但率先移动的却是格雷果爵士，他把太阳搁在了背后。他虽冷酷残暴，毕竟有着战士的本能。

红毒蛇蜷缩，瞄准，再次突刺。格雷果爵士砍向长矛，但这一刺仅仅是虚晃。魔山失去平衡后，向前踉跄了一步。

奥柏伦亲王举起被打凹的金属盾牌，一束强烈炫目的阳光反射在磨亮的金和铜上，窜入敌人头盔里那道窄缝。克里冈举起自己的盾来对抗耀眼的光芒。奥柏伦亲王的矛顺势窜出，犹如闪电，扎进厚重板甲的缝隙，进入手臂下方的接口。尖头穿过锁甲和皮甲。当多恩人转动长矛，猛抽而出时，格雷果发出几声窒息的哼叫。"伊莉亚。说出来！多恩的伊莉亚！"他缓缓转圈，准备下一击，"说出来！"

提利昂有自己的祈求。*妈的，倒下去死掉！妈的，倒下去死掉！*

现在从魔山腋窝流下的是他自己的血，胸部一定伤得很厉害。他挣扎前进，不料一只膝盖一软。提利昂认定他真的会倒下了。

奥柏伦亲王转到他后面。"多恩的伊莉亚！"他高喊。格雷果爵士跟着转身，但太慢也太迟。这次矛头刺进膝盖后方，穿过大小腿之间的缝隙，穿过锁甲和皮甲。魔山摇晃了几晃，便头朝下倒下去。巨剑从手中松脱。他缓缓地、沉沉地，翻过身来。

多恩人扔掉烂盾牌，双手擎起长矛，慢步走开。在他后面，魔山发出一声呻吟，试图用手肘爬动。奥柏伦像灵猫一样转身，冲向倒下的对手。"伊伊伊伊伊莉莉莉莉亚亚亚亚亚！！！！！"他高声呼叫，把全身重量压在长矛上捅进去。岑树矛柄折断的噼啪声和瑟曦狂怒的号叫一样甜美，刹那间奥柏伦亲王似乎长出了翅膀。*毒蛇压垮了魔山。*四尺断裂长矛从克里冈腹部穿出，奥柏伦亲王翻滚、起立、拍拍灰尘，掷出断矛，捡起敌人的巨剑。"如果你在说出她名字之前就死，爵士，我会到七层地狱去追你。"他承诺。

格雷果爵士想起来，但断裂的长矛穿透了躯体，把他牢牢钉在

地上。他用双手握住矛柄，闷哼着使劲，却拔不出来。一摊红色血池在他身下不断延伸。"我觉得自己更清白了。"提利昂告诉身边的艾拉莉亚·沙德。

奥柏伦亲王走上前去。"说出她的名字。"他一只腿踏在魔山的胸膛，双手高高举起巨剑。提利昂猜测他是想直接砍下格雷果的头颅还是把剑尖扎入眼缝。

克里冈猛地抬手，抓住多恩人膝盖后部。红毒蛇的巨剑疯狂下砍，但由于失去平衡，剑尖只在魔山铠甲上留下另一道凹痕。格雷果的手扭转收紧，巨剑随之滑落，多恩人被拉倒在他身上。接着他们在尘土和血泊中厮打，断裂的长矛来回晃动。提利昂惊恐地发现魔山用一只巨手环住亲王，将他紧紧抱在前胸，犹如一对恋人。

"多恩的伊莉亚。"两人近到可以接吻时，格雷果爵士终于说话了。他低沉的嗓音在头盔中隆隆作响，"我杀了她那些尖叫不休的小兔崽子。"他用自由的那只手戳向奥柏伦毫无防备的脸，铁指抠出眼珠。"接着我操了她。"克里冈的拳头猛捶多恩人的嘴巴，后者的牙齿成为碎片，"再下来我打碎了她下贱的头颅。就像这样。"他收紧巨拳，钢甲上的血在黎明的寒气中结霜。一阵令人昏晕的嘎扎嘎扎声。艾拉莉亚·沙德惊惧地号哭，而提利昂的早餐涌了出来。他跪倒在地，呕出咸肉、血肠和苹果蛋糕，以及那两份用洋葱及多恩火胡椒粉煎的鸡蛋。

他没听到父亲的宣判。什么都不用说了。*我把自己的性命交在红毒蛇手里，而他放了手。当他醒悟毒蛇并没有手的时候，已经太迟。*提利昂歇斯底里地哈哈大笑。

后来他在蜿蜒的石阶上走了很久，才明白金袍卫士并未将他带回塔楼房间。"我将被送入黑牢。"他说。无人回应。*凭什么要为死人浪费口舌？*

丹妮莉丝

在平台花园的柿子树下,她一边吃早餐一边看小龙围绕大金字塔顶端互相追逐,那里曾经耸立的高大鹰身女妖青铜像今已遵令拆除。弥林另有二十座稍小的金字塔,但它们连这座的一半高都不到。从这儿,她可以俯瞰整个城市:狭窄弯曲的小巷和宽阔的砖头大街,神庙和谷仓,陋室与宫殿,妓院和澡堂,花园及喷泉,还有大斗技场的圈圈红砖看台。城墙外是白蜡般的海,蜿蜒的斯卡札丹河,干燥的棕色山丘,焚毁的果园,以及焦黑的田野。在这座高高在上的花园里,丹妮感觉自己像个神,居住于圣山之巅。

神灵都这样孤独吗? 有些定然是。弥桑黛给她讲过和谐之神,"和平之民"纳斯人所崇拜的神;据小文书说,他是唯一的真神,过去将来永恒存在,是他创造了月亮和星辰,创造了大地以及一切居住其中的生灵。*可怜的和谐之神。* 丹妮很同情他。永远地独处一定非常可怕,侍奉你的只有所谓的蝴蝶仙女,而你可以随时创造或毁灭她们。维斯特洛至少有七个神,尽管韦赛里斯告诉她,有些修士说那只是同一个神的不同外表,同一颗水晶的七个平面。那太令人迷惑了。听说红袍僧们信仰两个神,但这两个神却处于永恒的斗争中。丹妮更不喜欢。她才不想处于永恒的斗争中。

弥桑黛奉上鸭蛋和狗肠,外加半杯酸柑汁兑的甜酒。蜂蜜招来了苍蝇,但一支熏香蜡烛即将它们赶走。她发现在如此高处,苍蝇不像城里其他地方那样讨厌,这是她喜欢金字塔的又一个地方。"我得采取措施对付苍蝇,"丹妮说,"纳斯的苍蝇多吗,弥桑黛?"

"纳斯有很多蝴蝶，"小文书用通用语答道，"再添些酒？"

"不。我很快就得上朝。"丹妮喜欢上了弥桑黛。金色大眼睛的小文书虽然年轻，却十分睿智。她也很勇敢。如此才能在恶劣环境中生存。她希望有一天可以看看传说中的纳斯岛。弥桑黛说"和平之民"制造音乐而非战争。他们不事杀戮，连动物都不伤害；他们只吃瓜果，不食血肉。侍奉和谐之神的蝴蝶精灵们守护着岛屿，以抵御外敌。无数征服者曾航向纳斯，妄图带去血与火，结果却纷纷病死。然而贩奴船前来劫持时，蝴蝶精灵却没帮他们。"总有一天我会带你回家，弥桑黛。"丹妮许诺。若我向乔拉许下同样的诺言，他还会出卖我吗？"我发誓。"

"小人甘愿留在您身边，陛下。纳斯将永世长存，而您对小——对我恩重如山。"

"你对我也很好。"丹妮执起女孩的手，"来，帮我更衣吧。"

姬琪和弥桑黛给她洗澡，伊莉摆出衣服。今天她穿紫色锦绣长袍，系一条银腰带，头戴碧玺兄弟会在魁尔斯送的三头龙王冠，此外，银色凉鞋的跟高得令她担心会摔倒。等着装完毕，弥桑黛奉上一面银镜，好让她看看自己的模样。丹妮默默凝视自己。这是征服者的脸庞吗？她自己觉得仍旧是小女孩的脸。

还没有人称她为征服者丹妮莉丝，但将来也许会。征服者伊耿用三头龙赢得维斯特洛，而她凭借一群阴沟鼠和一根木桩在不到一天的时间里夺取了弥林。可怜的格罗莱。她知道他仍在为自己的船而伤心。如果舰只可以相撞，为何不能撞门呢？想到这里，她令船长们将船靠岸，卸下桅杆当攻城锤。蜂拥而上的自由民则拆开船身，制造遮篷、龟盾、弹石器和云梯。佣兵们为每根冲城槌各取了一个粗俗的名字，"米拉西斯号"——原先的"戏谑约索号"——的主桅撞破了东门。他们管它叫"约索的命根子"。激烈的战斗残酷而血腥，持续了大半个白天，一直进行到入夜。"米拉西斯号"的铁制船首像一张小丑的笑脸，最终撞碎了木头，冲入城门中。

丹妮本想亲率部队出动，但军官们认为，即使是男子，这也属于疯狂行为。她的军官们从不赞成她做任何事。她只好留在后方，穿件长锁甲，坐于银马上。然而城陷的声音，她在半里格之外都听得到，防御者们挑衅的呼喝刹那间化为恐惧的哭喊。那一刻，她的龙齐声咆哮，为黑夜填满火焰。她知道奴隶们起义了。**我的阴沟鼠咬断了他们的锁链。**

最后的抵抗被无垢者粉碎后，洗劫也自然而然地随之发生，这时丹妮方才入城。死尸高高地堆在残破的城门前，自由民花了近一个小时才为她的银马清出通道。"约索的命根子"及用来保护它的、覆盖马皮的木制龟盾被弃置在门内。她骑过废墟和破窗，穿越砖头街道，排水沟里堵满僵硬肿胀的尸体。兴高采烈的奴隶们在她经过时举起血手，高喊"母亲"。

大金字塔前的广场上，弥林人绝望地挤作一团。晨曦之中，伟主大人们看上去毫无伟岸之像。被剥夺了首饰和流苏托卡长袍的他们，显得十分卑微，老人们阴囊萎缩，皮肤斑驳，年轻人则顶着荒谬可笑的头发。他们的妇女要么肥胖软弱，要么干瘦得像陈年竹竿，脸上则挂有道道泪痕。"我要你们的首领，"丹妮吩咐他们，"交出他们，余人宽恕。"

"多少？"一个老妇人抽泣着问，"要多少人您才会饶恕我们？"

"一百六十三人。"她回答。

她把他们钉在环绕广场的木桩上，互相指着旁边的人。下令时，她心中充满炽烈狂暴的怒火，感觉自己就是一条复仇的真龙。但事后，当她经过柱子上那些濒死的活人，听见他们的呻吟，闻到肠子和血肉的恶臭……

丹妮皱起眉头，放下银镜。这是正义。是的。我这么做是为了我的孩子们。

觐见室在下面一层，高高的天花板，紫色大理石墙，充满回音。这里虽然庄严，却极阴森。原有的王座，将镀金木头雕成精致而凶猛的鹰身女妖。她凝视良久后，下令将它劈成柴火："我不要坐在鹰身女妖膝上。"她宣布。取而代之的是一张简单的乌木长椅，虽然实用，弥林人却认为不合女王的尊严。

血盟卫们在等她。焗过油的辫子里银铃轻响，他们还戴着死人的金银珠宝。弥林的富裕超乎想象，连佣兵们也个个心满意足——至少暂时如此。房间另一端，灰虫子身穿无垢者的朴素制服，尖刺青铜盔夹于腋下。她至少可以依靠他们几个——或者说希望如此——外加布朗·本·普棱，壮实的布朗·本头发灰白，面容饱经风霜，她的龙对他十分钟爱。还有他边上金光闪闪的达里奥。达里奥，本·普棱，灰虫子，伊丽，姬琪，弥桑黛……丹妮望着他们，寻思哪一个接下来会背叛她。

龙有三个头。全世界我还有两个人可以信赖——假如能找到的话。到时候，我不再是孤身一人。我们三个一同对抗全世界，就像伊耿和他的妹妹们。

"城内真如表面显示的那么风平浪静吗？"丹妮问。

"确实如此，陛下。"布朗·本·普棱回答。

她很高兴。同所有陷落的城市一样，弥林遭到野蛮的洗劫，但在彻底占领城市之后，丹妮决定停止暴力。她颁布命令，杀人者将被处绞刑，抢劫者失去一只手，强暴者则切下阳具。如今，八个杀人犯挂在城墙上，无垢者们送来一大桶血淋淋的肢体和软绵绵的红色蠕虫。弥林终于恢复平静。但能维持多久呢？

一只苍蝇在脑袋边嗡嗡作响，丹妮恼怒地挥手赶开，可它又立即回来。"城里苍蝇太多了。"

本·普棱哈哈大笑："没错，早上我的麦酒里就有苍蝇。我还吞了一只。"

"苍蝇是死者的报复。"达里奥微笑着抚摸中间那支胡子，"死尸蕴育蛆虫，蛆虫诞生苍蝇。"

"那我们得赶紧处理尸体，从下面的广场开始。灰虫子，你愿意负责吗？"

"女王下令，小人遵从。"

"带上麻袋和铲子，阿虫。"布朗·本建议，"那些家伙烂透了，正零零碎碎地从柱子上掉下来，爬满……"

"他知道。我也知道。"丹妮想起自己在阿斯塔波的惩罚广场里感受到的恐怖。*我制造了同样强烈的恐怖，但他们应有此报。残酷的正义仍是正义。*

"陛下，"弥桑黛说，"吉斯人把受敬重的死者埋在自家住宅下的地穴里。若您把骨头煮干净，送还他们的亲人，将是一项善举。"

寡妇们照样会诅咒我。"就这么办。"丹妮招呼达里奥，"今天早上有多少人求见？"

"有两个人请求沐浴您的恩泽。"

达里奥在弥林夺得一整柜的新衣服，为与之相配，他重新染了三叉胡须和卷发，染成鲜艳的深紫色。这让他的眼睛看起来几乎也成为紫色，仿佛是失落的瓦雷利亚人。"他们昨晚乘划桨商船'靛星号'到达，这船来自魁尔斯。"

*是条贩奴船吧。*丹妮皱起眉头："他们是谁？"

"靛星号的船长和一个自称为阿斯塔波代表的人。"

"我先见使节。"

来人肤色白皙，长着貂一样的尖脸，脖子上挂着串串沉重的珍珠与金丝。"主人！"他高声说，"我名叫盖尔。我带来了阿斯塔

波之王,伟大的克莱昂,对龙之母的问候。"

丹妮不禁一愣:"我留下议会统治阿斯塔波。由一名医生、一名学者和一名牧师领导。"

"主人,那帮狡猾的无赖背叛了您的信任。他们策划恢复善主大人们的权势,给人民套上锁链,幸而计划败露。伟大的克莱昂揭发了他们的阴谋,用屠刀砍下他们的脑袋,心怀感激的阿斯塔波民众因为他的英勇而给他戴上王冠。"

"尊贵的盖尔,"弥桑黛用地道的阿斯塔波方言问,"这个克莱昂跟曾属于格拉兹旦·莫·乌尔霍的克莱昂是同一人吗?"

她的语气坦率大方,提出的问题却显然让使节很不安。"是同一人,"他承认,"一位伟人。"

弥桑黛倾身靠近丹妮。"他曾是格拉兹旦厨房里的屠夫,"女孩凑在她耳边轻声说,"据说杀猪是阿斯塔波的一把手。"

*我给了阿斯塔波一个屠夫国王。*丹妮很不痛快,但又不能在使节面前表现出来:"愿克莱昂国王英明贤治。他找我何事?"

盖尔揉揉嘴巴:"也许我们该私下里谈,陛下?"

"我和我的军官们之间没有秘密。"

"遵命。伟大的克莱昂要我宣告他对龙之母的忠诚。您的敌人就是他的敌人,首要的便是渊凯的贤主大人们。他提议阿斯塔波和弥林结盟,共同对抗渊凯。"

"我发过誓,只要他们释放奴隶,便将秋毫无伤。"丹妮道。

"这帮渊凯狗不能信任,主人,他们无时无刻不在策划颠覆您。他们征募新军,在城墙外操练;他们建造战舰,还派出使节前往西方,前往岛上的新吉斯和自由贸易城邦瓦兰提斯,以建立联盟及雇用佣兵;他们甚至派遣快骑深入维斯·多斯拉克,以图招来一个卡拉萨。伟大的克莱昂让我向您保证,无须害怕。阿斯塔波不会忘记您,不会抛弃您。为证明他的诚意,伟大的克莱昂提议用联姻来确保盟约。"

"联姻？跟我？"

盖尔微微一笑，他的牙齿棕黄腐烂："伟大的克莱昂将会给您许多健壮的儿子。"

丹妮无言以对，但小弥桑黛替她解了围："他的大老婆有没给他生儿子？"

使节不快地瞅瞅她："伟大的克莱昂的大老婆替他产下三个女儿，两名小老婆也有了身孕。但别担心，倘若龙之母许婚，他将把她们统统废掉。"

"他真高尚，"丹妮说，"我会仔细考虑你说的一切，大人。"她下令在下层金字塔内为盖尔安排房间。

所有的胜利都在我手中化为渣滓，她心想，不管怎么做，带来的只有死亡和恐怖。阿斯塔波发生的事将很快四处传播，届时，数万新获自由的弥林奴隶无疑会下定决心随她西行，如果留下，不知会有何等命运……然而行进途中等待他们的也好不到哪里去。就算清空城内每座谷仓，任由弥林陷入饥馑，她也无法养活这么多人！前路漫长而严酷，充满未知的艰险，乔拉爵士警告过她。他警告过她许多……他……**不，我不要去想乔拉·莫尔蒙。让他再等等。**

"带商船船长。"她宣布。也许他有好消息。

结果愿望落了空。靛星号的船长是魁尔斯人，因此问起阿斯塔波的情况时，他不停地流泪："整座城市都在泣血。未葬的死尸在街道上腐烂，每座金字塔都成了全副武装的军营，集市里既没有食物也没有奴隶。还有可怜的孩子们！屠夫国王手下的强盗抓走阿斯塔波每位贵族的儿子，以制造新的无垢者进行交易，虽然离完成训练还需要好多年。"

最让丹妮吃惊的是她居然并不惊讶。她想起了埃萝叶，那个她试图保护的拉札林女孩，想起发生在她身上的事。**我起程后，弥林**

也会是同样的结局,她心想。斗技场的奴隶生来接受杀戮训练,脑海中唯有好斗与蛮横,现下他们自认为是城市的主人,城中男男女女的生死祸福皆可管辖。被绞死的八人中就有两个角斗士。无可奈何,她告诉自己:"你想要什么,船长?"

"奴隶,"他说,"我的货舱装满了象牙、龙涎香、斑马皮及其他高档货。我愿用它们来交换奴隶,再去里斯和瓦兰提斯贩卖。"

"我们没有奴隶。"丹妮说。

"女王陛下?"达里奥踏步上前,"河边挤满了请求出卖自己给这个魁尔斯人的弥林人。他们的数目比苍蝇还多。"

丹妮很是震惊:"他们想当奴隶?"

"提出申请的都是谈吐文雅的好人家,亲爱的女王,这样的奴隶价值不菲。在自由贸易城邦,他们会成为教师、文书、床奴,甚至医生和牧师。他们将睡上软床,吃到美食,居住于宽敞的豪宅中。而在这儿,他们失去了一切,被恐惧与贫穷所笼罩。"

"我明白了。"阿斯塔波的故事传来后,发生这种情况也许并不奇怪。丹妮考虑片刻,"任何自愿卖身的人,都予准许。包括女人。"她举起一只手。"但他们不可以卖孩子,男人也不可以卖妻子。"

"在阿斯塔波,奴隶易手时,城邦将抽取十一税。"弥桑黛告诉她。

"我们也一样。"丹妮决定。战争不只需要士兵,也需要金钱,"以十一为额度,收取金银象牙,但弥林不需要藏红花、丁香或斑马皮。"

"谨遵旨令,荣耀的女王,"达里奥说,"我的暴鸦团将会收取您的十一税。"丹妮知道,若让暴鸦团去收,至少一半的钱财会流失。但次子团也一样腐败,无垢者虽然清廉,却未受教育。"做好记录，"她吩咐，"由自由民中会读写算术的人负责。"

靛星号船长完事后躬身请辞。丹妮在乌木椅上不安地挪动。她害怕接下来的事，但又明知自己已经拖得太久。渊凯和阿斯塔波，战争的威胁，联姻的请求，还有最重要的西进……*我需要我的骑士们。我需要他们的剑，更需要他们的谏言。*然而想到再见乔拉·莫尔蒙，感觉就像吞下了一勺苍蝇：愤怒、不安、恶心。她几乎可以感觉到它们在肚子里嗡嗡地飞来飞去。*我是真龙血脉，必须要坚强。面对他们，我眼里的是火而非泪。*"叫贝沃斯带我的骑士们上来，"丹妮赶紧下令，以免改变主意，"我优秀的骑士们。"

壮汉贝沃斯气喘吁吁地爬上楼梯，将他们带进门，两只胖乎乎的手各紧抓一个骑士。巴利斯坦爵士高昂着头，乔拉爵士的眼睛却盯着大理石地板。一个骄傲，一个负疚。老人剃掉白胡子后，看上去年轻了十岁；但她秃顶的大熊却仿佛比实际年龄更老。他们在座椅跟前停下。壮汉贝沃斯往后退开，双臂环抱在满是疤痕的胸前。乔拉爵士清清嗓子："卡丽熙……"

她如此想念他的声音，却又必须严厉。"安静。该说话的时候我自会吩咐你。"她站起身，"当我派你们去下水道时，心中暗暗希望那是彼此最后一次见面。对于骗子来说，淹死在奴隶商人的污秽里是个恰当的结局。我以为诸神会处理你们，但你们却回来了。我英勇的维斯特洛骑士，一个告密者，一个变色龙。我哥哥会绞死你们俩。"*韦赛里斯一定会。*她不知雷加会怎么做。"我承认，你们帮我赢得了这座城市……"

乔拉爵士绷紧嘴唇："我们为你赢得了这座城市。我们这帮阴沟鼠。"

"安静。"她重复……尽管他说的是事实。当初"约索的命根子"及其他冲城锤撞击城门，弓箭手们向城头射出火箭时，她派出两百人，在黑暗掩护下沿河点燃码头的船只——然而所有这些都只

是幌子——趁火船吸引了城墙上守军的注意，一群疯狂的自愿者游到下水道的排泄口，掰开一道锈穿的铁栅栏。乔拉爵士、巴利斯坦爵士、壮汉贝沃斯及其他二十名勇敢的傻瓜就这样自褐色的污水里偷偷潜入，沿着砖块甬道前进。这是一支由佣兵、无垢者和自由民混合而成的队伍，丹妮只要没家室的人……没有嗅觉则更佳。

他们不但勇敢，而且幸运。离上次降雨已有一月，因此下水道里的污水只到大腿的高度。他们用油布包裹火炬，以保持照明。一些自由民被硕大的老鼠给吓傻了，直到壮汉贝沃斯逮住一只，咬成两截。另有一人被巨大的白蜥蜴杀死，它突然从黑乎乎的水里跃将出来，咬住人腿，拖将下去，但等下一次水波泛漾时，乔拉爵士用剑宰了那畜生。他们几度转错方向，然而刚上地面，壮汉贝沃斯就领着大家直奔最近的斗技场，打了那儿的守卫一个措手不及，并斩断奴隶们的锁链。一小时之内，弥林一半的角斗士都奋起反抗。

"你们帮我赢得了这座城市。"她坚决地重复。"你们过去都曾为我效力，表现上佳。巴利斯坦爵士将我自泰坦私生子手中救出，在魁尔斯时，还挫败了遗憾客的阴谋；而你，乔拉爵士，则在维斯·多斯拉克揪出下毒者，我的日和星死后，也是你从卓戈的血盟卫手中拯救了我。"太多人要置她于死地，几乎数不过来。"然而你们撒谎，欺骗我，背叛我。"她首先转向巴利斯坦爵士，"你曾保护我父王多年，也在三叉戟河上与我哥并肩作战，后来却背叛了流亡的韦赛里斯王子，向篡夺者屈膝。这是为什么？*我要真相。*"

"真相并不总招人喜欢。劳勃是个……优秀的骑士……他仗义，英勇……他不只宽恕了我，还饶过许多人的性命……韦赛里斯王子只是个小男孩，还要等许多年，才适合统治，而且……请原谅，女王陛下，您要的是真相……童年时代的令兄，韦赛里斯，已经显示出他是父亲的儿子，与雷加截然不同。"

"父亲的儿子？"丹妮皱起眉头，"什么意思？"

老骑士没有眨眼:"在维斯特洛,您父亲被称为'疯王'。没人告诉过您吗?"

"韦赛里斯说过。"疯王。"篡夺者如此称呼他,篡夺者和他的走狗。"疯王。"那是谎言。"

"倘若闭目塞听,"巴利斯坦爵士轻声道,"又何苦寻求真相?"他犹豫片刻。"我以前解释,使用假名是为了防止兰尼斯特家知道,那只是原因的一部分。陛下,更重要的是,在我发誓为您效忠之前,想要观察一段时间,确定您不是……"

"……我父亲的女儿?"我不是父亲的女儿,那又是谁?

"……疯狂的化身。"他续道,"幸运的是,我未曾发现任何缺陷。"

"缺陷?"丹妮怒火上涌。

"我并非学士,不会征引历史,陛下。我的生命在于长剑,不依于书本。但七大王国每个孩童都知道,坦格利安家族素来游离于疯狂的边缘。您父亲不是第一个特例。杰赫里斯国王曾告诉我,疯狂和伟大是同一枚硬币的两面,每当一位坦格利安降生,诸神就将硬币抛向空中,整个世界将屏息观察它的降落。"

*杰赫里斯。这老人认识我祖父。*想到这里,迟疑油然而生。毕竟,她所知的维斯特洛大多来自哥哥,少部出于乔拉爵士。而巴利斯坦爵士忘记的事或许都比他们两个知道的加起来还要多。唯有此人明白我的出身渊源。"因此我是某位神祇手中的硬币,对吧,爵士先生?"

"不,"巴利斯坦爵士答道,"您是维斯特洛真正的君主。假如您认为我还值得佩剑,我将永远是您忠诚的骑士,直到生命尽头;如若不然,我满足于侍奉壮汉贝沃斯,做他的侍从。"

"假如我断定你只配当我的弄臣呢?"丹妮挖苦地问,"或者厨子?"

"我会非常荣幸,陛下,"赛尔弥平静而尊严地说,"我烤苹果、煮牛肉不比别人差,还用篝火烤过许多鸭子。我希望您喜欢油乎乎的烤鸭,有焦黑的皮和带血的骨头。"

这番话让她微笑:"要能吃到这样的美食,我宁愿当个疯子。本·普棱,把你的剑交给巴利斯坦爵士。"

但白胡子不接受:"我把自己的宝剑扔在乔佛里脚下,之后再没碰过一把。只有从我的女王手里,才愿再度佩剑。"

"如你所愿。"丹妮从布朗·本手里拿过武器,剑柄朝前递出。老人恭敬地接过。"现在,跪下,"她吩咐,"发誓为我效忠。"

他单膝跪下,将长剑横置于她脚边,念诵誓言。丹妮几乎没听他说了些什么。他是容易处理的一个,她心想,另一个就难了。等巴利斯坦爵士宣誓完毕,她转向乔拉·莫尔蒙:"轮到你了,爵士,我要真相。"

大个男人涨红了脖子;是愤怒还是羞愧,她不清楚:"我试图告诉您真相,我说了好几十次。我告诉您阿斯坦另有蹊跷,我警告您札罗和俳雅·菩厉不能信任。我警告您——"

"你警告过我每个人,除了你自己。"他的傲慢激怒了她。他应该谦卑。他应该恳求我的原谅,"你说除了乔拉·莫尔蒙,谁也不能信任……而自己竟然一直是八爪蜘蛛的间谍!"

"我不是谁的间谍。是的,我拿了太监的钱,学习了密码,写了几封信,仅此而已——"

"仅此而已?你监视我,出卖我!"

"一度……"他勉强道,"我洗手不干了。"

"什么时候?你什么时候不干的?"

"我在魁尔斯写过一份报告,但——"

"魁尔斯?"丹妮本希望这时间要提前得多,"你在魁尔斯写了些什么？说你是我的人了，再也不要参加他们的阴谋？"乔拉爵士无法对上她的视线。"卓戈卡奥死后，你要我跟你一起去夷地和玉海。这是你的意思，还是劳勃的？"

"那是为保护你，"他坚持，"让你远离他们。我知道他们是什么样的毒蛇……"

"毒蛇？那你是什么，爵士？"某个可怕的念头顿时出现在脑海，"你告诉他们我怀了卓戈的孩子……"

"卡丽熙……"

"别想否认，爵士，"巴利斯坦爵士尖刻地指出，"太监将消息禀报御前会议时我在场，随后劳勃即命令处死陛下和她的孩子。你是消息来源，爵士，甚至有人说也许该由你亲自动手，以求得赦免。"

"谎言。"乔拉爵士沉下脸，"我决不会……丹妮莉丝，阻止您喝毒酒的人是我。"

"没错，但你怎么知道酒里下了毒？"

"我……我只是怀疑……商队带来瓦里斯的一封信，信中警告我也许会有行刺企图。他要我监视您，对，同时不让您受伤害。"他跪下去，"如果我不告密，会有其他人去干。您知道的。"

"我知道你背叛了我。"她抚摸着自己的肚子，儿子雷戈便是胎死于腹中，"我知道因为你，有个下毒者试图毒害我儿子。我知道这些。"

"不……不……"他摇摇头，"我不想……原谅我。您必须原谅我。"

"必须？"太晚了。他应该一开始就恳求原谅。现在她无法按原计划宽恕他。记得自己将酒贩拖在银马后，直到尸骨无存，招致他出现的人难道不该有同样的下场吗？可这是乔拉，我勇猛的大熊，从不令我失望的左膀右臂。如果没有他，我早已死了，但

是……"我不能原谅你,"她说,"不能。"

"您原谅了老人……"

"他以名字欺瞒我,你则把我的秘密出卖给杀死我父亲、窃取我兄长王座的人。"

"我保护您。我为您而战,为您杀戮。"

你吻我,她心想,你背叛我。

"我像只老鼠一样下到阴沟里,只为了您。"

若你死在那里,结局也许好一点。丹妮什么也没说。没什么可说。

"丹妮莉丝,"他道,"我爱你。"

对了。命中注定你将经历三次背叛。一次为血,一次为财,一次为爱。"诸神不做无目的之事。你没战死,说明他们有用得着你的地方。但我用不着你,不要你留在身边。你被放逐了,爵士,回君临城你主子那里求取赦免吧——假如可以的话。或者去阿斯塔波,屠夫国王需要骑士。"

"不,"他向她伸出手,"丹妮莉丝,求求你,听我说……"

她拍开他的手:"别再冒昧地碰我,或喊我的名字。黎明之前,收拾好东西,离开这座城市。如果天亮后我发现你仍在弥林,就让壮汉贝沃斯拧下你的脑袋。我会的,不用怀疑。"她转身背对他,裙裾飞旋。我不能去看他的脸。"把这骗子带走。"她下令。我不能哭,一定不能。如果我哭了,就会原谅他。壮汉贝沃斯抓住乔拉爵士的胳膊,将他拽出去。丹妮回头一瞥,只见骑士像醉酒的疯子一样,踉跄而缓慢地行走。她扭转视线,直到听见关门声,方才坐回乌木椅子里。他也走了。我的父母双亲,我的哥哥们,威廉·戴瑞爵士,我的日和星,胎死腹中的儿子,连乔拉爵士,也……

"女王陛下心肠真好,"达里奥透过深紫色胡子带着喉音说,"然而这家伙比欧兹纳克和梅罗加到一起更危险。"他用强壮的双手抚摸佩剑剑柄,搁在那对浪荡的黄金女人像上,"您不用说出口,我的明光。只需稍稍点头,您的达里奥就去把他丑陋的头颅带回来。"

"随他去吧。债已还清。让他回家。"丹妮仿佛看见乔拉走在虬结的橡树和高大的松树之间,走过开花的荆棘丛,走过长满苔藓的灰岩,走过陡峭山坡上流淌而下的清凉小溪。她仿佛看见他进入一个巨大木厅,狗儿睡在壁炉旁,烟雾缭绕的空气中徘徊着烤肉和蜂蜜的浓浓气味。"会议到此结束。"她告诉军官们。

她好容易才克制住一路奔上宽阔大理石阶的冲动。伊丽帮她脱下礼服,换上舒适的服装:松弛的羊毛裤,宽大的毡毛外衣和多斯拉克彩绘背心。"您在发抖啊,卡丽熙。"女孩跪下来替丹妮系凉鞋时说。

"我冷,"丹妮撒谎,"把昨晚看的书拿过来。"她希望让自己沉溺于文字当中,沉溺于别的时间、别的地点。这本厚厚的皮革书记载了七国的历史和歌谣传奇。说实话,都是些儿童故事,太简单,太神奇,不可能是真实。所有英雄都高大而英俊,所有叛徒眼神都游移不定。然而她很喜欢这本书,昨晚看到红塔中的三位公主,她们被国王关起来,罪名是太过美丽。

侍女将书取来后,她很容易地找到上次读的那一页,却毫无裨益。她发现自己重复地看同一段,看了十多遍。*我与卓戈卡奥结婚那天,乔拉爵士将这本书作为礼物送给我。达里奥是对的,我不该放逐他。我应该要么留他,要么杀他。*她扮演着女王,然而有时候仍感觉自己是个惊惶的小女孩。*韦赛里斯常说我是个呆子。他果真疯了吗?*她合上书本。如果愿意,仍可唤回乔拉爵士,或派达里奥去杀他。

丹妮选择回避。她走到露天平台上,雷哥睡在水池边晒太阳,盘作绿色与青铜色的一团。卓耿栖息在金字塔顶,原本高大鹰身女

妖站立的地方。他发现她之后展翅咆哮。没有韦赛利昂的踪影,但当她靠着矮墙扫视地平线,见到白色的翅膀掠过远处河面上方。他在捕猎呢。他们每天都变得更为大胆。然而他们飞得太远时她仍会担心。也许有一天,某一个便回不来了,她心想。

"陛下?"

她转身,发现巴利斯坦爵士在后面。"还有什么事,爵士?我宽恕了你,接受了你的服务,让我静一静吧。"

"请原谅,陛下。不过……如今您知道了我的身份……"老人犹豫道,"御林铁卫日夜守卫君主,我们的誓言要求我们不仅捍卫他的生命,还要保守他的秘密。您父亲的秘密跟他的王座一起,理应属于您,我……我觉得您也许有问题要问。"

问题?她有成百,上千,数万个问题。为何现在就想不出一个来?"我父亲真是疯子吗?"她突然说。为何问这个?"韦赛里斯说发疯的传言是篡夺者的阴谋……"

"当年韦赛里斯还是个孩子,王后竭尽所能地护着他。依我之见,您父亲一直带有那么一点点疯狂。但他同时也很慷慨,富有魅力,因此人们曾遗忘他的缺陷。他统治初期,充满了希望……但随着年月流逝,缺陷越来越大,直到……"

丹妮阻止他:"你觉得我现在想听这些吗?"

巴利斯坦爵士思考片刻:"也许……现在不想。"

"现在不想。"她赞同,"总有一天。总有一天你必须把一切都原原本本告诉我,不管好的还是坏的。我父亲定有些好的方面可以说吧?"

"有的,陛下,他和他的前人都有许多业绩值得称许。包括您祖父杰赫里斯和他哥哥,您曾祖父伊耿,您的母亲……还有雷加,尤其是雷加。"

"我希望自己认识他。"她声音里充满向往。

"我希望他能认识您，"老骑士道，"等您做好准备，我将把一切都告诉您。"

丹妮亲吻他的脸颊，让他离开。

当晚，侍女们送来羔羊肉、葡萄干色拉和酒糟胡萝卜，以及一片蘸满蜂蜜的热面包。但她什么也吃不下。*雷加有没有过如此疲惫？*她疑惑地想，*征服者伊耿呢？*

睡觉时，丹妮让伊丽陪床，这是自船上以来的第一次。当她的手指缠绕于侍女浓密的黑发，在颤抖中达到高潮时，她幻想抱着自己的是卓戈……只不过他的脸时不时变成达里奥。*想要达里奥，说出来就行。*她的腿和伊丽的腿纠结在一起。*今天他的眼睛看上去几乎是紫色……*

当晚，丹妮的梦十分黑暗，她醒来三次，带着隐约的惊怕。第三次之后，她再也无法入睡。月光透过倾斜的窗户倾泻而下，映得大理石地板一片银白。凉爽的轻风从门外的平台吹进来，伊丽在身边睡得很沉。她嘴唇微张，一颗暗棕色乳头依稀露在丝睡衣外。丹妮不禁感受到诱惑，但她想要的是卓戈，或许是达里奥，并非伊丽。侍女可爱迷人，技巧纯熟，但她的吻里只有职责的味道。

她站起身，留下伊丽在月光中沉睡。姬琪和弥桑黛睡在自己的床上。丹妮披上长袍，赤脚踏过大理石地板，走到外面的平台。空气很凉，但她喜欢青草在趾间的感觉，喜欢树叶低语互诉的声音。风吹起涟漪，在小浴池表面互相追逐，令月亮的倒影跳跃闪烁。

她倚在低矮的砖墙上俯瞰城市。弥林沉睡。*也许是沉浸在美梦里，梦中有好日子。*夜晚如黑色的地毯，覆盖街道，遮掩了尸体和从下水道上来享用尸体的灰老鼠，遮掩了群群烦人的苍蝇。远处的火炬闪烁着红黄光芒，那是她巡逻的哨兵，时不时，各处有泛着微光的油灯沿小巷摇摇晃晃地前进。也许其中一盏便是乔拉爵士，缓缓引马往城门而去。*别了，大熊。别了，叛徒。*

她是风暴降生丹妮莉丝、卡丽熙、不焚者、龙之母、维斯特洛七大王国的女王,她杀死巫魔,解放奴隶,然而全世界却无人可以信任。

"陛下?"弥桑黛裹着睡袍来到她身后,脚踩一双木拖鞋,"我醒来看到您不在。睡得不好吗?您在看什么?"

"我的城市,"丹妮道,"我在寻找一座红门的大宅。但夜里,所有门都是黑色。"

"红门?"弥桑黛很疑惑,"什么宅子?"

"没有这样的宅子。没什么。"丹妮握住小女孩的手,"永远不要对我撒谎,弥桑黛,永远不要背叛我。"

"我永远不会,"弥桑黛发誓,"看哪,黎明。"

地平线升至天顶,天空转为钴蓝,东方低矮的群山背后,一抹亮光浮现,淡淡的金和珍珠般的粉。丹妮挽起弥桑黛的手,两女并肩观看日出。灰色的砖块变成红黄橙绿蓝,斗技场猩红色的沙子耀得眼睛生疼,圣恩神庙的金色圆顶反射出强烈的辉芒,城墙上闪烁着青铜的星——那是旭日的光辉照到无垢者头盔的尖刺之上。平台花园里,若干苍蝇呆滞地飞舞。柿子树上的鸟儿开始鸣叫,一只,两只。丹妮昂头听它们唱歌,但很快,城市的声音就淹没了一切。

我的城市。

当天早上,她没有下到觐见室,而是传唤军官们来花园。"征服者伊耿带给维斯特洛火与血,但同时也给予他们和平、繁荣和公正。我带给奴隶湾的只有死亡和毁灭。我像卡奥,不像女王,一番毁坏掠夺后,就拍屁股走人。"

"这里没什么值得留恋。"布朗·本·普棱说。

"陛下,奴隶商人们是自取灭亡。"达里奥道。

"您给弥林带来了自由。"弥桑黛指出。

"饥饿的自由?"丹妮尖锐地反问,"死亡的自由?我是龙?

还是鹰身女妖？"我是疯子吗？我有缺陷吗？

"您是真龙，"巴利斯坦爵士肯定地说，"但弥林并非维斯特洛，陛下。"

"假如我连一座城市都无法管理，又怎能统治七大王国？"骑士无言以答。丹妮转身背对大家，再度凝望城市，"我的孩子们需要时间治疗和学习；我的龙需要时间成长试炼，以便早日高飞。我也一样。我不愿这座城市步上阿斯塔波的后尘，我不愿让渊凯的鹰身女妖重新奴役被我解放的人们。"她回身望向他们的脸，"我不会离开。"

"您想怎么做，卡丽熙？"拉卡洛问。

"留下来统治，"她说，"实实在在地当个女王。"

詹姆

国王坐在会议桌首位,屁股下加了一堆垫子,正不断签署呈上的文件。

"还剩最后几张,陛下,"凯冯·兰尼斯特爵士向他保证,"这是褫夺状,为惩罚艾德慕·徒利公爵的叛国大罪,剥夺其对奔流城的权利及所有封地税赋,其叔'黑鱼'布林登·徒利爵士的权利亦遭全部剥夺。"托曼一本正经地在两张纸上分别签字,他先小心翼翼地把鹅毛笔蘸满墨水,然后用稚嫩的胖手掌握着书写。

詹姆坐在长桌末端看着儿子,心知世上无数贵族使尽浑身解数想挤进国王的御前会议。妈的,谁要我的位子,我立刻让贤。这就叫权力?呆坐着看托曼的笔动个不休,有何满足可言?他唯一的心情是厌烦。

浑身酸痛。每块肌肉都在抗议,肋部和肩部无数的淤伤令人不适——这还是亚当·马尔布兰爵士手下留情的结果。只消想想昨天的打斗,詹姆就禁不住畏缩,希望对方千万别把事情传扬出去。其实马尔布兰小时候,在凯岩城当侍酒时,詹姆就与他认识了,而且相交颇深,因此才找他拿上盾牌和比武用的钝剑比划。他想瞧瞧自己的左手到底能不能打。

一切水落石出。答案远比亚当爵士给的伤痛更让他难受——而光这伤痛已令他今早差点穿不上衣服。若用真剑,詹姆已死了几十次。不过换只手,他便完全落于下风。以前可不是这样的。每个反应都错误,他必须停下来思考,重新计划每次行动。而当他思考时,马尔布兰轻易地打中他。实际上,他左手连剑都握不稳,三度被亚当爵士震飞。

"这张授予状将上述城堡、封地和税赋赐予艾蒙·佛雷爵士和他的夫人兰尼斯特家族的吉娜。"待签完后,凯冯将另一卷羊皮纸呈给国王,托曼蘸蘸墨水,继续书写,"这张文书正式赐予恐怖堡公爵卢斯·波顿的庶子以嫡出身份。这张委任状任命波顿公爵为北境守护……"托曼蘸墨,签名,蘸墨,签名,忙个不停。"……这张授予状赐予罗佛·斯派瑟爵士卡斯特梅城堡,晋升为伯爵……"托曼的字迹开始潦草。

我该找伊林·派恩爵士,詹姆突然醒悟,虽然御前执法官与他没什么交情,或许会下重手……可此人毕竟是哑巴,就算想炫耀武功,也没法说出口。而眼下只需亚当爵士多喝几杯,夸起口来,我的一世英名就得付诸流水。*不会用剑的御林铁卫队长?真是个残酷的笑话……最为残酷的是他竟用不了父亲的礼物。*

"这是给予加文·维斯特林伯爵夫妇及其女简妮的王家赦免状,欢迎他们回归国王治下,"凯冯爵士道,"这张赦免状给予石篱城的杰诺斯·布雷肯伯爵,这张赦免状给予凡斯伯爵,这张赦免状给予古柏克伯爵,这张赦免状给予女泉城的莫顿伯爵……"

詹姆忍不住起身:"叔叔,这里的事,似乎由你处理就好,我把陛下交给你了。"

"好吧,"凯冯爵士也站起来,"詹姆,你该去见见父亲,你们之间的争执——"

"——是他的缘故。送我一件讽刺的礼物也不能弥补。只管把这话告诉他,若你能让他暂时摆脱提利尔们的纠缠的话。"

叔叔表情哀伤:"这是我们的心意,希望激励你——"

"——长出一只新手来?"詹姆转向托曼。他除了有乔佛里的金色卷发和碧绿眼眸之外,与哥哥的相貌毫无雷同。国王很胖,粉红的脸蛋圆鼓鼓的,他还喜欢读书。*害羞的小子,才九岁,是我唯*

一的亲儿子呢。他会长大成人的,七年之后,临朝亲政,其间王国将牢牢掌握在詹姆的父亲手里。"陛下,"他开口,"微臣可以先告退么?"

"你先走吧,爵士舅舅。"托曼望向凯冯爵士,"我能给它们封印了吗,舅公?"到目前为止,他觉得当国王最有趣的部分就是在热蜡上印下王家印章。

詹姆大步走出议事厅。门外,马林·特兰爵士身穿白鳞甲和雪白披风,笔直地站着担任警卫。如果这家伙知道我有多虚弱,或者叫凯特布莱克或布劳恩知道……"好好站岗,等待陛下处理公务,"詹姆吩咐,"然后护送他回梅葛楼。"

特兰一鞠躬:"遵命,大人。"

这天早上,外院挤满了人,喧嚷吵闹。詹姆朝马厩走去,那儿一大群人正在备马。"铁腿!"他喊,"怎么,这就走了?"

"只等小姐准备妥当,我们就走,"铁腿沃顿说,"波顿大人等着呢,看,她来了。"

一名马夫牵着一匹上等灰母马走出马厩,马背上坐了一位瘦小的女孩,眼窝深陷,全身包裹在灰斗篷里,内里的衣服也是灰色,装饰着白绸缎花边。她胸前有个狼头形状的别针,带着切割的猫眼石眼睛。这女孩黑褐色的长发随风飘散。她很漂亮,他心想,但眼中充满悲伤与疲惫。

她看见他,便低下头。"詹姆爵士,"她微弱而紧张地说,"很高兴您来送我。"

詹姆仔细看看她:"呃,你认识我?"

她咬紧嘴唇,"您也许不记得了,大人,我那时太小……但有幸参加家父奈德大人为劳勃国王访问临冬城而举办的欢迎宴会,"她垂下大大的褐色眼睛,喃喃地说,"我是艾莉亚·史塔克。"

詹姆一直没太注意艾莉亚·史塔克,但印象中,她似乎更年幼些。"小姐，您要出嫁么？"

"我要嫁给波顿公爵的儿子拉姆斯。他从前是个雪诺，但国王陛下慷慨赐予他波顿的姓氏。大家都说他非常勇敢，我很高兴做他的妻子。"

"既然如此，为何你说话时满心恐惧呢？祝您婚姻美满，小姐，"詹姆转向铁腿，"钱，你都收到了吧？"

"对，大伙儿已经分了。谢谢您，爵士先生，"北方人咧嘴而笑，"兰尼斯特果真有债必还。"

"知道就好。"詹姆边说边看了女孩最后一眼。他很怀疑这个"艾莉亚"和真正的艾莉亚有何相似之处，不过没关系，真正的艾莉亚·史塔克大概早已葬在跳蚤窝里某个不知名的墓穴了吧，她的双亲和手足统统死光，又有谁能戳穿眼前这位女孩呢？"一路顺风。"他祝愿铁腿。纳吉升起和平的旗帜，北方人排成松散的纵队，披着松散的毛斗篷，鱼贯而出。在他们中间，骑灰母马的瘦小女孩显得柔弱而孤单。

马儿坚持避开硬泥地上那摊凝血，马房小弟在此惨死于魔山剑下。见到这个，詹姆的怒气又往上冲，他曾严令御林铁卫将围观群众挡开，但柏洛斯这白痴居然自己当起了观众。诚然，蠢小子自己有责任，死去的多恩领亲王有责任，但毫无疑问罪大恶极的是克里冈。砍到男孩手臂尚可称意外，而第二下……

冥冥之中，他为此付出了代价。决斗之后，派席尔国师负责照料魔山，但从学士房间传来的号叫声不绝于耳，治疗丝毫没有生效。"肌肉坏死，伤口流脓，"派席尔苦着脸禀报御前会议，"连蛆虫也不愿接近患处。他成天因疼痛而剧烈抽搐，我不得不塞住他的嘴，以防他咬掉舌头。此外，我在他所能承受的范围内切掉尽可能多的腐肉，并用沸酒和面包霉来控制感染，但一切都归无用。他手臂的血管发黑，我用水蛭去吸，水蛭反而统统死去。大人们，我

得知道奥柏伦亲王涂在矛上的是何种剧毒方能对症下药,让我们拘留这批多恩人,逼他们说出配方。"

泰温公爵一口回绝:"因为奥柏伦亲王的死,我们和阳戟城的关系已闹得很僵,若还把他的同伴们扣住,就太不明智了。"

"那么,恐怕我保不住格雷果爵士的性命。"

"你当然得保住他的性命。我把奥柏伦亲王的尸体送还他哥哥道朗亲王时,附信保证献上格雷果的人头。他必须死在御前执法官剑下,而非因毒药丧命。无论如何,你得治好他。"

派席尔大学士慌乱地眨眼:"大人——"

"治好他!"泰温公爵恼怒地重复,"我告诉你,瓦里斯大人买通渔夫到龙石岛周围打探,发现岛上防御极为空虚。黑水湾内已无里斯舰队的踪影,史坦尼斯大人的部队也随之失踪。"

"是吗?那太好了,"派席尔叫道,"依我看,就让史坦尼斯烂在里斯吧,我们从此摆脱了这个野心勃勃的叛徒。"

"废物,莫非被提利昂剃了胡子,连脑袋也傻了吗?我们谈论的是史坦尼斯·拜拉席恩!这个人会坚持到底,毫不妥协。如果他消失,只能证明在谋划什么,以便继续战争。很可能他想在风息堡登陆,发动风暴之地的领主们起来造反,如果是这样,倒还好说,他注定失败;但若他孤注一掷,将命运押在多恩人身上,以至于竟赢得阳戟城加盟,那要结束战争就不是一年两年内可办得到的了。所以,我们无论如何都不能再冒犯马泰尔家族,无论如何都不行!我会立刻放多恩的人马离开,而你,必须给我治好格雷果爵士。"

从此以后,魔山的尖叫夜以继日,从无断绝。似乎连掌管生死的陌客也畏惧泰温公爵的威权。

詹姆步上白剑塔的螺旋梯。从柏洛斯爵士的房间里,传来阵阵鼾声;巴隆爵士的房间也屋门紧闭——他守了国王一夜,想必此刻正在熟睡中。除了柏洛斯的鼾声,塔楼非常宁静,詹姆很满意。终于可以休息了。昨晚，经过与亚当爵士的打斗后，他酸痛得无法入眠。

走进卧室，姐姐正在等他。

她站在窗边，透过外墙，远眺大海。海湾吹来无垠的风，卷动她的裙服，贴紧身子，令詹姆看了心跳加速。她全身素白，和墙上的织锦、床上的被盖同一颜色，宽大的袖子末端螺旋状地缀了许多细小祖母绿，胸衣上也有，更大的祖母绿则镶嵌在金色的发网上，包裹着金色的头发。裙服的胸开得很低，露出肩膀和半个乳房。她好美。顷刻间，他只想拥情人入怀。

"瑟曦，"他轻轻关上门，"你怎么来了？"

"我还能上哪儿去？"她回过头，眼里盈满泪水，"父亲明确宣布不准我参加御前会议。詹姆，你和他还没有对话么？"

詹姆脱下披风，挂到墙壁的钩子上："我和泰温公爵天天对话。"

"你非这么死脑筋不可？他只想……"

"……强迫我退出御林铁卫，返回凯岩城。"

"这没那么可怕，他也要把我送回凯岩城。其实，他一心想把我赶得远远的，好随意操纵托曼。哼，托曼是我儿子，可不是他儿子！"

"托曼是国王。"

"他还小！可怜的孩子，小小年纪就眼睁睁看着哥哥被谋杀在婚宴上，该有多惧怕，现在倒好，他们还要逼他结婚。对方不仅年纪是他两倍，还做过两次寡妇！"

詹姆找椅子坐下，忍住淤伤带来的疼痛。"也不能全怪父亲，提利尔家十分坚持这场婚配。依我看，没什么害处，自弥赛菈去了多恩，托曼一直寂寞得紧，有玛格丽和她的女伴们作陪，想必会好一些。就让他们成亲吧。"

"他可是你儿子……"

"他是我的种,但从没叫过我一声'父亲',乔佛里也没有。你无数次警告我,别对他们施与额外关心。"

"这是为了保护他们!也是保护你。你想过没有?如果我弟弟和我的孩子'父亲、儿子'地叫起来,别人会怎么看呢?就连呆子劳勃都会怀疑。"

"别的不说,至少他再也无法怀疑了。"劳勃的死一直让詹姆耿耿于怀。应该由我堂堂正正地动手,而不是瑟曦背后放冷箭。"我该亲手杀了他。"当我的"手"还健在的时候。"让弑君成为习惯——他不总这样嘲弄我?——我该杀了他,然后当着全世界的面娶你为妻。我爱你,对此无怨无悔,唯一羞愧的是自己竟不得不做事来隐藏这份爱,我,我做了很多……那临冬城的孩子——"

"——是我要你把他丢出窗外的吗?我求你去打猎,如果你听话,什么都不会发生。可你呢?你非要跟我在一起,明明等回到都城,一切就会恢复原状。"

"我等不了那么久。一路上,我每晚看着劳勃醉醺醺地爬上你的轮宫,每次都担心他会不会忽然起意要坚持做丈夫的权利,我恨透了!"詹姆忽然想起临冬城里另一桩怪事,"在奔流城,凯特琳·史塔克一口咬定我派人去割他儿子的喉咙,还说有匕首为证。"

"这事,"瑟曦厌恶地说,"提利昂也问起过。"

"确实有这么一把匕首,凯特琳夫人手上的伤我见过,很深。你有没……"

"噢,行了,"她关上窗户,"没错,我心里希望他死,你不也一样?其实谁想看那副苟延残喘的样子呢?*劳勃厌恶的程度比我们还要深。'摔断腿的马就得杀,瞎了眼的狗就得宰,为何孩子残废了,就软弱得不愿施与慈悲?'他大醉一场后,这样对我说。"

劳勃？詹姆守护了劳勃·拜拉席恩十几年，深知前国王有时候的杯中言语，第二天醒来就会恼怒地矢口否认。"这话，他是单独和你说的？"

　　"当然，你以为他会对奈德·史塔克这样讲？当时就我俩在场，还有孩子们。"瑟曦摘下发网，放在床柱上，抖散一头金色卷发，"嘿嘿，说不定是弥赛菈派人拿匕首作案的哟。"

　　她是开玩笑，但不经意间却直击要害。詹姆明白了。"不是弥赛菈，是乔佛里。"

　　瑟曦皱起眉头："乔佛里讨厌罗柏·史塔克，但对那残废没什么感觉。再说，小乔自己也是个孩子。"

　　"不错，他是个只想要你给他的酒鬼老爸拍拍脑袋的孩子。"他还有另一层不安，"因为这把该死的匕首，提利昂差点没命。假如教他得知是乔佛里……那么或许……"

　　"*我管他有什么理由*！"瑟曦叫道，"让他带着他的好理由下地狱去！你没见小乔是怎么死的……他挣扎呀，詹姆，他挣扎着呼吸，好像被恶灵扼住了喉咙，眼中充满恐惧……小时候，他要是被吓着，或受到伤害，总跑来找我，而我会保护他。但那天晚上，我什么也做不了！提利昂当着我的面谋杀了我的孩子，*而我什么也做不了*！"瑟曦跪倒在他的椅子前，捧起詹姆的左手。"小乔死了，弥赛菈去了多恩，我只剩下托曼。你一定得求求父亲，求求他不要把我们母子分开。詹姆，求你了。"

　　"泰温大人行事不会征求我的意见。我可以和他谈，但多半没……"

　　"他会的，只要你答应退出御林铁卫。"

　　"我决不退出御林铁卫。"

　　姐姐强忍眼泪："詹姆，你是我心中永远的骑士，在我最需要你的时候，你不能就这么抛下我！他要偷走我儿子，赶走我这个母

亲……只有你能阻止他……父亲要我立即再婚！"

詹姆猝不及防，顿时天旋地转。这句话，比亚当·马尔布兰爵士给他的所有打击加起来伤得更深。"和谁？"

"和谁？有关系吗？不是这个领主，就是那位大人，反正只要符合父亲的目的。我不管，我不要第二个丈夫，我只要和你在一起，不要别人。"

"那你就站出来，告诉他！"

她抽开双手。"你又来发疯了。你这样下去，我们迟早会分开，难道你忘了小时候母亲是怎么做的吗？被你这么一弄，不仅托曼会失去王位，弥赛菈也成不了亲……詹姆，请你相信我，我一直都想做你的妻子，我们属于彼此，但永远不可能结合。我们只能是姐弟。"

"坦格利安家……"

"我们是兰尼斯特，不是坦格利安！"

"小声点，"他不满地说，"大吼大叫，不怕吵醒我的弟兄们？你刚才不是说我们永远不可能结合吗？要给别人知道你来见我，怎么得了？"

"詹姆，"她啜泣起来，"你难道不明白，我爱你的程度跟你爱我一样深？不管他们要我嫁给谁，我都会永远念着你，永远等待你，永远要你吗？没有什么东西可以改变我们彼此。来，让我证明给你看。"她掀开他外衣，忙乱地摸索裤带。

詹姆硬了起来。"不行，"他说，"不能在这里。"他们从没在白剑塔内做过，更别说御林铁卫队长的房间。"瑟曦，这里真的不行。"

"你在圣堂都和我做，这里又有什么区别。"她拔出他的命根子，将头凑过去。

詹姆用右手的断肢轻轻扫开对方。"不，不能在这里，我说不行。"他被迫站起来。

在她那双碧绿明亮的眼睛里,他首先看见了混乱和恐惧,随后为怒气所代替。瑟曦整理好衣服,站起身来,拍拍裙子。"你在赫伦堡被切掉的是手还是命根子?"她摇摇头,卷发在裸露的白皙肩膀上荡漾,"我真是太傻了,居然跑来找你。你既没胆子为乔佛里报仇,又怎会保护托曼?告诉我,如果当时小恶魔杀的不止一个,而是把你的三个孩子全杀了,你会不会有点反应?"

"提利昂不可能伤害托曼或弥赛拉,而我现在也不确定乔佛里的事是否与他有关。"

姐姐的嘴因恼怒而扭曲:"你怎能这么讲?我亲耳听他威胁——"

"威胁不等于行动。他发誓什么也没做。"

"噢,他发誓,他发誓!在你心目中,侏儒就是个不会撒谎的笨小孩啰?"

"他不会对我撒谎。正如你也不会。"

"你这金光灿灿的大傻瓜!他成百上千次地对你撒谎,我也一样!"她拢好头发,从床柱上一把抓起发网,"你好好考虑吧。不过呢,你心爱的小怪物如今被关在黑牢,再也无法升天,很快就会教伊林·派恩爵士砍头。或许你想拿来做纪念也不一定。"她扫了他的枕头一眼。"一个人睡在这张冰冷的白床上难免孤单,它可以守着你,直到眼睛腐烂。"

"最好快走,瑟曦,你让我生气了。"

"噢,一个生气的残废,好可怕哟,"她微笑,"泰温·兰尼斯特公爵最大的遗憾就是没有一个真正的儿子。我本可成为他意想中的继承人,可惜却没有鸡巴。说到鸡巴,弟弟,快把你那玩意儿藏起来。它还悬在裤子外面,又瘪又小的成什么样?"

待她走后,詹姆立刻接受了建议,单手笨拙地系好裤子。从幻

影手指上,传来阵阵深及骨髓的痛。我失去了右手,失去了父亲,失去了儿子,失去了姐姐,失去了爱情,不久连弟弟也要失去。可他们居然告诉我,兰尼斯特家族赢得了战争。

詹姆披上披风,走下楼梯,发现柏洛斯·布劳恩爵士正在会议室内喝酒。"喝完这杯,叫洛拉斯爵士带她来见我。"

柏洛斯爵士唯唯诺诺:"您要见哪个'她'?"

"只管吩咐洛拉斯就好。"

"是,"柏洛斯爵士一饮而尽,"是,队长大人。"

他等了很久,看来百花骑士并不好找。数小时后,两人才结伴而至,一个是苗条英俊的青年,一个是粗胖丑陋的少女。詹姆独坐在圆形会议室,慵懒地翻动白典。

"队长大人,"洛拉斯爵士开口,"您想见塔斯之女?"

"对,"詹姆用左手招呼他们上前,"这么说,你和她谈过了?"

"照您的指示,我和她谈过了,大人。"

"结果如何?"

年轻人紧张起来:"我……或许她说的没错,大人,应该是史坦尼斯所为。我不确定……"

"瓦里斯告诉我,风息堡代理城主死得也很蹊跷。"詹姆道。

"科塔奈·庞洛斯爵士,"布蕾妮伤感地说,"他是个好人。"

"他是个固执的老人。死之前一天还当面质问龙石岛之主,第二天早上却投海而亡,"詹姆站起来,"洛拉斯爵士,我们以后再来仔细分析。请你暂时回避。"

洛拉斯走后,他仔细打量了妞儿一番。真是一点没变,又丑又笨。人们再度给她换上女装,这套衣服总算比山羊要她穿的那身粉红绸缎要强。"蓝色和你挺配,小姐,"詹姆边看边说,"尤其和你的眼睛般配。"她眼睛可真美啊。

布蕾妮低头看着自己的打扮,脸红了。"多丝修女特别缝补的胸衣,以配合我的体形。她说是你派来照顾我的。"妞儿站在门边,好像随时准备逃出去,"你看起来……"

"……精神多了?"他勉力微笑,"身上长了点肉,头发里少了些虱子,仅此而已。断肢还是断肢,好不了。把门关上,过来吧。"

她依言关门:"这身白袍……"

"……还是新的,不过我很快就会令它蒙羞。"

"不……我不是这个意思。它……它很适合你。"她犹犹豫豫地靠过来,"詹姆,你真那样跟洛拉斯爵士解释?关于……关于蓝礼国王……和那道影子?"

詹姆耸耸肩:"蓝礼这家伙,若教我在战场上撞见,会毫不犹豫地宰掉,干吗关心谁割他喉咙?影子就影子吧。"

"你还说……我的荣誉心……"

"我是他妈的弑君者,明白吗?我说你有荣誉心,好比街上的妓女说你多纯洁。"他靠在椅子上,抬头仰望她,"铁腿上路了,将把艾莉亚·史塔克带回北方给卢斯·波顿。"

"你把她给了他?"她惊惶地叫喊,"别忘了,你对凯特琳夫人发的誓……"

"用剑尖抵着喉咙发的誓——算啦,凯特琳夫人已死,即便我找到她两个女儿,也于事无补。何况,我父亲给铁腿的并非真正的艾莉亚·史塔克。"

"并非艾莉亚·史塔克?"

"你别激动,仔细听我讲。我父亲大人找了个瘦小的北方女孩,年龄基本与艾莉亚相仿,头发的颜色也大致雷同。他让她穿上白与灰的服色,斗篷别好银制狼胸针,然后送去嫁给波顿的私生

子。"他举起断肢指着她,"我之所以跟你解释,是怕你知道以后急急忙忙冲去营救,毫无意义地断送性命。你使剑的功夫还可以,但对付不了两百人。"

布蕾妮摇摇头:"假如波顿大人知道,你父亲欺骗他……"

"天哪,他早就知道,一直都知道。你记得吗,他说过,**兰尼斯特都是骗子**?是真是假,对他而言都没差,达到效果就行。谁能站出来说那不是艾莉亚·史塔克?除了她失踪的姐姐,所有跟她亲近的人都死了。"

"你为什么要对我说?这等于泄露你父亲的机密。"

首相的机密,他心想,**我没有父亲了**。"像每个可敬的小狮子那样,我有债必还,既然答应凯特琳夫人送还她女儿……现今还有一个活着,我弟弟可能知道她在哪儿,但他什么也不肯说,瑟曦相信是珊莎帮助提利昂谋杀了乔佛里。"

妞儿的嘴顽固地抿紧。"我才不相信这位小淑女会去下毒。凯特琳夫人告诉我,她有一颗温柔的心。一定是你弟弟干的,洛拉斯爵士告诉我,经过正式审判已经定了他的罪。"

"事实上,言语和刀剑,两种审判都进行过。我弟弟均告失败。那天打得异常激烈,你在塔里没瞧见么?"

"我的房间面朝大海,只听见喧嚣。"

"多恩的奥柏伦亲王死了,格雷果·克里冈爵士奄奄一息,提利昂则在诸神与凡人面前被证明有罪,并关进黑牢,等待处决。"

布蕾妮定定地望着他:"而你不相信是他干的。"

詹姆苦涩地笑了:"你瞧,妞儿,我们彼此多么了解。提利昂从会走路那天起,就仰望我、景慕我,但他绝不会学我弑君。乔佛里是珊莎·史塔克杀的,这毫无疑问,而我弟弟保持沉默以保护自己的妻子。他这个人,经常来点出其不意的侠义行为。上一次丢了鼻子,这一次丢了性命。"

"不可能，"布蕾妮道，"夫人的女儿不可能做出这种事，绝不可能是她。"

"你真是我所见过最顽固最愚蠢的妞儿了，一点没变。"

她脸一红："我的名字……"

"是塔斯的布蕾妮，"詹姆叹道，"来，我有一件礼物送你。"他伸手到铁卫队长的坐椅下，取出一个绯红天鹅绒包裹。

布蕾妮小心翼翼地将一双巨手伸过来，好似那包裹中隐藏着什么邪恶企图。她猛然打开，内里放出红宝石的光芒。小心翼翼地，她取出这件珍宝，手指绕上皮革握把，缓缓拔剑出鞘。剑上的波纹放射出血红与漆黑的光泽，刃面如有一轮跃动的明亮红光。"这是瓦雷利亚钢剑吗？我从没见过这种颜色。"

"我也没见过。以前我满心希望自己能有一把好剑，为此手断骨折也在所不惜，现在大概是诸神替我还了愿。这把剑对我没用了，你拿上。"不待她拒绝，他续道，"好剑得有好名字，建议你称它为'守誓剑'。最后一件事，这东西是有代价的。"

她脸色一沉："我告诉你，我绝不会替……"

"……我们这种肮脏怪物服务。是的，我记得。听着，布蕾妮。我们两人都发过与珊莎·史塔克相关的誓言，瑟曦的意思是，不管这女孩逃到天涯海角，都要抓出来杀……"

布蕾妮平庸的脸庞因愤怒而变形："你以为我会为一把剑去伤害夫人的女儿，你简直——"

"你给我听着！"他回敬道，因她的假设而怒火万丈，"我要你先找到珊莎，再带她去安全的地方。天哪，我们两个干吗要对你宝贝的、死了的凯特琳夫人发那愚蠢的誓言哪？"

妞儿眨眨眼："唔……唔……我……我以为……"

"我知道你以为什么。"詹姆突然受够了她。妈的，居然像只该死的绵羊一样叫唤起来。"奈德·史塔克死后，他的剑被交给御

前执法官，"他告诉她，"但我父亲认为，这么好的武器刽子手不配使用，于是便给了伊林爵士一把新剑，然后将寒冰溶解回炉，铸出两把新剑。你手中这把正是其中之一。所以呢，你是用奈德·史塔克自己的剑来保护他的女儿，希望能令你心里好过些。"

"爵士，我应该……向您……道……"

他阻止她说完："拿上这把该死的剑，在我改变主意之前，远走高飞。马厩里准备了一匹上等母马，长得跟你一样丑，但训练有素。你要去追铁腿，去找珊莎，或者回你的蓝宝石岛，都与我无关。反正，我再也不想见到你。"

"詹姆……"

"弑君者！"他提醒她，"用这把剑把耳朵里的污垢掏干净，妞儿，我说了，我们之间两清。"

她顽固地坚持："乔佛里是你的……"

"我的国王。你别多想。"

"你说珊莎杀了他，为何还要保护她？"

因为小乔不过是我撒进瑟曦阴道里的一颗精子，因为他自作孽不可活。"国王有什么？我生过国王，也害过国王，珊莎·史塔克却是好不容易能染指那宝贝荣誉的机会。"他淡淡地笑了，"除此而外，弑君者之间不是该互相关心吗？好啦，你到底走不走？"

她用巨手紧握守誓剑。"我走。我会找到那女孩，护得她周全。为了她母亲，也为了您。"她僵硬地鞠躬，转身离开。

黄昏到来，阴影渐长，詹姆独坐桌旁，燃起一根蜡烛。他翻开白典，看到属于自己的那一页，接着从抽屉里取出笔墨，在巴利斯坦爵士的字迹下面，用笨拙而颤抖的左手开始书写。那字体，好像属于刚向学士讨教的六岁幼童：

"五王之战"期间，于呓语森林为"少狼主"罗柏·史塔克所败。此后在奔流城为俘，后以诺言自赎，但承诺未能实现。回归都城途中，再度为佣兵组织"勇士团"俘虏，受队长瓦格·赫特指使，"胖子"佐罗操刀，切掉了该人用剑的右手。最后在塔斯之女布蕾妮保护下，平安返回君临。

他写完后，在左上角绯红底色上的金狮纹章与右下角的纯白徽记之间，还留有四分之三的空白。詹姆·兰尼斯特的历史，由杰洛·海塔尔爵士开始书写，巴利斯坦爵士接续记录，现在轮到他自己挑起职责。从今往后，他的路由他自己写……

由他自己写……

琼恩

风从东方狂野地吹来,沉重的铁笼在它的利齿下摇摆。风沿长城打转,卷起冰面上的气流,使得琼恩的斗篷贴紧栏杆。天空,如板岩一般灰蒙,太阳不过是云层后淡淡的亮斑。沙场彼端,千堆营火摇曳闪烁,但光芒跟这阴暗寒冷的景象相比,显得渺小而无力。

阴暗的一天。当风再度撞向吊笼,琼恩·雪诺用戴手套的手握住栏杆,抓得紧紧的。他直直地望向脚下,地面迷失在阴影之中,仿佛是个无底洞。*死亡就像无底洞*,他寻思,*今天之后,我的名字将永远蒙上阴影*。

人们说,私生子的血脉出自欲望与欺骗,天生便是反复无常,背信弃义。琼恩曾想证明这是错的,证明给他父亲大人看,他也能像罗柏一样当个优秀正直的儿子。*结果我表现拙劣*。罗柏成为英雄国王;而就算有人记得我琼恩,也只知道我是变色龙、背誓者和谋杀犯。他不禁庆幸艾德公爵没有活着看到他的羞耻。

我该和耶哥蕊特留在那个山洞里。若死后有知,他希望能告诉她。*她大概会像那只鹰一样抓破我的脸,咒骂我是胆小鬼,但我还是要告诉她*。他握剑的手开开合合,这曾是伊蒙学士的建议,如今成了他的习惯。毕竟,他需要手指灵活,才可能有一丝机会击杀曼斯·雷德。

今天早晨,他们将他从冰牢里提出,至此,他已在这五尺长、五尺宽、五尺高的冰窖里被锁了四天,里面又矮又窄,既无法站立,也无法躺直。事务官们早就发现,食物和肉类在长城底部挖出的冰窟窿里可以保存很久……但囚犯不行。"你会死在这里面,雪诺大人。"艾里沙爵士关上沉重的木门前说,而琼恩也相信。但今天早晨他们又将他拉了出来,押着他颤抖蹒跚地走回国王塔,再次带到双下巴的杰诺斯·史林特面前。

"老学士说我不能绞死你,"史林特宣称,"他还给卡特·派克写信,并且有胆子把那封信给我看。他说你不是叛徒。"

"伊蒙活得太久了,大人,"艾里沙爵士要他放心,"他的智慧跟他的眼睛一样变得暗淡。"

"对啊,"史林特说,"一个挂颈链的瞎子,以为自己是谁?"

他是伊蒙·坦格利安,琼恩心想,一位国王的儿子,另一位国王的哥哥,甚至差点自己当上国王。但他什么也没说。

"然而,"史林特道,"我不愿人们说杰诺斯·史林特不公正地绞死一个人。我不愿意。我决定给你最后一次机会,证明你像自己宣称的那样清白,雪诺大人。我给你最后一次履行责任的机会,对!"他站起来。"曼斯·雷德要和我们谈判。他知道,既然杰诺斯·史林特来了,就没机会成功,因此想要谈判。但这所谓的'塞外之王'是个胆小鬼,不敢亲自过来。他知道我会绞死他,用两百尺的绳子倒吊在长城上!他不敢来,反而要我们派代表过去。"

"我们派你去,雪诺大人。"艾里沙爵士微笑。

"我。"琼恩用平板的语调回复。"为什么是我?"

"你曾跟这帮野人一起骑行,"索恩说,"曼斯·雷德认识你,有可能相信你。"

这话错得太离谱,琼恩差点笑出声来。"你完全搞反了。曼斯打一开始就怀疑我,如果我再穿着黑斗篷出现在他营地,代表守夜人发言,他毫无疑问会把我当成反复无常的叛徒,不可信赖。"

"他要代表,我们就派一个,"史林特说,"如果你怕了,不敢面对这帮土匪,就给我回冰牢去。不过这次可没有毛皮穿了。"

对,没有毛皮穿。"

"无须如此,大人,"艾里沙爵士说,"雪诺大人会照要求去做。他想证明自己不是变色龙,他想证明自己是忠诚的守夜人汉子。"

这两人中索恩聪明得多,琼恩意识到,整个主意多半就是他的。他掉入了陷阱。"我去。"他简短清晰地回答。

"大人,"杰诺斯·史林特提醒,"你得称我为——"

"我去,大人。但你犯了个错误,大人。你派的人不对,大人。单单看见我就会让曼斯生气,大人若想有机会达成协议,应该派——"

"协议?"前赫伦堡伯爵窃笑,"杰诺斯·史林特不跟无法无天的野人达成协议,雪诺大人。不,他不会。"

"我们不是派你去跟曼斯·雷德谈判,"艾里沙爵士说,"我们派你去杀他。"

风从栏杆之间呼啸而过,琼恩·雪诺打个冷战。腿阵阵抽痛,头也一样。他虚弱到杀猫都难,然而还是得去完成使命。*这是个狰狞的陷阱。*由于伊蒙学士坚持琼恩的清白,杰诺斯大人不敢将他留在冰牢里等死,只能假敌人之手。"我们将生命与荣耀献给守夜人,只为维护王国安泰。"断掌科林在霜雪之牙上如是说。他必须记住这句话。反正不管刺杀曼斯成败与否,他都会被自由民处死。想再叛逃也不可能;毕竟在曼斯眼里,他已成了不折不扣的骗子和变色龙。

吊笼猛地停住,琼恩摇摇摆摆地走下地面,然后"咔嗒"一声松开长爪剑鞘的搭扣。城门在左边几码之外,仍被龟盾的残骸堵塞,一头长毛象的尸体在里面腐烂。这里还有其他尸体,散布在碎木桶、凝固沥青和烧焦的草地之间,被长城的阴影所遮盖。琼恩向野人营地走去,不想在此逗留,途经一个巨人的尸体,他的脑袋被石头砸碎,一只乌鸦正从碎裂的头骨当中一点点啄出脑浆。经过时,乌鸦抬头看他。"雪诺,"它朝他嘶叫,"雪诺,雪诺。"然后展翅飞走。

出发没多久,野人营地里出现了一个骑者,迎面而来。他不知曼斯会不会亲自来中间地带谈判。那样下手比较容易些,尽管还是很难。随着距离拉近,琼恩发现对方又粗又矮,手臂上的金箍闪闪发光,宽阔的胸前散着一把雪白胡子。

"哈!"相遇之后,托蒙德大喊,"乌鸦琼恩·雪诺。我还怕再也见不到你了。"

"我以为你什么都不怕,托蒙德。"

这话让野人咧嘴而笑。"说得好,孩子。我看到你的斗篷是黑色,曼斯大概不喜欢。如果你又来投奔,最好现在就爬回长城上去。"

"他们派我来跟塞外之王谈判。"

"谈判?"托蒙德哈哈大笑,"好极了。哈!曼斯想谈判,那是没错,但难说想跟你谈!"

"他们派我来。"

"我明白。跟我走吧。你要骑马吗?"

"我可以走。"

"你们打得顽强。"托蒙德拨转马头,朝向野人营地,"你和你的弟兄都很棒,我必须承认。我们死了两百多人,外加一打巨人。玛格亲自攻进城门,却没有出来。"

"他死在一位名叫唐纳·诺伊的勇士剑下。"

"是吗?这唐纳·诺伊是个大领主喽?是个穿铁衣服、闪闪发光的骑士?"

"他是个铁匠,只有一只手。"

"一只手的铁匠杀了'强壮的玛格'?哈!那一定是场值得纪

念的战斗,曼斯会为它谱一首歌,等着瞧吧。"托蒙德从马鞍上取下一个水袋,拔出塞子。"这能让我们暖和些。为唐纳·诺伊,为'强壮的玛格'。"他喝了一大口,然后递给琼恩。

"为唐纳·诺伊,为'强壮的玛格'。"袋内装满蜜酒,极烈的蜜酒,令琼恩眼睛水汪汪的,胸中如有条条火蛇盘踞。但在冰牢里待过,又于寒风中乘吊笼下来,热浪显然很是受用。

托蒙德拿回袋子,又喝下一大口,然后擦擦嘴。"瑟恩的马格拿发誓会赚开城门,让我们高歌踏步着通过。他说自己能摧毁长城的防御。"

"他的确摧毁了长城的一部分,"琼恩说,"掉下来砸在他头上。"

"哈!"托蒙德说,"是啊,我从不觉得斯迪管用。一个没胡子、没头发、没耳朵的人,打起架来都没法抓牢。"他骑马缓行,好让琼恩一瘸一拐地跟上。"腿怎么了?"

"箭伤。我想是耶哥蕊特射的。"

"这就是女人。头一天能亲吻你,第二天也能用箭插满你全身。"

"她死了。"

"是吗?"托蒙德悲哀地摇摇头,"真浪费。如果年轻十岁,我会自己去偷她。她那头发,唉,最热烈的火最快燃尽,"他提起蜜酒袋子,"为耶哥蕊特,为火吻而生!"他喝下一大口。

"为耶哥蕊特,为火吻而生。"托蒙德将袋子递回时,琼恩重复。他喝下更大一口。

"是你杀了她?"

"是我的弟兄。"琼恩一直不知下手的是谁,也希望自己永远不要知道。

"你们这帮该死的乌鸦。"奇怪的是,托蒙德的声音虽粗哑,却相当温暖,"那个'长矛'偷了我女儿。蒙妲,我娇小的秋苹果。他直接将她从我帐篷里偷走,当时她四个兄弟都在。托雷格从头到尾一直在睡,大蠢蛋,还有托温德……是啊,'驯服的托温德',这说明了一切,对吧?但后来这些年轻人跟那小子打了一架。"

"蒙妲呢?"琼恩问。

"她有我的血统,"托蒙德骄傲地宣称,"她打裂了他的嘴唇,还咬下半个耳朵,我听说他背上的抓痕多得穿不上衣服。然而她很喜欢他。为什么不呢?你知道,他打仗不用长矛,从来不用。外号从哪儿来的呢?哈!"

即便此时此地,琼恩也不由得发笑。耶哥蕊特很喜欢"长矛"里克。他希望里克能在托蒙德的蒙妲那里找到快乐。总得有人在什么地方找到快乐。

"你什么都不懂,琼恩·雪诺。"知道他的想法,耶哥蕊特一定会这样说。我快死了,他心想,至少这点我懂。"凡人皆有一死,"她在回答,"男人女人,飞禽走兽都一样。天上飞的、水里游的、地上跑的,统统逃不开。早死晚死并不重要,关键是怎么死,琼恩·雪诺。"说得轻巧,他心想,你攻城时战死,我则要身为叛徒和凶手而亡。我的死也不会干净利落,除非命丧曼斯剑下。

闲话间,他们走到帐篷区。这是个典型的野人营地:篝火与便池乱七八糟地延伸,小孩和山羊随意乱逛,绵羊在树丛间咩咩鸣叫,马皮挂起来晾干。没有规划,没有秩序,没有防御。到处都是男人、女人和动物。

许多人不理会他,自顾自地忙碌,但更多的人停下来注视:蹲在火边的儿童,狗车里的老妇,脸上染色的穴居人,盾牌绘有爪子、毒蛇和头骨的掠袭者。他们全都转头观看。矛妇们的长发在风中飘荡,这风吹拂松林,发出阵阵叹息。

由于找不到真正的山丘，曼斯·雷德将雪熊皮帐篷搭建在森林边缘一片岩石堆上。此刻塞外之王正在外面等，红黑相间的破斗篷风中飞舞。琼恩看见"狗头"哈玛跟他在一起，想必对方已完成了针对长城沿线的佯攻，并安全返回，"六形人"瓦拉米尔也在，身旁跟着影子山猫和两头精瘦灰狼。

发现守夜人派来的竟是他，哈玛扭头吐了口唾沫，而瓦拉米尔的一头狼龇牙咆哮。"你一定非常勇敢，要不就是非常愚蠢，琼恩·雪诺，"曼斯·雷德说，"居然穿着黑斗篷回我们这边。"

"守夜人的汉子还能穿什么？"

"宰了他，"哈玛敦促，"把尸体扔回吊笼，告诉他们另外派人。但我要留他的脑袋当旗帜，变色龙比狗还不如。"

"我警告过你，此人不可信任。"瓦拉米尔语调平和，他的影子山猫用促狭的灰眼睛饥饿地瞪着琼恩，"我从来不喜欢他的气味。"

"收起爪子，兽崽儿。"巨人克星托蒙德摆腿下马，"这孩子是来听我们的条件的。你敢碰他，我也许就能搞到一直渴望的影子山猫皮了。"

"喜爱乌鸦的托蒙德，"哈玛冷笑，"你就是个吹牛大王，老家伙。"

易形者脸颊灰暗，圆背秃顶，长得像老鼠，却有狼的眼睛。"套上鞍具的马，任何人都可以骑，"他轻声说，"跟人结合过的野兽，任何易形者都能轻易渗入。欧瑞尔在它的羽毛中渐渐凋零，因此我接收了他的鹰。结合是双向的，狼灵，欧瑞尔如今活在我体内，低声诉说他有多恨你。而我可以在长城顶上翱翔，用鹰的眼睛观察。"

"因此我们知道，"曼斯说，"我们知道你们阻挡龟盾的人手是多么的少。我们知道从东海望来了多少人。我们知道你们的补给正在缩减，沥青、油、剑、矛，甚至连阶梯都没了，只能靠铁笼上下。这些我们都知道，而现在你知道我们知道。"他掀开帐门，"进去。其余人等在外面。"

"什么，连我也是？"托蒙德说。

"尤其是你。一贯多嘴。"

内里很暖和。排烟孔下有堆火，还有个火盆在妲娜裹的毛皮旁边闷烧，妲娜面色苍白地流汗，她妹妹握着她的手。记得她叫瓦迩。"贾尔坠落时我很难过。"他告诉她。

瓦迩用淡灰色眼睛打量琼恩。"他总是爬得太快。"她跟记忆中一样美，苗条，胸部丰满，任何时候都极迷人，高高的颧骨线条分明，浓密的蜂蜜色头发垂至腰间。

"妲娜快分娩了，"曼斯解释，"她和瓦迩就留下。她们知道我要说什么。"

琼恩试图让自己的表情如玄冰一样平静。打着和谈的幌子在敌人帐篷里谋杀，本来就够恶劣了，难道我还必须当着他即将临盆的妻子的面动手？他握剑的手开开合合。曼斯没穿铠甲，但左臀上悬有佩剑。帐篷里还有其他武器，匕首、短剑、一张弓、一袋箭、一柄青铜尖头的长矛边上躺着一个巨大的黑色……

……号角。

琼恩倒抽一口气。

战号，好大一只战号。

"是的，"曼斯说，"这就是冬之号角，乔曼曾将它吹响，从地底唤醒巨人。"

号角好大，弯曲的线条足足八尺长，开口如此宽阔，他甚至可将手肘以下全放进去。若这东西来自于野牛，那就是有史以来最大的一头牛。他起初以为上面镶嵌的是青铜，走近后才意识到是黄金。古老的金子，镌有符文，逐渐褪成棕色。

"耶哥蕊特说你一直没找到号角。"

"你以为只有乌鸦会撒谎?说实话,我挺喜欢你这杂种……但我从不信任你,我的信任是需要赢取的。"

琼恩质问:"如果你找到的是真正属于乔曼的号角,为什么不用?为什么还要费力去造龟盾?为什么还要派瑟恩人偷袭?如果这个号角像歌谣里说的那样管用,为什么不吹响它,解决一切问题?"

作答的是怀孕的妲娜,她躺在火盆边一堆毛皮上。"我们自由民知道你们下跪之人所忘记的事。有时捷径并非安全之道,琼恩·雪诺,长角王曾说,巫术乃无柄之剑,没法掌握。"

曼斯伸手沿巨号的曲线摩挲。"谁也不会只带一支箭去打猎,"他解释,"我本希望斯迪和贾尔能奇袭黑城堡,打开大门,所以预先以佯攻和骚扰将守军调离,不出所料,波文·马尔锡吞下了诱饵,但你们这帮老弱病残比预期的顽强得多。不过,千万不要以为能阻止我们,事实上,你们人太少,而我的人太多。我可以继续进攻,同时分出一万人乘木筏穿过海豹湾,从后掩袭东海望;也可以转而攻打影子塔,我比任何活人都更清楚那里的地形;我还可以派出无数人马和长毛象去你们废弃的要塞,挖穿城门,十几处同时开工。"

"那你为什么没有做?"琼恩可以就此拔出长爪作个了断,但他想先听听野人王的说法。

"血,"曼斯·雷德说,"没错,我终究会赢,但你们会让我流血。血,我的人民已流得够多。"

"你的损失并不严重。"

"在你们手上不严重。"曼斯仔细观察琼恩的脸,"你到过先民拳峰,知道那儿发生了什么。你知道我们面对的是什么。"

"异鬼……"

"随着白昼越来越短，黑夜越来越冷，它们变得越来越强。它们先杀人，然后驱使死者。巨人们无法抵挡，瑟恩人、冰川部落与硬足民也都不行。"

"你也不行？"

"我也不行。"他承认的口气中有种愤怒，一种深深的苦涩，无法以言语表达。"'红胡子'雷蒙，'吟游诗人'贝尔，詹德尔和戈尼，长角王，他们是为征服而前往南方，为了扫荡七大王国，我则要夹着尾巴躲到长城后面。"他再度抚摸号角，"若我吹响冬之号角，长城就会倒掉，至少歌谣里那么说。我有的部下一心想……"

"一旦长城倒掉，"妲娜说，"还有什么能阻挡异鬼？"

曼斯朝她温柔地微笑。"我有个智慧的女人。真正的王后。"他转头望向琼恩，"回去告诉他们，打开城门，让我们通过。如若照办，我就把号角交出，长城将永远矗立，直到世界末日。"

打开城门，让他们通过。说得容易，接下来呢？巨人在临冬城的废墟里扎营？食人部落居于狼林，战车横扫先民荒冢，自由民在白港偷造船师傅和银器匠的女儿，从磐石海岸偷渔夫的妻子？"你是不是真正的国王？"琼恩突然问。

"我没戴过王冠，也没坐上该死的王座，如果你是这个意思的话，"曼斯回答，"我出身低微之极，没有修士为我涂抹圣油。我没有城堡，我的王后穿兽皮戴琥珀，而非丝绸宝石。我是自己的战士，自己的弄臣，自己的琴手。任何一位塞外之王，靠的都不是血统，自由民不追随姓氏，也不在乎哪个兄弟先出生。他们相信强者。我离开影子塔时，有五个人吵嚷着要当塞外之王。托蒙德是其一，马格拿是另一个，我杀了其余三人，因为他们宁愿反抗也不愿服从。"

"你可以杀光敌人，"琼恩坦白地说，"但能否控制臣民？若

我们让你的人通过,你有没有能力约束他们维护王国的和平,并遵守律法?"

"谁的律法?临冬城和君临的律法?"曼斯哈哈大笑,"需要律法的话,我们自己会定。你们的旨令和税收就留着吧。我要交出的是号角,不是自由。我们不会下跪。"

"如果我们拒绝呢?"琼恩毫不怀疑他们会拒绝。熊老或许还听听,但想到要让三四万野人进入七大王国都会踌躇。艾里沙·索恩和杰诺斯·史林特根本不会考虑。

"如果你们拒绝,"曼斯·雷德声称,"三天后的黎明,巨人克星托蒙德就会吹响冬之号角。"

他可以带着消息回去,告诉他们关于号角的事,但若让曼斯活着,杰诺斯大人和艾里沙爵士就会以此为凭,咬定他是叛徒。千万个念头闪过琼恩脑海。*若我销毁号角,当场将它砸碎……*不及细想,便听见另一只号角隔着皮帐篷低沉微弱的呜咽。曼斯也听见了。他皱起眉头,走向门口。琼恩跟在后面。

到了外面,号声更为响亮。野人营地骚动起来。三个硬足民端着长矛匆匆跑过。马匹有的嘶鸣,有的喷息,巨人们用古语低沉地吼叫,甚至连长毛象也不安起来。

"斥候的号角。"托蒙德告诉曼斯。

"什么东西过来了。"瓦拉米尔盘腿坐在半冻的地上,他的狼在周围紧张地绕圈。一个影子从头顶掠过,琼恩抬头看见那只鹰蓝灰色的翅膀。"从东方。"

当死人出没,环墙、木桩和宝剑都变得毫无意义,他记起来,人是无法跟死者作战的,琼恩·雪诺,没有谁比我更清楚。

哈玛皱眉:"东方?尸鬼应该在后面。"

"东方,"易形者重复,"什么东西过来了?"

"异鬼?"琼恩问。

曼斯摇摇头："异鬼从不在有太阳的时候出没。"战车吱吱嘎嘎地滚过沙场，其上挤满挥舞锋利骨矛的原住民。见此状况，塞外之王不禁呻吟，"妈的，他们究竟想上哪儿去？奎恩，让这帮笨蛋各自回位。把我的马牵来。母马，不是那匹公的。我还要盔甲。"曼斯怀疑地瞥了长城一眼。冰墙顶端，稻草人哨兵站在那儿当箭靶，除此之外，没有其他动向。"哈玛，带掠袭者们上马。托蒙德，把你的儿子们找到，组织三列长矛队。"

"好的。"托蒙德说着大步离开。

老鼠般瘦小的易形者闭起眼睛："我看到他们了……沿溪流和猎物小径而来……"

"谁？"

"人。骑马的人。穿铁甲和黑衣的人。"

"乌鸦。"曼斯恶狠狠地说出这个词，转向琼恩，"我以前的弟兄们以为趁谈判时偷袭，就能打个措手不及？"

"如果这是他们的计划，也从未告知我。"琼恩不相信。杰诺斯缺乏出击的人手。况且他在长城另一边，而城门已被碎石封住。他脑子里的阴谋诡计属于另外一类，这不可能是他干的。

"再对我撒谎，休想活命。"曼斯警告。卫兵给他带来坐骑和盔甲。琼恩看到营地里的人们各自为政，有些组成队列，似乎要进攻长城，另一些则溜进森林。女人们驾狗车往东去，长毛象则游荡向西。一小列松散的游骑兵出现在三百码外的森林边缘，他伸手过肩，拔出长爪。来者穿黑锁甲，戴黑半盔，披黑斗篷。曼斯盔甲穿了一半，也拔出剑来。"你什么都不知道，对不对？"他冷冷地对琼恩说。

游骑兵们像冬日清晨解冻的蜂蜜般缓缓流向野人营地，越过树根和岩石，在灌木丛和大树之间挑选路径。野人们迅速迎上前，一边呐喊，一边挥舞木棒、铜剑和石斧，不顾一切地冲向自己的死

敌。一声吼，一力劈，然后英勇地死去，琼恩听弟兄们说过自由民战斗的方式。

"信不信随你，"琼恩告诉塞外之王，"我什么也不知道。"

曼斯不及回答，哈玛就骑马从身边隆隆奔过，后面跟着三十名骑兵；一只死狗插在长矛上，血随着每一步洒落。曼斯看她冲入游骑兵阵营中。"也许你说的是真话，"他道，"这帮人看起来是东海望的。骑马的水手。哼，卡特·派克的胆子一向比脑袋瓜大。在长车楼打败了'骸骨之王'，就以为能打败我吗？真是个大笨蛋。他没有士兵，他——"

"曼斯！"喊叫从后面传来。一名斥候冲出森林，胯下的坐骑浑身是汗。"曼斯，有更多敌人，他们包围了我们，铁人，铁人，一个军团的铁人。"

曼斯咒骂着甩腿上马。"瓦拉米尔，留下来保护妲娜。"塞外之王用剑尖指向琼恩，"另外把这只乌鸦看紧。如果他逃跑，撕开喉咙便是。"

"放心，我会的。"易形者比琼恩足足矮一头，形容委靡不振，但那影子山猫用一只爪子就能把他肠子掏出来。"他们从北方过来，"瓦拉米尔告诉曼斯，"你快去。"

曼斯戴好鸦翼盔。他的人也都上了马。"矛头阵形，"曼斯高喊，"跟我来，楔形队列。"然而当他后脚跟一夹母马，飞驰过原野，朝游骑兵们迎去时，追随他的人很快乱了套。

琼恩朝帐篷跨出一步，心中念着冬之号角，但影子山猫立即上前阻挡，尾巴来回摇摆。野兽鼻孔大张，弯曲的门牙滴下唾液。*它嗅到了我的恐惧*。现在他比任何时候都想念白灵。两头狼在身后低声咆哮。

"旗帜，"他听见瓦拉米尔呢喃，"我看见金色的旗帜，哦……"一头长毛象嘶鸣着沉重地经过，背上的木塔里有六个弓箭手。"国王……不……"

易形者仰头尖叫。

声音刺耳恐怖,充满痛苦。瓦拉米尔倒在地上挣扎翻滚,影子山猫也厉声嘶叫……东方高高的天空中,云层衬托之下,那只鹰燃烧起来。刹那间,它比星星更明亮,在一片红、金与橙色中翻腾,拼命拍打翅膀,似乎要飞离苦海。它越飞越高,越飞越高,越飞越高。

尖叫声引得瓦迩走出帐篷,她脸色苍白。"怎么,出什么事了?"瓦拉米尔的狼互相厮打,影子山猫窜进树林,他本人仍在地上抽搐。"他怎么了?"瓦迩惊恐地问,"曼斯在哪儿?"

"那儿,"琼恩指指,"他去指挥战斗。"塞外之王挥舞长剑,率领零乱的楔形队列冲进一群游骑兵中。

"去战斗?他不能离开,现在不行。事情开始了。"

"战斗?"游骑兵的队伍在哈玛血淋淋的狗头面前四散躲避。掠袭者们一边尖叫,一边挥砍,追逐黑衣人直到森林。接着更多人从树丛下出现,骑士,重装骑士。哈玛不得不重新组队,以对付新的威胁,但她一半的手下已冲了进去。

"分娩!"瓦迩朝他吼。

四下传来喇叭声,洪亮尖锐。野人没有喇叭,只有战号。对此,他们跟他一样清楚;自由民困惑地东奔西跑,有的加入战团,有的远远逃离。一头长毛象踩过绵羊群,有三个人正试图将这群羊赶往西方。战鼓擂响,野人们忙乱地组成方阵,但行动太迟,组织混乱,动作也慢。敌人从森林中出现,正东、东北和正北三个方向,三队整齐的重骑兵,全穿着闪闪发光的黑色钢甲和鲜亮的羊毛外套。不是东海望的人,这只是一队斥候,而是一支大军。难道说国王真的来了?琼恩跟野人们一样不解。罗柏回来了?铁王座上的男孩终于意识到形势的严峻?"你最好回帐篷去。"他告诉瓦迩。

说时迟那时快，原野彼端，一队骑兵已冲向狗头哈犸，另一队直插托蒙德的长矛兵侧翼，他跟他的儿子们正竭力让队列调头。巨人们纷纷爬上长毛象，这对马背上的骑士形成了威慑。琼恩发现披甲胄的战马一见到那些缓缓移动的肉山便嘶鸣逃散。野人这边也发生恐慌，成百上千的妇女儿童急匆匆逃离战场，有些直接撞到马蹄下。他看见一个老妇人驾驶的狗车横跨三辆战车的前进路线，互相搅作一团。

"天哪，"瓦迩低声道，"天哪，怎么会这样？"

"到帐篷里面去陪妲娜。外面不安全。"里面也不太安全，但没必要吓她。

"我得找产婆。"瓦迩说。

"你就是产婆。我会守在这儿，直到曼斯回来。"刚才他失去了曼斯的踪影，现在又重新找到。只见塞外之王从骑士中杀出一条血路，拼命指挥反击。长毛象驱散了对方中间一队人马，其余两队则像钳子一样夹拢。营地东部，一些弓箭手在朝帐篷放火箭。他看到长毛象用鼻子将一骑士从马鞍上扫起，甩到四十尺高处。野人们从身边鱼贯逃窜，多半是惊慌的老弱妇孺，却也不乏精壮男子。其中有些人阴沉地望向琼恩，然而他手握长爪，因此没人敢找麻烦。瓦拉米尔也手脚并用地爬着逃走。

越来越多的人从森林里涌出，不仅有骑士，还有穿短背心、戴圆盔的自由骑手、骑射手和普通士兵，数目成十成百。一面面鲜艳旗帜在他们头顶飞舞。风吹得旗面不停摆动，琼恩看不清楚，但瞥到一只海马、一群鸟和一圈花。主要是黄色，那么多黄色，黄色的旗帜，红色的图案。**谁的纹章？**

正东、正北和东北三个方向，群群野人仍在顽抗，却被攻击者们径直踏过。自由民在人数上占优，但攻击者有铁甲和高头大马。

战团中央，曼斯高高站在马镫上，红黑相间的斗篷和鸦翼盔使其十分醒目。他举起佩剑，人们随之聚拢，排成楔形队列的骑士则提着枪、剑和长柄斧冲杀过来。琼恩眼见曼斯的母马后腿人立，蹄子乱蹬，被一支长枪刺中胸膛。接着，钢铁的洪流将他们淹没。

结束了，琼恩心想，他们崩溃了。野人们弃械逃亡，硬足民、穴居人、穿铜鳞甲的瑟恩人，全都撒腿开跑。曼斯不见了，有人将哈玛的头挑在长竿上挥舞，托蒙德的队伍也告溃散，只有长毛象上的巨人仍然坚持，仿佛汹涌的血海中座座披毛的孤岛。火焰从一座帐篷窜到另一座，有些大松树也燃烧起来。漫天烟雾中，冲出一队呈楔形队列的骑士，跨着披甲胄的战马，头顶飘扬的旗帜最为醒目，那是王室的旗帜，床单那么大：一面以黄色为底，长长尖尖的火舌勾勒出一颗燃烧的红心；另一面犹如金箔，绣有一头黑色的宝冠雄鹿。

劳勃来了，片刻之间，琼恩浮现出这疯狂的念头，他想起可怜的欧文，但当喇叭再度吹响，骑士开始冲锋，他们喊出的名字是："史坦尼斯万岁！史坦尼斯万岁！史坦尼斯国王万岁！"

琼恩转身入帐。

艾莉亚

客栈外风雨侵蚀的绞刑架上,女人的骨架随风摇摆,发出"咔哒咔哒"的撞击声。

我认得这家客栈。南下途中,她和姐姐珊莎曾在茉丹修女关照下于此休息,但那时门外没有绞架。"我们别进去,"艾莉亚突然决定,"里面也许有鬼魂。"

"你知道我有多久没喝酒了?"桑铎翻身下马,"况且我需要了解谁掌握着红宝石滩。你怕的话,就留下来陪马,反正我他妈要进去。"

"被人认出怎么办?"桑铎不再费神隐藏面容,似乎已不在乎,"他们也许会抓你。"

"让他们试试看。"他松开鞘里的长剑,推门而入。

这是最好的逃跑机会。艾莉亚可以骑胆小鬼跑掉,同时带走陌客。她咬紧嘴唇,把马牵到马厩,跟在猎狗后面进去了。

他们果然认识他。沉默说明了一切。但那不是最糟的。最糟的是,她也认识他们——不是瘦骨嶙峋的店家,不是那群女人,也不是火炉边的农夫,而是那些兵。她认识那些兵。

"找哥哥吗,桑铎?"波利佛怀中坐着一个女孩,他的手刚才伸进对方胸衣里,现在抽了出来。

"找酒喝。店家,来壶红酒。"克里冈将一把铜板扔在地上。

"我不想惹麻烦,爵士。"店家说。

"那就别叫我'爵士'。"他的嘴抽搐了一下,"聋了吗,笨蛋?倒酒!"对方慌忙跑开,克里冈追着喊:"两杯!这女孩也渴了！"

他们只有三个，艾莉亚心想。波利佛稍稍瞥了她一下，他边上的男孩根本没在意，但第三个家伙使劲盯着她看了许久。那人中等身高，中等体型，长相平凡，甚至连年龄都很难分辨。记事本。记事本和波利佛。而那男孩以衣着和年龄论，大概是个侍从，鼻子一侧有个白色大疙瘩，额头还长了些红疹子。"哟，这不是格雷果爵士走丢的小狗吗？"男孩装腔作势地询问记事本，"经常在草席上撒尿的不是？"

记事本警告性地将一只手搭在男孩胳膊上，短促地摇摇头。其中的暗示连艾莉亚都明白。

可惜侍从不明白，或许是不在乎。"爵士说，君临的战斗升温时，他的小狗弟弟夹起尾巴，哀叫着逃了。"他咧嘴朝猎狗傻乎乎地假笑。

克里冈打量着男孩，一个字也没说。波利佛把女孩推开，站起身来。"这小子醉了。"他说。士兵几乎跟猎狗一样高，但肌肉不及后者壮硕，下巴和脸颊上覆盖着铲形胡子，又浓又黑，修剪整齐，脑袋却比较秃。"他喝不了多少酒，就是这样。"

"那他不该喝。"

"小狗不怕……"男孩还没说完，便被记事本漫不经心地用拇指和食指拧住耳朵，话音变成痛苦的尖叫。

这时店家端着白蜡盘子匆忙跑回来，上面有两个石杯和一个酒壶。桑铎二话不说，提起酒壶，对准嘴巴就灌。他吞咽时，艾莉亚看到他脖子上的肌肉不住颤动。等他将酒壶重重砸到桌上，一半的酒已没了。"现在倒酒吧。记得把铜板收起来，今天你大概只能见到这些钱。"

"我们喝完会付钱。"波利佛说。

"你们喝完就会拷问店家，找出藏金子的地方。不是吗？"

店家突然记起厨房里有事。当地人纷纷离开,女孩们也全不见。厅内唯一的声响只剩火炉里焰苗轻微的噼啪。*我也该走了,艾莉亚心想。*

"要找爵士,你来迟了,"波利佛道,"他前阵子还在赫伦堡,现下被太后招回了都城。"他佩有三把武器;左臀挂着长剑,右面是一把匕首,外加一把较细的……作为匕首太长,说是剑又太短。"你知道,乔佛里国王死了,"他补充,"在自己婚宴上给毒死的。"

艾莉亚朝屋内移去。*乔佛里死了。*她几乎能看到他:卷曲的金发,不怀好意的微笑,又软又肥的嘴唇。*乔佛里死了!*她应该高兴,却不知怎的仍然感到空荡荡的。乔佛里死了,但罗柏也死了,所以有什么意义呢?

"我英勇的铁卫弟兄们不过如此啊,"猎狗轻蔑地哼了一声,"谁干的?"

"大家认为是小恶魔。他和他老婆干的。"

"他老婆?"

"我忘了,你一直东躲西藏来着。他老婆是那个北方女。临冬城的女儿。听说她用魔法杀死国王,然后变成一头狼,还长出蝙蝠般的革质大翅膀,从塔楼窗户飞了出去。但她把侏儒抛下,于是瑟曦打算砍他的头。"

*太笨了,*艾莉亚心想,*珊莎只会唱歌,不会魔法,而且她绝不会嫁给小恶魔。*

猎狗坐在离门最近的椅子上,带灼伤的半边嘴抽搐了一下,"她该把他扔进野火里烧个够。或者拷问他,直到月亮变黑。"他举起酒杯一饮而尽。

*他跟他们是同路人,*艾莉亚明白过来。她咬紧嘴唇,尝到血的味道。*他跟他们是同路人!我真该趁他睡觉时杀了他!*

"这么说,格雷果攻下了赫伦堡?"桑铎问。

"用不着攻,"波利佛道,"佣兵听说我们要来,就全逃了,只剩几个人。有位厨子为我们打开一道边门,因为山羊砍了他的脚。"他咯咯窃笑。"我们留他煮饭,外加几个姑娘暖被窝,其他人全杀了。"

"全杀了?"艾莉亚脱口而出。

"哦,爵士还留着山羊打发时间。"

桑铎说:"黑鱼继续镇守奔流城?"

"守不了多久,"波利佛说,"他被包围了。要么交出城堡,否则老佛雷便要吊死艾德慕·徒利。其他地方的仗都打完了,只有在鸦树城,布莱伍德和布雷肯对着干。布雷肯现在是我们这边儿的。"

猎狗给艾莉亚倒了一杯酒,给自己也倒了一杯,盯着炉火喝下去。"如此说来,小小鸟飞走了,是吗?嗯,真不错,在小恶魔头上拉了泡屎,然后飞走了。"

"他们在抓她,"波利佛说,"即使花费凯岩城一半的金子也在所不惜。"

"听说是个可爱的小妹妹,"记事本道,"甜美得很。"他咂嘴微笑。

"而且很有礼貌。"猎狗赞同,"端庄的小女士,跟她该死的妹妹一丁点儿都不像。"

"她也给找到了,"波利佛说,"我指那个妹妹,听说要跟波顿家的杂种成亲呢。"

艾莉亚呷了口酒,不让他们看见自己的表情。她不明白波利佛的话。珊莎没有别的妹妹啊。只听桑铎·克里冈纵声大笑。

"妈的,什么事这么好笑?"波利佛问。

猎狗瞟都没瞟艾莉亚一眼。"我想说的话,自然会说。盐场镇

有船吗?"

"盐场镇?我咋知道?听说有些商船慢慢回到了女泉城做生意。蓝道·塔利夺取城堡后,把慕顿锁在塔楼房间里。关于盐场镇,无可奉告。"

记事本倾身向前:"你不跟哥哥道别就出海?"听他问问题,艾莉亚不寒而栗,"爵士希望你跟我们回赫伦堡,桑铎,我打赌他这么想。或者去君临……"

"去他的。去你的。操你妈。"

记事本耸耸肩,坐直身体,并将一只手伸到脑后揉脖子。随后,一切便同时发生。桑铎摇摇晃晃地起身,波利佛拔出长剑,而记事本手一甩,仿佛模糊的形影,某件银光闪闪的东西穿过了厅堂。假如猎狗没动,匕首会正中其喉结,然而现在只擦过肋骨,钉在门边的墙上,微微颤抖。他笑起来,冰冷空洞的笑声仿佛来自一口深井。"我正等着你们干蠢事。"他抽出剑,刚好拨开波利佛的第一下劈砍。

当长剑的奏鸣曲开始后,艾莉亚退后一步,记事本则翻过长椅,一手持短剑,一手持匕首。连那矮胖的棕发侍从也站起来,伸手摸剑带。她从桌上抓起酒杯,扔向他的脸。这次比在李河城时瞄得准,杯子正中对方的白色大疙瘩,男孩重重地坐倒在地。

波利佛是个精打细算、有条不紊的剑客,他向桑铎持续施加压力,迫使对方退却,沉重的长剑在他手中显得精确而无情。猎狗的回击却拖泥带水,招架也是匆匆忙忙,脚步迟缓笨拙。他醉了,艾莉亚沮丧地意识到,他喝得太多太快,又没吃东西。记事本沿墙绕向他背后。她抓起第二只杯子扔过去,但他的动作比那侍从快得多,及时低头躲开。他回瞪她的眼神里充满冰冷的咒誓。村里藏有金子吗?她可以听到他提问。那笨侍从正抓着桌子跪起来。艾莉亚喉头满是恐惧的滋味。恐惧比利剑更伤人。恐惧比利剑……

桑铎发出一声痛苦的咕哝。灼伤的半边脸从面颊到太阳穴都成了红色，那截耳朵根被砍没了。这似乎激怒了他。他以狂暴的攻击把波利佛逼回，用山里换来的豁口旧剑猛烈击打。大胡子往后退，显得手足无措。但记事本跃过长椅，快得像条蛇，短剑袭向猎狗后颈。

他要杀他。艾莉亚没有更多杯子，但有样更好的东西。她拔出那柄从濒死弓箭手身上抄来的匕首，试图像记事本那样发射。但这跟扔石头和酸果不一样，匕首摇摇摆摆地飞出，刀柄打中了他胳膊。他甚至没感觉。他专注于克里冈。

短剑刺出时，克里冈猛地向侧面一扭，争取到片刻时间。鲜血从他脸上和脖子上的伤口流淌而下。魔山的两名亲兵抓住机会反扑，波利佛攻击脑袋和肩膀，记事本则刺他的背部和小腹。沉重的石酒壶还在桌上，艾莉亚双手刚捧起来，就被人攫住手臂。酒壶从指间滑落，摔在地上碎了。她扭身，发现自己跟那侍从脸对着脸。笨蛋，你完全把他给忘了。侍从的白色大疙瘩破了。

"你是小狗养的小狗吗？"他右手握剑，左手抓她胳膊，而她自己两手空空。于是她从他的刀鞘里抽出匕首，插入他肚子，搅动。他没穿锁甲或皮甲，因此匕首直接刺进去，就像在君临用缝衣针杀那马童一样。侍从瞪大眼睛，放开她的手臂。艾莉亚转到门口，从墙上使劲拔出记事本的匕首。

波利佛和记事本已将猎狗逼到长椅后的角落，除开原来的伤口，猎狗大腿上又多了一道丑陋的红色伤痕。桑铎靠在墙上，一边流血，一边大声喘气，看起来站都站不住，更不用说打架了。"扔剑，跟我们回赫伦堡。"波利佛告诉他。

"好让格雷果结果我？"

记事本道："也许他会把你交给我呢。"

"想要我，就来抓啊。"桑铎把自己推离墙壁，半蹲在椅子

后,长剑横架在前。

"你以为我们不行?"波利佛说,"你醉了。"

"也许罢,"猎狗道,"但你死了。"他猛地踢向长椅,椅子狠狠砸在波利佛小腿上。大胡子竟没跌倒,但猎狗弯腰躲过他胡乱的劈砍,用自己的剑凶猛地反手出击。血溅到天花板和墙壁上。剑刃卡在波利佛的脸中间,猎狗使劲一扯,半边脑袋飞了出去。

记事本向后退开。艾莉亚可以嗅到他的恐惧。跟猎狗的长剑相比,他手中的短剑顷刻间成了玩具,而且他也没穿盔甲。于是他敏捷地移动,脚下步履轻盈,目光一刻也不曾离开桑铎·克里冈。因此背刺他成了世上最容易的事。

"村里藏有金子吗?"她边喊,边将匕首捅进他的背。"银子和珠宝呢?"她又刺两刀,"存粮呢?贝里·唐德利恩伯爵在哪儿?"她扑到他身上,不停地刺。"他离开后去了哪儿?身边有多少人?其中有多少骑士,多少弓手,多少步兵?有多少,有多少,有多少,有多少,有多少,有多少?村里藏有金子吗?"

桑铎将她拉开时,她手上又红又黏。"够了。"他只说了这句。他自己像被宰的猪只般流着血,走路拖着一条腿。

"还有一个。"艾莉亚提醒他。

侍从已将匕首从肚内拔出,试图用双手止血。猎狗把他提起来时,他尖声呼叫,像婴儿一样哭喊。"饶命,"他抽泣着,"求求您。别杀我。圣母慈悲。"

"我他妈看上去像圣母吗?"猎狗看上去根本不像人。"这个人也死在你手上,"他告诉艾莉亚,"刺穿了肚子,他完了,但结束得很慢。"

男孩似乎没听到他的话。"我是为女孩子来的,"他呜咽着,"……完成成年礼,波利说……噢,诸神在上,求求您,带我去城堡……找学士……带我找学士,我父亲有钱……不过是为了女孩子……饶命，爵士。"

猎狗"啪"的一记耳光，打得他再度尖叫。"别叫我爵士。"他转向艾莉亚，"你的，小狼女，动手吧。"

她懂他什么意思。艾莉亚走向波利佛，在血泊之中跪了一会儿，解下对方的剑带。匕首旁挂着一把细剑，作为匕首太长，说是剑又太短……但对她刚刚合适。

"记得心脏的位置吗？"猎狗问。

她点点头。侍从翻起眼珠："饶命。"

缝衣针穿过肋骨，要了他的命。

"很好。"猎狗的声音里充满痛苦，"这三个家伙在这儿鬼混，说明格雷果控制了河滩与赫伦堡，他其余的宠物随时可能过来，妈的，我们今天杀得够多了。"

"我们去哪里？"她问。

"盐场镇。"他用一只大手搭住她肩膀，以防倒下，"弄点酒，小狼女。拿走他们的钱，有多少拿多少。若盐场镇有船，我们走海路去谷地。"他的嘴朝她抽搐了一下，更多鲜血从耳朵应该在的地方流下来。"也许莱莎夫人会把你嫁给他的小劳勃。*我喜欢这样般配的一对儿。*"他哈哈大笑，接着呻吟起来。

离开时，猎狗需要艾莉亚帮忙才能坐上陌客。他脖子和大腿上各绑了一条绷带，他又从门边钩子上取下侍从的斗篷。那是件绿斗篷，中间有支绿箭搭在一条白色斜纹上，但当猎狗将它揉起来擦耳朵时，它很快变红了。艾莉亚担心他随时会垮掉，结果桑铎居然勉力维持在马鞍上。

不管谁控制红宝石滩，他们都不敢冒险，所以没走国王大道，而是斜向东南，穿越杂草丛生的田地、树林和沼泽，数小时后，抵达三叉戟河。艾莉亚发现河道已恢复往日的温驯，褐色的激流随大雨一起消失。*它也累了*，她心想。

就在河岸边，他们找到几棵柳树。柳树从一堆风化的乱石当中长出，岩石和树木构成天然的堡垒，足以躲避河中和道上的人。"这儿好，"猎狗说，"你先去洗马，再搜集生火用的干木头。"他下马时得抓住树枝，以免跌倒。

"生火？不是有烟吗？"

"谁想找我们，跟踪血迹就够。去洗马拣木头吧。唔，先把酒袋给我。"

等一切备妥，桑铎将自己的头盔支在火焰上，将酒袋里的酒灌了一半进去，然后倒在一块被苔藓覆盖的岩石上，仿佛再也不想起来。后来他又叫艾莉亚洗净侍从的斗篷，割成长条，把这些也放进头盔。"若有多的酒，我宁愿醉死。或许该让你回那该死的客栈，再弄两三袋来。"

"我不去。"艾莉亚说。*他不会叫我去的，对吗？若真让我去，我就离开他，骑马跑得远远的。*

桑铎看到她脸上的恐惧，哈哈大笑："开个玩笑，小狼女，开个该死的玩笑。给我找根棍子，这么长，不要太大。还有，把泥巴清干净。我讨厌泥巴的味道。"

他不喜欢她最先拿来的两根棍子，等找到合适的，火焰已熏黑了狗头盔的尖嘴，直到眼眶，里面的红酒疯狂沸腾。"从我的铺盖卷里取杯子，装满半杯，"他告诉她，"小心，若是把那该死的东西洒了，*我就真的让你回去弄些来*。端好，倒在我的伤口上，行吗？"艾莉亚点点头。"那还等什么？"他大吼一声。

头一次灌杯子，她指关节擦到钢铁，烫起水泡。艾莉亚不得不咬紧嘴唇，以免喊出声。猎狗要木棍也是同样目的，他将它紧咬在齿间。她先处理他大腿上的伤口，然后是脖子后较浅的割伤。沸酒往腿上泼去，桑铎右手成拳，捶打地面。轮到脖子时，他咬得如此之紧，居然把木棍咬断了，她只好去找了根新的。她可以看到他眼里的恐惧。"转头。"她在他耳朵应该在的地方将红酒沿鲜红裸露的血肉浇下，缕缕棕色的血和红色的酒流过下巴。这次尽管有棍子，他还是喊了出来，并因疼痛而昏厥。

于是艾莉亚独自完成剩下的工作。她从头盔底部捞出用那侍从的斗篷割的布条，用于包扎伤口。处理耳朵时，不得不把他半个脑袋都包住，方能止血。暮色降临三叉戟河。她放马吃草，然后系好它们准备过夜。两块石头中间有个地方，她尽可能舒服地躺下。火堆烧了一会儿，终于熄灭。艾莉亚透过头顶的树枝注视着月亮。

"魔山格雷果爵士，"她低声说，"邓森，'甜嘴'拉夫，伊林爵士，马林爵士，瑟曦太后。"把波利佛和记事本排除在外感觉很怪。还有乔佛里。他死了她很高兴，但希望能当场看着他死，或许亲手杀他。波利佛说珊莎和小恶魔杀了他。这是真的吗？毕竟小恶魔是兰尼斯特家的人，而珊莎……真希望自己也能变成一头狼，长出翅膀，然后飞走。

如果珊莎不见了，那除了她再没别的史塔克家人。琼恩远在千里之外的长城，但他姓雪诺，猎狗想把她卖给各种阿姨叔伯，他们也不是史塔克家的。他们不是狼。

桑铎呻吟起来，她翻身看他。我把他的名字排除在外了，她意识到，为什么呢？她回忆米凯，却想不起对方的样子，毕竟，彼此结交太短。他只跟我练剑而已。"猎狗，"她轻声说，"*valar morghulis*。"也许到早晨他就死了……

结果当苍白的曙光透过树丛，叫醒她的仍是他的靴尖。她再度梦到自己是狼，追逐一匹没人骑的马跑上山冈，身后跟着族群里的兄弟姐妹，就在杀戮时刻，他的脚将她唤醒。

猎狗仍很虚弱，每个动作都缓慢笨拙。他陷进马鞍，浑身流汗，耳朵上的绷带开始渗血，费尽全力才没从陌客背上摔下。若魔山的人前来追赶，她怀疑他甚至举不起剑，好在身后空荡荡的，唯

有一只乌鸦从一棵树飞到另一棵。唯一的声响则来自于河水。

没到中午，桑铎·克里冈就开始晕眩，他叫停前进时，白昼还剩好几个钟头。"休息。"他只说了这句。这回下马时，他真的摔了下来，而且没起身，只是虚弱地爬到一棵树下，斜靠着树干。"七层地狱，"他咒骂，"七层地狱。"发现艾莉亚瞪着他，他说："拿杯酒来，否则我剥了你的皮，小妹妹。"

她只给了水。他喝下一点，抱怨有泥土的味道，便吵吵闹闹地昏睡过去。她过去一摸，发现他皮肤滚烫。于是艾莉亚嗅嗅绷带，学着鲁温学士从前处理她割伤或擦伤的样子。他脸上血流得最多，但大腿上的伤口味道不对劲。

她不知盐场镇有多远，也不知能否独自找到它。我无须杀他，只需骑马离开，任其自生自灭。他多半会死于高烧，躺在这棵树下，再也起不来。不，也许我该亲自动手。客栈里那个侍从，只不过抓我的手臂，便被我杀了，而猎狗毕竟害过米凯。米凯，还有许多人。我打赌他杀过上百个米凯。若非为赎金，他或许连我也杀。

她拔出闪闪发光的缝衣针，波利佛将它磨得很利。艾莉牙不假思索地以水舞者的姿态旋向一侧，枯叶在脚下吱嘎作响。迅如蛇，她心想，柔如丝。

他眼睛猛然睁开。"记得心脏所在的位置吗？"他用沙哑的声音低声问。

她顿时杵在原地，不动如石。"我……我只是……"

"别撒谎，"他吼道，"我最恨骗子，更恨胆小的骗子。来吧，动手吧。"见艾莉亚没反应，他续道，"我杀了你的屠夫小弟。我骑马将他劈成两截，之后哈哈大笑。"他发出古怪的声音，过了一会儿她才意识到他在抽泣。"还有小小鸟，你漂亮的姐姐，我穿着白袍，站在那儿，看他们揍她。我逼她给我唱那首该死的歌，不是她自愿的。我还想上她。我应该这么做。我应该狠狠上她,再把她的心掏出来,将身体留给那该死的侏儒。"疼痛扭曲了他的脸。"你想让我乞求吗,狼女?*动手吧!给我慈悲……为你的小米克报仇……*"

"米凯。"艾莉亚远远离开,"你不配获得慈悲。"

猎狗用炽热的眼睛看着她给胆小鬼上鞍,没有试图阻止。但当她骑马出发时,他说:"真正的狼会终结受伤的动物。"

也许真正的狼会找到你,艾莉亚心想,*也许它们会在太阳下山之后嗅着味道过来*。然后他就知道狼是怎么对付狗的了。"你不该拿斧子砸我,"她说,"你该救我母亲。"她调转马头,扬长而去,再也没有回头。

六天之后,一个明亮的早晨,她发现三叉戟河开始变宽,空气里盐的味道首度重于树的味道。她紧贴河边,穿越原野和农场,刚过正午,一座市镇出现在眼前。盐场镇,她期望地想。一座城堡统治着镇子,但它狭小得跟普通庄园差不多,外庭与幕墙围绕着高大的方形堡楼。码头周围的多数店铺、客栈和酒馆都曾遭受洗劫或焚烧,但其中一些似乎还有人住。港口东面便是螃蟹湾,海水在太阳下闪烁着蓝绿光芒。

这里有船。

三艘,艾莉亚心想,*一共三艘*。头两艘不过是河上桨船,吃水很浅,用于往来三叉戟河。第三艘比较大,乃是海洋商船,有两层桨位、一个镀金船头和三根高高的桅杆,上面的紫帆卷起来,船身也漆成紫色。艾莉亚骑着胆小鬼来到码头,以便看得真切。在这里,陌客不像在小村庄那样令人感到陌生和奇怪,似乎没人在乎她是谁,为什么来这儿。

我需要钱。意识到这点,她咬紧嘴唇。他们在波利佛身上找到一枚银鹿和十来个铜板,疙瘩脸侍从有八枚银币,而记事本的钱袋里才几个铜板。猎狗让她撕裂他的靴子,割开他浸满鲜血的衣服,

结果在每个鞋尖各发现一枚银鹿,外衣衬里中则缝有三枚金龙。可这些统统都被桑铎收了。不公平。我们一起杀人,应该平分。如果给他慈悲……可惜以前没这么做,现在又不能回去,也不能乞求帮助。乞求帮助的话,什么也得不到。她得卖掉胆小鬼,收取尽可能多的钱。

她从码头上一个男孩口中得知,马厩被烧了,但它的女主人仍在圣堂后面做生意。艾莉亚很容易就找到了她;对方是壮硕的大个子女人,身上有股浓重的马味。她第一眼就喜欢上了胆小鬼,她询问艾莉亚它的来历,对她的回答咧嘴而笑。"它显然是匹良驹,我不怀疑它属于某位骑士,亲爱的,"她说,"但那骑士不会是你死去的老哥。我跟住城堡的人打交道好多年了,知道老爷们长什么样。这匹马血统尊贵,你却并非如此。"她用一根手指戳戳艾莉亚的胸膛。"捡到的?偷来的?怎样都好。像你这么邋遢的小东西不可能骑上一匹好马。"

艾莉亚咬紧嘴唇:"就是说你不愿买它?"

那女人咯咯笑道:"就是说我出价多少,你得拿多少,亲爱的。否则我们去城堡见官,也许你一分钱也得不到,甚至因偷马的缘故被绞死。"

附近五六个盐场镇居民在忙碌,因此艾莉亚知道不能动手杀人。相反,她不得不咬紧嘴唇,任由对方欺负。她得到一枚银币,当索要马鞍、笼头和毯子的费用时,女人朝她大笑。

她绝不敢欺负猎狗,她一边想,一边沿长长的路走回码头。跟骑马时相比,距离似乎增加了好几里。

紫色划桨商船仍在那儿。如果在被人欺负时船已起航,那就真无法忍受了。她来到船边,一桶蜜酒正被推着滚上跳板。她试图跟上去,甲板上一名水手朝她大喊,用的是她听不懂的语言。"我要见船长。"艾莉亚告诉他,结果对方喊得更响。喧哗声引起了一个灰发人的注意。他是个矮胖子,穿一件紫羊毛布外套,会讲通用语。"我是船长。"他说,"想干什么?快点讲,孩子,我们赶潮水。"

"我想去北方,去长城。瞧,我可以付钱。"她把钱袋交给他,"守夜人在海边有个城堡。"

"东海望。"船长将那枚银币倒在掌心,皱起眉头,"只有这些?"

这不够,艾莉亚心里明白。她可以从他脸上看出来。"我不住舱房什么的,"她说,"睡在下面货舱就好,或者……"

"把她当船妓带上,"一名路过的桨手说,他肩扛一捆羊毛布,"她可以跟我睡。"

"小心你的舌头。"船长呵斥。

"我可以干活,"艾莉亚说,"擦洗甲板什么的——我在城堡里擦过楼梯。或者我可以划……"

"不,"他说,"你力气不够。"他将银币还给她。"即使你行也没用,孩子。我们不去北方,那里只有冰雪、战争和海盗。我们来时绕行蟹爪半岛,看到十几艘里斯海盗船正往北去,可不希望再碰到他们。我们从这儿返航回家,我建议你也回家。"

*我没有家,*艾莉亚心想,*没有族群,连马都没有了。*

当船长转身离开时,她问:"这是什么船,大人?"

他顿了顿,朝她厌倦地微笑:"这是三桅船'泰坦之女'号,来自自由贸易城邦布拉佛斯。"

"等等,"艾莉亚突然说,"我有别的。"她将它塞在内衣里,以保安全,因此得从很深的地方掏出来。看她急切的模样,桨手们哄然大笑,船长则显然很不耐烦。"多一枚银币也没区别,孩子。"他最后说。

"那不是银币,"她的手指抓到了它,"是铁的。给。"她将

它塞到船长掌心,那是贾昆·赫加尔的黑色小铁币,上面的人像已磨得没了形体。它也许毫无价值,但……

船长将它翻个面,惊讶地看着,又将视线转向她。"这……怎么会……?"

贾昆说还要讲那句话。于是艾莉亚将手臂抱在胸前。"*valar morghulis.*"她大声念出来,仿佛知道那是什么意思。

"*Valar dohaeris.*"船长回应,两根手指触摸眉毛,"你会有一间舱房。"

山姆威尔

"他吸得比我的孩子猛。"吉莉将婴儿抱在乳头边,抚摸脑袋。

"他饿了,"金发女子瓦迩说,黑衣弟兄们称她为野人公主,"以前靠山羊奶过活,外加盲眼学士的药水。"

这男孩跟吉莉的儿子一样,还没有名字。这是野人的风俗,即使是曼斯·雷德的儿子,不到第三年也不给取名,弟兄们则叫他"小王子"和"战场降生"。

他看着孩子在吉莉胸口吸奶,琼恩也在看。他在微笑呢。虽然是悲伤的笑容,但绝对是笑。山姆很高兴,这是我回来之后第二次见他笑。

他们从长夜堡走到深湖居,又从深湖居走到王后门,拖着满是老茧的脚,沿一条狭窄小径赶路,始终让长城保持在视线之内。离黑城堡还有一天半路程时,吉莉听到身后有马蹄声,一队黑衣骑兵从西方而来。"那定是我的弟兄们,"山姆让她放心,"除了守夜人,没人走这条路。"果然,来者由影子塔的丹尼斯·梅利斯特爵士率领,队伍中还包括受伤的波文·马尔锡及头骨桥一战的幸存者。当山姆看见戴文、巨人和忧郁的艾迪·托勒特,整个人顿时崩溃失声。

从他们那儿,他听说了长城脚下的战斗。"史坦尼斯让他的骑士在东海望登陆,随后由卡特·派克带路沿游骑兵的巡逻道过来偷袭野人,"巨人解释,"他击溃了他们。曼斯·雷德被俘,其手下上千名骨干被杀,包括'狗头'哈玛在内。其余人像暴风雨中的

树叶一样四散逃窜,大家都这么说。"*诸神保佑*,山姆心想,如果没有迷路,而是从卡斯特的堡垒往南走,他和吉莉可能径直走进战场……至少是曼斯·雷德的营地。那样对吉莉和孩子来说也许还好,对他可不是。山姆听过野人处置乌鸦的各种故事,不禁浑身战栗。

虽然弟兄们把黑城堡的情形告诉过他,但亲眼目睹之后还是难以接受。大厅已烧成平地,巨大的木楼梯也化为一片焦木碎冰的瓦砾。唐纳·诺伊、雷斯特、聋子迪克、红埃林等等,他们都死了;而山姆从没见过城堡如此拥挤。超过一千名国王的士兵占据了它,国王塔中真的有了国王,在现世的人们记忆中,这还是头一遭。长枪塔、哈丁塔、灰堡、盾牌厅及其他废弃多年的建筑物顶上此刻都飘扬着旗帜。"那面最大的,金色的,有一头黑鹿,那是拜拉席恩家族的王旗,"他告诉吉莉,吉莉没见过任何旗帜,"狐狸与鲜花代表佛罗伦家族。海龟代表伊斯蒙家族,剑鱼代表巴尔艾蒙家族,交叉的喇叭代表文辛顿家族。"

"它们都跟花儿一样鲜艳。"吉莉指点,"我喜欢那些黄色上面带火焰的。瞧,一些战士的外衣上也有同样的标志。"

"燃烧的红心。我不知这是谁的纹章。"

答案来得很快。"*那属于后党*,"派普告诉他——接着一声尖呼,喊道,"快跑,伙计们,闩上门,'杀手'山姆从坟墓里出来了。"同时葛兰上前使劲拥抱他,他觉得肋骨都快断了——"别乱打听王后的事。史坦尼斯将她留在东海望,跟他们的女儿和舰队一起。除了那红袍女,他没带别的女人。"

"红袍女?"山姆不确定地问。

"亚夏的梅丽珊卓,"葛兰接口,"国王的女巫。听说为让史坦尼斯北行风向顺遂,她在龙石岛活活烧死一个人。她打仗时骑行在他身边,还给他一把魔剑,叫什么'光明使者'。等着瞧吧,那剑亮得很,好像里面有个太阳。"他又看看山姆,咧开大嘴,无可救药地傻乎乎笑道,"我仍然无法相信你在这里。"

琼恩·雪诺见到他时也曾微笑,但那是疲倦的笑容,跟现在挂着的一样。"你终于回来了,"他说,"还把吉莉也带来了。干得好,山姆。"

据葛兰所述,琼恩自己干得更出色。然而夺取冬之号角并俘虏野人王子仍不能满足艾里沙·索恩爵士一伙,他们依旧称他为变色龙。伊蒙学士说他的伤口恢复得很好,但琼恩有其他疤痕,比眼睛周围那只鹰爪的伤更深。**他哀悼着他的野人女孩和亲兄弟们。**

"真奇怪,"他对山姆说,"卡斯特不喜欢曼斯,曼斯也不喜欢卡斯特,如今卡斯特的女儿却给曼斯的儿子喂奶。"

"我有奶水,"吉莉道,她的声音轻柔羞涩,"我儿子只吃一点,不像这孩子那么贪婪。"

女野人瓦迩转向他们:"我听王后的人说,等曼斯身体恢复,红袍女就把他送进火堆。"

琼恩疲倦地看了她一眼:"曼斯是守夜人军团的逃兵,处罚是唯一死刑,如果被守夜人抓住,现在已经被绞死了。然而他是国王的俘虏,除了红袍女,没人了解国王的心思。"

"我想见他,"瓦迩说,"我想让他看看儿子。你们杀他之前,至少该让他看一眼。"

山姆试图解释:"除了伊蒙学士,没人能见他,夫人。"

"假如我有权决定,曼斯当然该抱抱儿子。"琼恩的笑容消失了。"很抱歉,瓦迩。"他转过身,"山姆和我还有职务,喏,至少山姆有。先失陪了,你求见曼斯的事我们会问问。我只能承诺这么多。"

山姆又逗留了一会儿,捏捏吉莉的手,保证晚饭后回来,然后快步追出去。门外有持长矛的卫兵,后党人士。琼恩楼梯下了一半,听见山姆喘着粗气跟过来,便等在原地:"你不是一般地喜欢

吉莉，对不对？"

山姆涨红了脸："吉莉是好人，善良又亲切。"他很高兴长长的噩梦得以终结，很高兴回到黑城堡的弟兄们中间……但有些晚上，独守空房，他会想起他们曾一起蜷在兽皮底下，中间隔着一个婴儿，那时的吉莉多么温暖。"她……她让我更勇敢，琼恩。**不是勇敢**，而是……更勇敢。"

"你知道自己不能跟她在一起，"琼恩温和地说，"就像我不能跟耶哥蕊特在一起。你发过誓，山姆，跟我一样。我们所有人都发过誓。"

"我知道。吉莉说她可以做我的妻子，我……我把誓言及其中的含义告诉了她。我不知道这对她好不好，但还是讲了。"他不安地咽下一口口水，"琼恩，如果谎言是出于……出于好意，能否不失荣誉？"

"我想那取决于谎言的内容与目的。"琼恩看着山姆，"你不适合撒谎，我建议别这么做，山姆。你会脸红，说话又尖又结巴。"

"确实如此，"山姆道，"但我可在信中撒谎。书写我比较擅长。我有一个……一个想法。等这里的情况安定下来，也许对吉莉最好的是……我想……也许可以将她送去角陵，送到我母亲和妹妹们身边，还有我……我父、父、父亲。如果吉莉说这孩子是我、我的……"他又脸红了。"那么我母亲会要他，我知道，她还会给吉莉安排位置，找份工作，不会比伺候卡斯特难。至、至于蓝、蓝道伯爵，他……他虽不会出力赞助，但也许会乐意相信我跟某个野人女孩生了个私生子。至少证明我是男人，可以跟女人睡觉、生子。有回他告诉我，说我死的时候一定还是处子，没有女人愿意……你知道……琼恩，如果我这么做，写下这个谎言……那算不算好事？这孩子的生活……"

"在祖父的城堡里作为私生子长大？"琼恩耸耸肩，"基本上这取决于你父亲的态度，以及孩子自己的本性。如果他像你……"

"不会的，卡斯特才是他父亲。你见过这人，他跟老树桩一样硬朗，吉莉也比外表看起来坚强。"

"如果这孩子显示出使用枪剑的技巧，至少能在你父亲的卫队里谋个职位，"琼恩思索，"而且私生子被训练成侍从，然后晋升骑士的事并不少见。可是呢，你得确定吉莉有足够的演技。从你描述的蓝道伯爵来看，我怀疑他不会容忍任何欺骗。"

塔外楼梯有更多卫兵。然而这些属于国王，山姆很快发现了其中区别。国王的人跟大家一样朴实平和，不若后党人士那么热切笃信亚夏的梅丽珊卓和她的光之王。"你又要去校场？"穿过庭院时山姆问，"腿伤还没痊愈，这样拼命练明智吗？"

琼恩耸耸肩："我还有什么可干？马尔锡不给我分配任何职务，担心我是个叛徒。"

"这事没几个人相信，"山姆向他保证，"除了艾里沙爵士一伙。大多数弟兄都明白道理，我敢打赌，史坦尼斯国王也明白，你把冬之号角献给他，还俘虏了曼斯的儿子。"

"我不过在野人们崩溃时保护瓦迩和婴儿不受劫掠伤害，并让他们一直待在原地，等待游骑兵出现。*我没俘虏任何人*。很明显，史坦尼斯国王把部下约束得好。他让他们劫掠了一阵，但我只听说三个女野人遭到强暴，而犯事的人都被阉割。我猜我本该杀几个逃跑的自由民。这会儿艾里沙爵士到处宣扬，说我只肯为保护敌人拔剑，还把我没杀曼斯·雷德的旧账翻出来。"

"那是艾里沙爵士，"山姆说，"大家都清楚他是什么样的人。"凭着贵族出身、骑士身份和守夜人军团多年服役的资历，艾里沙·索恩爵士本该是总司令头衔强有力的竞争者，可惜他在担任教头期间几乎得罪了所有新兵。他的名字理所当然地被提了出来，

结果第一天仅排第六,第二天更为糟糕。于是索恩宣告退出,转而支持杰诺斯·史林特大人。

"大家都清楚艾里沙爵士是嫡出世家的骑士,而我是杀死'断掌'科林的凶手,跟矛妇上床的杂种。他们称我为'狼灵'。我问你,连狼都没有,怎么做狼灵?"他嘴角扭曲了一下,"我甚至梦不到白灵,梦到的只有墓窖,只有王座上的国王石像。有时我听见罗柏和父亲的声音,似乎在举行宴会,但彼此之间隔了一堵墙,那里没有我的位置。"

生者在死者的宴会中没有位置。山姆竭力保持沉默,但他的心都要碎了。布兰没死,琼恩,他真想说。他跟朋友们在一起,骑一头巨大的麋鹿去了北方,到鬼影森林深处寻找三眼乌鸦。这听起来如此疯狂,有时山姆·塔利觉得都是自己的想象,由于发烧、恐惧和饥饿而产生的幻觉……假如他没发誓,只怕就当真讲出来了。

然而他三次发誓守秘:一次对布兰本人,一次对那奇怪的男孩玖健·黎德,最后是对"冷手"。"全世界都认为这孩子死了,"分手时,他的救星说,"就让他尸骨安息吧。我们不希望被人追踪。发誓,守夜人山姆威尔,以你欠我的生命发誓。"

山姆凄惨地移了一下脚底重心,"杰诺斯大人不会被选为总司令,"这是他能给琼恩最好、也是唯一的安慰,"绝不会。"

"山姆,你是个可爱的傻瓜。睁开眼睛吧,依这几天的情况看,事情就要发生了。"琼恩将眼前的头发拨开,"我也许别的不知道,对这个却很清楚。请原谅,我想用剑狠狠打人去。"

山姆无可奈何,只能看着他大步流星地走向兵器库和校场。琼恩·雪诺醒着的时候多半在那里度过。由于安德鲁爵士战死,艾里沙爵士又漠不关心,黑城堡没了教头,于是琼恩自愿担当跟几个新兵练习的任务:纱丁、马儿、畸形足的"跳脚"罗宾、艾隆与艾蒙克。当他们有别的任务时,他便独自练剑、盾和长矛,一练就是数小时，任何人只要愿意，他都会与之过招。

山姆，你是个可爱的傻瓜。山姆走向学士的居所，一路回想琼恩的话，睁开眼睛吧，依这几天的情况看，事情就要发生了。他说得对吗？成为守夜人军团总司令需要得到三分之二的票数，然而经过九天，九次投票之后，连接近这个数目的都没有。是的，最近杰诺斯大人追了上来，先悄悄攀过波文·马尔锡，然后超越奥赛尔·亚威克，但仍远远落后于影子塔的丹尼斯·梅利斯特爵士和东海望的卡特·派克。他们中的一位肯定会成为新任总司令，山姆告诉自己。

史坦尼斯在学士居所门外也安排了卫兵。屋内热烘烘的，挤满伤员：黑衣弟兄，国王的人，后党人士，三者皆有。克莱达斯端着山羊奶和安眠酒在他们中间穿梭，但伊蒙学士还没回来，每天早晨他都要去照看曼斯·雷德。山姆将斗篷挂在钩子上，前来帮忙。即使递东西、倒水和换药的同时，琼恩的话仍困扰着他。山姆，你是个可爱的傻瓜。睁开眼睛吧，依这几天的情况看，事情就要发生了。

忙了整整一小时，他才得以告辞去喂乌鸦。去鸦巢途中，他停下来核查了一下昨晚统计的结果。选举开始时，有三十多个人被提名，但一旦明了无法获胜，多数人选择退出。昨晚剩下七个。丹尼斯·梅利斯特爵士获得两百一十三票，卡特·派克一百八十七票，史林特大人七十四票，奥赛尔·亚威克六十票，波文·马尔锡四十九票，——三指——哈布五票，——忧郁的——艾迪·托勒特一票——派普开的蠢玩笑。山姆翻看以前的记录。丹尼斯爵士、卡特·派克和波文·马尔锡的得票从第三天起递减，奥赛尔·亚威克从第六天，只有杰诺斯·史林特大人节节攀升，一天一天接一天。

鸟儿在鸦巢里聒噪，于是他放下纸，爬上楼梯去喂它们。他高兴地发现又有三只乌鸦回来了。"雪诺，"它们朝他喊，"雪诺，

雪诺，雪诺！"是他教的。然而即使加上新近回来的鸟，鸦巢还是显得空荡，令人沮丧。伊蒙送出去的那些至今只有极少数回来，幸好其中一只到了史坦尼斯那里。**到了龙石岛，找到一个仍然关心王国的国王。**山姆知道，在万里之外的南方，父亲带领塔利家族支持铁王座上的男孩，而当守夜人迫切求助时，无论乔佛里国王还是托曼国王都无动于衷。**不愿守护王国的国王有什么用？**他气愤地想，不由得记起先民拳峰上那个夜晚，以及前往卡斯特堡垒的可怕旅途，黑暗、恐惧和飘飞的大雪。后党人士让他不安，这没错，但他们至少来帮忙了。

当天晚饭时，山姆寻找琼恩·雪诺，但地窖里遍寻不着——如今弟兄们改在巨大的石地窖用餐。最后，他只好在其他朋友的板凳边坐下。派普正把赌博的事告诉忧郁的艾迪，打赌内容是哪个稻草人哨兵中箭最多。"你一直领先，但长湖的瓦特在最后一天连中三箭，超了过去。"

"我从没赢过，"忧郁的艾迪抱怨，"而诸神总是对瓦特微笑。野人们将他打下头骨桥时，他居然落进深水池，避开了所有岩石，那该多么幸运啊！"

"掉下去的地方高吗？"葛兰想知道，"落进水池有没有救他的命？"

"没有，"忧郁的艾迪说，"他头上挨了一斧，早没命了，但还是很幸运，避开了所有岩石。"

三指哈布为弟兄们烤了长毛象的腰肉，也许想多得些选票。如果他这么盘算，该找头年轻的长毛象，山姆一边想，一边从齿缝里拉出一根软骨。他叹口气，将食物推开。

很快又要投票，空气中凝重的气氛比烟雾更浓。卡特·派克坐在火堆旁，围着一圈东海望的游骑兵。丹尼斯·梅利斯特爵士待在门口，跟一小撮影子塔的人为伴。**而杰诺斯·史林特占据了最好的**

位置，山姆意识到，*在火焰和大门之间*。他不安地看到波文·马尔锡凑在旁边，脸色苍白，形容憔悴，头上仍缠着亚麻布，仔细听杰诺斯大人说话。当他向朋友们指出之后，派普补充："看那儿，艾里沙爵士在跟奥赛尔·亚威克咬耳朵。"

吃完饭，伊蒙学士起身询问，投票之前哪个兄弟希望发言。忧郁的艾迪首先站起来，脸色依然像石头一样阴沉："我想对投我票的人说，我肯定是个糟糕的总司令。其他人也一样。"接下来波文·马尔锡一只手搭在史林特大人肩上道："弟兄们，朋友们，我请求将自己的名字撤出选举。伤势令我困扰，而且这个职务对我来说恐怕负担太重……但对杰诺斯大人而言却不是，他曾指挥君临的金袍卫士多年，让我们转而支持他、相信他吧。"

山姆听见卡特·派克那边发出一阵愤怒的低语，而丹尼斯爵士看看伙伴，摇了摇头。*太晚了，伤害已经铸成*。他不知琼恩在哪里，为什么要躲开。

大半弟兄不识字，因此，按照惯例，选票以物品充当，投入一个由三指哈布和呆子欧文从厨房拖出来的大肚子铁罐中。装代票物品的不同木桶放在角落，由一条厚重幕帘隔开，保证投票者秘密选择。如果你恰好有任务在身，可以让朋友代投，因此有些人拿了两个、三个、甚至四个代票物品，而丹尼斯爵士和卡特·派克替全体留守的驻军投票。

等大厅终于安静，只剩下他们几个，山姆和克莱达斯当着伊蒙学士的面将罐子倒空。贝壳、石子和铜板如瀑布般落下，铺满桌子。伊蒙学士满是褶皱的手快得令人吃惊，他将贝壳移到这里，石头移到那里，铜板移到另一边，少量箭头、钉子和橡果也各自分开。山姆和克莱达斯分头计点每堆数目，并各自数了一遍。

今晚轮到山姆先汇报结果。"两百零三票投丹尼斯·梅利斯特爵士，"他说，"一百六十九票投卡特·派克。一百三十七票投

杰诺斯·史林特大人,七十二票投奥赛尔·亚威克,五票投三指哈布,两票投忧郁的艾迪。"

"我数的是一百六十八票投派克,"克莱达斯说,"我的计算缺了两票,山姆缺一票。"

"山姆是对的,"伊蒙学士说,"琼恩·雪诺没投票。无所谓。没人接近三分之二。"

山姆欣慰甚于失望。即使有波文·马尔锡支持,杰诺斯大人仍排第三。"一直投三指哈布的五个人是谁?"他疑惑地问。

"想把他赶出厨房的弟兄们?"克莱达斯提示。

"丹尼斯爵士比昨天少了十票,"山姆指出,"卡特·派克少了近二十票。不是好事。"

"对想成为总司令的他们而言当然不好,"伊蒙学士道,"难说对守夜人的好坏。这不该由我们决定。十天不算长。曾有一回,选举持续近两年,投了七百多次。弟兄们最后总会作出决定。"

对,山姆心想,但那是什么样的决定呢?

稍后,在派普的房间里,喝着兑水的葡萄酒,山姆的舌头松动了,他发现自己把想法大声说了出来。"卡特·派克和丹尼斯·梅利斯特爵士渐渐失势,但他们加起来差不多还有三分之二,"他告诉派普和葛兰,"他俩哪个当总司令都行。需要有人说服其中一个退出,支持另一个。"

"有人?"葛兰怀疑地说,"哪个人?"

"笨牛以为也许指的是他,"派普道,"其实呀,此人说服派克和梅利斯特和好之后,多半可以继续规劝史坦尼斯国王迎娶瑟曦太后。"

"史坦尼斯国王已经结婚了。"葛兰反驳。

"瞧,我该拿他怎么办呢,山姆?"派普叹口气。

"卡特·派克和丹尼斯爵士互不喜欢,"葛兰固执地争辩,

"他们每件事都要争。"

"对，但同时他们对守夜人都怀有一腔热情，"山姆说，"如果我们向他们解释——"

"我们？"派普说，"怎么'有人'成了'我们'？记得吗，我是'乳臭未干的小毛头'？葛兰嘛，嗯，葛兰。"他朝山姆笑笑，动了动招风耳，"你呢……你是领主的长子，又是学士的助手……"

"还有杀手山姆，"葛兰说，"你杀过异鬼。"

"是龙晶杀死它的。"山姆第一百遍告诉他。

"领主的长子，学士的助手，杀手山姆，"派普沉思，"你去跟他们谈，也许……"

"我去？"山姆用比忧郁的艾迪更忧郁的语调说，"我没害怕得一句话都说不出来便是万幸了。"

琼恩

琼恩手握长剑,缓缓绕纱丁游走,逼迫对方转身。"举起盾来。"他说。

"它太重了。"旧镇的男孩抱怨。

"正因为重,才能抵挡攻击,"琼恩道,"快举起来。"他前跨劈砍。纱丁及时提起盾牌,刚好用边缘架住长剑,然后向琼恩肋下反击,"很好,"琼恩感觉到自己盾牌上的力道后称许,"这样很好。但你需要把身体压上去,用体重作为钢剑的后盾,而不单用手臂,才能造成更大伤害。来,再试一次,朝我攻击,记得一直举好盾,否则休怪我拿你脑袋当钟敲……"

纱丁反而退开一步,掀起面甲。"琼恩。"他忧虑不安地说。

他转过身,发现她正站在背后,周围跟着五六个后党人士。难怪院子里这么安静。他见过梅丽珊卓在夜火旁祈祷,见过她在城堡中走动,但从未近距离接触。她很美丽,他心想……她却又令人不安,那不仅仅是因为红色的眼睛,"夫人。"

"国王想跟你谈谈,琼恩·雪诺。"

琼恩将练习用的钝剑插入泥土:"我能先换下衣服吗?这样子不适合参见国王。"

"好,我们在长城顶上谈话。"梅丽珊卓说。我们,琼恩听得很清楚,不只是他。正如传言,这才是他真正的王后,而非留在东海望那个。

他将锁甲和板甲挂在军械库里,回到房间,脱下沾染汗渍的衣服,穿上一套新洗的黑衣。他知道铁笼里寒风凛冽,冰墙之上则更为凄冷，风力也大，因此加了一件带兜帽的厚重斗篷。最后，他拿起佩剑长爪，挂在背后。

梅丽珊卓在长城脚下等他，她已把后党人士统统打发走了。"陛下有什么需要我效劳的？"走进铁笼时，琼恩问。

"他需要你付出一切，琼恩·雪诺，他是你的国王。"

他关上门，拉了传唤铃，绞盘便开始转动，带动笼子上升。天气晴朗，长城哭泣，水滴在冰墙表面流淌，拖着长长的轨迹，在阳光下闪烁。铁笼狭窄的空间内，他清晰而强烈地觉察到红袍女的压迫力。*她闻起来都是红色*。那气味让他联想起密肯的炉子，炽热的钢铁淬火的味道。*火吻而生*，他不由得又记起耶哥蕊特。琼恩就在梅丽珊卓身旁，寒风吹得她长长的红袍在他脚边拍打鼓动。"您不冷吗，夫人？"他问她。

她报以微笑。"从不，"她喉际的血红宝石仿佛随心跳而脉动，"真主之火在我体内燃烧，琼恩·雪诺，感受一下。"她伸手贴在他脸颊上，让他感觉她身体的温度。"生命即是火热，"她告诉他，"冰冷属于死亡。"

史坦尼斯·拜拉席恩独自站在长城边缘沉思，面对着他获胜的平原和远处绿色的大森林。他身穿黑色的上衣、马裤和靴子，几乎与守夜人弟兄毫无二致，只有披风醒目；那是件厚重的金色披风，边缘镶黑毛皮，用烈焰红心的胸针别住。"我把临冬城的私生子带来了，陛下。"梅丽珊卓道。

史坦尼斯转身打量他。浓密的眉毛下，他有一对如蓝色水池般深不见底的眼睛，凹陷的颧骨和棱角分明的方下巴覆盖着一层又短又齐的蓝黑胡子，却难以掩盖面容的憔悴。他咬紧牙关，右手成拳，连脖子和肩膀也绷紧，令琼恩不由得记起唐纳·诺伊的评价：*如果说劳勃是真钢，那史坦尼斯就是纯铁，又黑又硬又坚强，却也容易损坏，和铁一样，弯曲之前就会先断掉*。他不安地跪下，寻思

这个倔强的纯铁国王需要他做什么。

"起来。我听说过你诸多事迹,雪诺大人。"

"我不是大人,陛下。"琼恩站起身,"我知道您听说了什么。我是个变色龙和胆小鬼;我杀了自己的弟兄'断掌'科林,以保全性命;我跟曼斯·雷德一起骑行,还娶了个野人老婆。"

"是的。所有这些,还有更多。他们说你是个狼灵,易形者,披着狼皮在夜间行走。"史坦尼斯国王的笑容十分生硬,"其中有多少真实成分?"

"我有过一头叫白灵的冰原狼,但在灰卫堡附近攀爬长城时,我们被迫分开,从此再未相聚;加入野人是'断掌'科林的命令,他知道他们会要我杀他,以证明忠诚,所以事先嘱咐我不管做什么,都不准违抗,统统照办;女野人名叫耶哥蕊特,我为她打破了誓言,但我以父亲的名义发誓,自己绝没有反对过王国和兄弟。"

"我相信你。"国王说。

他暗暗吃惊:"为什么?"

史坦尼斯哼了一声。"我了解杰诺斯·史林特,也了解艾德·史塔克。你父亲非我之友,但只有傻瓜才会怀疑他的荣誉和忠诚。你继承了他的容貌。"史坦尼斯·拜拉席恩高高在上,耸立在琼恩上方,但他如此憔悴,看上去比实际年龄老十岁,"我知道的事比你想象的多得多,琼恩·雪诺。我知道是你找到了龙晶匕首,蓝道·塔利的儿子用它来杀死异鬼。"

"是白灵找到的。匕首包在游骑兵的斗篷里,埋在先民拳峰底下,里面还有其他武器……矛尖,箭头,统统由龙晶制成。"

"我知道是你守住了城门,"史坦尼斯国王说,"没有这份功劳,我的军队根本来不及上场。"

"是唐纳·诺伊守住了城门。他和巨人的国王同归于尽,双双战死在下面的隧道中。"

史坦尼斯扮个鬼脸:"我这辈子用的第一把剑便是诺伊铸的,劳勃那著名的战锤也是。假如诸神慈悲,留他一条性命,他会是很好的总司令,比那帮勾心斗角的笨蛋们都强。"

"卡特·派克和丹尼斯·梅利斯特爵士不是笨蛋,陛下,"琼恩说,"他们优秀能干,怀有热情。奥赛尔也有独到之处。莫尔蒙大人信任他们三人。"

"你的莫尔蒙大人太轻信,否则就不会死了。算了,还是说你的问题。我没忘记,是你给我们带来了那魔法号角,并俘虏了曼斯·雷德的妻儿。"

"妲娜死了,"琼恩仍然为此悲哀,"瓦迩是她妹妹。她和孩子不需俘虏,陛下,当时您击溃了野人,而那只鹰燃烧起来时,曼斯留下来保护王后的易形者也发了疯。"琼恩望向梅丽珊卓,"有人说那是您的手笔。"

她微微一笑,红铜色的长发在脸上拂过:"光之王有火焰利爪,琼恩·雪诺。"

琼恩点点头,转回国王这边:"陛下,您说到瓦迩,她求见曼斯·雷德,想把儿子抱给他看看。这是一种……一种仁慈。"

"这个人是你们的逃兵,你的弟兄全都坚持将其立即处死。我为什么要给予仁慈。"

琼恩无言以答:"不为了他,也为了瓦迩。还为了她姐姐,孩子的母亲。"

"你喜欢这个瓦迩?"

"几乎不认识。"

"他们说她长得标致。"

"非常标致。"琼恩承认。

"注意,美貌是件变化难测的事物,我哥哥从瑟曦·兰尼斯特那儿得到了教训。不用怀疑,她谋杀了他,还谋杀了你父亲跟琼

恩·艾林。"史坦尼斯皱紧眉头,"你曾跟野人一起骑行。你觉得他们有没有荣誉?"

"有,"琼恩说,"但他们对荣誉有自己的定义,陛下。"

"譬如曼斯·雷德?"

"有。我认为他有。"

"骸骨之王呢?"

琼恩犹豫半响:"我们叫他'叮当衫',此人阴险嗜血。如果他也有荣誉,一定被骨甲所掩盖,不复得见。"

"那拥有许多绰号的托蒙德如何?他逃脱了追捕。请诚实地回答我。"

"我觉得巨人克星托蒙德那样的人,当朋友是好朋友,作敌人则非常可怕,陛下。"

史坦尼斯略略点头:"你父亲珍视荣誉,虽非我之友,但我明白他的为人;你哥哥发动叛乱,企图攫取我半壁江山,但其英勇毋庸置疑。你呢?"

他要我承认爱戴他吗? 琼恩僵硬刻板地道:"我是誓言效命的守夜人汉子。"

"誓言。誓言就像风。你以为我为什么放弃龙石岛,前来长城呢,雪诺大人?"

"我不是大人,陛下。您来想必是因为我们的求救信,然而我说不准您为什么这么晚才到。"

令人惊讶的是,听到这话,史坦尼斯竟微笑起来:"你胆大直率,不愧为史塔克家的后代。是的,我早该赶到,然而若非我的首相提醒,也许根本不会来。席渥斯大人出身低微,但他提醒我自己的职责,当时我满脑子所想的只有权位。戴佛斯说,我把马车放在了马前面,是啊,靠赢取王座来拯救国家,根本是本末倒置,我应该拯救国家,从而赢取王座。"史坦尼斯指向北方。"那儿,那儿有我命中注定要与之搏斗的敌人。"

"它的名字凡人不可道也,"梅丽珊卓轻轻补充,"他是黑夜与恐惧的神,琼恩·雪诺,雪地中行走的形影是他的傀儡。"

"他们告诉我,你曾杀过其中一个,救了莫尔蒙大人的命,"史坦尼斯道,"这,或许这也是你的战争,雪诺大人,倘若你愿意帮我的话。"

"我的剑已发誓为守夜人军团效命,陛下。"琼恩·雪诺谨慎地回答。

国王对这个回答并不满意,他咬紧牙关:"我不仅需要你的剑。"

琼恩不明所以:"大人?"

"我需要北境的支持。"

北境。"我……我哥哥罗柏是北境之王……"

"你哥哥依法乃临冬城公爵。如果他待在家里尽忠职守,而非戴上叛逆的冠冕,前去征服三河流域,如今多半还活着。算了,你不是罗柏,正如我不是劳勃。"

这番刺耳的话扫去了琼恩对史坦尼斯尚存的一丝同情。"我爱我哥哥。"他说。

"我也爱我的兄长。但他们是他们,我们是我们。如今我乃维斯特洛真正的国王,国家唯一的继承人,天南地北,都应由我统治;而你是艾德·史塔克的私生子。"史坦尼斯用那双深蓝的眼睛打量他,"泰温·兰尼斯特任命卢斯·波顿为北境守护,以奖赏他背叛你哥哥。自巴隆·葛雷乔伊死后,铁民一直在自相残杀,然而他们仍掌握着卡林湾、深林堡、托伦方城及磐石海岸的大部分。你父亲的土地正在流血,而我没有力量和时间去加以制止。现在需要一个新的临冬城公爵,一个忠诚的临冬城公爵。"

*他在考虑我。*琼恩头晕目眩。"临冬城已经不在了,它被席

恩·葛雷乔伊付之一炬。"

"花岗岩不会烧毁，"史坦尼斯说，"城堡可以慢慢重建。再说，领主并非墙垒所能造就，关键是人心。你们北方人不了解我，没有理由爱戴我，然而在即将来临的战斗中，我需要他们的力量。我需要艾德·史塔克的儿子将他们团结起来。"

他要封我为临冬城公爵。疾风阵阵，琼恩晕眩得厉害，甚至担心被吹下长城。"陛下，"他说，"您忘了。我是雪诺，不是史塔克。"

"忘了的是你。"史坦尼斯国王回答。

梅丽珊卓一只温热的手搭上琼恩胳膊："国王一挥笔就可以将私生子划归正统，雪诺大人。"

雪诺大人。这是艾里沙·索恩爵士取的外号，以嘲笑他的出身。许多弟兄也喜欢这个称呼，有的出于友情，有的则为了伤害他。但突然之间，它在琼恩的耳中有了不同的感觉。它竟然……成真了。"是的，"他犹犹豫豫，"以前有国王让私生子成为合法继承人，但……但我是守夜人的汉子。我跪在心树前发誓，不封地，不生子。"

"琼恩，"梅丽珊卓靠得如此之近，他甚至能感觉她温热的呼吸，"拉赫洛才是唯一的真主，对一棵树发誓跟对鞋子发誓一样没有效力。敞开心房，拥抱光之王的力量吧。烧毁鱼梁木，接受临冬城，它是真主赐予你的礼物。"

小时候，琼恩还不懂私生子的意思时，经常梦想有一天，临冬城会成为自己的城堡。长大以后，他为这些梦想而羞愧。临冬城该由罗柏和他的子嗣继承，假如他没有后代，便轮到布兰或瑞肯，他们之后还有珊莎和艾莉亚。小时候的梦，现今想一想似乎也成了叛逆，好像在心底背叛了兄弟姐妹们，期望他们死掉。我没想到能当上公爵，他站在蓝眼睛的国王和红袍女面前寻思。我爱罗柏，爱他们所有人……不希望他们受到任何伤害。但他们仍然受到了伤害，最终只剩下我。他只需说出那个字，就能成为琼恩·史塔克，再也不是雪诺。他只需向这个国王宣誓效忠，临冬城就是他的。他只需……

……再次打破誓言。

而这一次不再是伪装。为了获得父亲的城堡，他需要背弃父亲的神灵。

史坦尼斯国王再度凝望北方，金色披风在肩头飘荡。"我也许会看错你，琼恩·雪诺，我们都清楚世人对私生子的看法。你没有父亲的名誉，也没有哥哥的战功，但我相信你是真主给我的武器。我发现了你，正如你在先民拳峰底下发现那批龙晶。不管怎么说，我打算让你派上用场，亚梭尔·亚亥也不是独立作战的。前次战役，我军杀死上千名野人，又俘虏了上千名，其余的纷纷逃散，但我知道，他们会回来的。梅丽珊卓在圣火里看到这番景象。此时此刻，那个'雷拳'，托蒙德很可能正在集结部队，策划新一轮攻击。而我们彼此血流得越多，等真正的敌人来袭时，就更为虚弱。"

琼恩同样意识到了这一点："正是如此，陛下。"他不知国王如何解决。

"当你的弟兄们彼此争夺时，我跟曼斯·雷德谈过。"他咬紧牙关，"那家伙固执又高傲，我别无选择，只能将他送进火堆。但我们也抓到其他俘虏，其他首领，包括那个'骸骨之王'、一些部落酋长和瑟恩人的新马格拿。我要做的事，你的弟兄们不会喜欢，你父亲麾下的领主也不会，我打算允许野人穿过长城……条件是对我宣誓效忠，维护王国的和平，遵守律法，并将光之王奉为唯一真主。哪怕是巨人，只要肯弯下那对大膝盖，我也会加以接受。等你们的新任总司令选出来，我就让他们在赠地定居。当冷风吹起，大

家应当同生共死，联合起来对付共同的敌人。"他看着琼恩。"你同意吗？"

"我父亲曾计划重新安置赠地，"琼恩承认，"他和我叔叔班扬讨论过。"但他没想过让野人来定居……另一方面，他不了解野人，不是吗？琼恩拒绝自欺欺人，自由民将成为难以驾驭的臣民和危险的邻居，但拿耶哥蕊特的红发跟尸鬼湛蓝的眼睛相比，作出选择其实很容易。"我同意。"

"很好，"史坦尼斯国王说，"结盟最有效的办法是联姻。我打算让我的临冬城公爵跟野人公主成亲。"

也许是琼恩跟野人一起骑行的时间太久了，他忍不住笑出来。"陛下，"他说，"瓦迩是自由的也好，被抓了也罢，如果您认为一句话就可以把她许给我，只怕是不了解野人的风俗。不管是谁，想娶她的话，多半得爬上塔楼窗户，用剑将她带走……"

"不管是谁？"史坦尼斯用揣度的目光看他，"就是说你不愿跟她结婚喽？我警告你，如果你想要父亲的姓氏和城堡，这是必须付出的代价之一。达成这场婚配，才能保证我的新臣民的忠诚。你要拒绝我吗，琼恩·雪诺？"

"不。"琼恩赶紧说。国王指的是临冬城，临冬城可不是轻易能拒绝的，"我的意思是……这一切实在来得太突然，陛下，能否给我点时间考虑？"

"行，但要抓紧时间。我向来没什么耐心——这一点，你的黑衣弟兄们很快就会发现了。"史坦尼斯将一只消瘦的手搭在琼恩肩头，"我们今天讨论的事不要外传，不要对任何人说。当你回来时，只需弯下膝盖，将剑放在我脚边，宣誓为我效忠，等站起来，你就成了琼恩·史塔克，临冬城公爵。"

提利昂

厚重木门外传来声响，提利昂·兰尼斯特明白自己死期已至。

是时候了，他心想，来啊，来啊，做个了断。他企图站起来，腿脚却因长期躺卧而麻木，只得弯下腰去，揉搓筋骨。妈的，我不能蹒跚着上刑场。

他不知他们会当即动手，还是拉去游街之后，让伊林·派恩爵士处决。经过比武审判那一幕，亲爱的老姐和慈祥的老爸想必更乐意让我悄悄消失，以免在公众面前继续丢脸。假如带我上街，我肯定要把些趣事对老百姓传扬，他们不会那么傻吧？

钥匙转动，牢门"咯"的一声，猛然掀开。提利昂背靠潮湿的墙壁，渴望手中有武器。没关系，我还能又踢又咬，尝到鲜血的味道。只盼能说出几句惊世骇俗的遗言，光吼"去你妈的！"不足以青史留名。

火光照向脸庞，他举手遮挡。"来啊，连侏儒都怕吗？来杀我啊，烂婊子养的野种！"由于长期未说话，他声音很嘶哑。

"如此评价咱们的母亲大人？"对方左手握火炬走进来，"奔流城的黑牢没这么湿冷，但阴森多了。"

提利昂半晌透不过气："是你？"

"对，大部分的我，"詹姆有些憔悴，头发也短了，"一只手被忘在了赫伦堡——将勇士团飘扬过海地请来可不是父亲的好主意。"他举起右手，让提利昂看看断肢。

弟弟不可遏抑、歇斯底里地大笑，"噢，老天，"他说，"詹姆，我很遗憾，可是……诸神在上，你看看我们：一个缺胳膊，一

个没鼻子,好一对快乐的兰尼斯特小子!"

"我的手一度难闻死人,倒希望自己缺的是鼻子。"詹姆放低火炬,仔细查看弟弟的面容,"可怕的伤痕。"

提利昂别开头:"他们逼我打,又不放高个哥哥前来保护。"

"听说你几乎把都城给烧光了。"

"放屁,我只在河上放火。"提利昂猛然想起这是何时何地,"你来杀我吗?"

"啧啧,这张嘴,三句不离本行。再没礼貌,小心我把你扔在这里烂掉。"

"瑟曦不会让我烂掉。"

"没错,她不会。你明天就要被拉到日比武场中斩首。"

提利昂再度大笑:"你带吃的没有?原来是听我的临终遗言来了。瞧,我现在像只阴沟鼠,只怕有些迟钝。"

"你什么也不用说,我是来搭救你的。"詹姆的声音异样地庄重。

"谁需要搭救?"

"瞧,我已忘了你是个多么讨人厌的小东西。再废话,我就支持瑟曦砍你的头。"

"噢,这可不行,"提利昂快步走出牢房,"现在是白天还是晚上?我没了感觉。"

"午夜过后三点,全城都在熟睡。"詹姆将火炬放回牢房之间墙上的壁台中。

走廊昏暗,提利昂几乎被狱卒的身体绊倒——此人四肢张开,躺在冰冷的石地板上。他踢了狱卒一脚,"死了?"

"睡着了。其他三个也一样。太监往他们的酒里下了甜睡花,剂量没到致死的地步——至少他如此保证。他就等在楼梯上,穿着修士的袍子,待会儿带你通过下水道,前往黑水河畔,河边有条划桨船。放心,瓦里斯在自由贸易城邦不缺朋友和眼线,能让你衣食无缺……但你自己得多个心眼,瑟曦肯定会派出杀手。你最好连名字都改掉。"

"改名字?噢,好主意!当无面人来杀我时,我对他说:'不,你这傻瓜,认错人了!*我只是另一个面容狰狞的侏儒而已!*'"兰尼斯特兄弟俩哈哈大笑。接着詹姆单膝跪下,迅速吻了他的双颊,嘴唇扫过结茧褶皱的伤疤。

"谢谢,哥哥,"提利昂说,"我一辈子都感激你的恩情。"

"我只是……还债。"詹姆的声音愈发异样。

"还债?"他昂头望着哥哥,"我不明白。"

"不明白就好,有的事,最好永远埋葬。"

"噢,太棒了,"提利昂道,"什么丑事恶行?哪位大人背后搞小动作?说吧,我不会哭的。"

"提利昂……"

詹姆在害怕。"说吧。"提利昂重复。

哥哥转头不看他。"泰莎。"最后他轻声道。

"泰莎?"他心里一紧,"她……她怎么了?"

"她不是妓女,我没有买她。一切都是父亲命我讲述的谎言。泰莎……泰莎就是泰莎,农夫的女儿,与你在路上偶遇。"

提利昂听见微弱的喘气"咝咝"地穿过鼻子的伤疤。詹姆不敢回头。泰莎。忽然间他忘了她的模样。**小女孩,她只是个小女孩,不比珊莎大。**"我的老婆,"他嘶声道,"她嫁给了我。"

"父亲说,她就为了你的钱。她是个贱民,你是凯岩城的兰尼斯特,若非为金子,她根本不会来找你,所以相当于妓女,所……所以我说的不是谎言,不是真的谎言,而……而且他认为需要给你好好上一课。从此以后,你会汲取教训,并对我心存感激……"

"心存感激?"提利昂几乎说不出话来,"他把她给了卫兵,

整整一军营的卫兵，还让我……全程观看。"啊，不只是看，最后我还……我的老婆……

"我真不知他会那样做，请你相信我。"

"噢，相信你？"提利昂咆哮道，"你还值得我相信吗？我还能够相信你吗？去你妈的，她是我老婆！"

"提利昂……"

他打了哥哥。反手一掌，用尽全身力气，蕴涵着所有的恐惧、怒火和痛苦。詹姆踉跄退步，失去平衡，最后倒在地上："我……我很抱歉。"

"噢，抱歉就行了吗，詹姆？你，还有我亲爱的老姐和慈祥的老爸，不错，我还没想清楚，但总有一天会狠狠报复你们，我指天发誓！兰尼斯特有债必还。"提利昂蹒跚走远，几乎又绊在狱卒身上，但不出十几码，便被一道铁门拦住。噢，老天！他只想尖叫。

詹姆靠过来："我有钥匙。"

"那快开门。"提利昂向外避开。

詹姆插进钥匙，将门推开，当先走出去，接着回头道："你来吗？"

"咱们各走各的路，"提利昂踱出门外，"钥匙给我，我自己去找瓦里斯。"他昂起头，用那双大小不一的眼睛打量哥哥。"詹姆，你左手能打吗？"

"至少不比你差。"詹姆苦涩地说。

"那好，下次见面，咱们就可以好好对上手，就你我两个——残废与侏儒。"

詹姆将一串钥匙递给他："我给你说了真话，你也该对我坦诚。是不是你干的？是不是你下的毒？"

这个问题，犹如一把尖刀，在他肚内翻搅。"你想知道真相？"提利昂反问，"那好，我告诉你，乔佛里的品性比伊里斯更糟糕，他偷了父亲的匕首，交给下人去害布兰登·史塔克，这事你可清楚？"

"我……我想是这样。"

"没错，做'儿子'的想学'父亲'。等他权力巩固，多半连我也杀——为什么不呢？我又矮又丑，生来就有罪。"

"你没回答我的问题。"

"你这可怜愚蠢残废瞎了眼的大傻瓜，真的要我一个字一个字地把话说出来？很好，很好，你听着：瑟曦是个撒谎不眨眼的烂婊子，就我所知，她和蓝赛尔、奥斯蒙·凯特布莱克，甚至月童上床！别人说我是怪物，没错！是我杀了你那十恶不赦、罪有应得的乖儿子！"他逼自己微笑。昏暗的光芒下，无疑是副狰狞面容。

詹姆转身走开，一句话也没有说。

提利昂目睹哥哥的长腿迈着大步离开，心里的一部分只想冲上去，告诉他刚才说的都不是真的，只想恳求哥哥的原谅。但想起泰莎，他便保持了沉默。脚步声渐息，终至寂静，提利昂默立良久，方才去找瓦里斯。

太监隐藏在弯曲阶梯间的黑暗角落，穿一袭虫蛀的棕色长袍，用兜帽遮掩苍白的面容。"迟到啦，大人，我还以为出了差错呢。"他对提利昂说。

"差错？噢，不，"提利昂恶毒地反诘，"能有什么差错？"他抬头盯着对方，"审判时，我召你过来。"

"我不能过来。太后日日夜夜监视着，我不敢帮您。"

"你如今倒肯帮我。"

"是吗？哈哈，"瓦里斯咯咯轻笑，在这片黑暗和坚石中，回音分外诡异，"是您哥哥有说服力。"

"瓦里斯，你这狡猾无情的家伙，千方百计要置我于死地，或许我们之间该来个了断。"

太监叹道,"好人没好报,我就知道,不管蜘蛛怎么努力编织,还是不受欢迎。算了,如果这就杀我,那可不成,大人,待会儿您多半走不出去。"摇曳的火光下,他眼睛闪烁不定,黑暗而湿润,"这些隧道对不经意的人而言,可是布满陷阱,非常危险哟。"

提利昂嗤之以鼻,"不经意?我是世上最小心的人——尤其在结识你之后!"他揉揉鼻子,"告诉我,好巫师,我纯洁高贵的老婆在哪儿?"

"很遗憾,搜遍君临也没发现珊莎夫人的线索,唐托斯·霍拉德爵士也消失无踪,我猜他此刻多半在哪里喝得大醉吧。夫人失踪当晚,有人看见他俩一同走下蜿蜒楼梯,从此便好似蒸发了。那晚事态混乱,我的小小鸟儿们也说不上来。"瓦里斯轻扯侏儒的衣袖,拉他上楼梯,"大人,时间不等人,我们得赶紧离开。来,向下走。"

至少这次他没说谎。提利昂摇摇摆摆地跟上太监,鞋子刮过粗石地板,发出声响。楼梯井内寒冷彻骨,让他不禁打哆嗦,"这究竟是什么地方?"他问。

"残酷的梅葛为红堡修了四层地牢,"瓦里斯回答,"第一层是大房间,用来关押普通犯人,他们挤在一起,墙壁高处有窄窗。第二层为小号,用来看守贵族囚犯,那里没有窗户,但走廊的火炬终年不熄。第三层牢房最小,门乃木制——人称'黑牢',也是您和之前艾德·史塔克的所在。不为人知的是,在这下面,还有一层,谁一旦被带进第四层,意味着将不能再见天日、再听人声,而永远在折磨中受苦。梅葛地牢的第四层乃刑讯间。"他们走到楼梯底部,一道门在面前默然敞开,"这就是第四层。来,握住我的手,大人,这样才好。黑暗中有些东西会吓着您的。"

提利昂犹豫片刻。瓦里斯背叛过他,天知道现在在打什么主意。要谋杀,还有什么地方比一个无人知晓、漆黑邪恶的地方更合适呢?连尸体都无须费心处理。

但另一方面,还能有什么选择?爬上楼梯,从正门出去?不,当然不行。

詹姆绝不会害怕,提利昂心想,旋即又思及哥哥对他做的一切。但最后,他仍旧握住太监的手,任对方领自己穿越黑暗,皮鞋在石地板上发出轻微的声音。瓦里斯走得很快,不时低语叮嘱:"小心,前面是三级阶梯,"或者,"大人注意,有个向下的斜坡。"**我来君临时,跨骑骏马,吆喝手下,浩浩荡荡,好一派威风凛凛**,提利昂心想,**等我出去时,却像个老鼠般偷偷摸摸,还要蜘蛛带路**。

前方出现一道光芒,过于昏暗,不像太阳,但随着他们快步接近,却逐渐变得亮起来。过了一会儿,他看清那原是拱梁下锁紧的铁门,瓦里斯用钥匙打开。他们来到一个圆形小房间,房间内除了来路,还有别的五道门,每道皆被铁门封锁。屋顶是个天井,墙壁间从上到下有串铁环,用来攀爬。角落里有个华丽的火盆,塑造成龙头形状,张开的口中炭火已烧成灰烬,却仍旧放出一点晕黄的光。虽然微弱,但与隧道的黑暗相比,已是难能可贵。

除此以外,房内别无他物。地板上,红砖与黑砖拼出一副三头龙的马赛克图案,牵起提利昂的思绪。**原来这就是雪伊告诉我的地方,瓦里斯通过这里把她送到我床上**。"我们在首相塔下。"

"不错,"瓦里斯打开一道铁门,久未开启的链条发出"嘎嘎吱吱"的抗议声,灰尘片片洒落,"来,这条路直通河流。"

提利昂缓缓走到天梯下,抓住最底部一只铁环:"上面是我的卧室。"

"您父亲大人的卧室。"

他向上看去:"有多长?"

"大人,您还虚弱,不能干蠢事,再说,我们也没有时间,必须马上出发。"

"我有事情要上去解决。有多长?"

"一共二百三十只铁环,您是想——"

"二百三十只铁环之后呢?"

"向左有条隧道,听我说——"

"隧道离卧室有多远?"提利昂抬脚登上第一只铁环。

"不到六十步。边走边摸,您就能发现出口。卧室是第三个。"太监叹口气,"您糊涂了,大人,令兄费尽心机挽回您的性命,怎可就此轻易放弃——还搭上我一条命?"

"瓦里斯,若世上还有什么东西我看得比自己的命还要轻,那就是你的命。在这里等着。"他转头攀登,不再关心太监,边爬边默默数数。

一环接一环,他深入黑暗。起初还能看见铁环的模糊轮廓和墙面的粗糙灰石,随着黑暗渐长,便伸手难窥五指。十三、十四、十五、十六……爬上第三十环,手臂已开始颤抖,不得不停下来休息。他向下看去,只见很深的底部有一圈微弱的光,被两脚所遮蔽。提利昂继续前进,三十九、四十、四十一……待到第五十环,腿脚已不听使唤,梯子却还无止无尽地延伸。六十八、六十九、七十……到得第八十环,背开始酸痛,但他坚持不懈,自己也说不出其中缘由。一百一十三、一百一十四、一百一十五……

走到两百三十环时,周围黑得像掉进了沥青桶。他感觉到左边有暖风吹出,犹如巨兽的呼吸,便小心翼翼地伸腿试探,离开了铁环梯子。隧道极其促狭,若是正常体形的人来走,非得跪下,手脚并用不可,对提利昂倒刚好合适。古怪,这地方竟像是为侏儒设计的。鞋轻轻踩在石地板上,他走得很慢,一边小心计算步数,一边摸索墙上的机关。不久,他听见人声,起初朦胧细微,随后逐渐清晰，越来越真切。原来是父亲手下两名卫兵在谈论"小恶魔的妓女"，一边赞叹她身体甜美，一边可惜她生不逢时，侏儒那玩意儿一定又短又小，她大概连真正的男根是什么样都不清楚。"多半插不进去。"鲁姆认定，随后他们开始讨论提利昂明天的死法。"他会哭得像个姑娘，哀求饶恕，你瞧着吧。"鲁姆坚持。利斯特则说小恶魔会像狮子一样勇敢赴死，做个堂堂正正的兰尼斯特，为此他愿赌上自己的新鞋子。"见鬼，鞋子有个屁用，"鲁姆抱怨，"你明知它不合我的脚。算了，如果我赢，你帮我擦两个星期的盔甲！"

在这里，提利昂将每句话都听得真切，而一旦继续前进，声音便很快消失。*难怪瓦里斯不情愿我爬上这串该死的梯子*，提利昂边想边在黑暗中露出笑容，*小小鸟儿原来是这么回事*。

他来到第三个出口的所在，摸索许久，才在石头之间找到一个小小的铁勾。用力一拧，周围传来细微的隆隆声，但在寂静中听来犹如山崩，接着左边不到一尺的地方出现方形孔洞，橘黄的光透进来。

妈的，原来是壁炉！ 他几乎笑出声。这里满是通红的灰烬，一根黑柴在愉悦地燃烧，发出炽热的辉芒。他小心翼翼地绕开去，快步疾行，以免烧到鞋子。温暖的炭渣踩在脚下咯吱作响。最后他进入这个从前是他卧室的地方，伫立良久，不敢作声。*父亲在哪儿？他听到了吗？他会不会拔剑出来对付我？*

"大人？"一个女人唤道。

幸亏我的心已不再能感觉到疼，否则真不知如何承受。第一步总是最难。当他终于走到床边，拉开遮罩，"她"果然在里面，带着一丝倦懒的笑，抬起头来。她一见他的脸，笑容顿时消失，忙把毯子拉到下巴，好似能提供保护。

"亲爱的，你等的是高个子吧？"

她眼中盈满大颗的晶莹泪珠："我真的不是故意,完全是被太后逼的。求求您,您父亲好可怕。"她坐起来,毯子滑到膝盖下,她全身一丝不挂,只是高耸的胸脯前有那条沉重的金链子,金手环环相扣。

"雪伊,我的好小姐,"提利昂轻声说,"我待在黑牢里等死,却从未忘记你的美。不管穿着丝衣、粗布,还是裸体,你都那么……"

"噢,大人就快回来了。您得赶紧离开,您……您会带我走吗?"

"你喜欢过我吗?"他捧起她的脸,想起无数往事,想起每次揽住她的腰,挤她坚硬的小乳房,拨弄她短短的黑发,抚摸她的嘴唇、脸颊和耳朵……最后伸进甜美的私处,勾撩她的呻吟,"你喜欢过我的抚摸吗?"

"您是我的最爱,"她说,"我的兰尼斯特巨人。"

亲爱的,这是你一辈子最糟糕的一句话。

提利昂抓紧父亲的项链,用力扭动,链条紧紧相扣,陷进颈项。"金手触摸冰冰凉呀,而姑娘小掌热乎乎……"他嘶声唱道,然后给了冰凉的金手最后一拧,任温热的小掌挥开眼泪。

完事后,他在床头桌上找到泰温公爵的匕首,将之收进腰间。墙上依次挂着狮头杖、战斧和十字弓——斧头嫌施展不开,锤杖够不着,只有十字弓下恰好摆了个大铁木箱。他爬上去,取下武器和一只满载箭矢的皮箭筒,接着用脚踩住弓镫,拉满弓弦,搭好一支箭。

詹姆多次提醒过他十字弓的缺点,因此他确定假如鲁姆和利斯特突然出现,他绝无重新装填的时间,不过至少能拖一个家伙下地狱。他决定带鲁姆一起下地狱。**鲁姆,该死的混蛋,你赌输了,你得自己擦自己的盔甲。**

281

他踱到门边，听了一会儿，接着慢慢推开。石烛台中点了一盏灯，淡黄的光照亮空旷的走廊。光芒摇曳，提利昂闪出门外，十字弓抵紧大腿。

不出所料，他在用作厕所的小塔里找到了父亲。泰温公爵将睡袍卷在臀部，听见脚步声，立刻抬起眼睛。

提利昂嘲弄地半鞠躬："大人安好。"

"提利昂，"假如泰温·兰尼斯特也会害怕，至少没露出半点痕迹，"谁放的你？"

"我倒很想向您坦白，只可惜有神圣的誓言约束。"

"是太监，"父亲认定，"我要砍了他的头。你拿着我的十字弓做什么？快放下。"

"如果我拒绝，您要怎么对付我呢，父亲？"

"越狱太荒唐了。老实告诉你，你明天是不会死的。我会送你去长城，但首先必须疏通提利尔大人。把弓放下，我们回卧室好好谈。"

"我们就在这里谈。我在想，或许我不怎么愿意去长城呢，父亲。那里真他妈的冷，而冷酷这样东西，从您身上，我已经受够了。告诉我一件事，我立刻拍屁股走人，一个简单的问题，至少您欠我这个。"

"我什么也不欠你。"

"不，在我一生中，你给我的伤害难以尽数。我要你回答：你到底把泰莎怎样了？"

"泰莎？"

他根本忘了她。"我老婆。"

"噢，我想起来了。你的头一个妓女。"

提利昂瞄准父亲的胸膛："再说这个词，我就杀了你！"

"你不敢。"

"我不敢？说啊，就一个词两个字，你说啊，"提利昂挥舞十字弓，"泰莎。在给我上了那小小的一课之后，你把她怎样了？"

"我不记得了。"

"努力想想！你杀了她？"

父亲抿抿嘴唇："杀她做甚？那番经历正好让她摆正自己的位置……何况我记得，她收入颇丰。似乎后来总管把她赶出去了，我没工夫询问。"

"上哪儿去了？"

"妓女还能上哪儿去？"

提利昂指头一紧，十字弓正好在泰温公爵起立瞬间"哐"的一声，射出飞矢，插进公爵膀胱之上，他闷哼一声，又坐回去。箭插得很深，直没到羽翎。鲜血顺着箭柄，不住渗透，流过父亲的阴毛，顺着光光的大腿，滴到地板上。"你放箭！"父亲难以置信地说，他眼睛朦胧中充满惊骇。

"您总能迅速把握形势，父亲，"提利昂评论，"难怪是永远的国王之手。"

"你……你……你不是……我儿子。"

"这您就错了，就我看来，我是小一号的您。发发慈悲，快点死吧，我急着赶船呢。"

这一回，父亲总算遂了提利昂的愿。厕所里猛然散发出一阵恶臭，死亡的公爵肠肚彻底松弛。*很好，他死得真是地方*，提利昂心想，*臭气证明那句名言是彻头彻尾的谎话。*

泰温·兰尼斯特公爵到死也没有拉出黄金来。

山姆威尔

国王很生气。山姆立刻看出来了。

史坦尼斯正在吃早餐,硬面包、咸牛肉和煮鸡蛋,当黑衣弟兄逐个走进来跪到面前时,他推开食物,冷眼打量他们。旁边的红袍女梅丽珊卓似乎觉得这一幕十分有趣。

这儿没有我的位置,当她的红眼睛落到山姆身上时,他不安地想。我只是帮伊蒙师傅上楼的。别看我。我只是学士的事务官。余人都是熊老职位的竞争者,除了已退出竞选的波文·马尔锡,而他也仍是代理城主和总务长。山姆不明白梅丽珊卓为什么对他感兴趣。

史坦尼斯国王让黑衣弟兄们跪了很久,长得不同寻常。"起来。"最后他终于说。山姆扶着伊蒙学士,帮他站起来。

杰诺斯·史林特大人清清嗓子,打破紧张的沉默:"陛下,蒙您召唤,我代表大家表达喜悦之情。当我第一次从长城上看见您的旗帜,就知道王国得救了。'这个人没有忘记自己的职责,'我对好爵士艾里沙说,'一个坚强的人,一个真正的国王'。请允许我们祝贺您战胜野蛮人,歌手们会广为宣扬,是的——"

"歌手们爱干什么就干什么,"史坦尼斯打断他,"少拍马屁,杰诺斯,没用。"他站起身,朝所有人皱眉头。"梅丽珊卓女士告诉我,你们到现在还没选出总司令,让我很不愉快。这件蠢事还要拖多久?"

"陛下,"波文·马尔锡辩解,"没人达到三分之二的多数,况且选举也刚持续十天。"

"已经浪费了九天。我有俘虏需要处理,有国家需要统治,有战争需要进行。某些关于长城和守夜人军团的决定得尽快作出,而你们的总司令有权参与。"

"是的,没错,"杰诺斯·史林特说,"但我们的弟兄不过是些单纯的士兵。士兵,对!陛下很清楚,士兵以服从命令为天职。依我之见,若陛下不吝赐教,想必他们能从中受益。请为了王国的未来,帮大家作出明智的选择吧。"

这建议惹恼了其他人。"你要让国王给我们揩屁股吗?"卡特·派克愤怒地质问。"选择总司令的权力属于且仅属于誓言效命的黑衣弟兄。"丹尼斯·梅利斯特爵士强调。"如果他们明智的话,就不会选我了。"忧郁的艾迪嘀咕。伊蒙学士一如既往地平静,"陛下,自'筑城者'布兰登修建长城以来,守夜人的领袖一直由自己选举,到杰奥·莫尔蒙为止,已有连续九百九十七任总司令,每一位都由他将要领导的人们选出,这是承继数千年之久的传统。"

史坦尼斯咬紧牙关:"我无意篡夺你们的权力和传统。至于'陛下的赐教',杰诺斯,如果要我强迫弟兄们选你,就该大胆地说出来。"

这话吓退了杰诺斯大人。他不知所措地笑笑,额头开始冒汗,但身旁的波文·马尔锡道:"有谁比曾指挥过金袍卫士的他更有资格带领黑衣军团呢,陛下?"

"你们中任何一个,甚至那厨子都比他强。"国王冷冷地看着史林特,"我保证,杰诺斯不是头一个受贿的金袍子,但很可能是头一个靠出卖职位和肥缺赚得盆满钵溢的司令。到最后,都城守备队里半数军官都得将自己一部分薪水交给他。是不是这样,杰诺斯?"

史林特的脖子涨成紫色:"谎言,全是谎言!职位越高树敌越多，陛下是知道的，他们在背后悄悄造谣，全无真凭实据，没有人敢站出来……"

"两个准备站出来的人突然在巡逻时死了。"史坦尼斯眯起眼睛，"别把我当傻瓜，大人，我见过琼恩·艾林呈给御前会议的证据。如果我是国王，你失去的就不只是职位了，我保证，但劳勃轻易放过了你的'小过错'。'他们全都是小偷，'我记得他说，'明目张胆的好歹比藏着掖着的好，下一个也许更糟呢。'哼，毫无疑问，这是培提尔伯爵用我哥哥的嘴巴在说话，小指头对金钱向来敏感，说不定他利用你贪污获得的利益不比你自己所得的少。"

史林特伯爵的下巴抖个不停，他还没准备好反驳的措辞，只听伊蒙学士说："陛下，依照律法，一个人发下誓言，成为守夜人军团的弟兄后，以前的错误与罪行便一笔勾销了。"

"这我明白。假如这位杰诺斯大人碰巧是守夜人最拿得出手的料，我也只能咬牙接受。你们选哪个与我无关，**只要赶紧作出选择。我们有战争要打。**"

"陛下，"丹尼斯·梅利斯特爵士谨慎而又谦恭地说，"如果您指的是野人……"

"当然不是。你很清楚这一点，爵士先生。"

"那么您也应该清楚，虽然我们很感激你帮忙对付曼斯·雷德，但不能为你争夺王位。守夜人从不参与七大王国的纷争，八千年来——"

"我了解你们的历史，丹尼斯爵士，"国王生硬地说，"我向你保证，不会要你们起兵对付那帮让我头疼不已的叛徒和篡夺者，我真心希望你们一如既往地继续保卫长城。"

"我们会保卫长城直到最后一人。"卡特·派克说。

"也许那就是我。"忧郁的艾迪听天由命地道。

史坦尼斯环抱双臂："但我要些东西，也许你们不会那么轻易

交出来。我要城堡和赠地。"

这番直言不讳犹如把一罐野火扔进了火盆，陡然在黑衣弟兄间炸开来。马尔锡、梅利斯特和派克同时试图发言，史坦尼斯国王由得他们去讲，等好容易说完后，才道："我的人有你们三倍之多，如果愿意，尽可以强行夺取，但我更希望征求你们的同意，合法地取得。"

"赠地被永久赠与守夜人，陛下。"波文·马尔锡强调。

"没错，按照律法，我不能从你们手中占领、没收或剥夺，但礼物既能赠与，自然也可再度送出。"

"您要拿赠地做什么？"卡特·派克问。

"善加利用。至于城堡，东海望、黑城堡和影子塔的地位不变，仍由你们安排，但为了长城防御，必须把其他的交给我，让我的人来保护。"

"您没那么多人手。"波文·马尔锡反驳。

"某些荒废的城堡不过是废墟。"首席工匠奥赛尔·亚威克说。

"废墟可以重建。"

"重建？"亚威克道，"谁来干？"

"这是我考虑的问题。我只要你们给一个清单，详细列出每座城堡目前的状况以及重建所需的材料。一年之内，我会让它们全部驻上守军，并在门前点燃夜火。"

"夜火？"波文·马尔锡怀疑地看看梅丽珊卓，"点燃夜火？"

"是的。"女人在飞旋的鲜红丝袍中站起来，明亮的红铜色长发披落在肩，"长剑无法抵御黑暗，真主的光芒才能做到。千万别低估对方的实力，好爵士们，勇敢的弟兄们，我们所要进行的战争并非为土地或荣耀，而是生与死的差别。如果失败，世界将一起消亡。"

山姆看得出，官员们对这番话有些莫名其妙。波文·马尔锡和奥赛尔·亚威克交换一个怀疑的眼神，杰诺斯·史林特怒气冲冲，而三指哈布看起来似乎宁愿回厨房切胡萝卜。所有人听见伊蒙学士喃喃低语时都很吃惊："你指的是黎明之战，夫人，但预言中的王子在哪里？"

"他就站在你面前，"梅丽珊卓宣布，"你的眼睛却看不见。史坦尼斯·拜拉席恩就是圣焰之子、光明的战士亚梭尔·亚亥转世重生，预言在他身上应验。天空中红色的彗星宣告他的到来，而他拥有英雄之红剑'光明使者'。"

山姆发现，红袍女的话让国王很不安，史坦尼斯咬紧牙关，"你们求助，而我及时赶到，大人们，现在只能接受我，要么大家一块完蛋，好好想想。"他简单地作个手势，"够了，学士留下一会儿，还有你，塔利，其他人解散。"

我？山姆大吃一惊，他要我干什么？弟兄们躬身离开。

"你就是那个在大雪中杀死鬼怪的人。"只剩四人后，史坦尼斯开口。

"'杀手'山姆。"梅丽珊卓微笑。

山姆感到自己脸红了："不，夫人……陛下，我的意思是，是的，我是山姆威尔·塔利，对。"

"你父亲是名骁勇善战的武士，"史坦尼斯国王说，"曾在白杨滩击败我长兄，后来梅斯·提利尔得意洋洋地将荣耀归于自己，其实他还没找到战场，蓝道伯爵就已奠定了胜局。他用那柄瓦雷利亚巨剑杀死卡伏仑伯爵，并将头颅献给伊里斯。"国王以一根手指揉搓下巴。"你不像他儿子。"

"我……我不是他想要的儿子，陛下。"

"假如你没穿上黑衣，倒是有用的人质。"史坦尼斯沉思。

"他已经穿上了黑衣,陛下。"伊蒙学士指出。

"我很清楚,"国王说,"比你想象的更清楚,伊蒙·坦格利安。"

老人低头:"我只是伊蒙,陛下,学士立下誓言,戴起颈链之时,便须放弃原有的家族姓氏。"

国王略略点头,仿佛表示他明白但不在乎。"听说你用一把黑曜石匕首杀了那怪物。"他对山姆道。

"是、是的,陛下。是琼恩·雪诺送的匕首。"

"龙晶,"红袍女的笑声犹如音乐,"在古瓦雷利亚语里被称为'冰冻火',难怪它对这帮冰冷的异神之子而言是致命的武器。"

"在龙石岛,就是我原来的居城,火山底古老的坑道里埋藏有许多黑曜石,"国王告诉山姆,"一块一块,形成矿层。记得大部分是黑色,但也有绿色、红色,甚至紫色。我已传话给代理城主罗兰德爵士,要他着手开采。龙石岛恐怕守不长,希望在城堡陷落之前,光之王赐予我们足够多的'冰冻火',好让大家武装起来,对抗这些怪物。"

山姆清清嗓子:"陛、陛下。那匕首……我用来刺尸鬼时,它却碎了。"

梅丽珊卓露出微笑:"这些尸鬼被亡灵邪术所激活,本身只是已死的血肉。钢铁与火焰足以对付,而你们称为'异鬼'的生物可怕得多。"

"它是冰雪与寒冷的恶魔,"史坦尼斯·拜拉席恩道,"古老的宿敌,真正的对手。"他又转向山姆。"听说你跟那女野人从长城底下通过,穿越了一道魔法门。"

"黑、黑门,"山姆结结巴巴地说,"在长夜堡下。"

"长夜堡是长城沿线最庞大也最古老的城堡,"国王说,

"进行这场战争时,我打算以此为居城。到时候,你得说出门的所在。"

"我,"山姆说,"我会、会的,假如……"假如它仍在那里。假如它会对不穿黑衣的人开放。假如……

"你会的,"史坦尼斯打断他,"而我会告诉你什么时候说。"

伊蒙学士微微一笑。"陛下,"他道,"我想,在我们离开之前,能否给予一份极大的荣幸,让我们看看那柄神奇的魔剑。关于它,大家都听过无数传说。"

"你要看'光明使者'?你不是瞎了吗?"

"山姆是我的眼睛。"

国王皱起眉头:"其他人都能看,凭什么不给盲人看?"他的剑带和剑鞘挂在壁炉边的钩子上。他下来,抽出长剑。只听钢铁摩擦木头和皮革,然后书房里充满光芒:金、橙与红色的线条闪烁变换,跳跃的色彩如火焰一般明亮。

"说,山姆威尔。"伊蒙学士触碰他的手臂。

"它自我发光,"山姆压低声音,"好似一把没有焰苗的火炬。钢铁的颜色是黄、红和橙,不停闪耀放射,比水面上的阳光更漂亮。真希望你能看见它,师傅。"

"我明白了,山姆,一把充满阳光的剑,可爱而悦目。"老人僵硬地颔首,"陛下。夫人。非常感谢你们的慷慨。"

等史坦尼斯国王收剑入鞘,房间似乎变得十分黑暗,尽管阳光仍旧从窗户流泻而进。"很好,你既然看过了,就回去履行职责吧。记住我的话,你的弟兄们必须在今晚选出总司令,否则我会让他们后悔的。"

山姆扶伊蒙学士走下狭窄的楼梯时,对方完全迷失在思绪中,直到穿越庭院期间,才突然道:"我没感觉到热量,你呢,山

姆?"

"热量?从那柄剑上?"他努力回想,"它周围的空气跟着变幻发光,似乎位于滚烫的火盆边,感应到四射的热力。"

"然而你却没感觉到热量,对不对?这把剑的剑鞘是木头和皮革做的,对吗?陛下拔剑时我听见声音。皮革有没有焦灼的痕迹,山姆?木头有没有焚烧或变黑?"

"没,"山姆承认,"我没看到。"

伊蒙学士点点头。回房之后,他让山姆生火,并扶自己坐到炉边椅子上。"变这么老真是辛苦,"他一边叹气一边坐上垫子,"眼睛瞎了就更辛苦。我想念太阳、书籍。对,我最想念书籍。"伊蒙摆摆手。"投票之前,你可以休息了。"

"投票……师傅,你难道没什么可做的吗?国王说,杰诺斯大人是……"

"我明白,"伊蒙学士道,"可山姆你别忘了,我作为学士,戴起颈链,发下誓言。我的职责是给总司令提供谏言,不管他是谁,此时此刻,我要是显出偏向性,那就太不合适了。"

"我不是学士,"山姆说,"我能做什么?"

伊蒙抬起白色盲眼,转向山姆的脸,淡淡地微笑:"噢,我不知道,山姆威尔。你能做什么?"

我能做,山姆心想,我必须做。而且得马上行动,若犹豫不决,就会失去勇气。我是守夜人的汉子,他一边提醒自己一边快步穿过庭院。我是守夜人的汉子,我能做。从前,只要面对莫尔蒙大人,他就会颤抖尖叫,但那是过去的山姆,在先民拳峰和卡斯特的堡垒之前,在尸鬼和"冷手"之前,在骑死马的异鬼出现之前。他现在更勇敢。*吉莉让我更勇敢*,他告诉过琼恩。那是事实。那是事实。

卡特·派克是两名指挥官中较可怕的一个,因此山姆趁自己的勇气仍然热切,决定先去他那边。他在古老的盾牌厅里找到了他,正跟三个东海望的人赌骰子,还有一个从龙石岛来追随史坦尼斯的红发士官。

当山姆请求说话,派克一声喝令,其他人便收起骰子和硬币离开。

卡特·派克穿着镶钉软甲和粗布马裤,身体精瘦结实而强硬,但丝毫谈不上英俊。他的小眼睛靠得太近,鼻子断裂,额头中央突出矛尖样的发际线。麻疹完全毁了他的脸,为了掩盖所蓄起的胡子则稀疏零乱。

"'杀手'山姆!"他以自己的方式打招呼,"你肯定自己刺的是异鬼,不是孩子的雪骑士?"

开局不妙。"是龙晶杀死它的,大人。"山姆无力地解释。

"啊,毫无疑问。好啦,快说吧,杀手。学士派你来的吗?"

"学士?"山姆咽口口水,"我……我刚从他那儿离开,大人。"这不是谎言,派克选择错误的解读是他自己的事,这样他会更愿意听下去。山姆深吸一口气,说出计划。

不料才说不到二十个字,便被派克打断。"你要我跪下来亲吻梅利斯特那件漂亮斗篷的褶边,是吗?我早该猜到,你们这帮贵族老爷会像绵羊一样聚拢。很好,告诉伊蒙,他在浪费你我的时间。如果有人退出,应该是梅利斯特。妈的,那家伙坐这个位置实在太老了,你去对他说,如果我们选他,很可能不到一年工夫,就又要回来重新选人。"

"他老是老,"山姆承认,"但经验丰富。"

"坐在塔楼里翻地图的经验?当了总司令,他打算怎么做?给尸鬼们写信吗?他是个好骑士,不折不扣,**但并非战士**,我他妈才不在乎五十年前他在哪个愚蠢的比武会里把谁撞下了马,瞎眼老头都知道,仗全是断掌替他打的。现在有这该死的国王骑在头上,我

们比以往更需要战士的领导。今天索要废墟和空地，不折不扣，谁知道明天陛下想要什么？你以为梅利斯特有胆子站起来反对史坦尼斯·拜拉席恩和那红袍婊子吗？"他哈哈大笑，"我不这么想。"

"你不会支持他？"山姆沮丧地总结。

"你是杀手山姆还是聋子迪克？不，我当然不会支持他。"派克拿一根手指点着脸。"搞清楚，小子，我不想要这该死的职位，从没想过。我习惯踩着甲板战斗，不想骑马，而黑城堡离海太远了。但我宁愿用火红滚烫的剑操屁眼也不愿把守夜人军团交给影子塔那只爱打扮的鹰，老人家问起的话，只管这么说。"他站起身，"赶快从我眼前消失。"

山姆鼓起所有剩余的勇气："如、如果是别人呢？你能支、支持别人吗？

"别人？谁？波文·马尔锡？这只会数勺子的家伙？奥赛尔习惯服从，别人要他干什么他就干什么，虽然干得出色，但仅此而已。史林特……嗯，他那伙人喜欢他，这我承认，我还真想把他塞进国王胃里，看看史坦尼斯会不会打嗝……但是不行，那家伙浑身都有君临的味道，妈的，癞蛤蟆长翅膀就以为自己是龙了吗？"派克哈哈大笑，"还剩下谁？哈布？我们可以选他，不过到时候谁来给你煮羊肉呢，杀手？妈的，你这样子应该喜欢他该死的羊肉。"

没什么好多说的了。山姆被彻底挫败，他结结巴巴地道谢，然后离开。在丹尼斯爵士那边我能做得更好，穿过城堡时，他试图宽慰自己。丹尼斯爵士是骑士，出身高贵，谈吐斯文，当初他在路上发现山姆和吉莉，待他们谦恭有礼。*丹尼斯爵士会听我的话，一定会的。*

影子塔的指挥官出生于海疆城的洪钟塔下，是个彻头彻尾的梅利斯特。他那黑天鹅绒上衣的领子和袖口都镶貂皮，披风被一只银鹰的爪子扣住。他胡须雪白，头发大部分脱落，脸上刻着深深的皱纹,但行动仍然敏捷,嘴里还有牙齿,年月并未暗淡其蓝灰色的眼睛,也未减损他高贵的气质。

"塔利大人,"当他的事务官将山姆带进影子塔的人所居住的长枪塔,他立刻招呼道,"很高兴看到你身体康复。要不要杯葡萄酒?我记得,你母亲大人出自佛罗伦家,什么时候咱们可以聊聊,我曾在同一场比武大会上将你祖父和外公打落下马。但不是今天,我知道我们有更紧迫的事情。你一定是从伊蒙师傅那儿来的,他有什么谏言给我吗?"

山姆啜了口酒,小心地斟酌词句:"学士戴起颈链,发下誓言……此时此刻,他要是显出偏向性,那就太不合适了……"

老爵士微微一笑:"是的,所以他不能亲自前来,我理解,山姆威尔。伊蒙和我都是老人,在这种事上会考虑周到。就请你说出此行目的吧。"

酒液甜美,而丹尼斯爵士跟卡特·派克不同,他严肃认真地听完山姆的计划,但最后仍摇摇头。"我承认,假如让国王来指定总司令,那将是守夜人历史上黑暗的一天。尤其是这个国王,他不可能长久地保住王冠。但是真的,山姆威尔,退出的应该是派克。我的票数比他多,而且比他更合适。"

"没错,"山姆承认,"但卡特·派克或许勉强能胜任。据说他常在战斗中证明自己。"他不想因赞扬对手而冒犯丹尼斯爵士,可除此之外还能怎么说呢?

"许多弟兄在战斗中证明了自己,那是不够的,有些事无法靠斧头解决,伊蒙师傅了解,但卡特·派克不明白。**守夜人军团的总司令必须是领袖,必须具备跟其他贵族……以及国王打交道的能力。他必须赢得别人尊重。**"丹尼斯爵士倾身向前。

"你我都是诸侯的子嗣,我们都清楚出身、血统以及早期教育的重要性,那是练武所无法替代的。我十二岁成为侍从,十八岁当

上骑士，二十二岁赢得比武大会的冠军，而指挥影子塔业已三十三年。血统、出身和教育使我具备跟国王打交道的能力。派克……唉，你记得今天早晨他说的话吗？'你要让国王给我们揩屁股吗'？山姆威尔，非议弟兄并非我的习惯，但让我们坦白说吧……铁民是海盗与窃贼的民族，卡特·派克从小干的就是奸淫杀戮之事，多年以来，连读写信件都全部交由哈慕恩师傅负责。不，虽然不想让伊蒙师傅失望，但我无法说服自己为东海望的派克让路。"

这回山姆做好了准备："您会不会支持其他人？某个更合适的人？"

丹尼斯考虑片刻："我从不贪图荣耀。上次选举，当莫尔蒙大人的名字被提出来，我心悦诚服地放弃，在此之前，也曾为科格尔大人让路。只要守夜人军团操在可靠的人手中，我就心满意足。但波文·马尔锡和奥赛尔·亚威克都不是那样的人，而这所谓的赫伦堡伯爵乃屠夫之子，兰尼斯特家提拔的跳梁小丑，难怪如此堕落腐化。"

"还有一个人，"山姆脱口而出，"莫尔蒙总司令信任他，唐纳·诺伊和断掌科林也信任他。尽管他身份不若你高贵，却也有古老的血统。他在城堡里出生，在城堡里长大，他跟骑士学习剑术与长枪，向学士讨教文字和知识。他的父亲是公爵，他的兄弟乃是国王。"

丹尼斯爵士抚摸长长的白胡子。"也许，"过了许久，他道，"他很年轻，但……也许，也许可以胜任，我承认。然而毫无疑问，我更合适，我是更明智的选择。"

琼恩说，谎言能否不失荣誉，取决于内容与目的。于是山姆道："如果我们今晚不选出一个总司令，史坦尼斯国王打算指定卡特·派克。他今天早上跟伊蒙学士这么说的，在你们离开之后。"

"我明白了，明白了，"丹尼斯爵士站起身，"我考虑一下。"

谢谢你,山姆威尔,请向伊蒙师傅表达我的谢意。"

山姆离开长枪塔时,浑身颤抖。我干了什么?他心想,我说了什么?如果被他们发现,会……怎样?送我上长城站岗?掏出我的肠子?把我变成尸鬼?突然之间,一切显得如此荒唐,见过乌鸦啄食小保罗的脸的他,还怕什么卡特·派克和丹尼斯·梅利斯特爵士呢?

派克见他回来很不高兴:"又是你?有屁快放,别把我惹火了。"

"只占用一点点时间。"山姆承诺,"你说自己不愿为丹尼斯爵士退出,也许会为别人。"

"这次是谁,杀手?你自己吗?"

"不。一个真正的战士。当野人来袭时,唐纳·诺伊将长城交给他,他还是熊老的侍从。唯一的问题是,他是个私生子。"

卡特·派克哈哈大笑,"七层地狱,真他妈该死,就像往梅利斯特的屁眼里捅进一根长矛一样,不是吗?仅仅为这个,也许就值得做,那男孩还能坏到哪里去?"他哼了一声,"但我比他更好,我才是需要的人,哪个笨蛋都看得出来。"

"哪个笨蛋,"山姆赞同,"包括我。但是……好吧,有些话本来不该讲,但……但假如今晚选不出一个人来,史坦尼斯国王打算强迫我们接受丹尼斯爵士。他今天早上跟伊蒙学士这么说的,在你们离开之后。"

琼恩

埃恩·伊梅特是个高高瘦瘦的年轻游骑兵，其耐力、力量和剑术冠绝东海望。每次跟他练完，琼恩总感觉僵硬酸痛，第二天早晨醒来，浑身便覆满瘀青——但这种效果正是他的追求，若一直跟纱丁、马儿，哪怕葛兰比武，永远无法提高。

琼恩认为大多数时候，自己挨打跟回敬的次数差不多，但今天并非如此。昨晚他几乎没睡，翻来覆去一个钟头之后，便放弃尝试，穿好衣服，来到长城之巅，反复思考史坦尼斯·拜拉席恩的提议，直到太阳升起。缺少睡眠使他受了惩罚，埃梅特无情地发动攻击，一下又一下的回旋砍逼迫他在校场中步步后退，时不时还拿盾牌加以冲撞。琼恩的胳膊逐渐麻木，随着时间推移，没有锋刃的钝剑也显得沉重起来。

他正打算垂剑叫停，不料伊梅特佯攻下盘，然后以一记凶猛的正手劈，越过琼恩的盾牌，直取太阳穴。他脚步蹒跚，重击之下，头盔和脑袋同时嗡嗡作响。顷刻之间，眼缝外的世界一片模糊。

岁月如梭，他又回到了临冬城，穿着加衬垫的皮外套，不是锁甲和板甲。他拿起木剑，面对罗柏，而非埃恩·伊梅特。

从学会走路开始，他们每天早晨都一起练武，雪诺和史塔克，在临冬城内兜圈比划，笑闹叫嚷，没有人看见的时候，还会哭。他们不是小孩子，而是骑士和英雄。"我是龙骑士伊蒙王子！"琼恩大喊，而罗柏吼回去，"我是'傻瓜'佛罗理安！"或者"我是少龙主！"然后琼恩回答，"我是莱安·雷德温爵士！"

有一天早上，他最先夸口，"我是临冬城公爵！"过去，他上百次这样呼叫。只有这次，就这一次，罗柏答道，"你不可能成为临冬城公爵，你是私生子，我母亲大人说，你永远得不到临冬城。"

我还以为自己忘了。琼恩尝到嘴里血的味道。

霍德和马儿不得不一人架一条胳膊，将他拖离埃恩·伊梅特身边。游骑兵头晕目眩地坐倒在地，盾牌几乎成为碎片，头盔的面甲被打歪，钝剑飞出六码之外。"琼恩，够了，"霍德喊，"他输了，你解除了他的武装。够了！"

不。不够。永远不够。琼恩扔下武器。"抱歉，"他喃喃道，"伊梅特，没伤着吧？"

埃恩·伊梅特摘下被砸扁的头盔。"你没听过'投降'这个词吗，雪诺大人？"他说话的语气很和善，伊梅特喜欢比武，也爱开玩笑。"战士保佑，"他叹道，"我总算明白'断掌'科林的感受了。"

这实在难以接受。琼恩挣脱朋友们，独自回到兵器库，耳朵仍因伊梅特的击打而嗡嗡作响。他坐在板凳上，将头埋进双手之中。我在气什么？他问自己，这是个愚蠢的问题。临冬城公爵。我可以当上临冬城公爵。成为父亲的继承人。

然而眼前浮现的却不是艾德公爵的脸，而是凯特琳夫人。她那深沉的蓝眼睛和严厉冰冷的嘴唇，看上去就像史坦尼斯。和铁一样，他心想，弯曲之前就会先断掉。以前在临冬城，不管剑法、算术还是别的东西，只要表现优于罗柏，她就会用这样的眼神打量他。你是谁？那双蓝眼睛说，这里不欢迎你，你来这里做什么？

朋友们仍在练武，但依琼恩现下的心情，实在无法面对他们。于是他从后门离开兵器库，走下陡峭石梯，进入虫道，也就是连接黑城堡各堡垒和塔楼的地下隧道。去浴室的路不远，在那儿，他先跳入凉水中洗掉一身臭汗，然后泡进温暖的石澡盆。热气稍稍消除

了肌肉的酸痛，令他想起临冬城神木林里蒸腾翻滚的温泉。临冬城，他心想，席恩将它焚毁，由我加以重建。这是父亲的希望，罗柏的希望，他们绝不想让城堡成为废墟。

你是私生子，你永远得不到临冬城。他又听见罗柏的话。而那些国王石像用花岗岩的舌头朝他咆哮，你不是史塔克家的人，这里没有你的位置。琼恩闭上眼睛，看到那棵心树，苍白的枝杈，红色的叶子，肃穆的脸。这棵鱼梁木代表了临冬城，艾德公爵如是说……今天为了拯救城堡，琼恩不得不将它古老的根须连脉拔起，献给红袍女饥饿的火神。我没有这个权力，他心想，临冬城属于旧神。

拱形天花板反射的回音将他带回黑城堡。"我不知道，"有个人在说，语调中充满怀疑，"也许当我更了解此人时……你知道，史坦尼斯大人对他评价不佳。"

"史坦尼斯·拜拉席恩几时对人有好评价？"没错，是艾里沙爵士冷酷的声音，"若总司令人选得由史坦尼斯决定，那我们除了名义上的权力，岂不都成了他的臣属。泰温·兰尼斯特不可能忘记这点，而我们都清楚泰温公爵才是最后的赢家。在黑水河，他已打败了史坦尼斯。"

"泰温公爵支持史林特，"波文·马尔锡焦虑不安地承认，"我可以给你看信，奥赛尔，他称他为'忠实的朋友和仆人'。"

琼恩·雪诺突然坐起来，其他三人听到水声全僵住了。"大人们。"他带着冷淡的礼貌说。

"你在这儿干吗，野种？"索恩问。

"洗澡。别让我打断你们的谋划。"琼恩从水里爬出来，擦干身子，穿上衣服，留下他们继续讨论。

到了外面，他才发现不知该去哪儿。他走过司令塔的断垣残壁，他曾在那儿从死人手中救出熊老；他走过耶哥蕊特挂着悲伤的微笑死去的空地；他走过国王塔，他曾在那儿跟纱丁和聋子迪克·佛拉德一起等待马格拿和他的瑟恩人；他走过巨大木楼梯的残骸，它已成为一片焦木碎冰。内城门敞开，琼恩走入隧道，感受周围的寒气和头顶冰山的重量。他经过唐纳·诺伊跟"强壮的"玛格同归于尽的地方，穿越新的外城门，回到苍白阴冷的阳光下。

他这才允许自己停下来，喘口气，思考。除了木材、石料和泥灰的事务，奥赛尔·亚威克别无所长，熊老对此相当清楚。索恩和马尔锡会动摇他，让他支持杰诺斯大人，而杰诺斯大人将被选为总司令。这一切和临冬城公爵又有什么关系呢？

冷风在墙边打转，拉扯斗篷。他可以感觉到冰墙散发的寒气，就像火堆会散发热量。琼恩拉上兜帽，继续漫步。暮色深重，太阳低垂在西。百码之外的营地，史坦尼斯国王用壕沟、尖桩和高高的木栅栏圈禁野人俘虏。左边有三个大火坑，胜利者在此焚烧死于长城下的自由民、硕大多毛的巨人和矮小的硬足民。昔日的沙场今天一片荒凉，满是烧焦杂草和凝固沥青，到处都有曼斯部众的痕迹：一片撕裂的兽皮原本是帐篷，还有巨人的大槌、战车的轮子、断矛和长毛象的粪便。鬼影森林边缘，原先辽广的营区里，琼恩找到一个橡树墩，坐下来。

耶哥蕊特要我成为野人。史坦尼斯要我成为临冬城公爵。我自己要什么？ 太阳爬下天空，沉入沿西方山丘绵延起伏的长城后面。琼恩注视着高大宽阔的冰墙披上红粉余晖。*我要身为变色龙被杰诺斯大人绞死，还是该打破誓言，迎娶瓦迩，成为临冬城公爵？* 这么衡量，选择很容易……*若耶哥蕊特仍活着，也许更容易。瓦迩是个陌生人，但不难看，而且她姐姐是曼斯·雷德的王后，可……*

想得到她的爱，我就必须偷走她，然后她会给我生孩子。也许有一天，我能抱上自己的嫡生儿。 儿子是琼恩从来不敢梦想的，因此才决定来长城度过一生。*我可以给他取名罗柏。瓦迩想留着姐姐的儿子的话，我们可以在临冬城将他收养长大，还有吉莉的儿子。*

山姆不需要撒谎，我们会为吉莉找好住所，让他一年来看她一次。曼斯的儿子和卡斯特的儿子将会像兄弟一般长大，就如我和罗柏。

我想要，琼恩明白了，我想要这一切胜过任何东西。我一直想要，他满怀负疚，愿诸神宽恕我。这是体内的饥饿，比龙晶刀刃更锋利。饥饿……他感觉得到。他需要吃的，猎物，散发着恐惧气息的红鹿，桀骜不驯的大麋鹿。他需要杀戮，用鲜肉和热血填饱肚子。想到这些，他口水横流。

过了很久，他才明白过来怎么回事，不由得立即跳将起来。"白灵？"他转向树林。"他"来了，"他"静悄悄地跑出深绿的阴影，温暖的呼吸化为腾腾的白色雾气。"白灵！"他高喊，冰原狼迈步奔跑。"他"瘦了，但更高大，发出的唯一响动只是爪下枯叶碎裂的轻声。"他"来到琼恩身边，将他扑倒在地，他们在棕色的草丛和长长的阴影里翻滚打闹，星星出来了。"天哪，小狼，你上哪儿去了？"等白灵不再咬他的手臂，琼恩道，"我还以为你死了呢，就跟罗柏、耶哥蕊特和其他人一样。自从爬上长城，我就感觉不到你，连梦里也不能。"冰原狼没有回答，只舔着琼恩的脸，舌头犹如湿乎乎的锉刀，而眼睛反射出最后一线日光，像两个红红的大太阳，闪耀。

红色的眼睛，琼恩意识到，但跟梅丽珊卓不同。"他"有鱼梁木的眼睛。红色的眼睛，红色的嘴，净白的毛皮。血与骨，就像心树，来自旧神。所有冰原狼里，只有他是纯净的白。在夏末的初雪地，他和罗柏一起发现六只小狼，其中五只是灰色、黑色或褐色，正好对应史塔克家的五个孩子。另一只洁白无瑕，白得像雪。

他有了答案。

长城下面，后党人士点燃夜火，梅丽珊卓从隧道里出来，国王跟在身边。她将带领大家祈祷，以驱走黑暗。"过来，白灵，"琼恩告诉冰原狼，"跟我来。你饿了，我有感觉，我们这就去吃东西。"他们一起奔向城门,远远绕开火堆,那火焰像爪子一样伸向黑沉沉的夜空。

国王的人在黑城堡的庭院里十分显眼,琼恩经过时,他们都停下来,目瞪口呆地望着他。他们中谁也没见过冰原狼,他意识到,白灵有南方大森林里游荡的普通狼只两倍之大。他们继续朝兵器库方向走去,琼恩偶一抬头,看到瓦迩站在塔楼窗前打量他。抱歉,他心想,我不能当那个偷你的人。虽然平凡苦难,但这是我的命。

校场中,他又撞上十来个国王的人,个个手拿长矛火炬。领头的骑士看到白灵,皱起眉头,两名部下放下长矛阻挡,最后骑士道:"让开,让他们过去。"他对琼恩说:"才来吃晚饭?你迟到了。"

"是的,就让我快过去吧,爵士先生。"琼恩回答,于是那骑士让开。

还没走下楼梯,他就听到了吵闹:逐渐升高的说话声、咒骂,还有人在敲桌子。琼恩走进地窖,但没人注意他。弟兄们挤在板凳和桌子上,更多的人站着叫嚷,没人吃东西。没有食物。怎么了?杰诺斯·史林特大人喊着变色龙、叛徒之类的东西,埃恩·伊梅特长剑出鞘、踩上桌子,而三指哈布在喝骂一个影子塔的游骑兵……有个东海望的人不停拿拳头砸桌子,要求安静,然而声音只不过融入喧嚣的噪音中,在拱形天花板上回荡。

派普头一个发现琼恩,也见到了白灵。他咧嘴笑笑,将两根指头放进嘴里,吹响口哨——那是从小在戏班练就的绝活。这声尖啸犹如利剑切开嘈杂。琼恩走向桌子,弟兄们纷纷注意到他,并安静下来。沉默在地窖里蔓延,直到最后,唯一的声音只剩下琼恩在石地板上的脚步和火炉里木头轻微的噼啪。

接着,艾里沙·索恩爵士打破沉默:"变色龙终于屈尊现身了。"

杰诺斯大人则涨红了脸,浑身颤抖。"野兽,"他倒吸了一口气,"看!这就是夺走断掌生命的野兽。我们中间有个狼灵,弟兄们,狼灵!这……这凶兽怎配领导我们!这凶兽不该活着!"

白灵龇牙露齿,琼恩将一只手搭在"他"头上。"大人,"他说,"这里到底发生了什么?"

伊蒙学士从大厅彼端作答:"有人提名你为总司令,琼恩。"

太荒谬了。琼恩忍不住发笑。"谁提的?"他一边说,一边望向朋友们。一定又是派普的玩笑。但这个从前的戏班学徒耸耸肩,葛兰则摇摇头,忧郁的艾迪·托勒特却站起来:"是我,是我。没错,对朋友干这种事很残酷,但你来当好过我。"

杰诺斯大人又开始唾沫横飞:"这、这简直岂有此理。我们该绞死这小子。对!绞死他,依我看,该把这个变色龙、狼灵,跟他的朋友曼斯·雷德一起绞死。提名为总司令?我无法忍受,无法忍受!"

卡特·派克霍地起立:"你无法忍受?你也许能训练那帮该死的金袍子舔你的屁股,但别忘了,你现在穿的是黑衣!"

"弟兄们可以提名任何人,只要对方曾发下誓言穿上黑衣,"丹尼斯·梅利斯特爵士宣布,"托勒特完全有权力这么做,大人。"

立刻有十几个人同时说话,每个人都试图盖过对方,不一会儿,大厅再度被叫嚷声淹没。这回艾里沙·索恩爵士跳上桌子,举手示意安静。"弟兄们!"他高喊,"吵来吵去没用,投票吧。这个霸占了国王塔的国王在地窖每个出口都布置了卫兵,以确保我们没东西吃,也不能离开,直到作出选择。好吧!我们就来选,一次一次地选,如果必要,就选一个晚上,直到选出首领为止……但开始投票前,我相信咱们的首席工匠有话要说。"

奥赛尔·亚威克皱紧眉头,缓缓起身。大个子工匠揉了揉突出的长下巴,"好吧,我请求将自己的名字撤出选举。如果你们要我,已经有过十次机会,很显然,你们认为我不行,至少你们中的很多人认为我不行。先前我对朋友说,看来还是支持杰诺斯大人……"

艾里沙爵士点点头:"史林特大人是最佳——"

"让我把话说完,艾里沙。"亚威克抱怨,"我们都知道,史林特大人曾指挥君临的都城守备队,而且是赫伦堡领主……"

"他从未见过赫伦堡!"卡特·派克喊道。

"嗯,没错,"亚威克说,"算了,不管怎么样,我站在这儿,却忘了为什么会说史林特是个好选择。选他好比扇史坦尼斯国王一耳光,但对大伙儿又有何好处呢?也许雪诺更好。他在长城待的时间长,又是本·史塔克的外甥和熊老的侍从。"亚威克耸耸肩。"随便你们选谁,反正我退出。"他坐下去。

琼恩看到杰诺斯·史林特的脸由红转紫,艾里沙·索恩爵士则面无血色。那东海望的人又用拳头擂桌,叫着要罐子,他的朋友跟着喊。"罐子!"他们齐声吼,"罐子,罐子,罐子!"

罐子放在火炉边的角落,黑色的大肚子铁罐,有两个硕大的把手和一个沉重的盖子。伊蒙学士对山姆和克莱达斯吩咐了一句,他们便走过去抓住把手,将罐子拖到桌边。一些弟兄在装代票物品的木桶旁排好队,克莱达斯揭开罐子的顶盖,却差点让它砸到自己的腿。随着一声沙哑的尖叫和一阵翅膀的拍打,一只大乌鸦从罐内冲出来,向上飞去,也许是要寻找橡木,或者逃亡的窗户,但地窖里两者皆无。乌鸦被困住了,它大声聒噪,绕着大厅转圈,一圈,两圈,三圈。琼恩听到山姆威尔·塔利说:"我认识这只鸟!它是莫尔蒙大人的乌鸦!"

乌鸦落在离琼恩最近的桌子上。"雪诺!"它叫道。这是一只老鸟,满身污泥。"雪诺,"它续道,"雪诺,雪诺,雪诺。"它

走到边缘，展开翅膀，飞上琼恩肩头。

杰诺斯·史林特大人"嘭"的一声沉重地坐下，但艾里沙爵士的嘲笑响彻地窖。"猪头爵士把我们当傻瓜，弟兄们，"他说，"这花招是他教的，它们全都会说'雪诺'，去鸦巢听听就知道了。莫尔蒙的鸟会讲别的。"

乌鸦昂头望向琼恩。"玉米？"它满怀期望地说。由于既没得到玉米，也没得到回答，它又聒噪几声，咕哝道："罐子？罐子？罐子？"

剩下的全是箭头，洪流般的箭头，淹没了最后几枚石子和贝壳，也淹没了那一小撮铜板。

等计数完毕，琼恩发现自己被围了起来。有人拍他后背，其他人则朝他跪拜，仿佛当他是个真正的领主。纱丁、"呆子"欧文、霍德、"癫蛤蟆"陶德、省靴、巨人、穆利、御林的乌尔马、"美女"唐纳·希山及其他数十人紧紧聚在旁边。戴文的木假牙敲得嗒嗒响，"诸神保佑，我们有了个裹褪裸的总司令。"埃恩·伊梅特说，"希望这不意味着下次练习时我不可以把你揍得屁滚尿流，大人。"三指哈布想知道他是仍然跟众人一起吃，还是该把膳食送到书房。连波文·马尔锡也走上前，表示只要雪诺大人答应，他很乐意继续担任总务长。

"雪诺大人，"卡特·派克说，"如果你搞得一团糟，我就挖出你的肝，就着洋葱生吃。"

丹尼斯·梅利斯特比较礼貌。"年轻的山姆威尔要我做的事不容易，"老骑士坦承，"当科格尔被选中时，我告诉自己，'没关系，他在长城服役的时间比你久，你的机会在下次'。轮到莫尔蒙时，我心想，'他强壮又勇猛，但年纪大了，你仍然有机会'。你几乎还是个孩子，雪诺大人，现在我知道自己必须回到影子塔，而机会再也不会到来。"他疲倦地微笑。"不要让我带着遗憾去死。

你叔叔是条好汉,你父亲大人,还有你祖父也是。我对你充满期望,希望你跟他们一样。"

"对,"卡特·派克说,"你先去告诉国王的人,一切都结束了,我们要该死的晚餐。"

"晚餐,"乌鸦尖叫,"晚餐,晚餐。"

国王的人得知选举结束之后,便撤离门口,三指哈布忙带十几个助手快步往厨房去拿食物。琼恩不想吃东西,他穿过城堡,怀疑自己在做梦。乌鸦停在肩头,白灵跟在脚边,派普、葛兰和山姆在后面交谈。他没听见他们说什么,直到葛兰低声道:"是山姆干的。"而派普承认:"的确是山姆!"派普带着酒袋,他喝了一大口,唱起来:"山姆,山姆,魔法师山姆,了不起的山姆,山姆,山姆,奇迹山姆。是他干的!但你什么时候把乌鸦藏进罐子,山姆,七层地狱,你怎么确保它会飞向琼恩?如果那鸟儿决定停在杰诺斯·史林特的胖脑袋上,一切就全乱套了。"

"我跟那只鸟没关系,"山姆坚持,"它飞出罐子时,我差点尿裤子。"

琼恩哈哈大笑。他相当惊讶自己仍然记得笑:"你们是一帮疯狂的傻子,知道吗?"

"我们?"派普说,"你说我们是傻子?我们可没被选为第九百九十八任守夜人军团总司令。喝点酒好,琼恩大人,你需要许许多多的酒。"

于是琼恩接过酒袋,咽下一口。只有一口。长城是他的了,夜空阴沉黑暗,还有一个国王需要对付。

珊莎

她顿时苏醒,每根神经都绷紧,几乎不明白身在何处。梦中的她重回童年,和妹妹艾莉亚睡在一起。可惜现实中发出鼾声的不是妹妹,却是身边的侍女,这里也不是临冬城,而是高山上的鹰巢城。*我则成了私生女阿莲·石东。*房内又黑又冷,唯床上有几分暖意。黎明尚未到来。平日,每当梦见伊林·派恩爵士,她就会惊醒,可今天不一样。家,今天梦见的是家。

鹰巢城不是她的家。这里和梅葛楼差不多大小,纯白高墙外,唯有山脉和无穷无尽的虚空,一条长而险峻的小路通过长天堡、雪山堡和危岩堡,与底部的月门堡相连。她哪儿也去不了,什么都不能做。老仆人总说这里的厅堂回荡着当年她父亲和劳勃·拜拉席恩做琼恩·艾林养子期间留下的欢笑,可那是好久以前的事,而今她什么也感觉不到。姨妈身边的人不多,又很少准许宾客登上月门堡前来拜访。因此除了那位上年纪的侍女,珊莎的伙伴只有三岁婴儿般的劳勃公爵(其实他已八岁了)。

还有马瑞里安。讨厌鬼马瑞里安总是纠缠不休。年轻的歌手每天都为她们在席间弹奏,眼睛从未离开珊莎的身体。莱莎夫人近来不太高兴,于是乎格外宠爱马瑞里安,已经连着有二位侍女和一名侍酒因为歌手的言语被逐出城堡。

姨妈好孤单。她的新婚夫婿在山下待的时间远远多于留在鹰巢城的光阴。现今他就在山下,一连四天与科布瑞家族会谈。从偷听来的只言片语中,珊莎知道琼恩·艾林的封臣们怨恨莱莎的婚姻,嫉妒培提尔获得峡谷守护者的权威。逮着姨妈不肯发兵援助罗柏的罪状，罗伊斯家族的本家处于公开叛乱的边缘，韦伍德家族、雷德福家族、贝尔摩家族及坦帕顿家族都全力支持青铜约恩的行动。山区原住民难以控制，老伯爵杭特又在这节骨眼上突然病逝，他的两名幼子不约而同地指责长兄谋害父亲。艾林谷一直没卷入战局，可如今莱莎夫人想保持和平的目标是越来越难以实现了。

我睡不着，珊莎心想，脑袋好涨。她勉力推开枕头和毛毯，走到墙边，打开窄窗。

鹰巢城上下雪了。

雪花纷飞，如回忆一般轻柔而沉默。*是它唤醒了我？*下面的花园里，积雪已然很深，盖住青草，为雕像披上洁白的外衣，压弯了矮树枝头，令珊莎想起很久以前的夜晚，想起了长夏里的童年。

离开临冬城那一天，是她最后一次见到下雪。*当时的雪花没有今天这么大*，她心想，*当罗柏拥抱我时，它们就在他的发际融化，而艾莉亚的雪球怎么也做不工整。*那个早晨的欢乐，令她不禁隐隐作痛。胡伦扶她上马，她迎着细雪，骑出城堡，离开故乡，奔向那辽阔无垠的世界。*我以为我的歌谣将于兹开始，却不料到如今已几乎画上了句号。*

她任窄窗大敞，开始换衣服。环绕花园的七座高塔阻挡了山风，但隔不断寒意。她穿好丝制内衣，亚麻布上装，温暖的蓝羊毛裙服，接着是一双长筒袜，系至膝盖的长靴，厚厚的皮手套和一件带兜帽的柔软白狐皮斗篷。

雪花飘进房间，侍女下意识地裹紧毯子。珊莎打开房门，走下螺旋梯。当她接着打开通往花园的大门时，眼前的美景让她不由得屏住呼吸，惊讶于那份不属于人间的宁静。雪花飘啊飘，悠远的暗香与孤寂，它们沉甸甸、不受打扰地着陆。人间的全部色彩纷纷败下阵来，遁逃无踪，唯有黑、白和灰：白的高塔、白的雪和白的雕像，黑的影子与黑的树，灰的天空。*一个纯粹的世界*，珊莎心想，

一个不属于我的世界。

她如梦似幻地踏步出门，靴子在顺滑的白雪表面留下及踝深的孔洞，却没发出任何声音。她走过结霜的矮木丛，望着细瘦的黑树干，不知自己是否仍在梦中。飘飞的雪花犹如情人温柔的亲吻，划过脸庞，因体温而融化。她来到花园中央，站在倒塌、半埋没的哭泣女人雕像旁，闭上双眼，举头向天。她闻到雪花的舞蹈，品尝着雪的滋味。这是临冬城的滋味，清白的滋味，梦的滋味。

当她睁开眼睛，发觉自己已然下跪，却不记得其中经过。天空泛白，黎明来到。这是新的一天，她心想，指引着未来。可她渴望的却是回到过去，祈祷能回到过去。她应该对谁祈祷？这座小花园原本是要栽培成神木林的，但土壤过于细薄多石，鱼梁木难以生根。一座没有心树、没有神灵的神木林，和我一样，空虚，空虚。

她拾起一把雪，放在指间挤压，轻松地捏成湿湿沉沉的球。珊莎继续运作，指上运力，直到雪球浑圆、洁白而无瑕。夏天里的一场雪，有个早上，当她走出主堡，遭到艾莉亚和布兰联手伏击。他们一人握着十来个雪球，而她什么也没有。布兰站在密闭桥梁顶上，她抓不到，所以追的是妹妹。她俩奔过马厩，又绕着厨房追跑，直到双双喘不过气。她本可捉住艾莉亚，却不防滑倒在冰面上。妹妹关心地跑过来看望，问她有没有受伤。当珊莎老实地回答"没有"时，劈面又挨了一个雪球。她不甘示弱，抓住妹妹的大腿，将其掀翻在地，把雪往头发里塞，直到最后乔里走来，将嘻嘻哈哈的姐妹俩分开。

而今我有了雪球，又拿它来做什么呢？她望着手中可怜的小玩意儿，悲伤地想，这里没有人跟我打雪仗。珊莎松手，雪球砸在地上，碎了。但我可以做个雪骑士，她决定，或者……

她赶紧捏好三个雪球，合在一起，再补上新雪，塑成圆柱体。随后珊莎站起来，用小手指指甲在柱体上挖洞，作为窗户。顶端的城垛最难弄，她花了好长时间，才让柱体看起来像塔楼的样子。还有城墙，珊莎心想，还有主堡。她狂热地投入工作中。

雪花飘落，城堡升起。她搭起两道及踝高的雪墙，内墙高过外墙；她搭起塔楼和角楼、堡垒与阶梯；她搭起一座圆形厨房、一座方形兵器库，还有西墙内侧的马厩。开始工作时，她只想搭座城堡，但在心中，一直都明白这其实就是临冬城。积雪之下，她找到枯枝和落木，便折其末梢，用来做神木林。点点树皮则成了墓园中的碑石。手套和靴子结了冰，指头麻木，脚掌又湿又冷，但她浑不在意，只关心城堡。座座建筑在脑海中历历在目，犹如昨日才刚别离。藏书塔外壁有陡峭蜿蜒的石制螺旋梯；城门楼是两个巨型堡垒，中央一道拱门，堡垒顶上开了无数垛口……

她一边做，雪一边往下滑，很快，旁边堆起的残雪，就和建筑物本身一样高了。当她细心拍打，描绘出城堡大厅的斜顶时，身后传来一声呼喊。她抬起头，看见侍女站在窗边："小姐，您好吗？用早餐吗？"珊莎摇摇头，埋头继续工作。这次她在大厅顶部加上一个烟囱，那是壁炉的所在。

黎明犹如盗贼，偷偷潜进小花园。灰色的天空持续放亮，积雪之下，树枝和灌木显出暗绿的色泽。仆人们走进花园，默默地打量，她没有回头，于是人们又纷纷回到温暖的塔内。莱莎夫人裹一身镶狐皮的蓝天鹅绒长袍站在阳台上观察，但等她再度抬头，姨妈已不见了。骨瘦如柴、浑身颤抖的柯蒙学士将头探出鸦巢，向下审视了一会儿，目光中充满好奇。

桥梁始终做不牢固。兵器库和主堡之间，有一座密闭桥梁，还有另一座桥从钟塔四楼直通鸦巢的二层。但不管她如何细心琢磨，它们就是无法保持平衡。当桥梁第三次倒塌时，珊莎大声咒骂，绝望地坐倒在地。

"把雪裹在棍子上面，珊莎。"

她不知他已看了多久,也不知他何时回到鹰巢城的。"棍子?"她问。

"不错,如此方能支持雪的重量,来,"培提尔说,"我可以参观你的城堡吗,小姐?"

珊莎小心翼翼地道:"好,但别弄坏它,千万小……"

"……小心?"他微微一笑,"小姐,请你把心放下,临冬城战胜过无数刚强的敌人,而我只是个小人物。这是临冬城,我没猜错吧?"

"是的。"珊莎承认。

他沿墙游走,"好多年了,凯特随艾德·史塔克去了北方,我常常梦见这座城堡。在我梦中,这是个黑暗冰冷的地方。"

"才不是!它非常温暖,不管外面下多大的雪,城内总是热气腾腾。墙壁中有管道,温泉的水通过它们流贯全城,而玻璃花园中永远都是盛夏。"她站起来,俯瞰雄伟的白色城堡,"可我不知该如何制作花园的玻璃顶棚。"

小指头敲敲下巴——莱莎已命他把小胡子刮个精光,"菱形窗格,对吧?行,找些嫩枝末梢,剥皮后编织起来,捆一起就好。我帮你做。"他穿过花园,抖落积雪,寻找各种枝丫木条。随后,他一个大步跨越两道城墙,踩在校场中央。珊莎凑过去观察,只见培提尔的手灵巧而稳健,没多久就编出无数交叉格子,与临冬城的玻璃花园相差无几。"可是,玻璃只能靠想象了。"他把成品递给她,抱歉地说。

"您编得真好。"她赞叹。

他摸摸她的脸:"好美。"

珊莎不明白:"什么?"

"你的微笑好美,小姐。让我再为你编一个吧。"

"可以吗?"

"当然可以,为你搭城堡是我最乐意的事,我的小姐。"

于是由她搭建玻璃花园的墙壁,小指头制作屋顶,完工之后,他俩协力将其延伸,又做了守卫室。她用木棍支撑桥梁,果真如他所言,再也没有倒塌。首堡是个老旧、低矮的圆形鼓楼,本身并不难做,可珊莎不明白怎么处理高台上的石像鬼。培提尔再度为她解难,"城堡不是正在下雪吗,小姐?"他指出,"雪中的石像鬼是什么模样?"

珊莎闭上眼睛,在回忆中搜寻:"它们看起来像白色的小柱子。"

"这不结了吗?石像鬼难做,小白柱子却是容易的。"果真如此。

残塔也做出来了。他俩共同搭起一座微斜的高塔,然后并肩跪地,小心地将其抚平。完工后,珊莎把手指戳进塔顶,掏出一点雪花,扔到培提尔脸上。他轻呼一声,雪花滑进衣领中:"你欺负我呢,小姐。"

"难道不该吗?你带走我时,保证要送我回家。"

她不知自己哪儿来的勇气,敢于如此和他说话。是临冬城给我的勇气,她心想,在它的城墙里面,我有力量。

他的面色转为严肃:"是的,我说了谎……还有另一件事,我说的也是谎话。"

珊莎肠胃打结:"还有一件事?"

"我告诉你为你搭城堡是我最乐意的事,我骗了你,还有一件事让我更开心,"他凑近来,"这个。"

珊莎想回避,但他握住她的手,猛然吻了她。她虚弱地挣扎,他却靠得更紧,嘴唇印上嘴唇,吞噬了话语,舌尖有薄荷的味道。半晌之间她屈服了……接着忙扭头挣脱:"你干什么?"

培提尔理理斗篷:"亲吻我的白雪公主。"

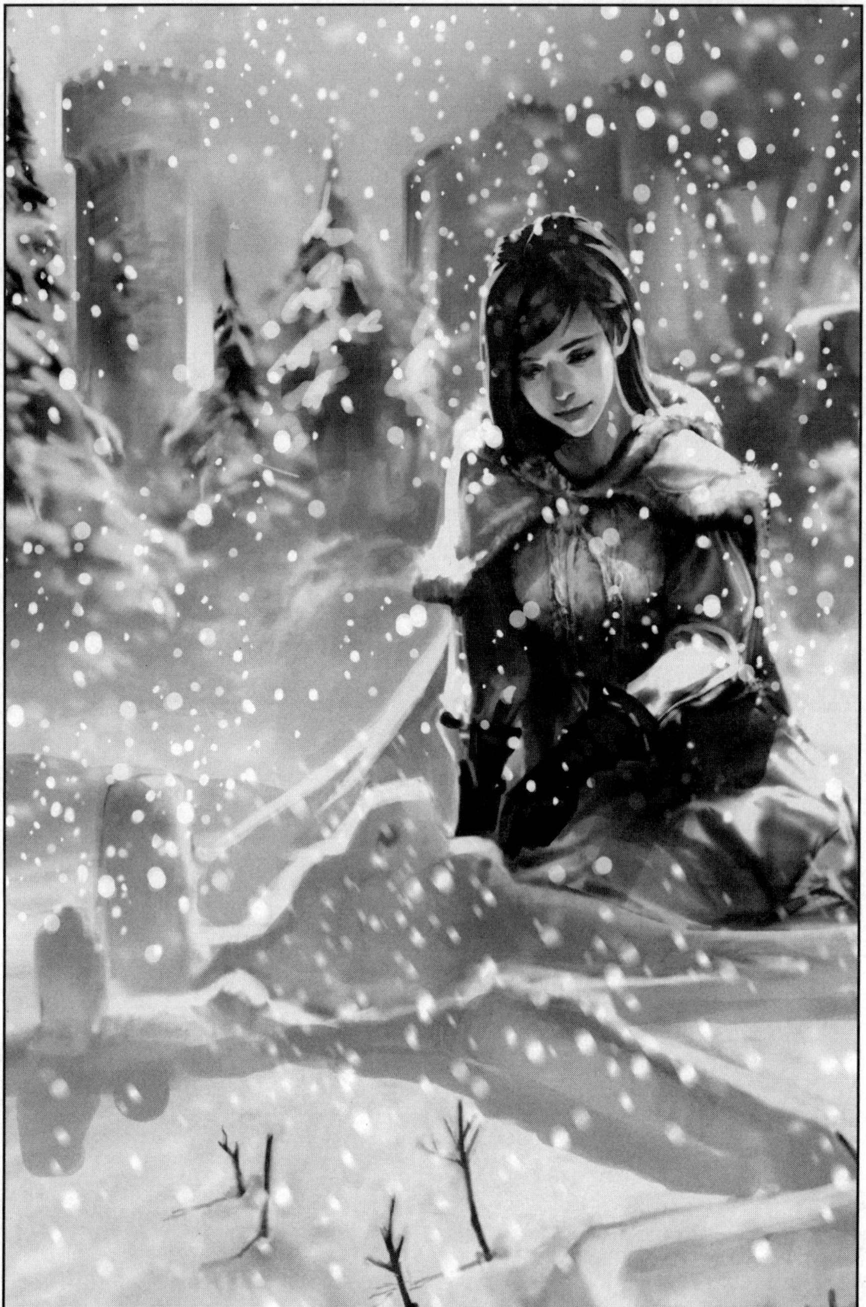

"你……你应该去吻她，"珊莎不安地扫视莱莎的阳台，上面空空如也，"她才是你妻子。"

"我吻过她，莱莎没理由抱怨。"他浅浅一笑，"你真该拿镜子照照，我的小姐，你实在太美了。在皑皑白雪中，你好似一头可爱的小熊，而脸庞爬满红晕，气喘吁吁。你出来多久了？外面很冷，让我给你一点温暖吧，珊莎。来，手套脱掉，把手给我。"

"不！"他的声音好像马瑞里安，她不由得想起海滨婚宴那晚的情景，只是这次罗索·布伦不可能来救她，因为他是培提尔的人。"您不能吻我。您忘了吗？说好的，我是您女儿……"

"说好的，"他淡淡地承认，带着一丝悔恨的微笑，"可你不是我女儿，不是我真正的女儿。你是艾德·史塔克和凯特的种，但在我眼中，你比当年的凯特还要美，真的。"

"噢，培提尔，求你，"她的声音好虚弱，"求你……"

"城堡！"

前方传来一声稚气、高亢的尖叫，小指头离开珊莎身边。"劳勃大人，"他草草一鞠躬，"您出门怎能不戴手套？冷着咧。"

"这座雪城堡是你做的吗，小指头大人？"

"大部分是阿莲做的，大人。"

珊莎补充："我在搭建临冬城呢。"

"临冬城是什么地方？"以八岁男孩的标准，劳勃生得过于瘦小，斑驳的皮肤，湿黏黏的眼睛，不管上哪儿都抱着一个破烂的布偶。

"临冬城是史塔克家族的城堡，"珊莎告诉未婚夫，"是北方最壮观的城堡。"

"它看起来好小一点点呀，"男孩跪在城门楼前，"看，巨人攻城啰。"他把布偶放在雪地中，推向城堡。"轰隆，轰隆，我是无敌的巨人，"他唱道，"哈依，哈依，快开门！教我砸扁了可住不了人。"他摆动布偶的腿，敲下城门楼的两个堡垒。

珊莎承受不了，"劳勃，住手！"他非但不听，反而再次操纵布偶前进。一尺长的城墙应声倒掉。她伸手去抓他胳膊，扯住的却是布偶，只听"嘶"的一声巨响，薄布条随即断裂，不知怎的，她竟把布偶的头给扭了下来。劳勃手中只剩腿脚和躯干，破布和碎屑遍撒在雪地里。

劳勃公爵嘴唇发抖："你——你——你杀杀杀杀杀杀杀了他！"他哭号道，接着浑身痉挛。起初较为微弱，但半晌之后，他便倒在城堡上，四肢无法遏抑地剧烈抽打。白塔、雪桥被打得满天飞舞，珊莎满心恐惧地目睹临冬城的毁灭，还是培提尔·贝里席走过来抓住继子的手腕，大声召唤学士。

守卫和女仆们立刻赶来控制发病的男孩，柯蒙学士也旋即出现。对鹰巢城众人而言，劳勃·艾林公爵的癫痫病早已司空见惯，莱莎夫人把大家训练得只要孩子一哭，便产生条件反射。学士按住小公爵的头，一边呢喃安慰的话语，一边喂下半杯安眠酒。慢慢地，劳勃的发作减弱，终至停止，只有双手还在微微抖动。"把他抱去我房间，"柯蒙叮嘱守卫们，"待会儿用水蛭吸点血。"

"都是我的错，"珊莎把布偶的头拿给大家看，"我把他的玩具弄坏了。但我不是故意的，我……"

"公爵大人动手拆了城堡。"培提尔解释。

"是巨人干的，"小男孩抽抽咽咽地诉说，"不是我，是巨人把城堡推倒的。她，她把他杀了！我恨她！她这野种，我恨她！我才不要被吸血！"

"大人，您血液里有毒素，"柯蒙师傅道，"毒素让您恼怒、发抖。快来吧，听话。"

他们带走了男孩。这就是我的夫君，珊莎望着临冬城的废墟，漠然地想。雪已停，气氛却更凄冷。她不知在结婚典礼上劳勃大人

是否也会颤抖。乔佛里至少身体还算健康。一阵莫名的狂怒攫住了她，她捡起一根断枝，穿过布偶的头，插在临冬城覆灭的城门楼上。仆人们都吓呆了，只有小指头哈哈大笑："倘若故事属实，这可不是临冬城城墙上挂的头一个巨人脑袋哦。"

"故事终究只是故事。"她扔下这句话，离他而去。

回到房间，珊莎立刻脱下湿漉漉的斗篷和靴子，坐到火炉边。她不敢心存侥幸，今天的事她一定脱不了关系。*或许莱莎夫人也会将我赶出城去。*姨妈对胆敢冒犯的人总是格外严厉——而没有什么能比欺负她儿子更让她恼火的了。

走就走，月门堡好歹比鹰巢城大得多，也更有生气。奈斯特·罗伊斯男爵固然脾气暴躁严厉，但城堡其实由他女儿米兰达当家，而每个人都赞她开朗快活。即便珊莎的私生身份也不会带来太多困扰，劳勃国王的私生女不也在下面服务么？据说她和米兰达小姐是好朋友，亲如姐妹。

*我要告诉姨妈，我不想嫁给劳勃。*连总主教大人也不能强迫女子发下婚誓。虽然姨妈瞧我不起，可我才不是乞丐。我已经十三岁，有了月事，成为女人，未来还将继承临冬城和北境。她固然可怜小表弟，但绝对无法想象让他成为自己的夫君。和他在一起，倒不如留在提利昂身边。只要把这番话跟莱莎夫人讲，她一定会赶我走……从此我将远离劳勃的坏脾气、癫痫病和湿黏黏的眼睛，远离马瑞里安的注视，远离培提尔的吻。*我要告诉她。我要告诉她！*

直等到当天下午，莱莎夫人的召唤才姗姗来到。珊莎鼓励了自己一整天，可当马瑞里安出现在门口，所有的怀疑又顿时如决堤之水，汹涌而出。"莱莎夫人在大厅等你。"歌手边说边用眼睛脱她的衣服。她对此已经习以为常。

毋庸置疑，马瑞里安长得不错：青春苗条，皮肤光滑，沙色的头发，迷人的微笑——但他却是谷地里，除了姨妈和小劳勃公爵之外最讨厌的人。从仆人们口中，珊莎得知自己远非头一个遭他侵犯的女人，而旁人可没有罗索·布伦的保护。莱莎夫人容不得任何人说歌手的闲话，从来到鹰巢城那一天起，他便成了姨妈的宠臣。每天晚上，由他唱催眠曲陪伴劳勃公爵入睡，他在姨妈驾前表演的则是讥讽求婚者们的歌调。莱莎不仅赐给他丰厚的金钱，还有各种礼物：贵重衣衫、黄金臂环、镶月长石的腰带及一匹骏马，连前夫最爱的猎鹰也赏予了他。马瑞里安在莱莎夫人面前总是毕恭毕敬，莱莎夫人不在场时却极为骄横跋扈。

"谢谢你，"珊莎僵硬地说，"我马上就来。"

他没有离开："夫人要我护送你去。"

护送我去？事情不对劲。"你又不是守卫。"小指头解雇了鹰巢城原侍卫队长，改由罗索·布伦爵士担任。

"噢，你需要保护？"马瑞里安柔声道，"没问题，我才写成一首歌，一首甜美又伤感的歌，想必能融化你冰冷的心房。我给它取名'路边的玫瑰'……一位美貌无双的私生女，让每个男人都迷醉倾慕。"

*我是临冬城史塔克家的人，才不是什么私生女，*珊莎好想吼回去。但她不敢，于是只点点头，任他护送自己走下塔楼阶梯，跨过一座桥。在鹰巢城期间，大厅从未开启，不知姨妈如今为何要在厅内召见她。她倒宁愿去姨妈温暖的书房，或者艾林公爵舒适的觐见室，那里还可看见阿莱莎之泪的雄伟瀑布。

大厅的精雕木门外，一左一右站了两位身穿天蓝披风、长矛在手的守卫。"阿莲与莱莎夫人谈话期间，任何人不得打搅。"马瑞里安指示。

"是。"守卫放他们进去，接着双矛交叉，封住门扉。马瑞里安关门后，又往门上插了第三只矛——这只比守卫使用的武器更长更沉——将其牢牢锁住。

珊莎愈发不安:"干吗呀?"

"嘘,夫人在等你呢。"

她不确定地看看周围。莱莎夫人坐在高台上的高背鱼梁木王座中,整个大厅只有她一人。在她右手另有一个较高的王座,上面铺有厚厚的蓝垫子,但劳勃公爵此刻并不在。珊莎希望他的病情得到好转,却不想开口询问马瑞里安。

她走在蓝丝地毯上,两旁是行行纤细如长枪的梁柱。大厅的地板和墙壁皆用乳白色蓝纹大理石砌成,点点慵懒苍白的日光通过东墙的窄拱窗射进。窗户之间,火炬插在高高的铁制台座里,但无一点亮。地毯淹没了足音,窗外冷风寂寞呼啸。

大理石如此洁白,连反射的日光也显得有几分寒意,可……那都不及姨妈一半冰冷。莱莎夫人穿乳白色天鹅绒裙服,戴一串蓝宝石与月长石的项链,红棕色的头发扎成一个蓬厚的辫子,垂下左肩。她端坐在宝座上,瞪着靠近的侄女,涂满脂粉的脸庞晕红而肥胖。在她身后的墙上,挂着一面巨大的旗帜,描绘了艾林家族以天蓝为底的一弯白色新月和猎鹰。

珊莎在高台前止步,屈膝行礼,"夫人,我照您吩咐来了。"风声越来越大,马瑞里安在大厅末端轻弹竖琴。

"我看得到。"莱莎夫人冷冷地说。

珊莎理理裙子的褶皱:"劳勃大人好些了吗?我不是有意要撕他的布偶,真的,他把我的雪城堡弄坏了,我……"

"怎么,变回小姑娘家啦?"姨妈道,"我不跟你谈劳勃的玩具。*我看见他吻了你。*"

此话一出,厅内的寒意陡然剧增,墙壁、地板和梁柱仿佛统统化为玄冰。"他吻了我。"

莱莎鼻孔一张:"他为何这么做?他已有了一个全心全意爱他的老婆,一个真正的女人,绝非小姑娘。他不需要你这路货色。忏悔吧，孩子，你在勾引他，立刻忏悔吧。"

珊莎惊得退后一步："不是这么回事。"

"想跑？心虚啦？放荡之行必须接受惩罚，然而我不会难为你。依照自由贸易城邦的习俗，我们为劳勃准备了一个替身儿童，每当劳勃有过错——他的脾气很纤细，受不得责罚——就鞭打他。我也会为你找个女孩当替身，但你自己得首先招认罪行。我最不能忍受别人说谎，阿莲。"

"我在修雪城堡，"珊莎道，"培提尔大人过来帮助，然后吻了我。事情就是这样。"

"你一点廉耻都没有吗？"姨妈尖刻地说，"还是把我当成了傻瓜？是不是？是不是？看来你确实把我当成了傻瓜。好，好，我跟你讲，我才不傻。你以为自己年轻漂亮，只要是男人都抵挡不住你的魔力？别以为我没看见你盯马瑞里安的眼神！告诉你，小家伙，鹰巢城上事无巨细都别想逃过我的眼睛，而你这路货色我早见识过了。别以为靠着大眼睛和淫荡的微笑就能赢得培提尔的欢心，他是我的，是我的，"她陡然起身，"你们都想把他从我身边偷走。父亲大人，我夫君，你母亲……尤其是凯特琳，她也爱吻培提尔，不错，不错。"

珊莎再退一步："我母亲？"

"不错，你母亲，你的宝贝母亲，我可爱的姐姐凯特琳。别装出一副道貌岸然、纯洁无瑕的模样，狼心狗肺的小骗子。在奔流城这么多年，她把培提尔当玩具耍。她用微笑、软语和淫荡的目光戏弄他的感情，可怜的培提尔夜夜失眠。"

"不，"*我母亲都已经死了，珊莎只想尖叫，她还是你姐姐，你怎能这么说她？*"她不可能这么做，她不会这么做。"

"你怎么知道？你亲眼见过吗？"莱莎离开宝座走下来，裙裾婆娑，"当年布雷肯和布莱伍德两位大人前来求我父亲仲裁纠

纷，你在场吗？那晚布雷肯大人的歌手在席间伴奏，凯特琳和培提尔一共跳了六曲舞，六曲！我数得清清楚楚。两位大人开始争吵时，父亲把他们带去私下讨论，所以没人控制我们饮酒。艾德慕酩酊大醉，当时的他好年轻……而培提尔呢，他想吻你母亲，却被她推开，她还笑他，他的表情好受伤，我的肺都要气炸了。后来他灌醉自己，趴桌子上人事不知，布林登叔叔赶在我父亲发现之前将他抱回卧室。你，你一样都不记得了，是吗？"她怒火冲天地瞪着侄女，"是吗？"

她醉了还是疯了？"我当时还没出生呢，夫人。"

"你没出生，但我在场。别以为能骗过我，我知道实情，你吻了他！"

"他吻了我，"珊莎继续坚持，"我没想——"

"闭嘴，我不准你说话。你勾引他，就像你母亲那晚用微笑和舞蹈勾引他。你以为我把这一切都忘了吗？没有，没有，那天晚上我去了他房间，给了他你所不能给的慰藉。我流了血，但那是甜蜜的疼痛。他说他爱我，却叫我'凯特'，说完便睡着了。即便如此，天亮前我也没有离开。你母亲对不起他，连他为了自己跟布兰登·史塔克决斗都不肯给予信物。但我会把信物给他，我会给他所有的一切，而今他是我的，不是凯特琳的，不是你的！"

珊莎所有的决心都在姨妈那张因愤怒而扭曲的脸庞面前融化。莱莎·艾林简直跟从前的瑟曦太后一样怕人。"他是你的，夫人，"她试图用温顺懊悔的语气说，"我可以走了吗？"

"你走不了，"姨妈的呼吸里有葡萄酒的味道，"假如你是别人，早教我废了。我会把你送到月门堡的奈斯特男爵那里，甚至送回五指半岛。你情愿一生都待在那片荒凉的海岸，陪伴强风呼啸的嶙峋巨岩，终日与泼妇、羊屎为伍吗？我父亲就是这么对待培提尔的。人人都以为这是出于他和布兰登·史塔克那场愚蠢的决斗，事实并非如此。父亲说,我应该感谢上苍,琼恩·艾林这样响当当的大领主肯娶一个被开过苞的女人,但实际上他要的只是父亲的军队。我不得不嫁给琼恩,否则父亲会像对待他亲弟弟布林登一样,将我拒之门外,可在心中,我只爱培提尔!说了这么多,是为了让你明白,我们之间的爱有多深,我们之间经历了多少坎坷、多少折磨。我们之间甚至有过一个孩子,一个无比甜美的小宝贝。"莱莎把双手放到肚子上揉搓,好像孩子仍在里面。"当年他们把我的宝贝偷走,我对天发誓永不让这种事重演。琼恩想把我的小亲亲劳勃送去龙石岛,那个酒鬼国王更是异想天开地要将他过继到瑟曦·兰尼斯特那边,我决不允许……我也决不允许你再偷走我的小指头培提尔。你听清楚了吗?阿莲,珊莎……管你叫什么,给我听好!给我记住!"

"是的,我发誓,我再也不吻他……或者……或……或者勾引他。"珊莎决定顺着姨妈的意思说。

"终于承认啦?果然不出我所料,你就是这路货色,跟你母亲一样放荡。"莱莎捉住她手腕,"跟我来,我给你看件东西。"

"好痛,"珊莎蠕动着,"求求您,莱莎姨妈,我真的什么也没做,我发誓!"

对她的抗议,姨妈浑不在意,"马瑞里安!"她叫道,"你在哪里,马瑞里安!你在哪里!?"

歌手起初小心翼翼地待在大厅末尾,听见莱莎夫人的召唤立刻赶来:"夫人有何吩咐?"

"给我们唱首歌,就唱'女人和伪君子'吧。"

马瑞里安拨动琴弦,"梅雨时节——老爷去骑马哟,嗨——喏耶,嗨——喏耶,嗨——喏耶——嗨……"

莱莎夫人猛拉珊莎的胳膊,她要不跟上,要不就得被拖着走,她只好乖乖从命。她们走到大厅中央,只见两根纤细的梁柱间,大

理石墙上开了一扇狭窄的鱼梁木门。它紧紧关闭，上了三道沉重的青铜门闩，但珊莎能听到狂风穿过缝隙的刺耳声响。她抬头看见门上白木雕刻的新月，顿时止步。"这是月门，"她拼命想往后退，"您干吗带我来月门？"

"现在怕啦？畏畏缩缩跟老鼠似的！在花园的时候怎有那么大胆子呢？你今早上的行为简直就是狗胆包天！"

"梅雨时节——女人缝衣服哟，"马瑞里安唱道，"嗨——喏耶，嗨——喏耶，嗨——喏耶——嗨……"

"开门，"莱莎下令，"给我开门，否则我叫守卫进来开。"她把珊莎往前一推。"你母亲至少还有勇气，把门给我打开！"

*乖乖照办的话，她就会放我走的。*于是珊莎提起一根青铜门闩，抽出来，扔到大理石地板上。接着是第二根，第三根……她刚伸手，只听"砰"的一声，沉重的木门被风吹进来，狠狠砸在墙上。门框上全是雪，寒风更将冰霜源源不断地灌进大厅，珊莎瑟瑟发抖。她想退开，但姨妈不准，反而扣住她双腕，锁在背后，强行向门边推去。

门外，唯有青天、白雪和虚空。

"往下看，"莱莎夫人道，"*往下看！*"

她再度挣扎，但姨妈的手指如利爪般箍紧她的胳膊，同时用力往前推。珊莎厉声尖叫，左脚踩在一块积雪上，雪块悄然滑落，消失无踪。很明显，前方除了空气还是空气，整整六百尺下，是依山而建的长天堡。"不要！"她号啕道，"好恐怖！"身后，马瑞里安还在边弹木竖琴边唱，"*嗨——喏耶，嗨——喏耶，嗨——喏耶——嗨……*"

"你不是想走吗？嗯？"

"不，"珊莎竭力站稳脚跟，试图往内挤，但姨妈毫不让步，"我不要这样走出去，我不是这个意思，求您……"她举手乱摸，想抓紧门框,但根本够不着,相反,脚开始在光溜溜的大理石地板上打滑了。莱莎夫人继续无情地将她往前推,姨妈至少比她重三石。"干草堆上——女人被亲吻哟。"马瑞里安引颈高歌。在恐惧中,珊莎歇斯底里地往旁边扭动,一只脚竟无意间踩到半空,令她尖叫。"嗨——喏耶,嗨——喏耶,嗨——喏耶——嗨……"狂风吹起裙子,用冰冷的牙齿撕咬她裸露的大腿,片片雪花在脸颊融化。珊莎双手乱抓,逮着莱莎蓬厚的红棕色发辫,便用力拉紧。"我的头发,"这回轮到姨妈尖叫,"放开我的头发!"她呜咽着,颤抖起来。两个女人在悬崖边搏斗。远方,隐隐约约传来守卫用长矛撞门的声音,马瑞里安停止歌唱。

"莱莎!你在干什么?"一声大喝制止了姨妈的呜咽和喘息,急促的脚步声回荡在空虚的厅内,"快退回来!莱莎,你想干什么?"守卫们还在撞门,但小指头走捷径闯入,用的是高台后领主的通道。

莱莎转身时,手劲一松,珊莎连忙挣脱,脱力地跪倒在地板上。培提尔·贝里席看见她,顿时止步:"阿莲,发生了什么事?"

"是她,"莱莎举起一把珊莎的头发,"都是她惹的祸。她吻了你!"

"请您告诉她,"珊莎哀求,"告诉她我们只是在搭城堡……"

"闭嘴!"姨妈尖叫,"这里没有你插话的权利!异鬼才关心你的城堡。"

"她还是个孩子,莱莎,她是凯特的女儿啊。你怎能这么做呢?"

"我打算让她嫁给劳勃!臭女人,非但没有感激,还……还做这种出格的事!她不能吻你,不该吻你!我要教训她,是的,教训她!"

"我明白了,"他敲敲下巴,"你在给她上课,而她也充分认识到错误,并且会加以改正。是不是啊,阿莲?"

"是的,"珊莎抽抽噎噎地回答,"我会改正。"

"我不要留她在这里,"姨妈眼中闪烁着泪花,"你为什么要带她回谷地,培提尔?这里不欢迎她,她也不属于这里。"

"是,我们这就送她走,好不好?要不,马上安排把她送回君临,"他上前一步,"但先将人扶起来,门边太危险,若有个三长两短……"

"不行!"莱莎又拧了珊莎的脑袋。飞雪在身边徘徊旋转,两个女人的裙服剧烈拍打。"你不能要她。你不能这么做。她只是个又蠢又笨的小女孩,也根本不可能像我这么爱你。我一直都爱着你,也证明过很多次,难道不是吗?"串串热泪夺眶而出,滚下姨妈肥胖的红脸颊,"我不仅把贞操给了你,还打算给你一个儿子,是他们,是他们用月茶打掉的——艾菊、薄荷与苦艾,外加一匙蜂蜜与一滴薄荷油——不是我!**我甚至根本不知道这回事!**父亲给我喝什么,我就……"

"都过去了,莱莎,不要胡思乱想,霍斯特大人走了,他的老学士也走了,"小指头继续靠近,"你又喝酒了吗?别多话,有的东西,怎能随便在阿莲面前讲呢?怎能教马瑞里安知道呢?"

莱莎夫人毫不理会,"凯特什么也没给过你。是我给了你第一次,是我要琼恩带你进宫,如此方能时时见面。你指天发誓不会忘记我的情意。"

"我没有忘。我们如今不是在一起了么?正如你所盼望的,从此永不分离。来吧,放开珊莎的头发……"

"我不要!我看见你在雪地里吻了她。她和她妈是一个模子打出来的,甚至比她妈更妩媚。凯特琳的确在神木林中吻过你,**可她**

没有情意,她不要你!你为什么总忘不了她?你爱的应该是我,应该是我我我我我!"

"我明白,我明白,我爱你,"他又跨出一步,"我不是赶来了么。快来吧,到我身边来,来吧,"他伸出双臂,"擦干眼泪,开开心心。"

"眼泪,眼泪,眼泪!"姨妈歇斯底里地号哭,"擦干眼泪……可在君临,你却不是这样讲的。你要我把'泪珠'放进琼恩喝的葡萄酒里,我乖乖照办,满心以为这是为了劳勃,为了我们的未来!我写信给凯特琳,谎称是兰尼斯特家谋害了我丈夫,你怎么说,我怎么做。这办法很聪明……你总是很聪明,我告诉过父亲,我对他说,培提尔是个聪明伶俐的小伙子,总有一天会出人头地,他会的,他会的!他是那么的可爱、温柔,而我肚中有他的孩子……你为什么要吻她?究竟是为什么?经历了这么多年的折磨、苦难、挣扎和思念,我们好不容易才走到一起,为什么你还要吻她她她她她?"

"莱莎,"培提尔长叹一声,"既然你知道,我们挺过了这么多风雨,为何就不肯信任我呢?我发誓,我们活多久,我就会守着你多久,形影不离,唯愿能白头偕老,做一对快活夫妻。"

"真的,"她边哭边问,"噢,真的?"

"当然是真的。快来吧,放开那孩子,过来给我一个热切的吻吧。"

莱莎飞奔上前,撞进小指头怀中,痛哭流涕。趁他们拥抱时,珊莎手脚并用地爬离月门,抱紧旁边的梁柱。她的心脏狂跳不止,长发被风雪覆盖,左脚没了靴子。一定是挣扎时掉下去了,想到生死竟在一线之间,她不禁战栗地把柱子抱得更紧。

小指头让莱莎在胸前哭泣良久,方才挽住她的手,轻轻吻她的脸颊。"我可爱、无知又善吃飞醋的老婆啊,"他咯咯笑道,"你

难道不明白，我一生中只爱过一个女人吗？"

莱莎夫人破涕为笑："只爱一个？噢，培提尔，你肯发誓？只爱一个？"

"只爱凯特。"说完，他急促用力地向前一推。

莱莎跟跄后退，鞋子在湿润的大理石地板上打滑，突然间，整个人便消失了。她没有发出尖叫，很长时间里，唯有寒风在无尽地呼啸。

马瑞里安气喘吁吁："你……你……"

守卫们在厅外大声叫喊，用矛柄猛烈撞门。培提尔公爵扶珊莎起来。"没伤着吧？"见她摇头，他接着吩咐，"那就快跑，把守卫都放进来。快，快去，一刻都不能耽误。这个流氓歌手竟然谋杀了我的夫人。"

终章

　　这条路通往荒石城，绕两个弯才上山顶。杂草丛生、多石崎岖，好的时节尚且难走，经过昨晚那场雪，泥泞劲儿就别提了。真反常，河间地居然秋天降雪，梅里阴沉地想。当然，雪下得不大，过夜之后，太阳出来，便尽数融化。但不管怎么说，梅里仍觉得是个坏兆头。前段时间的大雨、涨水、劫掠和战争，已让人们接连失去两次收割的机会，现今连第三次也几乎就要错过。对河间地而言，若是冬天迅速到来，几乎肯定会发生饥荒。许许多多的居民将填不饱肚皮，甚至活活饿死。梅里只希望自己不要成为其中一员。就我这身运气，这不是没可能的，我从来就没有运气。

　　在远古要塞的遗址下面，斜坡底部有一片浓密的森林，几十个土匪或许就藏在里面。他们该不会正瞅着我吧？梅里仔细观察，但除了松树和灰绿色的哨兵树，以及它们之间的金雀花、蕨类、大蓟、莎草和黑莓丛以外，什么也没见着。山下则布满细瘦的榆树、树和胭脂栎。没发现土匪，不代表没有危险，土匪总是躲起来偷袭正派人。

　　说真的，梅里痛恨森林，更痛恨土匪。"土匪毁了我一生。"每每醉酒后，他如此抱怨。父亲常责备他贪杯，喝高了又吵。父亲说得没错，他可怜兮兮地想，生在李河城，总得有点特征，不然很容易被人遗忘，可是呢，成为城中最大的酒鬼对前途实在无甚助益。我梦想当上天下无双的骑士，诸神却无情地摧毁了我的神经。算了，难道喝酒都不行吗？至少喝酒可以抑制头痛。我的老婆刁钻泼辣，我的父亲鄙视我，我的孩子又尽是些无能之辈，除了喝酒，

我还能做什么呢?

我现在就头痛。早餐时灌下两大角杯麦酒,出发前喝了一小杯红酒,但对他而言,这远远不够。梅里觉得眼内鼓胀,耳朵里似乎有雷霆轰鸣。很多时候,头痛发作得如此剧烈,使他忍不住涕泪齐流,唯一能做的就是回到黑暗的房间,躺上床用湿毛巾盖住眼睛,同时在心底狠狠诅咒自己的运气和那造成这一切的无名土匪。

他越想越焦虑,头也似乎越来越痛。假如我把培提尔平安带回,或许就会转运。他带了钱,只需爬上山顶的荒石城,在遗迹中会见那帮该死的土匪,做好交换就成。付付赎金,很简单,千万别搞砸了……可他的头真的好痛,连马也骑不稳。不行,日落时必须到达山顶,那是说好的时间,可不能蜷在路边哭泣。梅里伸出两根手指揉揉太阳穴。再绕一个弯,山顶就到了。前几天,当消息传来时,他二话不说,自告奋勇请求担下付赎金的任务,父亲先眯眼瞥他,"你?梅里?"接下来从鼻孔里哼出一串嘲笑,"嘿,嘿,嘿。"那是父亲招牌式的笑。到头来梅里居然得多次恳求,才得到这袋该死的金子。

路边树丛里有东西在动。梅里慌忙用力勒马,伸手拔剑,却发现不过是松鼠。"傻瓜,"他责怪自己,一边把未出鞘的长剑推回去,"土匪没长尾巴,七层地狱啊,梅里,你冷静点。"他的心怦怦狂跳,活像个初上战场的小子。我面对的只是闪电大王麾下那帮乌合之众,不是御林中的老兄弟会。可在心底,他只想飞奔下山,找到最近的酒馆。一袋黄金可以买到好多好多酒啊,足以让他忘记疙瘩脸培提尔。就让他们吊死他吧,都是他自作自受,荒唐地带着营妓四处晃荡,真是个没见过世面的毛头。

头颅里开始敲打,现在还很轻微,但他明白情形随时可能变糟。梅里揉揉鼻梁,觉得不该如此责怪培提尔。我在他这个年纪时,不也一样吗?我当年只是得了疹子,但对一个长得像培提尔那样的人而言，妓女是种难以抵挡的诱惑。可怜的小子，虽然有老婆，但这女人反而是他的心病。她的年纪是他两倍，据说还经常跟他哥哥瓦德睡觉。孪河城中每日都有无数闲言碎语，其中虚虚实实，但对培提尔这件事，梅里并不怀疑。黑瓦德是个予取予夺的蛮夫，兄弟之妻对他而言根本不在话下，众所周知，他占有过艾德温的老婆，时不时与美女瓦妲偷情，甚至和第七任佛雷夫人有染。难怪他不愿结婚，既然所有的母牛都迫不及待地等着他挤奶，干嘛还专门去买一头呢？

梅里低声咒骂，脚下用力，催马上山。拿钱去买酒的诱惑如此之大，但他不能这么干，否则就别想在家里混了。

瓦德侯爵即将年满九十二，耳朵开始发聋，眼睛则早成了近视，痛风闹得他不管上哪儿都得用担架抬。儿子们一致同意，父亲命不久矣。当他一命归天，形势将发生天翻地覆的变化，是否往好的方面发展，则很难说。父亲虽然脾气暴躁，行事顽固，言语毒辣，但他实实在在地关心着所有子孙，即便是那些让他失望或得罪他的人，即便是那些他连名字也记不清的人。假如他死了，那么……

史提夫伦爵士在世时，情况不一样。老爷子管教了史提夫伦六十年，把血浓于水的观念深植于他心中。可惜长兄在随少狼主西征期间，死于军中——"毫无疑问，等得累趴下了"。跛子罗索如此评论——他留下的儿孙性格与父亲迥异。如今孪河城继承人是史提夫伦的长子莱曼爵士，这是个头脑简单、固执又贪婪的家伙。排在莱曼之后的是艾德温与黑瓦德，此二人更为糟糕。"幸运的是，"跛子罗索曾言道，"他们仇恨彼此更甚于仇恨我们。"

梅里却没那么确定，反而觉得罗索比他们还危险。不错，在萝丝琳的婚礼上屠杀史塔克是瓦德侯爵自己的主意，但串通卢斯·波顿，以歌曲为信号等桩桩安排，均由跛子罗索一手操办。酒桌子

上，罗索是个不错的伴，除此之外，梅里不敢对他放松警惕。李河城内的法则是：只能相信自己的亲兄弟姐妹，而且不能信任得太多。

等老人一死，连自己的亲兄弟姐妹也不能信任了。新任河渡口领主会留下一些叔叔、表弟、外甥等等，但只有那些值得信任或有用处的人才能得到机会。其他人会被统统赶出家门。

思及未来，梅里愁得不知怎么办才好。再过两年多，他就是四十岁的人，做雇佣骑士都嫌太老……况且他根本没受封，连条件都达不到。他没有土地，没有钱财，只有背包里这身衣服，连骑的马都不属于他。他的头脑不足以成为学士，他的虔诚达不到修士的标准，而他的性格又决定了他当不成佣兵。*诸神好吝啬啊，除了出身以外，什么也没给我*。即便生在这般富裕强大的家族，作第九个儿子，又有什么用呢？把孙子、曾孙一起算上，梅里当总主教的机会都比继承李河城的可能性大。

我没有运气，他苦涩地想，*他妈的，我永远没有运气*。他生得壮实，身高虽只是中等，肩膀和胸膛却极为宽阔。过去十年里，他变得肥胖，肌肉松弛，可从前精力不亚于霍斯丁爵士——对方是他同父同母的兄长，被公认为瓦德·佛雷侯爵最强壮的儿子。少年时代，他被送去母亲的家族，到克雷赫伯爵身边担任侍酒，不久后，又被萨姆纳老爵爷任命为侍从。当时所有人都确定他将很快成为梅里爵士，但御林兄弟会的土匪毁了一切。在那次扫荡中，他的侍从同伴詹姆·兰尼斯特获得了荣耀，而他先是与营妓上床得了疹子，随后又被一位叫"白鹿"的女土匪捕获。萨姆纳伯爵虽把人赎了回来，可在接下来的战斗中，他挨了一记钉头锤，砸烂头盔不说，更有半月不省人事。后来听说，当时大家都认定他必死无疑。

梅里虽然没死，却再也上不了战场了。只要被轻敲一下脑袋，他就会头痛得麻木，甚至流出泪来。如此一来，永远做不了骑士，萨姆纳伯爵向他友好摊牌后,将其送回孪河城,去面对父亲的极度轻蔑。

从此以后,梅里用光了所有运气。父亲费尽心机,为他讨回一个戴瑞家的姑娘,当时戴瑞家族在伊里斯王驾前声势正隆,他的飞黄腾达似乎指日可待。可他刚开新娘的苞,伊里斯就丢了王位。戴瑞家族对坦格利安王朝忠心耿耿,曾倾力助阵,因此被没收一半领地、大半财富、沦为二流,他老婆呢,初见面便对他很是失望,随后又净给他生女娃——三个长成,一个死产,还有一个死于襁褓——直到几年前才产下一个男生。他大女儿是个荡妇,二女儿暴饮暴食。当他发现阿丽已跟不少于三个马夫上床以后,只能强迫她嫁给该死的雇佣骑士。他以为情况不可能更糟……谁料佩特爵士这呆子竟想挑战格雷果·克里冈来赢取名声!于是乎阿丽变成寡妇回到娘家,令梅里失望,让马夫们开心。

当卢斯·波顿选择了他的瓦妲,而不是他那些更苗条、更标致的侄女时,梅里简直不敢相信自己的运气。与波顿的联盟对佛雷家族而言至关重要,而盟约乃是由他女儿所确立,他以为这下自己也将得到重视,直到老人对他解释清楚,"他选她全因为体重,"瓦德侯爵道,"你以为波顿会在乎她是你产的崽?你以为他会心里想,'嘿,呆瓜梅里,好一个岳父大人哟'?做梦!你的瓦妲是只会穿衣服的母猪,所以才合他的意——我却不太满意,你的小猪少吃点东西就好了,这样我们联盟的代价能减少一半。"

最后的羞辱伴随着微笑,跛子罗索招他来讨论各自在萝丝琳的婚礼中扮演的角色。"咱家弟兄各有所长,也各归其位,"他的同父异母弟宣布,"你,梅里,你只有一个特长,简单的活儿,肯定可以圆满完成。妈的,你给我一杯又一杯地拼倒大琼恩,教他站不住脚,别要他起来。"

*我连这也没能完成。*他和大个子北方人斗的酒足以醉死三个普

通人，但当萝丝琳进入洞房，事变发生后，大琼恩仍旧扭断了第一个扑上来的士兵的胳膊，夺过长剑。后来，合整整八人之力，方才将其擒住，代价是二人受伤、一人死亡，可怜的老勒斯林·海伊爵士少了半个耳朵——当无法以手反击时，安柏伯爵用上了牙齿。

梅里停步半晌，闭上眼睛。头颅里阵阵抽搐，犹如婚礼那天的鼓还在敲，咚、咚、咚，他几乎从马上摔下来。*我必须去*，他提醒自己，如果带不回疙瘩脸培提尔，莱曼爵士肯定会耿耿于怀，再说，培提尔虽是个没几根胡子的小毛头，但不若艾德温那么冰冷，也没有黑瓦德的坏脾气。*这小子将来会感激我，而他父亲会赞赏我的忠诚，并把我留下。*

要做到这一切，就必须在日落时分带着金子赶到荒石城。梅里举头望天。*是时候了，手可不能再抖。*于是他从鞍上取下水袋，打开后深饮一口。*诸神在上，这葡萄酒黑得跟泥潭似的，不过粗浊归粗浊，我可离不了它。*

荒石城的外墙昔日环绕山顶，犹如国王头上的王冠，迄今唯有地基残存，几堆及腰高的碎石上爬满地衣。梅里沿古城墙走了很长一段，来到城门楼所在之处，这里的废墟稍微高耸，他只得牵马择路而入。太阳在西方沉入一片乌云下，金雀花和蕨类植物覆盖斜坡，而墙内的野草长到胸膛那么高。梅里拔出长剑，警惕地扫视周围，不见土匪们的踪影。*难道我把日子记错了？*他停下来，用拇指擦擦额头，却未能缓解不安的心绪。*七层地狱啊，难道……*

城内某处，隔着树丛，传来微弱的音乐声。

梅里尽管披着厚斗篷，听见声音却抑制不住地颤抖，于是他又取出水袋，狠狠饮了一口。*我可以跳上马背，逃到天涯海角，逃到旧镇，用金子买无数好酒。土匪是我的克星。那可恶的小婊子温妲在我屁股上烙下一只白鹿，所以我老婆才看不起我。不，不行，我不要想这些。艾德温没有儿子，而黑瓦德只会生私生子，疙瘩脸培*

提尔有朝一日可能当上河渡口领主,他会记得拯救他的英雄。他又灌下一大口,塞好袋子,引马走过乱石、金雀花和令人风声鹤唳的树丛,跟随音乐,来到城堡庭院。

落叶在院子里积得老高,犹如屠杀后的尸体堆。一位身穿打补丁的褪色绿衣服的男子盘腿坐在风化的坟墓上,拨弄着木竖琴。那音乐轻柔而又悲伤,却是梅里十分熟悉的:在那高高的众王之殿里,*珍妮和逝去君主的幽魂共舞……*

"起来,"梅里,"你不能坐在国王身上。"

"老特里斯蒂芬不会在乎我这张瘦骨伶仃的屁股,他可是'正义之锤',他也有很久没听过歌谣了,"土匪说罢一跃而下,他个子小,面庞尖,模样十分狡诈,但那张嘴笑得如此灿烂,几乎触到了耳朵。几根稀疏的棕发垂下额头,他用不握琴的手扫开,"您还记得我吗,大人?"

"不记得,"梅里皱紧眉头,"你是何人?"

"我在您女儿婚宴上表演过,那是我的得意之作。她嫁的佩特是我亲戚,我们七泉地方的人代代相亲——当然啦,付钱的时候,他仍旧那么小气。"绿衣人耸耸肩,"您父亲大人干嘛不让我去李河城表演呢?嫌我功夫不到家吗?听说他喜欢大声的,噢,是的。"

"钱在哪里?"身后有个粗鲁的声音问。

梅里口干舌燥。*该死的土匪,一直躲在树丛里。御林那次也是这样,你刚抓住五个家伙,便有十个人冲出来营救。*

他小心翼翼地回头,发现他们把他围住了,其中既有面色阴沉、言语不善的老人,也有比疙瘩脸培提尔还小、不长胡子的男生。他们有的穿粗布衣服,有的穿皮衣,少数几个拥有从死人身上剥掉的盔甲。人群中有一位女子,裹在比她身材大三倍的兜帽斗篷里。慌乱中,梅里点不清确切人数,但对方少说有十几个,甚至超

过二十。

"我在问问题,"发话者是个大胡子巨汉,有弯曲的绿牙齿和破裂的鼻子,他比梅里高,但腰没那么粗。一顶黑铁半盔戴在他头上,宽阔的肩膀则披了件打补丁的黄斗篷,"钱在哪里?"

"在鞍袋里,一百金龙,"梅里清清喉咙,"把培提尔带出来,咱们一手交——"

话没说完,一名矮个的独眼土匪便跨步上前,大剌剌地抓下鞍袋。梅里伸手去拦,却又在半空生生停住,眼睁睁地看着土匪划开系绳,拿出硬币来咬。"味道对的,"独眼人掂掂袋子,"重量也对。"

他们抢了钱,却不会把培提尔给我,梅里紧张起来。"这是说好的赎金,一分不少,"他掌心流汗,连忙在马裤上擦拭,"你们谁是贝里·唐德利恩?"唐德利恩落草前是个伯爵,好歹有点荣誉。

"还用问吗?当然是我啦。"独眼人说。

"你他妈骗子一个,杰克,"穿黄斗篷的大胡子喝道,"这回轮到我当贝里伯爵了。"

"照这么说,我就是索罗斯啰?"歌手微笑,"大人,很遗憾,人人都想见贝里伯爵。时局艰难哪,战火纷飞,无法满足每个人的要求。但别害怕,我们将秉承大人的标准来处理您。"

他越说"别害怕",梅里就越怕。头颅里又开始敲打起来,再这样下去,他就得流泪了。"你拿了钱,"他宣称,"把我外甥还来,我这就离开。"其实培提尔并非他亲外甥,但这当口无心解释。

"他在神木林里,"黄斗篷说,"我们会带你去找他。诺奇,牵马。"

梅里勉强送出缰绳,似乎没别的选择。"我的水袋,"他听见自己说,"来,大家喝一口,以——"

"我们才不和你这路货色喝酒,"黄斗篷简短地声明,"这边,跟我走。"

落叶在脚下嘎吱作响,每走一步,梅里的太阳穴就好似又挨了一锤。风声呼啸,人群沉默,最后一缕阳光徘徊之际,他们爬上当年主堡所在的古老圆丘,看到后面的神木林。

疙瘩脸培提尔挂在一棵老橡树的枝干上,细长的脖子周围勒了一圈绳索。他的眼睛从乌黑的脸颊中突出,控诉地瞅着梅里。*你来晚了*,它们似乎在说,*可我没有来晚,我没有来晚!我是准时到达的!*"你们杀了他。"他嘶声道。

"瞧,这家伙倒是心直口快呢。"独眼人笑道。

这下梅里的头颅里犹如有只野牛在横冲直撞。*圣母慈悲*,他想。"我把说好的赎金带来了。"

"你干得利索,"歌手和蔼地说,"我们会把钱好好利用的。"

梅里不敢再看培提尔,他感觉到喉头胆汁的苦味:"你……你们没有权利……"

"我们有绳子,"黄斗篷说,"这就是我们的权利。"

两名土匪捉住梅里的胳膊,紧紧捆在背后。他太震惊,竟然无力反抗。"不,"他只说出这句,"我是来赎培提尔的,你们说日落之前拿到金子,就不会伤害他……"

"唉,"歌手道,"您也见到我们了,大人。很不幸,那是句谎话。"

独眼土匪拿着一圈麻绳走上来,将一端系上梅里的颈项,拉紧之后,在耳朵下打个死结。另一端被他扔过橡树树干,黄斗篷的大汉在对面接住。

"你们要干什么?"梅里知道这问题很蠢,但就是不能相信眼前发生的一切,"居然敢吊死佛雷家的人!"

黄斗篷哈哈大笑:"说得好,那满脸疙瘩的小子也讲了同样的话。"

不,不,不可能!怎么会这样!"我父亲会赎我,我值很多钱,至少是培提尔的两倍。"

歌手叹道:"瓦德大人虽然眼睛不好,又染了痛风,可他不是傻子,同样的把戏,决不会上当两次。恐怕下次送出的,就不是一百金龙,而是一百精兵了。"

"他会的!"梅里试图显得刚硬,但他的声音出卖了他,"他会派来一千精锐,把你们一网打尽。"

"他先找到我们再说,"歌手瞥了瞥可怜的培提尔,"而且我们也只有一条命给他,对吧?"他用木竖琴弹出一个忧郁的音符,"好啦,别尿裤子了。您只需回答我一个问题,我就叫他们放您走。"

为了性命,梅里说什么都可以:"你想知道什么?我发誓,只要清楚的,我都会讲。"

土匪给他一个鼓励的微笑:"好啊,实际上,我们在找一条亡命的狗。"

"狗?"梅里迷惑不已,"什么狗?"

"这条狗名叫桑铎·克里冈。索罗斯说他去过李河城。我们找到了为他撑船的船夫,也找到了他在国王大道上抢劫的农民。您在婚礼上见过他吗?"

"你指红色婚礼?"梅里的头颅几乎要裂开了,但他竭力回忆。当晚十分混乱,可要是乔佛里的狗儿在李河城出没,一定会有人报告。"他没进城堡。至少没到主宴会场……或许去过杂种宴会,或许在营地,可……不,有人说……"

"他身边有个小女孩,"歌手提示,"一个很瘦的女孩,大约十岁。也可能被说成是男孩。"

"不,"梅里道,"这我没听说。"

"没有吗?噢,真可惜。好啦,上去吧,上路吧。"

"不,"梅里大声尖叫,"不,你不能这么做,我给了答案,你说会放我走。"

"我说的是'叫他们放您走',"歌手望向黄斗篷,"柠檬,放他走。"

"去你妈的鬼!"大个子土匪粗声喝道。

歌手回身朝梅里无助地耸耸肩,开始演奏《吊死黑罗宾的日子》。

"求求你们,"梅里最后的勇气也随着双腿的抖动而消失,"我没有伤害过你们,我照你们的吩咐,把钱带来了。我还回答了你们的问题。*我是有孩子的人。*"

"而少狼主连孩子都不可能有。"独眼人说。

头颅嗡嗡作响,梅里无法思考。"他侮辱了我们,全国上下都在笑话我们,我们必须挽回荣誉。"父亲是这样说的。

"也许吧,咱们下力的老百姓不懂什么领主的荣誉,"黄斗篷将绳子在手上绕了三圈,"谋杀倒是懂的。"

"那不是谋杀,"他的声音尖得发哑,"是复仇,我们有权复仇。*那是一场战争!*伊耿,伊耿,可怜的痴呆,外号'铃铛响',他什么也没做,却被史塔克夫人割了喉咙。我们在营地还阵亡了五十多人,凯拉的丈夫高斯·古柏克爵士死了,杰瑞的长子泰陀斯爵士也死了……他被人用斧头砸中后脑……史塔克的冰原狼咬死四条狼犬,还把兽舍掌管的胳膊咬断了,之后才教乱箭射穿……"

"所以你们为了泄愤,就把狼的脑袋缝在罗柏·史塔克身上。"黄斗篷说。

"那是我父亲干的,我父亲干的。我只有喝酒而已,你们不能

因为喝酒就杀人。"梅里突然想起一件事,一根救命稻草,"传说贝里伯爵总是先审判再定罪,不会杀无辜之人。你们没有证据!红色婚礼是我父亲干的,莱曼和波顿公爵动手杀人,罗索在大帐上做了手脚,还把十字弓手布置在楼台,黑瓦德率军踏平营地……他们才是该负责的人,不是我,我只有喝酒而已……你们没有证据!"

"不幸的是,您又错了,"歌手转向戴兜帽的女子,"夫人?"

女子上前时,土匪们默默地让道。她揭开兜帽,梅里的心脏顿时停止了跳动。不,不,我明明看见她死了。她死了一天一夜,我们才把尸体剥个精光,赤条条地扔进河里。雷蒙德将她的喉咙从左耳切到右耳。她死了!

斗篷和衣领遮住了弟弟的刀刃留下的丑陋伤痕,但她的面容比当初更可怕。血肉在河水中泡软后,成为凝固牛奶的颜色,一半的头发没了,剩下的花白脆弱,犹如百岁老妪。疮痍遍布的头皮下,脸庞碎成一块一块,中间是当初她用指甲挖出的黑血。最恐怖的是她的眼睛,其中唯有赤裸裸的恨意。

"她不能说话——"黄斗篷的大个子解释,"——你们这帮可恨的杂种切得太深。但她记得所有事情。"他转向死去的女人。"您怎么说,夫人?他有份吗?"

凯特琳夫人的目光从未离开梅里。她点点头。

梅里·佛雷刚想张嘴恳求,绳套便堵住了一切言语。他的脚离开地面,麻绳深深陷进下巴下的软肉里。上升,他不停地痉挛、踢打、挣扎,上升、上升、上升……

附录

Appendix

附录一　主要家族谱系表

铁王座上的王

乔佛里·拜拉席恩一世，十三岁的男孩，劳勃·拜拉席恩一世国王和兰尼斯特家族的瑟曦王后的长子。

——他的母亲，兰尼斯特家族的**瑟曦太后**，全境守护者，摄政太后。

　　——她的护卫：

　　　　——**奥斯佛利·凯特布莱克爵士**，御林铁卫奥斯蒙·凯特布莱克爵士之二弟。

　　　　——**奥斯尼·凯特布莱克爵士**，御林铁卫奥斯蒙·凯特布莱克爵士之幼弟。

——他的妹妹，**弥赛菈公主**，九岁的女孩，目前在阳戟城做道朗·马泰尔亲王的养女。

——他的弟弟，**托曼王子**，八岁的男孩，铁王座继承人。

——他的外公，**泰温·兰尼斯特**，凯岩城公爵，西境守护，兰尼斯港之盾，御前首相。

——他的叔叔和叔公们：

　　——**史坦尼斯·拜拉席恩**，乔佛里的叔叔，反叛的龙石岛公爵，自称国王史坦尼斯一世。

　　　　——他的女儿，**希琳公主**，十一岁。

　　——【**蓝礼·拜拉席恩**】，乔佛里的叔叔，反叛的风息堡公爵，在军中被谋杀。

　　——**埃尔顿·伊斯蒙爵士**，乔佛里的叔公。

　　　　——他的儿子，**伊蒙·伊斯蒙爵士**。

　　　　——他的儿子，**埃林·伊斯蒙爵士**。

——他的舅舅和舅公们：
- ——詹姆·兰尼斯特爵士，乔佛里的舅舅，外号"弑君者"，御林铁卫队长，目前被关押于奔流城。
- ——提利昂·兰尼斯特，乔佛里的舅舅，外号"小恶魔"，为一侏儒，在黑水河战役中受伤。
  - ——提利昂的侍从，波德瑞克·派恩。
  - ——提利昂的侍卫队长，黑水的波隆爵士，前为佣兵。
  - ——提利昂的情妇，雪伊，前为营妓，现在洛丽丝·史铎克渥斯小姐身边担任侍女。
- ——凯冯·兰尼斯特爵士，乔佛里的舅公。
  - ——他的儿子，蓝赛尔·兰尼斯特爵士，从前为劳勃国王的侍从，在黑水河战役中受重伤，奄奄一息。
- ——【提盖特·兰尼斯特爵士】，乔佛里的舅公，死于天花。
  - ——他的儿子，提瑞克·兰尼斯特，前为侍从，在君临暴乱中失踪。
  - ——他还在襁褓中的妻子，艾弥珊德·哈佛夫人。

——他的御林铁卫：
- ——詹姆·兰尼斯特爵士，御林铁卫队长。
- ——马林·特兰爵士。
- ——巴隆·史文爵士。
- ——奥斯蒙·凯特布莱克爵士。
- ——洛拉斯·提利尔爵士，外号"百花骑士"。
- ——亚历斯·奥克赫特爵士。

——他的御前会议：
- ——泰温·兰尼斯特公爵，御前首相。
- ——凯冯·兰尼斯特爵士，法务大臣。
- ——培提尔·贝里席公爵，外号"小指头"，财政大臣。
- ——瓦里斯伯爵，太监，外号"八爪蜘蛛"，情报总管。
- ——派席尔大学士。

——他的部属及宫廷成员：
- ——伊林·派恩爵士，御前执法官，刽子手。
- ——火术士哈林伯爵，炼金术士公会的智者。
- ——月童，国王的小丑兼弄臣。
- ——旧镇的奥蒙德，王家琴手与诗人。
- ——唐托斯·霍拉德，弄臣，为一酒鬼，前为骑士，外号"红骑士"。
- ——贾拉巴·梭尔，红花谷岛王子，被从盛夏群岛放逐。
- ——坦妲·史铎克渥斯伯爵夫人。
    - ——她的子女：
        - ——法丽丝，长女，嫁给巴尔曼·拜奇爵士。
        - ——洛丽丝，幼女，三十四岁的闺女，未婚，弱智，被强暴后怀了孩子。
    - ——她的医师和顾问，法兰肯学士。
- ——盖尔斯·罗斯比伯爵，一虚弱多病的老人。
- ——塔拉德爵士，颇有前途的年轻骑士。
- ——莫洛斯·史林特伯爵，现为侍从，前都城守备队队长杰诺·史林特之长子。
    - ——杰索·史林特，他的二弟，现为侍从。
    - ——达诺·史林特，他的幼弟，现为侍酒。

——柏洛斯·布劳恩爵士，前御林铁卫骑士，因懦弱而被瑟曦太后驱逐。
——乔斯敏·派克顿，侍从，为黑水河战役中涌现的英雄。
——菲利普·福特爵士，因黑水河战役中的英勇而受封为边疆地伯爵。
——罗索·布伦爵士，因黑水河战役中的英勇得到"苹果食客罗索"的称号，从前为效力培提尔·贝里席公爵的自由骑手。

——君临城内的其他领主及骑士：
　　——马图斯·罗宛，金树城伯爵。
　　——派克斯特·雷德温，青亭岛伯爵。
　　　　——他的孪生子，霍拉斯·雷德温爵士和霍柏·雷德温爵士，外号"恐怖爵士"和"流口水爵士"。
　　　　——他的医师，巴拉拔学士。
　　——阿德里安·赛提加，蟹岛伯爵。
　　——亚历山大·史戴蒙伯爵，外号"拜金伯爵"。
　　——"好人"博尼佛·哈斯提爵士，为一著名的骑士。
　　——唐纳尔·史文爵士，石盔城继承人。
　　——罗兰·克林顿爵士，外号"红罗兰"，来自鹫巢堡。
　　——奥雷恩·维水，潮头岛的私生子。
　　——雨林的德莫特爵士，为一著名的骑士。
　　——"碎剑"提蒙爵士，为一著名的骑士。

——君临城内的形色人等：
　　——都城守备队（"金袍子"）：
　　　　——【杰斯林·拜瓦特爵士】，外号"铁手"，黑水河战役时为自己人所杀。

——亚当·马尔布兰爵士，现继承杰斯林爵士，担任都城守备队队长。

——莎塔雅，一家名妓院的所有者。

　　——她的女儿，爱拉雅雅。

　　——丹晰，玛丽，捷蒂，皆为她手下的妓女。

——托布·莫特，武器大师。

——铁肚子，铁匠。

　　——"琴手"哈米西，为一著名的歌手。

——科里罗·昆延提斯，泰洛西歌手。

——"妙指"蓓珊妮，女歌手。

——伊森人阿里克，为一周游世界的歌手。

——库伊家族的葛勒昂，歌手，以谱词冗长而出名。

——"银舌"西蒙，一名歌手。

　　乔佛里国王的旗帜是拜拉席恩家族金底黑色的宝冠雄鹿与兰尼斯特家族红底金色的怒吼雄狮相结合。

北境之王 三叉戟河之王

　　罗柏·史塔克，临冬城公爵，北境之王，三叉戟河之王，前临冬城公爵艾德·史塔克与徒利家族的凯特琳夫人所生之长子。
　　——他的冰原狼，灰风。
　　——他的母亲，徒利家族的**凯特琳夫人**，艾德·史塔克公爵的遗孀。
　　——他的手足：
　　　　——珊莎公主，十二岁的闺女，目前在君临为质。
　　　　　　——她的冰原狼【淑女】，在戴瑞城被杀。
　　　　——艾莉亚公主，十岁的女孩，失踪，被认为已死。
　　　　　　——她的冰原狼，娜梅莉亚，在三叉戟河附近失踪。
　　　　——布兰登王子，小名"布兰"，北境的继承人，九岁的男孩，被认为已死。
　　　　　　——他的冰原狼，夏天。
　　　　　　——他的伙伴和保护者：
　　　　　　　　——梅拉·黎德，十六岁的闺女，为灰水望头领霍兰·黎德之子。
　　　　　　　　——玖健·黎德，十三岁的男孩，梅拉·黎德的弟弟。
　　　　　　　　——阿多，为一单纯弱智的马童，有七尺高。
　　　　——瑞肯王子，四岁的男孩，被认为已死。
　　　　　　——他的冰原狼，毛毛狗。
　　　　　　——他的伙伴和保护者：
　　　　　　　　——欧莎，一名在临冬城厨房服务的女野人俘虏。

——琼恩·雪诺，他的私生子兄弟，誓言效命的守夜人弟兄。
　　——他的冰原狼，白灵。

——他的叔叔和伯母：
　　——【布兰登·史塔克】，艾德公爵的长兄，被国王伊里斯二世下令杀害。
　　——【莱安娜】，艾德公爵的妹妹，在劳勃反叛期间死于多恩山区。
——班扬·史塔克，艾德公爵之弟，守夜人军团成员，于长城外失踪。
——他的舅舅和舅妈：
　　——莱莎·艾林，凯特琳夫人之妹，【琼恩·艾林公爵】的寡妇，鹰巢城夫人。
　　　　——他们的儿子，劳勃·艾林，鹰巢城公爵。
　　——艾德慕·徒利爵士，凯特琳夫人之弟，奔流城继承人。
　　——布林登·徒利爵士，凯特琳夫人之叔，外号"黑鱼"。
——他的武士和伙伴：
　　——他的侍从，奥利法·佛雷。
　　——文德尔·曼德勒爵士，白港伯爵的次子。
　　——派崔克·梅利斯特，海疆城继承人。
　　——黛西·莫尔蒙，梅姬·莫尔蒙伯爵夫人的长女，熊岛继承人。
　　——琼恩·安柏，外号"小琼恩"，最后壁炉城继承人。
　　——罗宾·菲林特，唐纳·洛克、欧文·诺瑞，皆为北方人。

——他的封臣、军官和队长：
——（随大军西征的人等）

——布林登·徒利爵士，外号"黑鱼"，指挥斥候部队，负责侦察。

——琼恩·安柏，外号"大琼恩"，指挥前锋。

——瑞卡德·卡史塔克，卡霍城伯爵。

——盖伯特·葛洛佛，深林堡主人。

——梅姬·莫尔蒙，熊岛伯爵夫人。

——【史提夫伦·佛雷爵士】，瓦德·佛雷侯爵的长子，前孪河城继承人，死于牛津战役。

　　——他的长子，莱曼·佛雷爵士。
　　——他的儿子，黑瓦德·佛雷。

——马丁·河文，瓦德·佛雷侯爵的私生子。

——（随卢斯·波顿的军队驻于赫伦堡的人等）

　　——卢斯·波顿，恐怖堡伯爵。

　　——伊尼斯·佛雷爵士，杰瑞·佛雷爵士，霍斯丁·佛雷爵士，丹威尔·佛雷爵士。
　　　　——他们的私生兄弟，朗诺尔·河文。
　　——威里斯·曼德勒爵士，白港继承人。
　　　　——他手下的骑士，凯勒·孔顿爵士。
　　——罗纳·史陶爵士。
　　——瓦格·霍特，来自自由贸易城邦科霍尔，掌管佣兵团"勇士团"。
　　　　——他手下的队长，"虔诚的"乌斯威克。
　　　　——他手下的队长，厄特修士。
　　　　——多恩人提蒙、罗尔杰、羿戈、胖子佐罗、尖牙、伊班的托格·荞斯、帕格、"三指"，皆为他的部下。

——科本，一位被剥夺了颈链的学士，曾为亡灵师，目前为他的医师。

——（率北军奔袭暮谷城的人等）
　　——罗贝特·葛洛佛，来自深林堡。
　　——赫曼·陶哈爵士，托伦方城领主。
　　——哈利昂·卡史塔克，瑞卡德·卡史塔克伯爵唯一幸存的儿子，卡霍城继承人。

——（带艾德公爵的遗骨北归的人等）
　　——哈里斯·莫兰，临冬城侍卫队长。
　　——杰克斯、昆特、夏德，皆为临冬城侍卫。

——他在北境的封臣和代理城主：
　　——威曼·曼德勒，白港伯爵。
　　——霍兰·黎德，灰水望头领，泽地人。
　　——"鸦食"莫尔斯和"妓魇"霍瑟，皆为大琼恩的叔父，共同担任最后壁炉城的代理城主。
　　——莱珊·菲林特，寡妇望伯爵夫人。
　　——【克雷·赛文】，赛文城伯爵，十四岁的少年，死于临冬城之战。
　　　　——他的妹妹，乔俐儿·赛文，二十三岁的闺女，现为赛文城伯爵夫人。
　　——【兰巴德·陶哈】，赫曼爵士之弟，托伦方城的代理城主，死于临冬城之战。
　　　　——他的妻子，霍伍德家族的贝拉夫人。
　　　　　　——他们的子女：

——布兰登·陶哈，十四岁的少年。
　　　——贝伦·陶哈，十岁的男孩。
　——赫曼爵士的子女：
　　　——儿子【本福德·陶哈】，在磐石海岸被铁民所害。
　　　——女儿艾妲·陶哈，九岁，托伦方城继承人。
——希贝娜夫人，罗贝特·葛洛佛的妻子，被阿莎·葛雷乔伊关押于深林堡。
　——他们的子女：
　　　——儿子加文·葛洛佛，三岁，深林堡继承人，被阿莎·葛雷乔伊关押于深林堡。
　　　——女儿艾娜·葛洛佛，一岁，被阿莎·葛雷乔伊关押于深林堡。
　——他们的养子：
　　　——劳伦斯·雪诺，霍伍德伯爵的私生子，十三岁，被阿莎·葛雷乔伊关押于深林堡。

　　北境之王的旗帜数千年来从未变更：代表史塔克家族，在冰雪皑皑大地上奔驰的灰色冰原狼。

狭海中的王

　　史坦尼斯·拜拉席恩一世，劳勃国王的长弟，史蒂芬·拜拉席恩公爵和伊斯蒙家族的卡珊娜夫人所生之次子，前龙石岛公爵。

　　——他的王后，佛罗伦家族的**赛丽丝**。

　　　　——他们的独生女，**希琳公主**，十一岁的女孩。

　　　　　　——**补丁脸**，她的弱智弄臣。

　　——他的私生侄儿，**艾德瑞克·风暴**，十二岁的男孩，为劳勃国王与狄丽娜·佛罗伦所生之私生子。

　　——他的侍从，**戴冯·席渥斯**与**拜兰·法林**。

　　——他的部属及宫廷成员：

　　　　——**艾利斯特·佛罗伦**，亮水城伯爵，国王之手，为赛丽丝王后的叔叔。

　　　　——**亚赛尔·佛罗伦爵士**，龙石岛代理城主，后党领袖，赛丽丝王后的叔叔。

　　　　——**亚夏的梅丽珊卓夫人**，称为"红袍女"，光之王拉赫洛的祭司，侍奉影子与烈火的真主。

　　　　——**派洛斯学士**，顾问、医师和家教。

　　　　——**戴佛斯·席渥斯爵士**，外号"洋葱骑士"，也号"短指"，曾是一名走私者。

　　　　　　——他的夫人，**玛瑞亚**，木匠之女。

　　　　　　——他的七个儿子：

　　　　　　　　——【**戴尔**】，黑水河战役中阵亡。

　　　　　　　　——【**阿拉德**】，黑水河战役中阵亡。

——【马索斯】，黑水河战役中阵亡。
　　——【马利克】，黑水河战役中阵亡。
　　——戴冯，史坦尼斯国王的侍从。
　　——史坦尼斯，九岁的男孩。
　　——史蒂芬，六岁的男孩。
——萨拉多·桑恩，来自自由贸易城邦里斯，自称"狭海亲王"和黑水河总督，瓦雷利亚号船长，统率着一支里斯划桨船舰队。
　　——梅佐·马赫，他雇佣的太监。
　　——柯连恩·萨斯芒，他手下的划桨船莎亚拉之舞号的船长。
——"麦片粥"和"鳗鱼"，皆为狱卒。

——他的封臣：
　　——蒙特里·瓦列利安，六岁的男孩，"潮汐之王"，潮头岛伯爵。
　　——杜兰·巴尔艾蒙，十五岁的男孩，尖角伯爵。
　　——吉尔伯特·法林爵士，风息堡代理城主。
　　　　——他的副手，埃伍德·梅斗伯爵。
　　　　——他的顾问和医师，朱纳学士。
　　——卢科斯·齐特林伯爵，外号"小卢科斯"，十六岁的青年。
　　——利斯特·莫里根，鸦巢城伯爵。

——他的骑士和部属：
　　——他的舅舅，洛马斯·伊斯蒙伯爵。
　　　　——他的儿子，安德鲁·伊斯蒙爵士。

——罗兰德·风暴爵士，夜歌城的私生子，为已故的【布莱斯·卡伦伯爵】所生。

——帕门·克连恩爵士，从前为蓝礼的紫衣卫，现被关押于高庭。

——伊伦·佛罗伦爵士，赛丽丝王后的弟弟，现被关押于高庭。

——杰拉德·高尔爵士。

——符山城的崔斯顿爵士，从前为【冈瑟·桑格拉斯伯爵】效劳。

——林斯，外号"渔妇"。

——欧麦·布莱伯利。

史坦尼斯国王的旗帜是光之王的烈焰红心，淡黄底色中央有橙色的火焰环绕着一颗红心，心脏中央绣有拜拉席恩家族黑色的宝冠雄鹿。

海外的女王

丹妮莉丝·坦格利安一世，人称风暴降生、不焚者、龙之母，也是多斯拉克人的卡丽熙。她是国王伊里斯二世的继承人和卓戈卡奥的遗孀。

——她成长中的龙，雷哥、韦赛利昂和卓耿。

——她的女王铁卫：

　　——乔拉·莫尔蒙爵士，原熊岛伯爵，因贩奴而被放逐。

　　——乔戈，寇和血盟卫，使鞭。

　　——阿戈，寇和血盟卫，使弓。

　　——拉卡洛，寇和血盟卫，使刀。

　　——"壮汉"贝沃斯，从前是弥林斗技场中的太监角斗士。

　　　——他年老的侍从，"白胡子"阿斯坦，来自维斯特洛。

——她的侍女：

　　——伊丽，一名多斯拉克女孩。

　　——姬琪，一名多斯拉克女孩。

——格罗莱，大商船"贝勒里恩号"的船长，为一受雇于伊利里欧·摩帕提斯的海员。

——她故去的亲人：

　　——【雷加王子】，她的长兄，铁王座继承人，龙石岛亲王，在三叉戟河一役为劳勃·拜拉席恩所杀。

　　　——他的夫人，多恩的【伊莉亚公主】，君临城陷时遇害。

——他们的儿女：

——【雷妮丝公主】，君临城陷时遇害。

——【伊耿王子】，襁褓中的婴儿，君临城陷时遇害。

——【韦赛里斯王子】，她的二哥，自称韦赛里斯三世，被人唤作乞丐王，在维斯·多斯拉克死于卓戈卡奥之手。

——【卓戈卡奥】，她的丈夫，曾是一个伟大的多斯拉克卡拉萨的首领，从未在战场上失败，因伤而死。

——他们死产的儿子【雷戈】，被弥丽·马兹·笃尔害死在她的子宫里。

——她已知的敌人：

——波诺卡奥，从前是卓戈的寇。

——贾科卡奥，从前是卓戈的寇。

——他的血盟卫，马戈。

——魁尔斯的不朽者，为一群男巫。

——俳雅·菩厉，魁尔斯男巫的成员。

——遗憾客，为一魁尔斯杀手公会。

——她过去和现在的、不稳定的朋友：

——札罗·赞旺·达梭斯，魁尔斯巨商。

——魁晰，戴面具的亚夏缚影士。

——伊利里欧·摩帕提斯，潘托斯自由贸易城邦总督，他一手安排了丹妮莉丝与卓戈卡奥的婚姻。

——在阿斯塔波的人等：

> ——克拉兹尼·莫·纳克罗兹，富有的奴隶商人。
>> ——他的奴隶弥桑黛，十岁的女孩，"和平之民"纳斯人的后代。
>
> ——格拉兹旦·莫·乌尔霍，老奴隶商人，非常富有。
>> ——他的奴隶克莱昂，屠夫和厨子。
>
> ——灰虫子，无垢者的太监战士。

——在渊凯的人等：

> ——格拉兹旦·莫·厄拉兹，贵族，渊凯使节。
> ——梅罗，外号"泰坦私生子"，自由佣兵团次子团团长。
>> ——布朗·本·普棱，次子团的军官，出身颇为奇特的佣兵。
>
> ——普兰达·纳·纪森，吉斯佣兵，自由佣兵团暴鸦团团长。
> ——光头萨洛，魁尔斯佣兵，自由佣兵团暴鸦团团长。
> ——达里奥·纳哈里斯，浮华的泰洛西佣兵，自由佣兵团暴鸦团团长。

——在弥林的人等：

> ——欧兹纳克·佐·帕尔，护城英雄。

丹妮莉丝·坦格利安的旗帜就是征服者伊耿的旗帜，延续了他所建立的王朝：黑底红色的三头火龙。

群屿与北境

巴隆·葛雷乔伊九世,血脉承袭自灰海王,自称铁群岛之王和北境之王,海盐王与磐岩王,海风之子,派克岛掠夺者之首。

——他的王后,哈尔洛家族的亚拉妮丝。

——他们的子女:

——【罗德利克】,长子,葛雷乔伊家族叛乱期间战死于海疆城。

——【马伦】,次子,葛雷乔伊家族叛乱期间战死于派克城。

——阿莎,女儿,在子女中排行第三,"黑风号"船长,深林堡的征服者。

——席恩,幼子,"海婊子号"船长,曾自封为临冬城亲王。

——他的侍从,威克斯·派克,波特利头领的同父异母兄弟的私生子,为一十二岁的哑巴少年。

——他的"海婊子号"上的船员:

——乌兹、"鱼胡子"马伦·波特利、斯提吉、吉文·哈尔洛和魏拉格。

——他的兄弟:

——攸伦,外号"鸦眼","宁静号"船长,为一臭名昭著的凶徒、海盗和掠夺者。

——维克塔利昂,铁岛舰队总司令,"无敌铁种号"船长。

——伊伦,外号"湿发",为一侍奉淹神的僧侣。

——他在派克城的部属：
　　——温达米尔学士，顾问和医者。
　　——海莉亚，派克城总管。
——他麾下的军官和武士：
　　——达格摩，外号"裂颚"，"豪饮号"船长。
　　——蓝牙，为一长船的船长。
　　——乌勒，斯基特，桨手和战士。
　　——"不苟言笑的"阿德利克，一名巨人般的战士。
　　——科尔，外号"少女"，没长胡子，但功夫了得。

——君王港的人等：
　　——西格林，造船大师。
　　——吉普肯，旅店和妓院老板，外号"水獭"。

——他的封臣：
　　——沙汶·波特利头领，派克岛上君王港领主。
　　——温奇头领，派克岛上铁林城领主。
　　——老威克岛上的斯通浩斯家族、卓鼓家族和古柏勒家族。
　　——大威克岛上的古柏勒头领、斯帕家族、梅林伯爵和法温伯爵。
　　——哈尔洛头领，哈尔洛岛领主。
　　——哈尔洛岛上的沃马克家族、密瑞家族、斯通垂家族和肯宁家族。
　　——橡岛上的奥克伍家族和陶尼家族。
　　——布莱克泰斯头领，黑潮岛领主。
　　——盐崖岛上的苏克利夫头领和桑德利头领。

艾林家族

艾林家族袭自古老的山脉和谷地之王,是一支历史最悠久、血统最纯正的安达尔贵族后代。他们没有参加"五王之战",而将兵力用来保护艾林谷。他们的家徽是以天蓝为底的一弯白色新月和猎鹰。艾林家族的箴言是"高如荣誉"。

劳勃·艾林,鹰巢城公爵,峡谷守卫者,自称东境守护,一名体弱多病的八岁男孩。
——他的母亲,徒利家族的莱莎夫人,凯特琳·史塔克夫人之妹,为前首相【琼恩·艾林公爵】的第三任夫人和遗孀。
——他的部属:
　　——马瑞里安,漂亮的年轻歌手,深得莱莎夫人宠爱。
　　——柯蒙学士,顾问、医师和家教。
　　——马文·贝尔摩爵士,侍卫队长。
　　——莫德,一位残暴的狱卒。

——他的封臣、骑士和部属:
　　——奈斯特·罗伊斯男爵,艾林谷最高总管,月门堡堡主,出自罗伊斯家族的旁系。
　　　　——他的儿子,艾尔拔·罗伊斯爵士。
　　　　——他的女儿,米兰达。
　　　　——米亚·石东,在他手下服务的一名私生女,为国王劳勃·拜拉席恩一世所生。
　　——约恩·罗伊斯,外号"青铜约恩",符石城伯爵,出自罗伊斯家族的旁系,为奈斯特男爵的表兄。

——他的长子,安答·罗伊斯爵士。

——他的次子,【罗拔·罗伊斯爵士】,曾是蓝礼国王的彩虹护卫的成员,被提利尔·洛拉斯爵士击杀于风息堡。

——他的幼子,【威玛·罗伊斯爵士】,在守夜人军团服务,于长城外失踪。

——林恩·科布瑞爵士,莱沙夫人的追求者。

——他的侍从,米歇尔·雷德佛。

——安雅·韦伍德伯爵夫人,一位寡妇。

——她的长子和继承人,莫顿·韦伍德爵士,莱沙夫人的追求者。

——她的次子,唐纳尔·韦伍德爵士,血门骑士。

——伊恩·杭特,长弓厅伯爵,一名老人,亦为莱沙夫人的追求者。

——霍顿·雷德佛,红垒伯爵。

佛罗伦家族

亮水城的佛罗伦家族是提利尔家族的封臣,但他们的血脉和古老的河湾王们相连,直接承袭自"青手"加尔斯,因此对河湾地的权利要求反而优于高庭。在"五王之战"初期,艾利斯特·佛罗伦伯爵站在提利尔一边,为蓝礼国王而战;但他的兄弟——多年以来的龙石岛代理城主——亚赛尔·佛罗伦爵士则选择了史坦尼斯国王。两兄弟的侄女赛丽丝则是史坦尼斯国王的王后。蓝礼于风息堡死后,佛罗伦全族均倒向史坦尼斯国王,在蓝礼的诸侯里面开了先河。佛罗伦家族的家徽是一圈鲜花围绕着狐狸脑袋。

艾利斯特·佛罗伦,亮水城伯爵。
　　——他的夫人,克连恩家族的**梅拉雅**。
　　——他们的子女:
　　　　——**阿勒肯·佛罗伦**,亮水城继承人。
　　　　——**梅丽莎夫人**,嫁与蓝道·塔利伯爵。
　　　　——**雷娅夫人**,嫁与雷顿·海塔尔伯爵。
　　——他的手足:
　　　　——**亚赛尔·佛罗伦爵士**,龙石岛代理城主。
　　　　——【**莱安·佛罗伦爵士**】,因坠马事故而死。
　　　　　　——他的女儿,**赛丽丝王后**,嫁给史坦尼斯·拜拉席恩国王。
　　　　　　——他的长子,【**伊姆瑞·佛罗伦爵士**】,在黑水河一战中指挥史坦尼斯的舰队,于"怒火号"上战死。

——他的次子，伊伦·佛罗伦爵士，目前被关押于高庭。

——柯林·佛罗伦爵士。

——他的女儿，狄丽娜夫人，嫁给霍斯曼·诺科斯爵士。

——她的子女：

——艾德瑞克·风暴，与劳勃·拜拉席恩一世国王所生的私生子，十二岁的男孩。

——与霍斯曼爵士所生之长子，艾利斯特·诺科斯，八岁的男孩。

——与霍斯曼爵士所生之次子，蓝礼·诺科斯，两岁的男孩。

——他的长子，欧麦学士，在古橡城服务。

——他的次子，梅瑞尔·佛罗伦，在青亭岛作侍从。

——蕾拉妮夫人，嫁给理查德·克连恩爵士。

佛雷家族

佛雷家族强大、富裕、枝叶繁茂,他们虽是徒利家族的封臣,但履行义务却不那么积极。当劳勃·拜拉席恩与雷加·坦格利安在三叉戟河上决战时,佛雷家族袖手旁观,直到战斗分出胜负后方才抵达,从此以后,霍斯特·徒利公爵便称瓦德·佛雷侯爵为"迟到的佛雷侯爵"。七国传说,瓦德·佛雷是唯一能自己生出一支军队的领主。

"五王之战"爆发时,罗柏·史塔克以迎娶瓦德·佛雷的女儿或孙女为妻,并在临冬城收养他的两名孙子为代价,赢得了佛雷家族的支持。

瓦德·佛雷,河渡口领主,孪河城侯爵。
——他的第一任夫人,罗伊斯家族的【皮雅】。
——他们的子女:
——【史提夫伦·佛雷爵士】,长子,死于牛津之战。
——他的第一任夫人,史文家族的【科萝妮】,因慢性疾病而死。
——他们的子女:
——莱曼爵士,长子,孪河城继承人。
——他的长子,艾德温·佛雷。
——他的夫人,杭特家族的简茜。
——他们的女儿,瓦妲·佛雷,八岁。
——他的次子,瓦德·佛雷,外号"黑瓦德"。

——他的三子，培提尔·佛雷，外号"疙瘩脸"。

——他的夫人，卡伦家族的米兰塔。

——他们的女儿，皮雅·佛雷，五岁。

——他的第二任夫人，莱顿家族的【简妮】，死于坠马。

——他们的子女：

——伊耿·佛雷，次子，为一弱智，外号"铃铛响"。

——【玛格娜】，女儿，死于难产。

——她的丈夫，迪冯·凡斯爵士。

——他们的女儿，玛蕊莲·佛雷，未嫁之处女。

——他们的长子，瓦德·凡斯，现为侍从。

——他们的次子，派崔克·凡斯。

——他的第三任夫人，韦伍德家族的【马塞娜】，死于生产。

——他们的子女：

——沃顿·佛雷，三子。

——他的夫人，哈顿家族的狄娜。

——他们的长子，史提夫伦·佛雷，外号"甜心"。

——他们的次女，瓦妲·佛雷，外号"美女瓦妲"。

——他们的三子，布赖恩·佛雷，一名侍从。

——艾蒙·佛雷爵士，次子。

——他的夫人，兰尼斯特家族的吉娜。
——他们的子女：
- ——克里奥·佛雷爵士，长子。
  - ——他的夫人，戴瑞家族的简妮。
  - ——他们的长子，泰温·佛雷，十一岁的侍从。
  - ——他们的次子，威廉·佛雷，在烙印城当侍酒，九岁。
- ——莱昂诺·佛雷爵士，次子。
  - ——他的夫人，克雷赫家族的梅珊。
- ——提恩·佛雷，三子，现为侍从，作为俘虏被关押在奔流城。
- ——瓦德·佛雷，四子，十四岁，在凯岩城担任侍从，外号"红瓦德"。

——伊尼斯·佛雷爵士，三子。
——他的夫人，威尔德家族的【泰娜】，死于生产。
——他们的子女：
- ——伊耿·佛雷，长子，落草为寇，外号"浴血伊耿"。
- ——雷加·佛雷，次子。
  - ——他的夫人，毕斯柏里家族的简妮。
  - ——他们的长子，劳勃·佛雷，十三岁的少年。
  - ——他们的次女，瓦妲·佛雷，十岁，外号"白瓦妲"。
  - ——他们的三子，杰诺斯·佛雷，八岁的男孩。

——派娅妮夫人，四女。
　　　　——她的丈夫，勒斯林·海伊爵士。
　　　　——他们的子女：
　　　　　　——哈瑞斯·海伊爵士，长子。
　　　　　　　　——他的儿子，瓦德·海伊，四岁。
　　　　　　——唐纳尔·海伊爵士，次子。
　　　　　　——埃林·海伊，一名侍从。

——他的第二任夫人，史文家族的【赛蕊妮】。
　　——他们的子女：
　　　　——杰瑞·佛雷爵士，五子。
　　　　　　——他的夫人，佛雷家族的【亚丽】。
　　　　　　——他们的子女：
　　　　　　　　——泰陀斯·佛雷爵士，长子。
　　　　　　　　　　——他的夫人，班树家族的佐娜。
　　　　　　　　　　——他们的女儿，佐妮·佛雷，十四岁的闺女。
　　　　　　　　　　——他们的儿子，赞奇·佛雷，十二岁的少年，目前在旧镇的圣堂受训。
　　　　　　　　——凯拉，次女。
　　　　　　　　　　——她的丈夫，高斯·古柏克爵士。
　　　　　　　　　　——他们的儿子，瓦德·古柏克，九岁的男孩。
　　　　　　　　　　——他们的女儿，简妮·古柏克，六岁的女孩。
　　　　——卢琛修士，六子，在君临的贝勒大圣堂工作。

——他的第三任夫人,克雷赫家族的【阿梅丽】。
 ——他们的子女:
——霍斯丁·佛雷爵士,七子。
 ——他的夫人,哈维克家族的贝娜娜。
 ——他们的子女:
  ——阿伍德·佛雷爵士,儿子。
  ——他的夫人,蕾娅娜·罗伊斯。
  ——他们的长女,蕾娅娜·佛雷,五岁的女孩。
  ——他们的双胞胎儿子,安德鲁·佛雷和艾林·佛雷,皆为三岁。
——丽丝妮夫人,八女。
 ——她的丈夫,卢科斯·瓦尔平伯爵。
 ——他们的子女:
  ——爱亚娜·瓦尔平,长女。
   ——她的丈夫,琼恩·威尔德爵士。
   ——他们的儿子,理查·威尔德,四岁。
  ——达蒙·瓦尔平爵士,次子。
——赛蒙·佛雷,九子。
 ——他的夫人,布拉佛斯的贝罗丝。
 ——他们的子女:
  ——亚历山大·佛雷,长子,一名歌手。
  ——艾茜·佛雷,次女,十七岁的闺女。
  ——巴达摩·佛雷,三子,十岁的男孩,目前在布拉佛斯商人奥罗·特德丢斯处作养子。
——丹威尔·佛雷爵士,十子。
 ——他的夫人,河安家族的维纳芙。
 ——(他们有很多夭折和流产的子女)

——梅里·佛雷,十一子。
  ——他的夫人,戴瑞家族的玛丽亚。
  ——他们的子女:
    ——阿蕊丽夫人,十六岁的寡妇,小名"阿丽"。
      ——她的丈夫,蓝叉河的【佩特爵士】。
    ——瓦妲·佛雷,二女,十五岁,外号"胖子瓦妲"。
      ——她的丈夫,卢斯·波顿伯爵。
    ——玛瑞莎·佛雷,三女,十三岁的闺女。
    ——瓦德·佛雷,四子,八岁的男孩,被凯特琳·史塔克夫人收养在临冬城时作了俘虏,外号"小瓦德"。

——【杰曼·佛雷爵士】,十二子,淹死。
  ——他的夫人,韦伍德家族的卡萝琳。
  ——他们的子女:
    ——桑铎·佛雷,长子,十二岁,现为唐纳尔·韦伍德爵士的侍从。
    ——茜丝·佛雷,次女,九岁,现在安雅·韦伍德伯爵夫人处当养女。

——雷蒙德·佛雷爵士,十三子。
  ——他的夫人,毕斯柏里家族的布琳。
  ——他们的子女:
    ——劳勃·佛雷,长子,十六岁,现在旧镇的学城受训。
    ——马拉万·佛雷,次子,十五岁,现在里斯的炼金术士处当学徒。
    ——西拉·佛雷和撒拉·佛雷,双胞胎女儿,皆为十四岁。

——瑟曦·佛雷，六岁的女孩，外号"小蜜蜂"。

——他的第四任夫人，布莱伍德家族的【阿莱莎】。
——他们的子女：
——罗索·佛雷，十四子，外号"跛子罗索"。
——他的夫人，莱佛德家族的【莱昂娅】。
——他们的子女：
——泰珊·佛雷，长女，七岁。
——瓦妲·佛雷，次女，四岁。
——恩蕃莉·佛雷，三女，两岁。
——杰莫斯·佛雷爵士，十五子。
——他的夫人，培吉家族的莎蕾。
——他们的子女：
——瓦德·佛雷，长子，八岁，被凯特琳·史塔克夫人收养在临冬城，外号"大瓦德"。
——狄肯·佛雷和马图斯·佛雷，次子和三子，双胞胎，皆为五岁。
——惠伦·佛雷爵士，十六子。
——他的夫人，培吉家族的索娃。
——他们的子女：
——霍斯特·佛雷，长子，十二岁，目前为达蒙·培吉爵士的侍从。
——美瑞娜·佛雷，次女，十一岁，小名"美蕊"。
——莫雅夫人，十七女。

——她的丈夫，佛列蒙·布拉克斯爵士。
——他们的子女：
　　——劳勃·布拉克斯，长子，九岁，现于凯岩城当侍酒。
　　——瓦德·布拉克斯，次子，六岁。
　　——琼恩·布拉克斯，三子，三岁。
——坦雅·佛雷，十八女，二十九岁，外号"处女坦雅"。

——他的第五任夫人，河安家族的【莎娅】。
——他们之间没有后代流传。

——他的第六任夫人，罗斯比家族的【蓓珊妮】。
——他们的子女：
——派温·佛雷爵士，十九子。
——本佛雷·佛雷爵士，二十子。
　　——他的夫人，佛雷家族的乔安娜，亦为他的表亲。
　　——他们的子女：
　　　　——妲拉·佛雷，长女，三岁，外号"聋子妲拉"。
　　　　——奥斯蒙·佛雷，次子，两岁。
——威廉学士，二十一子，在长弓厅服务。
——奥利法·佛雷爵士，二十二子，现为罗柏·史塔克的侍从。
——萝丝琳·佛雷，二十三女，十六岁。

——他的第七任夫人，法林家族的【安娜娜】。
——他们的子女：

——艾雯·佛雷，二十四女，十四岁。
——文德尔·佛雷，二十五子，十三岁，目前收养在海疆城当侍酒。
——科马·佛雷，二十六子，已经许给教会，十一岁。
——瓦提尔·佛雷，二十七子，十岁，小名"提尔"。
——艾尔玛·佛雷，二十八子，九岁，许配给艾莉亚·史塔克，现为卢斯·波顿伯爵的侍从。
——希琳·佛雷，二十九女，六岁。

——他的第八任夫人，恩佛德家族的乔苏珊。
——目前尚未怀孕。

——他的私生子们，为形色的女人所生：
——瓦德·河文，外号"杂种瓦德"。
——他的长子，伊蒙·河文爵士。
——他的女儿，瓦妲·河文。
——梅瓦学士，在罗斯比城服务。
——简妮·河文，马丁·河文，莱格·河文，朗诺尔·河文，梅拉萝·河文等等。

兰尼斯特

凯岩城兰尼斯特家族是铁王座上的乔佛里国王的主要支持者。他们自豪地宣称血脉承袭自英雄纪元时期最具传奇性的骗子"机灵的"兰恩。凯岩城和金牙城出产的金矿使他们成为各大家族间最富裕的一家。他们的家徽是鲜红土地上的金色雄狮。兰尼斯特家族箴言是"听我怒吼!"

泰温·兰尼斯特,凯岩城公爵,西境守护,兰尼斯港之盾,御前首相。
——他的夫人,【乔安娜】,亦为他的堂妹,生提利昂时死于难产。
——他们的子女:
——**瑟曦太后**,劳勃·拜拉席恩一世的未亡人,詹姆的双胞胎姐姐,现为其子乔佛里国王的摄政太后。
——她的长子,**乔佛里·拜拉席恩国王**,十三岁。
——她的二女,**弥赛菈·拜拉席恩公主**,九岁,目前在阳戟城做道朗·马泰尔亲王的养女。
——她的三子,**托曼·拜拉席恩王子**,八岁,铁王座继承人。
——**詹姆·兰尼斯特爵士**,东境守护,御林铁卫队长,瑟曦的双胞胎弟弟,外号"弑君者",目前被关押于奔流城。

——提利昂，外号"小恶魔"和"半人"，一名侏儒，在黑水河战役中受伤并毁容。

——他的手足：
　　——凯冯爵士，他的大弟。
　　　　——他的夫人，史威佛家族的多娜。
　　——他们的儿女：
　　　　——蓝赛尔·兰尼斯特爵士，长子，从前是劳勃国王的侍从，在黑水河战役中受了致命伤。
　　　　——威廉·兰尼斯特，马丁的孪生兄弟，侍从，现被关押于奔流城。
　　　　——马丁·兰尼斯特，威廉的孪生兄弟，侍从，罗柏·史塔克的俘虏。
　　　　——珍娜，两岁的女孩。
　　——吉娜，他的妹妹，嫁给艾蒙·佛雷爵士。
　　　　——他们的儿子：
　　　　　　——克里奥·佛雷爵士，长子。
　　　　　　——莱昂诺·佛雷爵士，次子。
　　　　　　——提恩·佛雷，三子，侍从，现被关押于奔流城。
　　　　　　——瓦德·佛雷，四子，十四岁，在凯岩城担任侍从，外号"红瓦德"。
　　——【提盖特爵士】，他的二弟，死于天花。
　　　　——他的遗孀，马尔布兰家族的达丽莎。
　　　　——他们的儿子，提瑞克，国王的侍从，目前失踪。
　　——【吉利安】，他的幼弟，死于海难。
　　　　——他的私生女，杰依，十岁。

——他的堂哥,【史戴佛·兰尼斯特爵士】,故乔安娜夫人的哥哥,死于牛津战役。
　　——他的女儿,莎琳娜和蜜莉儿。
　　——他的儿子,达冯·兰尼斯特爵士。
——他的表弟,达米昂·兰尼斯特爵士。
　　——他的夫人,克雷赫家族的西蕊。
　　——他的儿子,卢西昂·兰尼斯特爵士。
　　——他的女儿,拉娜。
　　　　——她的丈夫,安塔诺·贾斯特伯爵。
——他的表妹,玛歌夫人。
　　——她的丈夫,提图斯·培克伯爵。

——他的部属:
　　——克雷伦学士,顾问、医师和家教。
　　——维拉尔,侍卫队长。
　　　　——鲁姆和利斯特,皆为他手下的侍卫。
　　——"白色微笑"渥特,歌手。
　　——本德特·布隆爵士,教头。

——他的封臣:
　　——达蒙·马尔布兰,烙印城伯爵。
　　　　——他的儿子,亚当·马尔布兰爵士,烙印城继承人。
　　——罗兰德·克雷赫,克雷赫城伯爵。
　　　　——他的弟弟,【勃顿·克雷赫爵士】,被贝里·唐德利安伯爵及其手下的土匪所害。

——他的长子和继承人，泰伯特·克雷赫爵士。

——他的次子，李勒·克雷赫爵士，外号"壮猪"，目前作为俘虏被关押于红粉城。

——他的幼子，梅隆·克雷赫爵士。

——【安卓斯·布拉克斯】，前角谷城伯爵，死于奔流城外的营地之战。

——他的弟弟，【卢伯特·布拉克斯爵士】，死于牛津之战。

——他的长子，泰陀斯·布拉克斯爵士，现角谷城伯爵，目前作为俘虏被关押于李河城。

——他的次子，【劳勃·布拉克斯爵士】，在红叉河战役中被杀。

——他的三子，佛列蒙·布拉克斯爵士，现角谷城继承人。

——【里奥·莱佛德伯爵】，淹死于红磨坊。

——雷根德·伊斯兰，狭厅伯爵，目前作为俘虏被关押于李河城。

——加文·维斯特林，峭岩城伯爵，目前作为俘虏被关押于海疆城。

——他的夫人，斯派瑟家族的希蓓儿。

——她的哥哥，罗佛·斯派瑟爵士。

——她的表弟，山姆威尔·斯派瑟爵士。

——他们的子女：

——长子，雷纳德·维斯特林爵士。

——次女，简妮，十六岁。

——三女，艾琳妮亚，十二岁。

——四子,洛拉姆·维斯特林,九岁。
——林斯·莱顿,深穴城伯爵。
——安塔诺·贾斯特伯爵,目前作为俘虏被关押于红粉城。
——菲利普·普棱伯爵。
　——他的儿子,丹尼斯·普棱爵士、皮特·普棱爵士和哈尔温·普棱爵士,后者外号"顽石"。
——昆腾·班佛特,祸垒领主,目前是杰诺斯·布雷肯伯爵的俘虏。

——他的军官与骑士:
——哈瑞斯·史威佛爵士,凯冯·兰尼斯特爵士的岳父。
　——他的儿子,史提夫伦·史威佛爵士。
　　——他的女儿,乔安娜。
　——他的女儿,西迩乐。
　　——她的丈夫,梅温·萨斯菲尔德爵士。
——佛勒·普莱斯特爵士。
——加尔斯·格林菲尔爵士,目前作为俘虏被关押于鸦树城。
——莱蒙·维卡瑞爵士,目前作为俘虏被关押于旅息城。
——撒尔门·斯脱克皮伯爵。
　——他的长子,史提夫伦·斯脱克皮爵士。
　——他的幼子,埃林·斯脱克皮爵士。

——特伦斯·肯宁,凯切镇伯爵。

——他麾下的骑士,凯切镇的肯洛斯爵士。

——格雷果·克里冈爵士,外号"会走路的魔山"。

——波利佛、【奇斯威克】、"甜嘴"拉夫、邓森和记事本,皆为他手下的亲兵。

——【亚摩利·洛奇爵士】,赫伦堡陷落后,被瓦格·霍特拿去喂熊。

马泰尔家

多恩王国是七大王国中最后对铁王座效忠的国度,血脉、习俗和历史使得多恩人在维斯特洛人中特质明显。"五王之战"初期,多恩没有参加任何一边;但在崔斯丹王子和弥赛菈·拜拉席恩公主订婚之后,阳戟城宣布支持乔佛里国王的事业,并召集封臣。马泰尔家族的旗帜是一轮红日为一柄金枪所贯穿,他们的族语是"不屈不挠"。

道朗·纳梅洛斯·马泰尔,阳戟城公爵,多恩领亲王。
——他的夫人,自由贸易城邦诺佛斯的**梅拉莉欧**。
——他们的子女:
——**亚莲恩公主**,长女,阳戟城继承人。
——**昆廷王子**,长子。
——**崔斯丹王子**,幼子,被许配给弥赛菈·拜拉席恩公主。
——他的手足:
——他的妹妹,【**伊莉亚公主**】,嫁给雷加·坦格利安王子,君临城陷时遇害。
——他们的孩子:
——【**雷妮丝公主**】,年幼的女孩,君临城陷时遇害。
——【**伊耿王子**】,襁褓中的婴儿,君临城陷时遇害。
——他的弟弟,**奥柏伦亲王**,外号"红毒蛇"。

——柏伦亲王的情妇，艾拉莉亚·沙德。
——奥柏伦亲王的私生女，奥芭娅、纳梅莉亚、特蕾妮、萨蕾拉、艾娜、奥贝娜、多娜和萝芮，统称为"沙蛇"。
——奥柏伦亲王的伙伴：
——哈曼·乌勒，狱门堡伯爵。
　　——他的弟弟，乌里克·乌勒爵士。
——罗热·艾利昂爵士。
　　——他的私生子，戴蒙·沙德爵士，被称为神恩城的私生子。
——达苟士·曼伍笛，王冢城伯爵。
　　——他的儿子，莫尔斯与狄肯。
　　——他的弟弟，米斯·曼伍笛爵士。
——亚隆·科格尔爵士。
——丹泽尔·达特爵士，柠檬林的骑士。
——密蕊·乔戴恩小姐，托伦城的继承人。
——劳拉·布莱蒙，布莱蒙城伯爵夫人。
　　——她的女儿，乔妮莎·布莱蒙小姐。
　　——她的儿子，彭罗斯·布莱蒙，为一侍从。
——他的部属：
　　——阿利欧·何塔，诺佛斯佣兵，侍卫队长。
　　——卡洛特学士，顾问、医者与家教。
——他的封臣：
　　——哈曼·乌勒，狱门堡伯爵。
　　——艾德瑞克·戴恩，星坠城伯爵。
　　——德尔龙·艾利昂，神恩城伯爵。

——达苟士·曼伍笛，王冢城伯爵。
——劳拉·布莱蒙，布莱蒙城伯爵夫人。
——崔蒙德·戈根勒斯，盐海岸伯爵。
——安德斯·伊伦伍德，伊伦林伯爵。
——纳梅拉·托兰。

徒利家族

奔流城的艾德敏·徒利伯爵是第一批投效征服者伊耿的领主之一，胜利的伊耿为犒赏徒利家族，将其拔升为三叉戟河流域的统治者。徒利家族的家徽是一尾自河中跃出的银色鳟鱼，底色则是红蓝波纹。徒利家族的箴言是"家族、责任、荣誉"。

霍斯特·徒利，奔流城公爵。
　　——他的夫人，河安家族的【米妮莎】，难产而死。
　　　　——他们的子女：
　　　　　　——长女，**凯特琳夫人**，临冬城公爵艾德·史塔克的遗孀。
　　　　　　——他们的长子，**罗柏·史塔克**，临冬城公爵，北境之王，三叉戟河之王。
　　　　　　——他们的次女，**珊莎·史塔克公主**，十二岁，目前在君临为质。
　　　　　　——他们的三女，**艾莉亚·史塔克公主**，十岁，失踪达一年之久。
　　　　　　——他们的四子，**布兰登·史塔克王子**，八岁，被认为已死。
　　　　　　——他们的五子，**瑞肯·史塔克王子**，四岁，被认为已死。
　　　　——次女，**莱莎·艾林**，原鹰巢城公爵琼恩·艾林的遗孀。
　　　　　　——他们的儿子，**劳勃·艾林**，现鹰巢城公爵，峡谷守卫者，一名体弱多病的六岁男孩。

——三子，也是他们的独子，艾德慕·徒利爵士，奔流城继承人。
　　——他的朋友与伙伴：
　　　　——马柯·派柏爵士，红粉城继承人。
　　　　——莱蒙·古柏克伯爵。
　　　　——"坏人"罗纳德·凡斯爵士，他的弟弟雨果爵士、埃勒里爵士和凯司爵士。
　　　　——派崔克·梅利斯特、卢卡斯·布莱伍德、派温·佛雷爵士、特里斯坦·莱格、劳勃·培吉。
——他的弟弟，布林登·徒利爵士，外号"黑鱼"。
——他的部属：
　　——韦曼学士，顾问、医师和家教。
　　——戴斯蒙·格瑞尔爵士，奔流城教头。
　　——罗宾·莱格爵士，奔流城侍卫队长。
　　　　——埃伍德、德普和长人卢，皆为他手下的侍卫。
　　——乌瑟莱斯·韦恩，奔流城总管。
　　——"打油诗人"雷蒙德，一名歌手。
——他的封臣：
　　——杰诺斯·布雷肯，石篱城伯爵。
　　——杰森·梅利斯特，海疆城伯爵。
　　——瓦德·佛雷，河渡口领主。
　　——克莱蒙特·派柏，红粉城伯爵。
　　——卡列尔·凡斯，旅息城伯爵。
　　——诺勃特·凡斯，亚兰城伯爵。

——托马·斯莫伍德，橡果厅伯爵。
　　——他的夫人，史文家族的拉文娜。
　　——他们的女儿，凯瑞琳。
——威廉·莫顿，女泉城伯爵。
——希拉·河安，被驱逐的赫伦堡伯爵夫人。
——哈蒙·培吉爵士。
——泰陀斯·布莱伍德，鸦树城伯爵。

提利尔家族

提利尔家族原本世代担任河湾国王的总管之职，河湾王国的领主囊括维斯特洛西南部的肥沃平原，南起多恩边疆，北至黑水河，西迄日落之海滨，这是七大王国中人口最为繁密的地区。提利尔家族宣称他们的母系血统承继自先民的园丁王"青手"加尔斯，他头戴藤蔓和繁花编织而成的王冠，使万物欣欣向荣。当最后的河湾王、园丁家族的孟恩九世死于"怒火燎原"之役后，他的总管哈兰·提利尔把高庭献给伊耿·坦格利安。作为回报，伊耿将高庭城堡和河湾地区的统治权赐给他。提利尔家族的家徽是一朵盛开于青翠绿野之上的金玫瑰。他们的箴言是"生生不息"。

"五王之战"开始时，梅斯·提利尔公爵支持蓝礼·拜拉席恩的事业，并将自己的女儿玛格丽许配给他。蓝礼死后，高庭和兰尼斯特家族结盟，转将玛格丽许配给乔佛里国王。

梅斯·提利尔，高庭公爵，南境守护，边疆守护者，河湾至高统领。
——他的夫人，旧镇的海塔尔家族的艾勒莉。
　　——他们的子女：
　　　　——维拉斯，长子，高庭继承人。
　　　　——加兰爵士，次子，外号"勇武的"加兰。
　　　　　　——他的夫人，佛索威家族的莱昂妮。
　　　　——洛拉斯爵士，幼子，外号"百花骑士"，御林铁卫成员。
　　　　——玛格丽，女儿，十七岁的寡妇，许配给国王乔佛里·拜拉席恩一世。
——她的伙伴和侍女：
——梅歌、雅兰和埃箩，她的三位表妹。
——埃林·安布罗斯，埃箩的未婚夫，目前为侍从。
——亚莉珊·布尔威伯爵夫人，八岁。
——梅内狄斯·克连恩，外号"欢乐的玛瑞"。
——密尔的坦妮娅，奥顿·玛瑞魏斯伯爵的夫人。
——艾丽斯·格雷佛德伯爵夫人。
——娜丝特瑞卡修女，来自教会。
——他守寡的母亲，雷德温家族的奥莲娜夫人，外号"荆棘女王"。
——艾里克和阿里克，奥莲娜夫人的孪生护卫，被称为"左手"和"右手"。
——他的妹妹：
——米娜，嫁给青亭岛伯爵派克斯特·雷德温。
——他们的子女：
——霍拉斯·雷德温爵士，霍柏爵士的孪生兄弟，外号"恐怖爵士"。
——霍柏·雷德温爵士，霍拉斯爵士的孪生兄弟，外号"流口水爵士"。
——黛丝梅拉·雷德温，十六岁的闺女。

——洁娜，嫁给琼恩·佛索威爵士。
——他的叔叔和舅舅：
——加尔斯，他的叔叔，高庭总管，外号"粗胖的"加尔斯。
——他的两个私生子：贾尔斯·佛花和盖略特·佛花。
——莫林爵士，他的叔叔，旧镇守备队司令。
——他的长子，【罗斯爵士】。
——他的夫人，诺瑞吉家族的媛琳。
——他们的长子，特奥多爵士。
——他的夫人，西瑞家族的莱娅。
——他们的长女，埃箩。
——他们的次女，罗斯，现为侍从。
——他们的次子，梅德威克学士。
——他们的三女，奥兰妮。
——她的丈夫，里奥·布莱巴尔爵士。
——他的次子，里奥，外号"懒人"里奥。
——葛曼学士，他的叔叔，学城的一名学者。
——【昆丁爵士】，他的舅舅，死于白杨滩。
——他的儿子，奥莱莫爵士。
——他的夫人，梅斗家族的莱莎。
——他们的儿子，雷蒙德和瑞卡德。
——他们的女儿，梅歌。
——诺曼德学士，他的舅舅，在黑冠城服务。
——【维克多爵士】，他的舅舅，被御林兄弟会的微笑骑士所杀。

——他的长女,维多利亚。
——她的丈夫,【琼恩·布尔威伯爵】,死于夏季热病。
——他们的女儿,亚莉珊·布尔威伯爵夫人,八岁。
——他的次子,里奥爵士。
——他的夫人,毕斯柏里家族的亚丽。
——他们的女儿,雅兰和里雅。
——他们的儿子,莱昂诺、卢卡斯和洛伦特。

——他的部属:
——洛米斯学士,顾问、医师与家教。
——艾耿·莱维尔,侍卫队长。
——佛提莫·克连恩爵士,教头。
——黄油饼,小丑和弄臣,非常肥胖。

——他的封臣:
——蓝道·塔利,角陵伯爵。
——派克斯特·雷德温,青亭岛伯爵。
——艾雯·奥克赫特,古橡城伯爵夫人。
——马图斯·罗宛,金树城伯爵。
——艾利斯特·佛罗伦,亮水城伯爵,倒戈支持史坦尼斯·拜拉席恩。
——雷顿·海塔尔伯爵,旧镇之音,海港之主。
——奥顿·玛瑞魏斯,长桌厅伯爵。

——亚瑟·安布罗斯伯爵。
——他的骑士和武士：
　　——马克·穆伦道尔爵士，在黑水河战役中残废。
　　——琼恩·佛索威爵士，来自绿苹果佛索威家。
　　——坦通·佛索威爵士，来自红苹果佛索威家。

守夜人军团的人们

（在长城之外巡逻的人等）

杰奥·莫尔蒙爵士，守夜人军团总司令，外号"熊老"。
——琼恩·雪诺，他的事务官兼侍从，临冬城的私生子，在侦察风声峡时失踪。
　　——他的沉默的白色冰原狼，白灵。
——艾迪森·托勒特，外号"忧郁的"艾迪，他的侍从。
——索伦·斯莫伍德，指挥游骑兵。
　　——戴文、短刃、软足、葛兰、"巨人"贝德威克、独臂奥罗、葛鲁布、黄伯纳、黑伯纳、提姆·石东、御林的乌尔马、"灰羽"加尔斯、格林纳威的加尔斯、旧镇的加尔斯、罗斯比的阿兰、罗纳·哈克莱、阿桑、里尔斯和毛尼，皆为游骑兵。
——贾曼·布克威尔，指挥斥候部队。
　　——巴棱、白眼肯基、筋斗琼、佛尼奥和刺棒，游骑兵兼斥候。
——奥廷·威勒斯爵士，指挥后卫部队。
——马拉多·洛克爵士，负责辎重队。
——唐纳·希山，外号"美女"唐纳，他的事务官兼侍从。
——哈克，事务官兼厨师。
——齐特，丑陋的事务官，负责管理猎狗。
——山姆威尔·塔利，肥胖的事务官，负责管理乌鸦，被嘲笑为"猪头爵士"。
——"姐妹男"拉克，他的表哥姐妹屯的罗利，畸足卡尔，马斯林，小保罗，"锯木响"，"左手"卢，孤儿奥斯和"唠叨"比尔，皆为事务官。
——【"断掌"科林】，指挥影子塔的游骑兵，在风声峡被杀。
——【侍从戴里吉】，【伊班】，皆为游骑兵，在风声峡被杀。
——石蛇，游骑兵和攀登者，步行在风声峡失踪。
——班恩，科林的副手，指挥留在先民拳峰上的影子塔人马。
——拜延·菲林特爵士。

（在黑城堡的人等）
波文·马尔锡，总务长和代理城主。
——伊蒙（·坦格利安）学士，顾问和医者，一名盲人，已有百岁高龄。
　　——克莱达斯，他的助手。
——班扬·史塔克，守夜人军团首席游骑兵，于长城外失踪，被怀疑已死。
　　——文顿·史陶爵士，当了八十年的游骑兵。
　　——阿拉达·温奇爵士、派普、聋子迪克·佛拉德、"毛人"哈尔、黑杰克布尔威、梅沙和埃龙，皆为游骑兵。
——奥赛尔·亚威克，首席工匠。
　　——省靴、小亨利、霍德、阿贝特、木桶、女泉镇的麻子佩特，皆为工匠。
——唐纳·诺伊，武器师傅、铁匠和事务官，一只手的残废。
——"三指"哈布，大厨和事务官。

——结巴提姆、容易、穆利、老亨利、库甘、玫瑰林的红埃林和杰伦,皆为事务官。
——赛勒达修士,为一酗酒的僧侣。
——安德鲁·塔斯爵士,教头。
——雷斯特、艾隆、艾蒙克、纱丁、"跳脚"罗宾,受训的新兵。
——康威与葛伦,皆为"浪鸦"——专司为守夜人军团收集招募孤儿、罪犯等。

(在东海望的人等)

卡特·派克,东海望指挥官。
——哈慕恩学士,顾问和医者。
——索恩·艾里沙爵士,东海望教头。
——杰诺斯·史林特,前君临都城守备队司令和赫伦堡伯爵。
——葛兰登·赫威特爵士。
——戴利恩,歌手和事务官。
——埃恩·伊梅特,因战技而出名的游骑兵。

(在影子塔的人等)

丹尼斯·梅利斯特爵士,影子塔指挥官。
——威利斯·马赛,他的事务官兼侍从。
——穆林学士,顾问和医者。

无旗兄弟会　揭竿而起的组织

贝里·唐德利恩，黑港伯爵，被称为"闪电大王"，多次据报已死。

——他的左右手，密尔的索罗斯，为一红袍僧。

——他的侍从，艾德瑞克·戴恩，星坠城伯爵，十二岁的男孩。

——他的追随者：

　　——柠檬，外号"柠檬斗篷"，曾是一名士兵。

　　——哈尔温，胡伦之子，从前在临冬城为艾德·史塔克公爵服务。

　　——绿胡子，一名泰洛西佣兵。

　　——七泉地方的汤姆，外号"七弦汤姆"和"七神汤姆"，一名夸夸其谈的歌手。

　　——"射手"安盖，来自多恩边疆地的弓箭手。

　　——"幸运"杰克，逃犯，只有一只眼。

　　——"疯猎人"，住在石堂镇。

　　——德内，凯勒和诺奇，皆为弓箭手。

　　——月镇的梅利、磨坊主瓦特、"可靠的"卢克、墨吉和没胡子的迪克，皆为他手下的土匪。

——在屈膝之栈的人等：

　　——沙玛，店主人，为一厨师兼产婆。

——她的丈夫，直接被唤作"老公"。
　　——"小子"，他们收养的战争孤儿。

——在石堂镇的妓院蜜桃客栈的人等：
　　——艾菊，妓院的红发老鸨。
　　——卡丝、拉娜、吉欣、艾丽斯、钟儿和海丽，皆为她手下的"桃子"。

——在斯莫伍德家族的家堡橡果厅的人等：
　　——史文家族的拉文娜，嫁给托马·斯莫伍德伯爵。

——分散各处的人等：
　　——莱蒙·莱彻斯特伯爵，一名神志不清的老人，过去在桥上阻挡过梅纳德爵士。
　　——他年轻的照顾者，鲁尼学士。
　　——高尚之心的鬼魂。
　　——树叶夫人。
　　——激舞村的修士。

野人或称自由民

曼斯·雷德，塞外之王。
　——妲娜，他怀孕的妻子。
　　——瓦迩，她的妹妹。

——他手下的酋长和头领：
　——哈犸，外号"狗头"，指挥前锋部队。
　——骸骨之王，被嘲笑作"叮当衫"，指挥着自己的部队。
　　——耶哥蕊特，一名年轻的矛妇，归属于骸骨之王麾下。
　　——里克，外号"长矛"，归属于骸骨之王麾下。
　　——芮温勒，朗尔，归属于骸骨之王麾下。
　　——琼恩·雪诺，他的俘虏，叛逃的乌鸦。
　　　——他的冰原狼，白灵，白色而沉默。
　——斯迪，瑟恩的马格拿。
　——贾尔，为一年轻掠袭者，瓦迩的情人。
　　——山羊格里格、埃洛克、科特、波吉、麻绳丹、戴尔、"头盔"亨克、"大疖子"、棱、"手指脚"和"石拇指"，皆为掠袭者。
　——托蒙德，红厅的蜜酒之王，巨人克星，吹牛大王，吹号者，破冰人，雷拳，雪熊之夫，生灵之父和诸神的代言人，指挥着自己的部队。
　　——他的儿子，"高个"托雷格、"驯服的"托温德、多蒙德和戴温，他的女儿，蒙妲。

——【欧瑞尔】,外号"鹰眼欧瑞尔",被琼恩·雪诺杀死在风声峡的易形者。

——玛格·玛兹·屯多·铎尔·威格,被称为"强壮的玛格",巨人的头领。

——"六形人"瓦拉米尔,易形者,三匹狼、一只影子山猫和一只雪熊的主人。

——"哭泣者",掠袭者,指挥着自己的部队。

——【"猎鸦"阿夫因】,为掠袭者,被断掌科林击杀。

卡斯特,卡斯特堡垒的主人,不屈服于任何人。

——吉莉,她的女儿和老婆,怀了孩子快要生产。

——芬妮、妲娅和妮拉,他十九个老婆中的三人。

附录二 地图

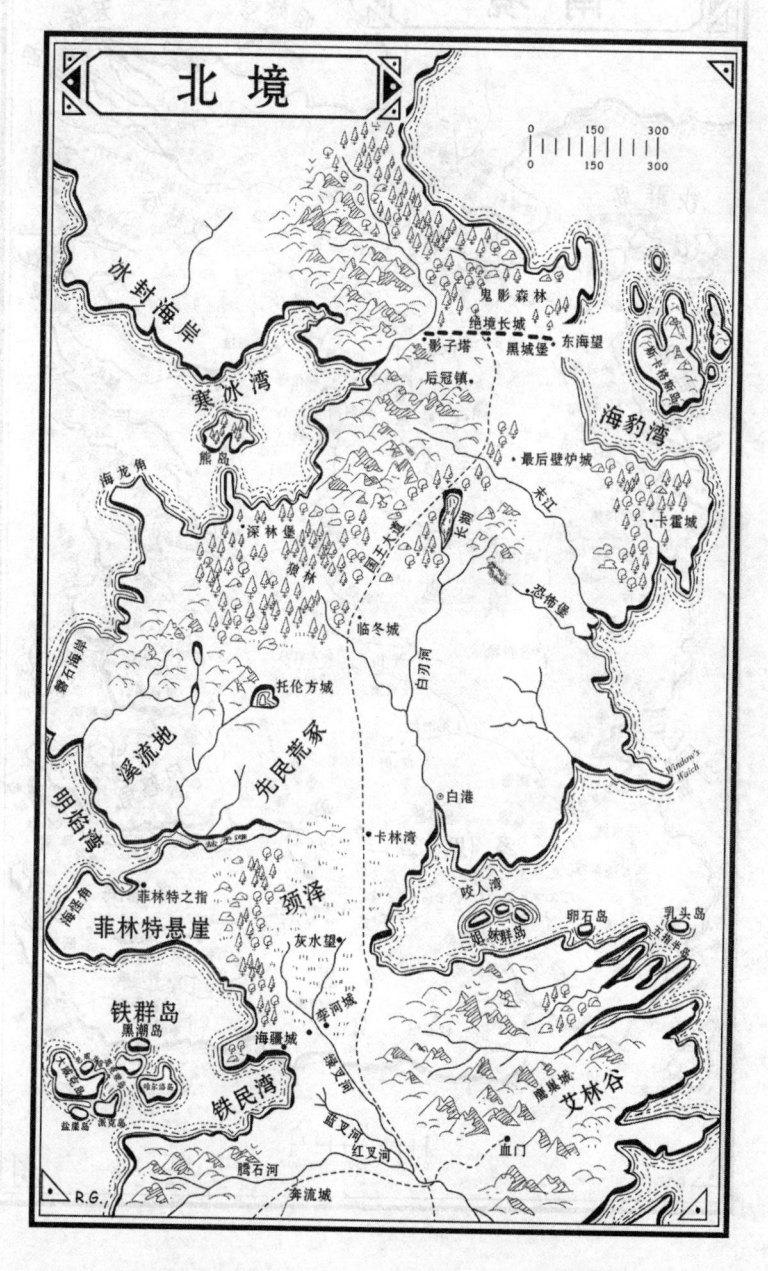

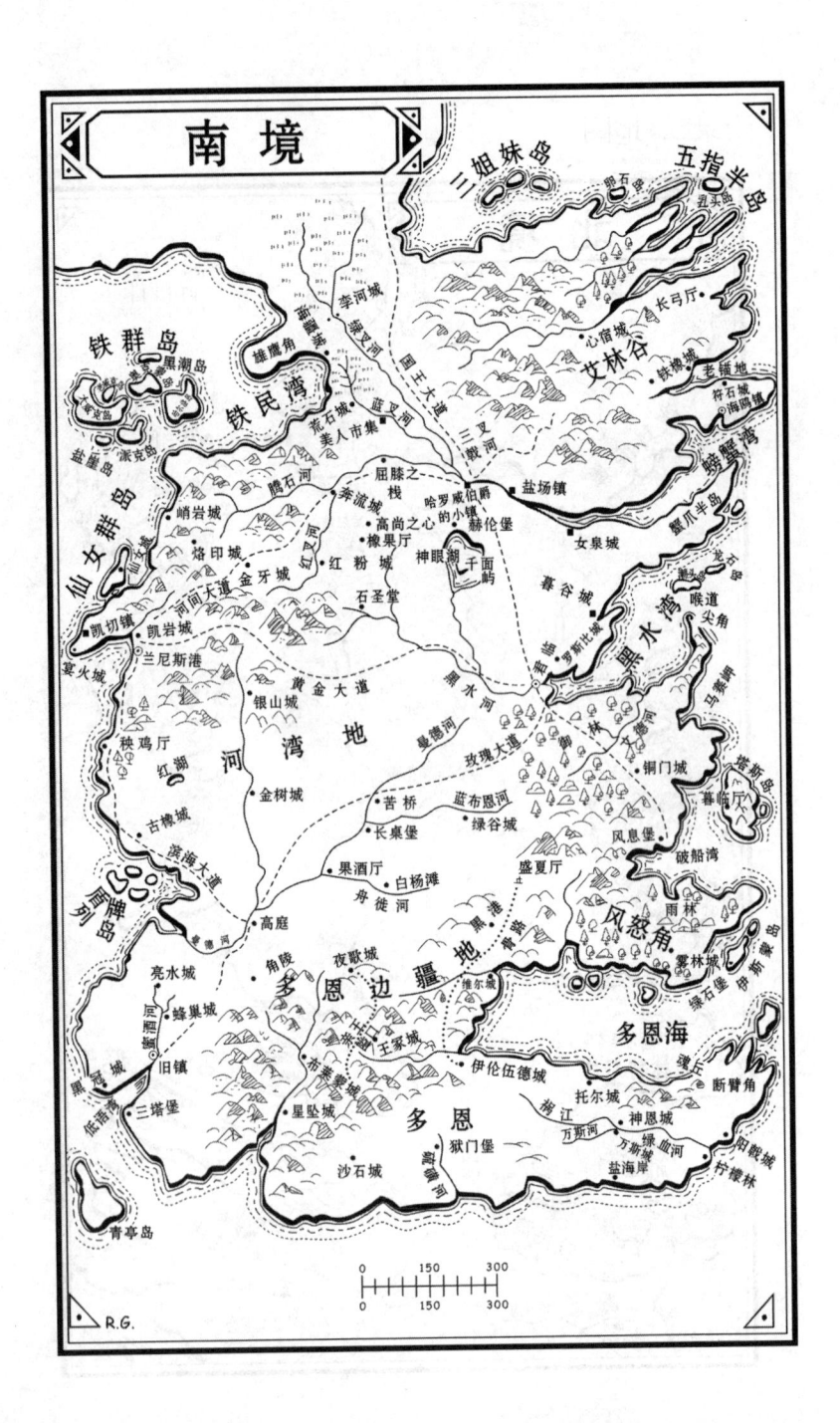
南境
三姐妹岛
五指半岛
卵石岛
乳头岛
长弓厅
心宿城
艾林谷
铁橡城
老锚地
符石城
海鸥镇
螃蟹湾
蟹爪半岛
龙石岛
鳕头岛
喉道
尖角
黑水湾
暮谷城
罗斯比城
君临
马赛岬
塔斯岛
暮临厅
铜门城
风息堡
破船湾
雨林
风怒角
雾林城
伊斯蒙岛
绿石堡
多恩海
魂丘
断臂角
托尔城
神恩城
绿血河
万斯河
万斯城
盐海岸
阳戟城
柠檬林
多恩
狱门堡
硫磺河
沙石城
星坠城
布莱蒙城
王家城
伊伦伍德城
维尔城
骨路
黑港
盛夏厅
多恩边疆地
夜歌城
角陵
亮水城
蜂巢城
蜜酒河
旧镇
黑冠城
低语湾
三塔堡
青亭岛
盾牌列岛
曼德河
高庭
舟徒河
果酒厅
白杨滩
长桌堡
苦桥
蓝布恩河
绿谷城
玫瑰大道
曼德河
御林
黑水河
黄金大道
银山城
河湾地
红湖
秧鸡厅
金树城
古橡城
滨海大道
宴火城
兰尼斯港
凯岩城
凯切镇
仙女群岛
仙女岛
峭岩城
烙印城
金牙城
河间大道
红叉河
红粉城
石圣堂
奔流城
腾石河
屈膝之栈
高尚之心
橡果厅
哈罗威伯爵的小镇
赫伦堡
神眼湖
千面屿
盐场镇
女泉城
三叉戟河
国王大道
蓝叉河
美人市集
荒石城
绿叉河
孪河城
海疆城
雄鹰角
铁民湾
铁群岛
黑潮岛
大威克岛
派克岛
盐崖岛
0
150
300
R.G.

君临城

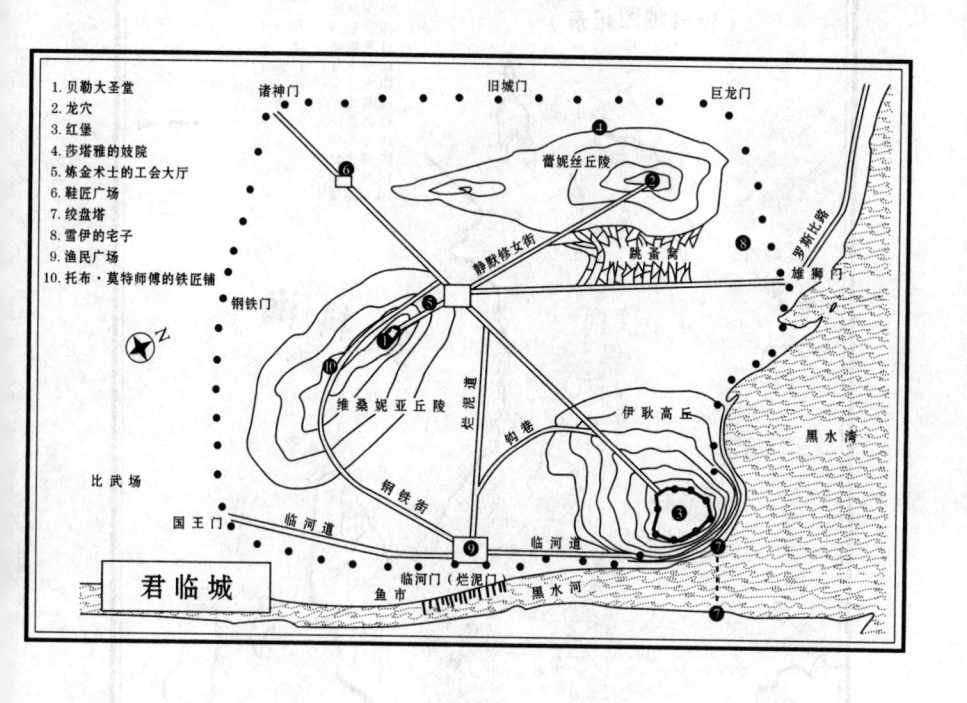

1. 贝勒大圣堂
2. 龙穴
3. 红堡
4. 莎塔雅的妓院
5. 炼金术士的工会大厅
6. 鞋匠广场
7. 绞盘塔
8. 雷伊的宅子
9. 渔民广场
10. 托布·莫特师傅的铁匠铺

诸神门　旧城门　巨龙门

蕾妮丝丘陵

跳蚤窝

罗斯比路

静默修女街

雄狮门

钢铁门

维桑妮亚丘陵

烂泥道

钩巷

伊耿高丘

黑水湾

比武场

钢铁街

国王门　临河道　　　臨河道

临河门（烂泥门）

鱼市　黑水河

塞外

永冬之地
（没有地图记录）

守夜人的堡垒
1. 西桥望
2. 影子塔
3. 哨兵楼
4. 灰卫堡
5. 石门寨
6. 霜雪山
7. 冰痕城
8. 长夜堡
9. 深湖居
10. 王后门
11. 黑城堡
12. 橡木盾
13. 水滨寨
14. 黑貂厅
15. 冰晶门
16. 长车楼
17. 烽火台
18. 绿卫堡
19. 东海望

瑟恩

颤抖海

乳河
风声峡
先民拳
鬼影森林
卡斯特的堡垒
斯托德之角
艰难堡
斯卡格斯岛
霜雪之牙
大峡谷
白树村
绝境长城
寒冰湾
布兰登的馈赠
后冠镇
新赠地
国王大道
潮汐海

○：城市

●：废弃的城市

附录三 度量衡表

本书中所有计量单位皆为英制

1英寸=2.54厘米

1英尺=12英寸=0.3048米

1英码=3英尺=0.9144米

1英里=1760码=1.6093公里

1里格=3英里=4.8279公里

1英亩=4046.86平方米

1石=6.35公斤